Chrismegan

Beltainè
Die Eine Welt

Buch 1
Der Aufbruch

Chrismegan

Beltainè
Die Eine Welt

Buch 1
Der Aufbruch

Weltenhüter Verlag

Faid saoil chugat,

a fhiannai!

(Langes Leben dir, Geschichtenerzähler!)

ISBN 3-929681-26-9

1. Auflage Juli 2002

Satz: Ralph Peters
Umschlaggestaltung: Ralph Peters
Umschlagzeichnung: H.-R. Jahrbeck
Weltenhüter Verlag GmbH, Scharnhorst

Printed in Czech Republic

Zueignung

Ich widme diese Erzählung
meiner Schwester Evi, meinem Schwager Andi
und ganz besonders Sara Lena und Niklas,
denn unsere Kinder sind unsere Hoffnung,
Lichter in einer finsteren Welt

„Die Straße gleitet fort und fort,
weg von der Tür, wo sie begann,
weit überland von Ort zu Ort,
ich folge ihr, so gut ich kann.
Ihr lauf ich müden Fußes nach,
bis sie sich groß und breit verflicht,
mit Weg und Wagnis tausendfach.
Und wohin dann?
Ich weiß es nicht."

John Ronald Reuel Tolkien
Der Herr der Ringe
Die Gefährten

Inhalt

Anhang

Vorwort

Als ich vor mehr als zehn Jahren begann, Beltainè zu schreiben, glaubte ich, mit diesem Werk meinen Beitrag zur Schaffung der Einen Welt geleistet zu haben. Fast mein halbes Leben steckt in diesen vier Bänden und mein Glaube an den keltischen Weg, verbunden mit dem Wissen, daß der Mensch allein entscheidet, ob er glücklich ist und sich auf den Weg begibt, den ihm die Götter eröffnen.
Eigentlich wollte ich Beltainè den Menschen als mein Vermächtnis hinterlassen und mich dann in die Wälder zurückziehen – in meine Eine Welt. Aber wie soll aus diesen tausend Welten eine werden, wenn ich mich nicht auf die anderen Wesen, Seelen, Leben und Welten einlasse und sie respektiere, ergänze und vervollständige.
Wer für Menschen schreibt, muß sich auch unter sie begeben und sein eigenes geschriebenes Wort leben, damit sie erkennen, daß es lebbar ist. Denn die Eine Welt kann nur lebendig werden, wenn wir ihre lebendigen Bausteine sind, der Tempel der Weltenseele, jeder von uns ein Mosaikstein, der paßt, gleich welche Farbe oder Form er für sich wählt. Nur gemeinsam können wir eine friedvolle und liebevolle Eine Welt leben.
Beltainè ist der keltische Schlüssel für eine Tür, auf der Freiheit steht, die Freiheit des eigenen Seins und die des anderen. Es ist ein Schlüssel, eine Möglichkeit. In einer Welt, in der es kein richtig und kein falsch gibt, soll Beltainè zeigen, daß es möglich ist, die Eine Welt, in der alle Welten im Gleichgewicht tanzen, Wirklichkeit werden zu lassen.
In den lichten Wäldern habe ich den Worten Goleudydds gelauscht, hörte ich die goldenen Gesänge der Bäume und die Erzählungen des Tierreichs. In silbernen Mondnächten tanzte ich mit den Meinen über lebende Wiesen und wurde selbst Teil davon, ein Teil des Teils, der alles ist!

Komm, gib mir deine Hand und spring in das Abenteuer, das du selbst bist. Ich bin hier und warte auf dich.

Chrismegan

Der Wächter

Mächtig ragte der Berg aus dem Land zu seinen Füßen hervor. Noch sollte kein Mensch erfahren, welches Geheimnis in seinen Tiefen darauf lauerte, wieder an das Tageslicht zu dringen. Es war wie jeden Morgen um die achte Stunde, als der Wächter von seinem Steinbett aufstand und in das helle, blau leuchtende Wasser watete. Alles Licht in dieser Höhle kam von einem unterirdischen See, der glatt wie ein Spiegel, vor der kleinen Kammer des Wächters lag. Aber es war nicht der See, der so hell leuchtete, daß die Höhle in blaues Licht getaucht zu sein schien. Das Wasser verstärkte nur das Leuchten, das aus der Mitte des flachen Sees kam. Dort stak ein metallisch glänzender Gegenstand aufrecht im Grund.

Ein Schwert. Breit war seine Schneide. Verziert mit uralten Zeichen. Das Heft bestand aus drei Spiralen, von denen sich zwei wie Hörner rechts und links der Schneide emporwandten. Die dritte Spirale, der eigentliche Griff, war so lang wie die Elle eines erwachsenen Mannes, aber an der Stelle, wo sie umfaßt wurde, war sie bauchig, als dränge sie sich geradezu in die Hand des Kriegers.

Das Blaue Schwert der Wahrheit.

Seit Jahrhunderten war dies der Ort seiner Wiederkehr. Hierher kehrte das Schwert zurück, wenn es das Schicksal seines Führers zum Throne Erius, der Grünen Insel, gelenkt hatte. Oft schon war es den Händen des Wächters entglitten, und doch war es immer durch des Schicksals mächtige Hand zurückgebracht worden. Lange Zeit wartete der Wächter und hoffte, daß einer käme, ihn abzulösen, damit er wieder zurückkehren konnte in seine Heimat. Dort wartete noch eine andere Aufgabe auf ihn. Einst diente er einem mächtigen König. Aus diesem Dienst erwuchs eine große Freundschaft. Dann trennten sich ihre Wege durch der Götter Willen. Der Wächter vermißte ihn sehr und wünschte sich an seine Seite zurück. Jetzt stand er in dem kalten Wasser und begann mit der seit Jahrhunderten überlieferten Waschung des Wächters des Schwertes. Schwach und alt war er geworden, schwer lastete das Gewicht des Panzerhemdes auf seinen müden Schultern.

Aber dann kam der Augenblick, der ihm all die Jahre die Kraft gab, am Leben zu bleiben, der ihn sein Zaudern vergessen ließ. Als er seine Arme

in die Höhe hob, um der Göttin für sein Dasein zu danken, drang der erste Strahl der Sonne in die Höhle, und alles, was eben noch blau und geheimnisvoll war, wurde jetzt golden und heilig. Mit Tränen in den Augen ging der Mann weiter in das Wasser hinein, schöpfte ein wenig davon mit seinen faltigen Händen und trank es. Danach nickte er kurz dem Eingang zu, drehte sich um und ging zu seinem Steinbett zurück.
Einen merkwürdigen Traum hatte er heute nacht gehabt. Ihm träumte von einer Gemeinschaft, neun Gefährten an der Zahl, die in seine Höhle kämen. Merkwürdige Gestalten waren darunter.
Ein Menschenpaar, jung und stark; ein alter Greis, wie er einer war; ein Narr; ein Zwergenpaar, wie es schien; ein Elbenpaar und noch etwas, von dem er nicht einmal ahnte, was es sein könnte.
Schweißgebadet war er erwacht. Auf seinen Lippen den Satz:

“Einer wird kommen, neige dein Knie.”

Der Geís

Heftig prasselte der Regen auf das Dach der Hütte. Tropfen fielen durch den Abzug zischend und knisternd in das Feuer. Dennoch wollte es nicht warm werden. Draußen heulte der Wind wie ein hungriger Wolf. Doch die zwei Frauen in der Hütte waren viel zu sehr damit beschäftigt, sich um eine dritte zu kümmern, als daß sie es bemerkten.
Schmerzvoll krümmte sie sich, während sie in der Hütte auf und ab ging. Ihr langes dunkelbraunes Haar war getränkt vom Schweiß. Blut rann an ihren Beinen entlang. Immer wieder gab ihr die Hebamme einen Sud, der die Wehen verstärken sollte. Ihr Kind schien sich jedoch nicht von ihr lösen zu wollen, um in sein verheißungsvolles Leben zu gleiten. Schon die ganze Nacht glaubten die Frauen, daß der Zeitpunkt endlich gekommen war. Vor der Hütte lagerten die letzten Verbündeten, um den Säugling gleich nach der Geburt an einen sicheren Ort zu bringen. Nur so bestand die geringe Hoffnung, daß er überlebte.
Sáile, seine Mutter, hatte noch nie solchen Schmerzen standhalten müssen. Sie glaubte, innerlich schier zu zerreißen. Wäre doch nur der Vater des Kindes hier. Er hätte sie teilhaben lassen an seiner Ruhe und Kraft. Aber er hatte sie im Stich gelassen. Wichtiger war ihm seine Ehre als das Kind, in dessen Adern doch auch sein Blut floß. Immer wieder durchströmte sie der Schmerz. Bilder von Fionn, ihrem Geliebten, und ihr tauchten vor ihrem Auge auf und verblaßten wieder. Sie hatte ihn geliebt, den alten Mann. Zuletzt hatte sie ihn wirklich geliebt. Als Sáile merkte, daß sie schwanger war, konnte sie es fast nicht glauben. Fionn war weit über die besten Jahre eines Mannes hinaus.
Tiné, ihr Zofe, ging nun neben ihr her und tupfte ihr die Stirn. Sie war die erste, die der mächtige Unterkönig Fionn mac Cumhail in ihren Dienst gestellt hatte. Sicherlich würde Sáile nie mehr als die Geliebte des Königs sein, aber das genügte ihr auch, damals.
Heftig krümmte sie sich vor Schmerz und fiel auf ihre Knie. Hechelnd ging ihr Atem, als das kleine Köpfchen zwischen ihren Beinen endlich zum Vorschein kam. Fast nahm ihr der Schmerz den Atem.
Die Hebamme kniete neben ihr und versuchte, dem winzigen Körperchen etwas Platz zu machen. Noch einmal durchzog die Gebärende der Schmerz,

dann glitt das Kind in die Arme der Amme. Erleichterung und Freude legten sich auf die Seele der Mutter.
Die Frau durchschnitt die Nabelschnur des Säuglings und badete ihn vorsichtig in warmem Wasser. Erschöpft streckte Sáile die Arme aus.
„Amme, gebt mir meinen Sohn!"
Doch diese hielt das Kind fest in ein Wolltuch gewickelt.
„Herrin, verzeiht, aber ihr wißt, daß ich das nicht darf. Es würde den Abschied nur noch schwerer machen."
„Gebt mir mein Kind. Ich habe es geboren, und ich will es im Arm halten, bitte!"
Die Hebamme wechselte einen Blick mit Tiné und gab dieser den Jungen. Vorsichtig legte sie den Sohn in die Arme seiner Mutter.
„Sei willkommen, Solasard, Sohn des mächtigen Fionn. Die Große Mutter möge dich allzeit beschützen und ihren Mantel der Liebe um dich hüllen."
Drängelnd stand die Amme neben ihr.
„Herrin, ich bitte euch, wir vertun wertvolle Zeit. Wenn ihr wollt, daß euer Sohn lebt, gebt ihn mir. Er wird zwar nie König werden, aber er wird leben."
Stolz richtete sich die Mutter von ihrem Lager auf.
„Er wird nie König werden? Woher willst du das wissen? Laß mich allein mit meinem Sohn und meiner Zofe. Bitte, nur für einen kleinen Augenblick, dann will ich ihn dir gerne überlassen."
Mißtrauisch blickte die Amme in die Augen der Mutter und ging hinaus.
„Hör mir zu, Tiné! Hör gut zu! Denn du wirst die einzige Zeugin sein. Du, ich und er. Eine von uns wird ihn erinnern müssen, wenn seine Zeit gekommen ist. Eine von uns beiden."
Erschrocken sah das Mädchen ihre Herrin an.
„Nein, nein! Das ist doch nicht möglich. Sagt mir, daß ihr das nicht tun werdet! Sagt es mir! Nicht das, was ich glaube. Keinen Geís! Herrin, bitte, ich flehe euch an, im Namen eures Sohnes!"
Wie ein Zauberbann hing ein Geís über dem damit Behafteten, und durch nichts vermochte sich dieser, ihm zu entziehen, als durch dessen Erfüllung oder den Tod. Das ganze Leben eines Menschen konnte es in Anspruch nehmen, diesen Spruch zu erfüllen.
Manche Gessa waren Gebote oder Verbote, andere wiederum verlangten das Lösen schier unüberwindlicher Aufgaben. Allen aber war gemein, daß sie befolgt werden mußten. Zu versuchen einem Geís zu entgehen, hieß

seinem Schicksal zuwiderzuhandeln. Kein Weg führte an ihm vorbei, keine Brücke über ihn hinweg.
Behutsam legte Sáile ihre Hand auf den kleinen Körper und sprach die magischen Worte.
„Höre, mein Sohn, höre, tapferer Solasard mac Annir, denn dies wird fortan dein Name sein. Nicht eher wirst du dir ein Weib suchen und sie ehelichen, bis du das Blaue Schwert deines Vaters gefunden und an seinen rechtmäßigen Platz gebracht hast. Erst dann soll es dir gewährt sein, in Frieden zu leben."
Nun zeichnete die Mutter die Lebensspirale auf die Stirn ihres Kindes und gab es ihrer leichenblassen Zofe. Starr vor Schreck stand sie noch immer im Raum, als die Amme wieder eintrat und ihr den Säugling abnahm. Mit Sáiles Sohn auf dem Arm ging sie hinaus.
Dort hörte die junge Mutter laute Männerstimmen und das Schnauben vieler Pferde. Aber all das war Sáile nun gleichgültig. Ihr Sohn war in Sicherheit. Sie hoffte nur, daß er eines Tages diesen Geís erfüllte. Wenn sie wieder ganz genesen war, würde sie sich auf die Suche nach ihrem Kind machen.
Diese Verrückten glaubten doch nicht wirklich, daß Sáile ihn im Stich lassen würde, so wie es sein Vater mit ihr getan hatte. Wenn ihr Sohn schon keinen Vater haben sollte, dann doch wenigstens eine Mutter. Sie würde ihm dann schon erzählen, wer sein Vater und wo sein Platz war.
Ein Leben auf der Flucht war ihr Lebensgeschenk an ihren Sohn. Ihr war keine andere Wahl geblieben. Der neue Hochkönig haßte Fionn und trachtete ihm nach dem Leben, vor allem aber seinen Nachkommen. Dabei hatte alles so schön begonnen, damals auf Almhuin, Fionns Weißer Burg.
Sie hatte gern in der Weißen Burg gelebt. Ein Niemand war sie gewesen, eine Sklavin, bis zu jenem Abend, an dem der Herr der Burg ihre weiblichen Vorzüge entdeckte. Sie war zwar groß gewachsen und schmal, aber sie hatte schöne Brüste und einen wohlgeformten Po; und Sáile war schlau. Sie wollte nicht nur der Tau einer Nacht sein, sie wollte der Brunnen seiner Gier werden.
Nachdem Fionn Grainne, die er begehrte, nicht heiraten konnte, sondern mit deren jüngeren Schwester vorliebnehmen mußte, schwor er sich, diese nie anzurühren. Der Einfall seines Sohnes, nach dem Tod seiner ersten Frau Maghnis, Grainne zu heiraten und alles, was darauf folgte, war eine Ausgeburt von Wahnsinn. Nie hätte er Diarmaid, seinen Freund und besten

Mann, verloren und diese Schuld auf seine Schultern geladen, wäre er allein geblieben.
Auch Sáile mochte ihre Herrin nicht, da die verschmähte Frau allen am Hofe beweisen wollte, daß der König sie doch liebte. So wurde die Magd Sáile zur Herzkönigin Fionns. Jetzt wurde sie bedient, ihr Wort galt nun etwas. Natürlich wurde sie nur Hofdame, aber sie hatte eine Zofe, Tiné, die ihr treu ergeben war. Schön war die Zeit auf Almhuin. Aber dann verließ Fionn die Weiße Burg, das Blaue Schwert zu suchen.
Das Blaue Schwert.
Das sollte seiner gepeinigten Seele, seinem Gewissen Linderung verschaffen. Und tatsächlich, nachdem er es gefunden hatte, wurde er ganz irre im Kopf. Die Götter mußten ihm ihren Segen entzogen haben. Männer! Wer weiß, wie nah er und dieser Diarmaid sich wirklich gestanden hatten. Jedes Weib wußte, was über die Fianna erzählt wurde. Das war ja auch kein Wunder.
Von Kindesbeinen an wurden die Söhne einer jeden Familie dazu erzogen, richtige Männer zu sein. Sehr früh schon lernten sie, Waffen zu tragen und damit umzugehen. Der Kampf war der Platz der Bewährung, und Krieger waren der einzig passende Umgang für einen Mann, die einzige Richtung, die er wählen konnte, wenn er etwas werden wollte.
Wie sollten sie da nicht Anerkennung und Liebe füreinander empfinden. Wie sollte ein Gefährte nicht den lieben, in dessen Händen vielleicht eines Tages sein eigenes Leben liegen könnte? Wie könnte der Wagenfahrer, der seine Speere in die feindlichen Linien warf, seinem Wagenlenker nicht zugetan sein? Wochen- oder gar monatelang waren sie gemeinsam unterwegs. Sie ritten zusammen, sie kämpften zusammen, sie aßen zusammen, und warum sollten sie dann nicht auch zusammenliegen.
Sáile verstand sehr wohl, warum die schönsten, höflichsten und anständigsten Männer bei den Fianna zu finden waren. Der Göttin sei Dank benutzten einige dieser Helden auch die Vordertür und nicht nur den Hinterausgang, sonst wären ihre Nächte ohne Fionn gar zu einsam gewesen.
Schöne Männer waren sie gewesen, kein Fett war an ihren Leibern, ihre Zöpfe waren immer ordentlich geflochten, ihre Kleidung immer sauber. Herrlich waren sie anzusehen, wenn sie auf ihren stolzen Rössern aus der Burg galoppierten, jungen Göttern gleich, die ihr Schicksal suchten.

Wenn sie von ihren Ausritten zurückkamen, umwehte sie wie ein Wohlgeruch der Schweiß der Pferde, der sich mit ihrem eigenen vermischte. Ein Duft, der die Frauen vor Verlangen schwach werden ließ.
Sáile haßte sich dafür, daß sie geglaubt hatte, der alte Mann würde sie zu seiner Frau machen, wenn sie ihm einen Sohn gebären würde. Alles hatte sie dafür getan, daß sie einen männlichen Nachkommen unter ihrem Herzen trug.
Er wartete jedoch nicht einmal die Geburt seines Sohnes ab. So oft hatte er ihr nachts, wenn er wieder einmal nicht schlafen konnte, von seinem Freund Diarmaid erzählt. Von seinem Mord an ihm, von Grainne. Zu oft hatte sie die Tränen des törichten Narren mit ihrem dunklen Haar aufgefangen. Sie hätte wissen müssen, daß er eines Tages davonlaufen würde.
Dann kam Broc mac Cíocras an die Macht. Ein Hochkönig, der nicht bereit war, Fionn seine Machtstellung als Anführer der Fianna und Unterkönig zu lassen. Broc wollte die alleinige Macht über alles; das Heer, die Unterkönige, die Königliche Garde und auch die Fianna. Zu mächtig waren sie ihm geworden, deshalb befahl er, die Gemeinschaft aufzulösen.
Jetzt stand Sáile nicht mehr in der Gunst eines Königs. Jetzt war sie wieder ein Niemand, aber ein schwangerer Niemand. Schwanger von Fionn mac Cumhail.
Die Fianna, die einzigen, die ihr noch ergeben waren und sehnsüchtig auf die Rückkehr Fionns warteten, wurden aufgelöst und gute volkstreue Leute durch Söldner Brocs ersetzt. Söldner, die ihr Kind, die sie töten sollten.
Aber jetzt war ihr Kind unterwegs an einen sicheren Ort. Auch Tiné würde sie verlassen. Sie hatte nur noch bis zur Geburt gewartet. Ihr zukünftiger Mann wartete bereits im Westen der Insel auf sie. Er war cenn-fine, das Oberhaupt eines kleinen Familienclans. An seiner Seite würde die Zofe von nun an die Geschicke ihrer eigenen Familie leiten. Zwei Wochen noch blieb die junge Frau bei ihrer Herrin, bevor sie sich verabschiedete und sich auf den Weg in den Westen machte, wo ihre Zukunft lag.
Sáile blieb allein zurück.
Nur einmal noch kehrte sie auf die Weiße Burg zurück. Aus Fionns Kammer holte sie sein altes Schwert und brachte es an einen sicheren Ort. Von dort würde sie es holen, wenn sie ihren Sohn wieder gefunden hatte. Dann würde sie es ihm geben, und vielleicht würde er eines Tages König sein.
Auf der Burg schloß sich ihr eine junge Frau an, die in den Diensten von Fionns Gemahlin stand. Gealán, so ihr Name, war es leid, den Launen der

hochmütigen Frau ausgesetzt zu sein, und sie hatte beschlossen, die Burg zu verlassen, um sich eine neue Herrin zu suchen. Gealán war von zierlicher, für eine Frau fast zu schmaler, hochgewachsener Gestalt. Sie schloß sich nun Sáile an, und gemeinsam machten sie sich auf, Solasard zu suchen.

Es war nicht immer einfach, mit Sáile unterwegs zu sein. Oft schoß sie über das Ziel hinaus, verausgabte sich völlig und wurde doch wieder und wieder enttäuscht. Fast hätte Gealán sie auch noch verlassen. Doch die junge Frau war ihrer neuen Herrin treu ergeben und dankbar, daß sie sie einfach mitgenommen hatte.

So zogen sie über die Insel.

Das Kind aber blieb wie vom Erdboden verschluckt.

Der Aufbruch

Schwert und Gerte

Frühling. Der sonnengelbe Stechginster blühte, vermischte seinen berauschenden Duft mit dem der Sternhyazinthen, die jede Wiese in ein blaues Meer verwandelten. Voller Stolz zeigten die Bäume ihr erstes Grün. Lämmer und Mutterschafe tummelten sich auf den Wiesen und Wegen, genossen das Licht und die Wärme nach dem viel zu langen Winter.
Leise noch summten die Bienen ihr Lied. Langsam erwachte die Natur aus ihrem Winterschlaf. Zuweilen versuchte der alte Winter nochmals anzuklopfen, aber nur der heißersehnte Regen wurde erwartet und willkommen geheißen, so daß man zwar das Geschenk entgegennahm, doch dem Gast selbst den Zutritt gehörig verweigerte. Das ganze Land leuchtete weithin in saftigem Grün und warmem Sommergelb.
Hier oben aber auf den Aill de Mothar, den fast kahlen Klippen, war das Gras noch gelb und verdorrt. Lange würde es dauern, bis es wieder grün werden würde. Ducken mußte es sich vor dem rauhen Wind, der mit eiserner Hand über die Höhen strich. Heißersehnt im Sommer, gefürchtet im Winter.
Ein schmaler Pfad führte von den hohen Felsen, die ihre Klippen wie gierige Finger in die stürmische See krallten, hinab ins ungeschützte Tal, wo sich einige Hütten eng aneinanderschmiegten. Als könnte ihnen die kühle Brise so nichts anhaben. Ried bedeckte ihre Dächer, ihre Wände waren aus Holz und Lehm. Wie eine Herde Schafe standen sie beieinander.
Nur ein Haus unterschied sich von den anderen. Es war nicht aus Holz erbaut, sondern Stein für Stein sorgsam errichtet worden, so daß kein Fingerbreit mehr Platz zwischen den Steinen war. Gleich einem Hirten stand es etwas abseits.
In diesem Haus nun ging ein junger Mann schon fast den ganzen strahlenden Morgen auf und ab, raufte sich sein blondes Haar und suchte nach den richtigen Worten. Überlegte hin und her, faßte neue Gedanken und verwarf sie wieder. Unterhielt sich mit der Luft, stampfte mit den Füßen auf und kam doch zu keinem Ende.
„Sohn, du wirst uns noch wahnsinnig machen mit deinem Hin- und Hergelaufe. Sicherlich hast du schon mindestens einmal die Insel umrundet, rechnete man die Anzahl deiner Schritte zusammen.

Sie ist dein. Du selbst weißt, daß sie dich liebt. Und keinen anderen gibt es, den sie erwählen könnte. Amadán heißt wie das, was er ist, ein Narr. Außerdem wird sie nicht den unwissenden Sohn eines Hirten ehelichen wollen. Du selbst weißt, wie hoch ihre Ansprüche an ihren zukünftigen Mann sind. Na ja, und Tarbh, der Sohn meiner Schwester, ist zwar sehr schön, aber iß aus einem schönen Topf, wenn er leer ist. Wenig kann er ins Rennen einbringen, außer seiner Eitelkeit. Der einzige, der dir wirklich gefährlich werden könnte, ist Teanga, die Zunge.

Es könnte sein, daß sie sich von seinen kunstvollen Gedichten um den Finger wickeln läßt, und das mußt du nun einmal verhindern. Du mußt dir eben etwas einfallen lassen.

Dein Geschenk muß so einzigartig sein wie du selbst. Du mußt dir überlegen, was du ihr wirklich schenken willst. Ich für meinen Teil werde dich jetzt wieder verlassen, mit Verlaub, die Decke fällt mir auf den Kopf, wenn ich noch weiter dem Geräusch deiner Schritte lauschen muß."

Der kleine, dickliche Mann ging nach draußen und überließ den Ziehsohn seinem Schicksal.

Vor vierzehn Tagen war Beltainè gewesen. Eines der vier großen Hochfeste auf der Insel Eriu. Am Vorabend der Feier zogen alle Bewohner des Dorfes in einen nahe gelegenen Hain, wo sie sich zusammenfanden, um zu beten, sich rituellen Waschungen zu unterziehen, zu singen und um sich uralte Sagen und Legenden zu erzählen.

Junge Burschen machten sich auf, den Festbaum zu fällen und kamen mehr oder minder zerschunden und zerkratzt zurück. Die Mädchen sammelten Blumen und Kräuter, mit denen sie am nächsten Tag ihre Häuser und den Festbaum schmücken wollten. Am Morgen dann wurde der Baum von den kräftigsten Ochsen ins Dorf gezogen und von den stärksten Burschen aufgestellt.

Auch Amhrán hatte sich auf diesen Tag gefreut. Sie war die Ausgeburt weiblicher Listigkeit. Sie wußte genau, was sie wollte. Und bevor sich Solasard überlegen konnte, daß er sie vielleicht gar nicht wollte, hatte Amhrán ihm schon den Torques seiner Gefangenschaft um den Hals gelegt. Aber bald würde der Jüngling zum Manne werden, und sie wußte nicht, wohin ihn dann seine Gier treiben würde.

Sie war in ihrem sechsten Sommer gewesen, als der Achtjährige in die Familie des cenn-fine, des Familienoberhauptes der größten Familie von Inis-Diomain, dem kleinen Dorf auf den Klippen, aufgenommen wurde.

Carraig und Tiné hatten den Jungen angenommen wie eines ihrer eigenen Kinder, und wie ein solches liebten sie ihn auch, vielleicht sogar ein wenig mehr.
Ihre ältesten Kinder wohnten nicht mehr bei ihnen, und ihr jüngster Sohn Dreoilín, der mit Solasard gleichaltrig war, hatte sich früh ihrem Familienleben entzogen und war seiner eigenen verworrenen Wege gegangen. So war es kein Wunder, daß sie Solasard ihm weit vorzogen. Von Anfang an war er etwas Besonderes gewesen. Außergewöhnlich neugierig war er, alles mußte er wissen.
Immer war es sein Traum gewesen, eines Tages den Fianna anzugehören. Jener wilden Kampftruppe, deren Zweck es war, das Land gegen innere und äußere Feinde zu verteidigen. Mittlerweile hatte sie der neue König Broc aufgelöst, aber der Traum blieb.
Als erster von Tinés Söhnen lernte er den Umgang mit Stab, Schwert und Messer. Immer war er an der Seite des weisen Taliesin zu finden, wenn man ihn suchte. An allem zeigte er große Teilnahme, an allem, außer dem Leben des heldenhaften Königs Fionn mac Cumhail.
Er wußte, es hatte etwas mit dem verrückten Herrscher zu tun und daß er seiner Mutter gleich nach der Geburt fortgenommen worden war.
Wie viele fremde Gesichter hatten seine kleinen Augen seitdem gesehen, durch wie viele Hände war er gegangen, bis er wie ein Schiff nach einer langen Irrfahrt in den Hafen von Carraigs Familie eingelaufen war?
Er hatte keine Erinnerungen und empfand in seinem Herzen eine tiefe Leere, wo eigentlich die Liebe für seine leibliche Mutter verwurzelt sein sollte. Nichts war ihm geblieben, bis auf den kalten Haß auf Fionn, der ihm seine Mutter genommen hatte, und sein Name: Solasard mac Annir, das Große Feuer, der Sohn des Mädchens.
Dennoch hatte er sich schnell in seiner neuen Familie eingelebt.
Die ältesten Söhne Tinés hatten ihre eigenen Familien gegründet, und es gab wenig, eigentlich nichts, was ihn mit Dreoilín, seinem Ziehbruder verband. Tiné gab Solasard ihre ganze Mutterliebe, und durch diese vergaß er bald seine Trauer darüber, nie seine leibliche Mutter gekannt zu haben. Doch der Haß auf Fionn blieb. Solasard war jetzt in seinem achtzehnten Sommer.
Er kannte Amhrán schon von Kindesbeinen an. Sie war die einzige, die seine Trauer verstand. Amhráns Mutter war bei ihrer Geburt gestorben. Shem, ihr Vater, der Schmied und Pferdeknecht, schickte sie deshalb oft

zu Goleudydd, der Hohepriesterin der Dorfgemeinschaft. Von ihr lernte sie, mit Kräutern umzugehen, das Wetter zu bestimmen und manches mehr. Goleudydd war eine gute Priesterin, aber sie war schon sehr alt. Bald würde eine andere Frau ihren Platz in der Gemeinschaft einnehmen müssen. Lieber als mit Goleudydd war Amhrán mit Solasard zusammen. Er behandelte sie nicht wie ein kleines, unmündiges Mädchen von sechzehn Sommern.

Mit ihm konnte sie richtig raufen. Immer kannte er ein paar neue Kniffe, die er ihr gerne beibrachte. Manchmal kämpften sie sogar mit Holzschwertern gegeneinander. Es gab nichts, worüber sie nicht miteinander reden konnten. Ihren ersten Kuß schenkten sie sich, als Amhrán gerade elf Sommer alt war, und sie übten noch sehr fleißig, um später einmal nicht von anderen ausgelacht zu werden. Dann kam jene schicksalsträchtige Vollmondnacht in der Mitte des Weidenmonats Sáile dieses Jahres.

Die Beltainè-Nacht.

Am Vorabend brachten sich Freunde und Nachbarn die blühenden Äste von drei verschiedenen Bäumen, die Wünsche und Hoffnungen zum Ausdruck brachten. Später am Abend wurde das Vieh zwischen zwei mächtigen Feuern hindurchgetrieben, damit es auch dieses Jahr wieder von Krankheit verschont bliebe. Dann wurden die Schafe auf höhere Weiden gebracht.

Um Mitternacht kam Goleudydd in ihrem dunkelblauen Festgewand zum silbernen Eichenhain. Dort segnete sie das Land, und ein weißer Ochse wurde den Göttern geopfert. Aus seinem Fleisch, seinem Blut, Met, Wein und geheimen Kräutern wurde dann der Beltainèwein bereitet. Selig waren alle, trunken von Wein und Glück und Freude.

Als es immer später wurde, und schon manche ihrer Freunde über das reinigende Feuer gesprungen waren, nahmen sich auch Solasard und Amhrán an den Händen und sprangen. Beseelt vom Wein und angetrieben von der Lust liefen sie aus dem Hain und warfen sich in eine weiche Wiese.

Sie ließen sich nicht viel Zeit, sondern rissen einander die Kleider vom Leib. Dann lagen sie nebeneinander und betrachteten die Sterne. Jedenfalls eine Zeitlang. Beim zweiten Mal ließen sie sich mehr Zeit, und ihre ganze Liebe wurde offenbar. Sie liebten sich zärtlich und lange. Selig schliefen sie in der Morgendämmerung ein. Merkwürdig war es für beide, den Freund jetzt als Geliebten zu sehen. Es war einfach gewesen, Amhrán nur

als Freundin zu betrachten. Nie hatte er die Frau in ihr gesucht. Immer war sie ihm mehr eine Schwester gewesen.
Aber als sie in der Beltainè-Nacht unter ihm bebte, sich ihm entgegenbäumte, seinen Namen stöhnte, konnte er dem nicht mehr entfliehen. Als er ihren nackten Körper im Vollmond silbern leuchten sah, begehrte er nur noch die Frau, die vor ihm lag. Er konnte nicht glauben, daß er jahrelang so blind gewesen war. Etwas Heiliges war sie für ihn gewesen. Angst hatte er gehabt, dieser wundervollen Seele zu nahezukommen, sie zu verderben.
Natürlich trieb sie ihre Späße auch mit anderen, aber immer wußte sie, wo ihre Grenzen lagen. Sie konnte über den Tod eines Schmetterlings bittere Tränen vergießen und sich ein paar Augenblicke später vor Lachen krümmen, weil ein Lamm einen Hammel für seine Mutter hielt. Nichts nahm sie einfach hin, alles mußte genauestens erforscht werden. Sie war ein Mädchen auf der Schwelle zur Frau.
Viel zu nahe waren sie sich, viel zu gut kannten sie einander, um sich zu verlieben. Solasard konnte es immer noch nicht fassen. Und heute war schon der Versprechungsabend. Der Abend, an dem sie sich den Mann aussuchen würde, den sie später heiraten würde, und er hatte noch nicht einen vernünftigen Satz auf den Lippen. Der Brautwerber wollte sich gar nicht ausmalen, was sich die anderen Jünglinge für Amhrán ausdenken würden. Allen voran Teanga mit seiner geschmeidigen Zunge. Er konnte diesen aalglatten Kerl einfach nicht ausstehen.
Sicherlich würde er eines seiner wundervollen Gedichte für sie aufsagen. Außer dem Dichter aber konnte ihm niemand aus dem Dorf ins Gehege kommen. Was machte er sich Sorgen, schließlich liebte sie ja ihn und nicht Teanga.
Das Glück bevorzugte jedoch immer den, der besser vorbereitet war. So nahm er seine Wanderung wieder auf, in der Hoffnung, doch noch die richtigen Worte zu finden.
Amhrán war in ihrem sechzehnten Sommer, und heute abend würde ihr zu Ehren ein Versprechungsfest abgehalten werden. Die Jugend und darunter natürlich ganz besonders die jungen Männer des Dorfes wurden dazu eingeladen. Aus ihnen sollte sie sich den Mann für ihr zukünftiges Leben aussuchen.
In der Festhütte des Dorfes stand nun die junge Frau mitten in dem großen Raum und beobachtete, ob ihren Vorgaben auch so nachgekommen

wurde, wie sie es sich wünschte. Das war ihr Fest heute abend, und sie wollte, daß es genauso ablief, wie sie es geplant hatte.

Lange hatte Solasard gebraucht, den Weg zu finden, der ihn schließlich in ihre Arme treiben sollte. Sie würde sich nie einem Mann anbieten wie eine billige Sklavin. Der Torques, den sie um den Hals trug, hatte eine Öffnung. Sie war eine Freie und würde nur schwer einen Teil dieser Freiheit aufgeben.

Sicherlich liebte sie Solasard, und zufälligerweise hatte er auch alle Eigenschaften eines guten Familienoberhauptes.

In ihren Augen war sie noch jung. Würde sie jedoch noch länger mit der Hochzeit warten, wäre sie zu alt und würde keinen Mann mehr finden, der sie ehelichen würde. Die meisten Mädchen heirateten in ihrem dreizehnten oder vierzehnten Sommer und hatten mit sechzehn bereits zwei Kinder. Aber Amhrán wollte ihre Freiheit so lange wie möglich genießen. Die Federn würden ihr schon früh genug gestutzt werden.

Endlich war alles so aufgebaut und vorbereitet, wie sie es sich vorstellte. Taliesin, der Dorfdruide, würde ihr heute abend mit seiner Harfe die Ehre erweisen und für sie aufspielen. Es war Zeit, die Hütte ihres Vater aufzusuchen und sich zu waschen und zurecht zu machen für den großen Abend. Ihr dunkles Kupferhaar, rötlich in der Sonne schimmernd, würde sie zu vielen kleinen Zöpfchen flechten, geschmückt mit einigen schönen Muscheln. Sie würde ein langes weißes Wollunterkleid anziehen, das ihre schlanken Fesseln schamhaft verbarg. Darüber einen dunkelroten Überwurf, der von zwei silbernen Fibeln zusammengehalten wurde. Wie immer um diese Jahreszeit würde sie barfuß gehen. Schmuck würde sie keinen anlegen, den hoffte sie, von Solasard zu bekommen.

Geschwind sprang sie auf, warf noch einmal einen Blick in den Festsaal und ging dann in die Hütte ihres Vaters. Jedes Mal, wenn ein Lichtstrahl ihr Haar traf, leuchtete es wie die Abendsonne, die ihr Wegbegleiter war und langsam hinter den Klippen im Meer versank.

Sie war glücklich. Das war ihr Fest heute abend, und wie so viele Vertreterinnen des weiblichen Geschlechts liebte sie es, im Mittelpunkt zu stehen. Noch war sie jung und hübsch, wenngleich ihr Vater immer behauptete, ihr Hintern sei zu dick.

Sie glaubte ihm nicht, daß es stimmte. Sicherlich wollte er sie nur zu übertriebener Eitelkeit anstiften, weil er selbst gern jungen, hübschen Frauen

nachschaute, obwohl er sich nach dem Tod seiner Frau keine Gattin mehr genommen hatte. Amhrán liebte ihren Körper.
Sie war nicht hochgewachsen und auch etwas kräftig gebaut. Wahrlich, mit einer Elbin konnte man sie sicher nicht verwechseln. Stark, wild und unbändig war sie wie eine Conmacne-mara-Stute. Zähmen mußte ein Mann sie erst für sich, sonst zöge sie ihm gehörig das Fell über die Ohren, was Solasard bestimmt auch noch oft genug bevorstand während ihrer Ehe. Amhrán war immer für eine Überraschung gut.
Sie liebte es, sich mit Männern zu messen, ob im Reiten, im Kampf mit Schwert oder Messer. Die Frauen ihres Dorfes waren keine guten Gegnerinnen für sie, diese bevorzugten eher den Fechtkampf mit Nadel und Faden, der Amhrán höchst zuwider war.
Es war nur gut, daß Solasard ruhig und besonnen war. Sie war eher verrückt, wild und unbändig. Die unmöglichsten Gedanken flogen in ihrem hübschen Kopf umher. Das war die eine Seite, die Solasard so sehr an ihr mochte. Die Seite, die er verstehen und nachvollziehen konnte.
Doch es gab auch die stille Amhrán, die stundenlang im Regen an den Klippen entlangritt und traurige Lieder sang, die Amhrán, die den Kelch der bittersüßen Schwermut bis zur Neige leerte und genoß, wie jeder Tropfen durch ihre Kehle rann.
Ein Frühlingskind war sie und genauso viele Gesichter wie dieser hatte auch sie. Niemand konnte wissen, was sie im nächsten Augenblick tun würde. Sie war nicht besonnen und vorsichtig wie Solasard, der jetzt in seinem achtzehnten Sommer alles stets zweimal überprüfte, bevor er einen Schritt vorwärts machte. Nie schüttelte er seine blonde Mähne, immer trug er sie sorgfältig geflochten, wie es sich ziemte für den Ziehsohn des cenn-fine, des Clan-Oberhauptes.
Immer war seine Kleidung tadellos. Meistens trug er blau, passend zu seinen alles erfassenden Falkenaugen. Sein eiserner Wille zwang ihn, alles bis zur bedingungslosen Vollkommenheit zu betreiben. Sei es ein Kampf oder die Suche nach Wissen.
So sehr er auch von den Fianna träumen mochte, so sehr fehlte es ihm an ihrer Sprunghaftigkeit und Biegsamkeit. Bis Solasard seine Richtung änderte, mußte immer etwas Zeit vergehen. Denn die Gründe für einen Wechsel mußten schließlich reichlich überlegt und abgewogen sein. Er war kein Freund von schnellen Entschlüssen. Aber Träume formen Menschen.

Nie hatte er daran gedacht, was es für Folgen nach sich ziehen könnte, den Erzählungen von Fionn mac Cumhail, dem großen Führer der Fianna, des Mannes, der ihm seine Mutter genommen hatte, jegliche Anteilnahme zu verweigern. Das sollte er jedoch bald nur allzu schmerzhaft erfahren.
Die Stunden gingen dahin, und der Abend näherte sich. Nebel zog auf und wallte ins Tal, wo die ersten Kerzen entzündet wurden. Die Jugend des Dorfes hatte sich schon in der Hütte versammelt. Dort saßen sie nun auf ihren Bänken, harrend, was der Abend bringen mochte. Dann trat Amhrán über die Schwelle der Festhütte. Alle Blicke wandten sich ihr zu. Sie duftete wie der leibhaftige Frühling und strahlte über das ganze Gesicht. Anmutig nahm sie an der Tafel neben Shem, ihrem Vater, Platz.
Stolz saß der Schmied des Dorfes auf der Bank. Seine muskelbepackten Arme waren übersät mit zahlreichen Brandnarben, Lehrgeld für viele Jahre harter Arbeit. Er war ein guter, ein freundlicher Mensch, obwohl sein Äußeres geradezu das Gegenteil verhieß. Doch die Dinge sind selten so, wie sie erscheinen.
Der Mann erhob sich und sprach mit bebender Stimme:
„Ein besonderes Erwählungsfest feiern wir heute! Das Versprechungsfest meiner schönen Tochter Amhrán. Sie wird sich heute einen der Fische aussuchen, die ihr ins Netz geraten sind. Doch prüfen muß sie erst die Ware, bevor sie sie kaufen wird. Nun frage ich euch edlen Jünglinge, wer will meiner schönen Tochter einen Antrag machen?"
Da standen sie auf, fünf junge Männer, die um sie werben wollten mit Worten und Taten, Geschenken und Versprechungen.
Vorsichtig blickte Solasard in die Runde.
Da stand Amadán, der Amhrán schon immer nachgespürt hatte und Tarbh, der Neffe des cenn-fine.
Auch Teanga gab sich die Ehre. Diese drei hatte er erwartet zu sehen, nicht aber Dreoilín, seinen Ziehbruder. Mit einem verächtlichen Blick nickte dieser dem vermeintlichen Mitbewerber zu.
Sein schwarzes Haar, das er wohl über Nacht geflochten hatte, fiel in wilden Locken über sein feuerrotes Hemd. Die dunkle Lederhose trug er wie immer viel zu eng geschnürt.
Solasard verstand die Welt nicht mehr. Mit allem hatte er gerechnet, mit allem, nur damit nicht. Aber so war Dreoilín, hinterlistig, durchtrieben und falsch. Wer wußte, was man heute abend noch von ihm zu erwarten hatte?

Mit Sicherheit liebte er Amhrán nicht einmal. Begehren ja, aber lieben? Solasard glaubte nicht, daß Dreoilín dazu überhaupt fähig war. Immer schon war die Beziehung seines Ziehbruders zu ihm geprägt von Neid, Haß und Mißgunst. Einmal hatte er Solasard sogar angeschrien:
„Was du bist? Du bist ein Dieb! In dunkelster Nacht hergebracht wie der Balg eines Verräters, hast du dich eingeschlichen in meine Familie und all die Liebe, die mir zustand, die mir gegolten hätte, an dich gerissen. Wie oft noch muß ich mir dieses 'Nimm dir doch einmal ein Beispiel an deinem Ziehbruder' anhören?"
Auch Shem blickte nicht gerade wohlwollend zu dem Jüngling hin, um dann fragende Blicke mit Solasard zu wechseln. Mit Sicherheit war dieser finstere Geselle der letzte Mann im Dorf, den er sich als Schwiegersohn wünschte.
Solasard hätte gern gewußt, was Carraig davon hielt. Doch dieser war wie alle erwachsenen Männer des Dorfes nicht eingeladen. Ein Versprechungsabend war ein Fest der Jugend, und Taliesin und Shem nahmen nur deshalb daran teil, weil der eine für Musik sorgte und der andere die verstorbene Mutter Amhráns vertrat.
Noch immer war sich Solasard Amhráns wildem Herz nicht sicher. Die Göttin möge wissen, welche Laune sie heute wieder reiten würde. Und schlimmer noch war, er wußte nicht, was für ein Brautgeschenk Dreoilín bereithielt. Die unmöglichsten Menschen kannte sein Ziehbruder. Überallhin hatte er zahlreiche Verbindungen, sogar nach Alba.
Da riß ihn wieder Shems Stimme aus den Gedanken.
„So setzt euch wieder. Amhrán möge bestimmen, wer den Anfang machen soll."
Die Jünglinge nahmen Platz, dann zeigte die angehende Braut auf Amadán. Dieser erhob sich und ging vor die Tafel, wo für die Vorstellung der Bewerber Platz gelassen worden war. Hier sollten sie sich in ihrem besten Licht zeigen, was Amadán aber nur schwer gelang. Zu gut hatte er schon dem Met zugesprochen, kaum daß er sich gerade halten konnte.
„Nun, ja, meine, äh, Schöne! Ich kann dir zwar nicht viel bieten, dies aber von ganzem Herzen. So will ich dir versprechen, dich immer zu ehren."
Die Menge, einschließlich Amhrán, lachte laut auf. Bei jedem Erwählungsfest versuchte der arme Hirtensohn sein Glück. Aber bis jetzt konnte er noch keines Mädchens Herz für sich gewinnen. Langsam verebbte das

Gelächter, Amadán setzte sich wieder auf seinen Platz, und Amhrán blickte zu Tarbh hin.
„Nun, Tarbh, was kannst du mir bieten, das mich unweigerlich in deine Arme treiben wird?"
Ein wunderschöner Mann stand auf. Seine leuchtenden, blauen Augen strahlten beifallheischend umher. Anmutig bewegte sich der blonde Jüngling zur Tafel hin. Kunstvoll waren seine Haare geflochten, ein goldener Ohrring blitzte an seinem rechten Ohr. Sein silberner Torques wies die schönsten Verzierungen auf.
Wundervoll verschlungene Linien waren auf seine Arme tatowiert, das gleiche Muster, das sich auf seinen silbernen Armreifen fortsetzte. Sein Hemd war aus feinstem Linnen und schimmerte so türkis wie das Meer an einem ruhigen Sommertag. Dazu trug er eine Bracca aus dem gleichen Stoff von dunklerem Blau. Höflich verbeugte sich der Schönling vor ihr.
„Sei mir gegrüßt, meine Abendsonne. Meinen Anblick biete ich dir, jeden Tag, und jede Nacht die Kraft meiner Lenden. Achte dies nicht gering, denn bin ich auch tags stolz wie ein Stier, so will ich des Nachts nur dein Hengst sein. Die meisten Kinder im Dorf werden wir haben. Gesunde Kinder, kräftige Kinder, schöne Kinder."
Freundlich lächelnd nickte Amhrán ihm zu, während er sich formvollendet vor ihr verbeugte und an seinen Platz zurückging. Als er an Solasard vorbei kam, griff er sich wie zufällig an sein Gemächt. Dieser konnte sich nur schwerlich ein Lachen verkneifen.
Verlegen wandte sich die allgemeine Aufmerksamkeit Teanga, dem Sohn des Druiden, zu, einem Jüngling, der später vielleicht in die Fußstapfen seines Vaters treten würde. Alle alten Erzählungen und Lieder kannte er schon als Junge auswendig. Kein Freund des Schwertes war er, sondern ein freundlicher Mann des Wortes. Sein Gesicht umrahmte dunkelblondes Haar. Auch trug er einen langen Vollbart. Kräftig gebaut war er. Wo seine Faust hinschlug, wuchs kein Gras mehr, aber nur selten nutzte er die Stärke seiner Arme. Teanga bevorzugte die Kraft der Weisheit. Bedächtig trat er vor das Mädchen. Teanga hatte etwas Väterliches an sich und wirkte trotz seiner jungen Jahre wie ein reifer Mann.
Er mochte Amhrán, weil sie so lebendig war. Doch von Liebe konnte keine Rede sein. Dennoch hätten jetzt viele Frauen gern mit ihr den Platz getauscht. Die Männer Erius waren mehr Männer des Mets und ihrer wilden

Geschichten als gute Familienväter. Teanga machte hier eine große Ausnahme.
Er liebte seine Frau und seine Kinder aufrichtig. Er wollte Amhrán zu seiner Nebenfrau machen, damit ihr kein Mann jemals einen Schaden zufügen könne. Amhrán und seine Frau, Leoithne, kannten sich schon von klein auf und mochten sich sehr.
Leoithne war eine gute und fromme Frau, aber Amhrán hatte ein Hauch der Göttin gestreift und Großes stand ihr noch bevor. Teanga sah nicht die werdende Frau in Amhrán, den Körper. Er sah nur die Seele, und diese wollte er vor allen schlechten Einflüssen bewahren.
Teanga war weder schön noch reich, aber er konnte Gedichte machen, die kostbarer waren als Gold und Silber. Sanftmütig war er, kein Streuner, der sein Lager jede Nacht bei einer anderen aufschlug. Oft träumte er davon, wie sie als Hohepriesterin mit ihm sein Druidenleben teilen würde.
Er glaubte nicht, daß Solasard, der nur in seiner eigenen Wirklichkeit lebte, sie verstehen könnte. Sicher würde er einen guten Mann abgeben, sie lieben und ehren, aber würde er auch bemerken, daß sie die Pflichten einer Mutter und Frau nicht befriedigten, sondern ihren freien Geist verkümmern ließen?
Da stand er nun vor ihr, räusperte sich und sprach:
„Sei mir gegrüßt, du Kind der Großen Mutter! Gold und Silber kann ich dir nicht bieten, doch am Reichtum meiner Weisheit lasse ich dich gern teilhaben. Ich möchte es dir ermöglichen, auf dem Pfad des Wissens zu wandeln und dort deinen eigenen Weg zu suchen.
Die Sicherheit meines Hauses und meiner Familie würde ich dir gewähren. Die schönsten Geschichten würde ich dir erzählen und die schönsten Gedichte dir zu Ehren vortragen. Eines nun höre. Ich machte es nur für dich, denn gering ist die Möglichkeit, daß ich dein werde. So höre denn, verstehe und teile mein Leid.

Wie Wasser vom Mond,
auf deine Liebe zu hoffen,
wie Tränen von Steinen.

Wie Wasser vom Mond,
deine Küsse zu spüren,
wie Blüten am Stab.

Wie Wasser vom Mond,
deinen Körper zu spüren,
auf Liebe zu hoffen
und bei dir zu sein.

Wie Wasser vom Mond,
deine Stimme zu hören,
in deine Augen zu sehen,
zu wissen um dich.

Wie Wasser vom Mond,
wie Wasser vom Mond.

Ich habe das Wasser
vom Mond gesehen,
ich sah es in deinen Augen,
ich glaubte, es sei die Andere Welt.

Sie ist für mich erreichbar.

Große, dicke Tränen liefen dem Mädchen über die geröteten Wangen, und schwer rang sie um Fassung, bis sie ihn leise bat, sich wieder zu setzen. Zu deutlich zeigte ihm ihr Schluchzen, daß sie diese Ehe nicht eingehen konnte. Sie liebte Solasard.
Langsam beruhigte sich das junge Herz, doch ihre zittrige Stimme verriet, wie sehr sie die Worte des Dichters berührt hatten.
„Nun, Solasard, Ziehsohn des cenn-fine, was kannst du mir bieten, was noch keiner mir angetragen hat?"
Stolz erhob er sich und ging selbstbewußt nach vorn. Dort blieb er vor ihr stehen und lächelte zaghaft.
„Mit wenigem komme ich, denn was ich dir zu geben vermag, ist nicht sichtbar für jene, die nicht sehen können. Doch du blickst in mein Herz, wo meine Liebe zu dir hell und warm leuchtet. Aufrichtig ist diese Liebe und stolz mein Herz, daß sie erwidert wird. Und noch etwas bringe ich dir."
Langsam zog er sein Schwert aus der Scheide und legte es vor die zukünftige Braut auf die Tafel.

„Dieses Schwert und die Hand, die es führt, werden immer da sein, um dir Sicherheit und Schutz zu gewähren. Deine Ehre werden sie verteidigen, wenn es denn einer wagen sollte, diese in Frage zu stellen.
Ich bin dein, mit Hand und Herz. Und doch sind Herz, Hand und Schwert nicht genug, um dich für mich zu gewinnen.
Eines braucht es noch. So wie eine Prinzessin ihren Palast hat, so sollst auch du Herrin über mein Land und mein Heim sein."
Da griff er in seine Hosentasche und holte einen Stein und eine Handvoll Erde hervor und legte sie zu dem Schwert.
„Dieser Stein wird ein Stein des zweiten Steinhauses Inis-Diomains sein, und auf dieser fruchtbaren Erde wird unser Vieh weiden. Dies ist alles und mein Leben. Wähle nun du, ob ich würdig bin, deiner versprochen zu werden."
Er verbeugte sich höflich und ging an seinen Platz zurück.
Nun blieb nur noch einer, und niemand wußte, was er ihr bieten konnte, außer seinem Neid, seinem Haß und seiner Falschheit. Aber es wurde jeder gehört, und auch ihm sollte nicht das Wort verweigert werden.
Gemächlich stand Dreoilín auf, die Aufmerksamkeit aller genießend. Schlacksig ging er bis vor Amhráns Tafel, wo er mit einem breiten Grinsen stehen blieb. Unverschämt, lüstern musterte er Amhrán, die seinem Blick kalt und beherrscht standhielt.
„Nun, Dreoilín, Sohn des cenn-fine, was bietest du mir außer deiner Frechheit und der Kraft deiner Lenden, für deren Stärke es keinen Beweis gibt."
Kühl antwortete dieser:
„Versuchst du mich zu reizen, stolze Distel? Dabei wissen wir doch beide, daß du gar keine Dornen hast."
Mit Mühe behielt Solasard die Ruhe, aber er wußte, wenn er sich jetzt einmischte, würde dieser Abend mit Sicherheit nicht friedlich enden.
Dann geschah das Ungeheuerliche.
Mit einer schnellen Bewegung warf Dreoilín einen Halfter und eine Gerte vor Amhrán, die er in seinem langen Überrock versteckt hatte. Langsam beugte er sich zu Amhrán nieder, packte sie und zog sie hoch zu sich. Voller Unverständnis sah sie in diese kalten, seelenlosen Augen.
„Das biete ich dir. Zaumzeug und Gerte, meine kleine Stute. Auch wenn mein Ziehbrüderchen vielleicht glaubt, dich gezähmt zu haben, einreiten werde ich dich, daß du nach meiner Hand schreist, die dich einführt in die

Kunst, eine wahre Stute zu sein. Eine lustvolle Dienerin wirst du mir sein, meine Sklavin! Ich werde dich zu einer richtigen Frau formen."
Vier Männer hielten Solasard, der aufgesprungen war. Der Zorn stand ihm ins Gesicht geschrieben, nur mit Mühe konnten ihn die Männer zurückhalten.
Dreoilín nahm ihr Kinn und drückte ihr einen schmierigen Kuß auf die Lippen. Mit einem verächtlichen Blick zu Solasard rief er:
„Der da wird es dir nie so gut besorgen können wie ich. Schließlich bin ich der wahre Sohn des cenn-fine und nicht dieser dahergelaufene Hund!"
Er ließ sie los, machte auf dem Absatz kehrt und ging hinaus.
Angewidert wischte sich Amhrán mit der Hand über die Lippen. Tränen ließen ihre Augen glasig werden, aber sie riß sich zusammen. Dreoilín war keine Träne wert. Langsam setzte sie sich, legte den Kopf in den Nacken, holte tief Luft und atmete kräftig aus.
„So meine Freunde, dies war der lustige Teil des Abends, nun wieder zurück zum Ernst des Lebens. Möchte noch jemand vorsprechen oder waren dies alle Bewerber um meine alleinige Gunst."
Nichts rührte sich.
„Dann soll Taliesin uns zum Tanz aufspielen und singen wollen wir, bis ich entschieden habe, wer sein Leben in Zukunft mit mir teilen wird."
Taliesin stand auf und begann, auf seiner Harfe zu spielen. Es wurde viel getanzt an diesem Abend. Einige Frauen des Dorfes brachten frisches Brot, saftiges Fleisch, köstlich zubereiteten Fisch und Met und verschwanden wieder.
Manche der jungen Leute holten Flöten hervor, und bald schon hörte man Flötenklänge und rhythmisches Klopfen auf den Tischen aus der Hütte.
Es war bereits weit nach Mitternacht, als sich alle wieder auf ihre Bänke setzten, viele nicht mehr ganz so nüchtern wie zuvor. Stille kehrte ein und Shem stand auf, erst leicht wankend, doch dann stand er.
„Nun ist die Zeit der Entscheidung gekommen, liebe Tochter. Keine Mutter hast du mehr, die sich nun aufmachen müßte, Schüssel, Wasser und Tuch zu holen. So werde ich es wohl tun müssen."
Wie ein Schiff bei schwerem Seegang rollte er vorwärts zum Eingang, wo er alles bereitgestellt hatte. Er legte sich das Tuch über die Schultern, nahm die Schüssel auf, die mit Wasser gefüllt war und ging zurück zu Amhrán, vor der er alles auf die Tafel stellte. Dann setzte er sich wieder. Lächelnd begann die zukünftige Braut zu sprechen:

„Freunde, ein schönes Erwählungsfest durften wir miteinander feiern, sogar einen Überraschungsgast gab es, doch darüber wollen wir schweigen ein ums andere Mal. Wie mein Vater schon sagte ‘Die Zeit der Entscheidung ist gekommen’ und entschieden habe ich mich.“
Dann stand sie auf, nahm das Tuch und die Schüssel.
Einmal ging sie rund um die Hütte, bis sie vor Teanga stehen blieb. Freude strahlte in seinen Augen.
„Teanga, guter Freund, dein Angebot ehrt mich, und glaube mir, ich weiß es wohl zu schätzen. Doch es wäre keine Liebe, was uns verbindet. So treibt mich das Schicksal zu einem anderen hin, aber meinen Dank wollte ich dir sagen. Du bist ein wahrlich guter Mensch.“
Daraufhin ging sie schnurstracks zu Solasard, dessen Herz noch immer stehengeblieben schien.
„Solasard mac Annir, Ziehsohn, und der Göttin sei Dank nicht Sohn des cenn-fine! Mein Herz entbrannte schon lange für dich, doch der Schein anderer Feuer war wohl zu hell für dich. Heute nun will ich dich erwählen, mein Liebster, mit mir mein Leben zu teilen, wenn es die Göttin so wünscht.“
Fast hätte sie das ganze Wasser verschüttet, aber der Rest reichte immer noch aus, Solasard damit die Hände zu waschen. Sanft trocknete sie ihm die Hände ab, zerriß das Tuch, knotete es wieder zusammen und rief:
„Du bist erwählt, du bist erwählt, du bist erwählt.“
Dann drückte sie ihm drei dicke Küsse auf seine schmalen Lippen. Plötzlich war da ein Johlen und Schreien. Hoch sprang der junge Mann, packte das Mädchen an der Hüfte und wirbelte sie durch die Luft.
Die Freude kannte kein Ende.

Das Tor zum Garten

Am nächsten Morgen erwachte Amhrán müde und mit scheinbar bleiernen Knochen. Auf dem Tisch in ihrem Zimmer lagen die Perlenohrringe, die sie sich sehnlichst gewünscht hatte. Solasard hatte sie ihr auf dem Heimweg gegeben.
Sie war glücklich. Draußen sangen die Vögel ihr Morgengebet zur Göttin, und leise in sich machte Amhrán das auch. Gewiß tat Amhrán nach außen hin nicht so fromm wie andere Frauen des Dorfes, die täglich Opfer zu heiligen Stellen im Wald oder an Quellen brachten. Doch ihr erschien das mehr als eine Beleidigung für die Götter, weil die Frauen es nicht für die Götter selbst taten, sondern nur für ihr Ansehen im Dorf.
Amhrán hingegen pflegte ein häufiges Zwiegespräch mit ihrer Göttin, selbst wenn diese ihr so manche Antwort schuldig blieb. Ihr Glaube war der Anker, der ihr Schiff auch im Sturm ruhig hielt. Früh schon hatte sie gelernt, unsichtbaren Göttern mehr zu vertrauen als greifbaren Menschen.
In vierzehn Nächten nun würde ihre Hochzeit sein. Sie freute sich wie ein kleines Kind. Dann, im nächsten Frühjahr würde Solasard mit dem Bau des Hauses beginnen, und über Winter konnten sie vielleicht schon darin wohnen und ihr erstes Kind zur Welt bringen. Sie würden Vieh haben und gute Pferde züchten. Ihre Kinder würden keinen Hunger leiden.
Vielleicht konnte Goleudydd sie ja noch ein wenig in die Heilkunde einweisen oder in die Kunst, eine gute Hebamme zu sein. Sie malte sich ihre Zukunft so schön aus und doch sollte alles anders werden.
Schwerfällig stand sie auf, wusch sich und zog sich an. Es dauerte einige Zeit, bis sie ihre lange Mähne gestriegelt hatte. Wieder einmal hatte sie vergessen, ihre Haare zu flechten, bevor sie sich niederlegte. Ein weißes Band flocht sie noch in ihr Haar, dann machte sie sich auf zu Solasard.
Zuversichtlich klopfte sie an die Tür des Steinhauses. Geöffnet wurde diese von einer überglücklichen Tiné. Sie erinnerte jetzt kaum mehr an die schlanke, junge Frau, die sie bei Solasards Geburt gewesen war. Viele Kinder waren im Steinhaus geboren worden, und das war an ihrem Körper nicht spurlos vorbeigegangen. In ihr schlug jetzt das große Mutterherz, an das sie ihre Liebsten gerne drückte.

„Oh, mein Kind, wie schön dich zu sehen. Ich danke dir für die Ehre, die du mir und meinem Haus erweist.“
Herzlich drückte die kleine, dralle Frau ihre zukünftige Schwiegertochter.
„Komm nur, komm herein. Setz dich ruhig. Einen Becher frische Milch? Solasard und Carraig werden gleich wieder hier sein. Sie sind schon früh ausgeritten. Ein Schaf, das lammte, hatte Schwierigkeiten dabei, so daß der Hirte heute früh zu uns eilte.“
Da hörte Amhrán feste Schritte von draußen und ein gewaltiges Poltern vor der Tür. Prompt wurde diese auch aufgestoßen und herein kamen Vater und Ziehsohn. Sanft schritt Solasard auf Amhrán zu, küßte ihre Wangen, ihren Mund und sagte:
„Einen wunderschönen guten Morgen wünsche ich dir, meine zukünftige Frau. Welche Wege führen dich her?“
„Die Wege, die draußen vor der Tür verlaufen, künftiger Gemahl! Ich wollte nur noch einmal nachfragen, wann nun genau die Vermählung stattfinden soll. In vierzehn Nächten wie es Brauch ist?“
„Sicherlich doch, mein Herz“, brummte Carraig, „oder hast du noch Bedenken, ho, ho, ho?“
Vorsichtig kam Tiné hinzu und begann zu sprechen.
„Carraig, ich würde gerne meine Schwester einladen. Sie lebt aber an der Ostküste und so schnell wird sie mit Sicherheit nicht hier sein können.“
Verwundert blickte der cenn-fine auf.
„Du hast eine Schwester? Wie schön, daß ich auch schon so früh darüber unterrichtet werde. Dürfte ich vielleicht erfahren, warum du mir das all die Jahre verschwiegen hast?“
Ratlos blickte Tiné unter sich, kaum wagte sie, ihrem Mann in die Augen zu sehen. Ungeduldig trommelte dieser mit seinen Fingern auf den Tisch.
„Bekomme ich vielleicht heute noch eine Antwort?“, knurrte der kleine Mann in den Raum.
Verängstigt zuckte seine Frau zusammen.
„Wir haben uns nicht in Frieden getrennt, und ich dachte, die Hochzeit Solasards wäre ein guter Anlaß zur Versöhnung.“
Wütend antwortete Carraig:
„Du hast gedacht. Das ist ja wunderbar. An mich hast du dabei aber nicht gedacht, oder? Ob es mir zum Beispiel überhaupt recht sein könnte?“

Heftig krachte die Faust des Mannes auf den Tisch, und er fuhr wütend fort:
„Ich glaube es einfach nicht. Die eigene Frau. Wer weiß, wovon ich noch nichts weiß?“
Kreidebleich stand die kleine Frau im Zimmer. Vorsichtig legte Solasard seinem Vater den Arm um die Schultern und lächelte ihn besänftigend an.
„Nun gut, Weib, daran, daß du eine Schwester hast, können wir jetzt wohl nichts mehr ändern, oder? So wollen wir sie auch einladen, wenngleich ich nicht weiß, welcher Schmetterling aus dieser Puppe schlüpfen wird. Wir werden deshalb und nur deshalb nicht in zwei Wochen, sondern am Hochfest Lughnasadh im Steineichenmonat Tinne eure Hochzeit halten. Dann habt ihr nicht nur den Segen unserer Hohepriesterin, sondern auch den all unserer Götter. Dies mag ein gutes Vorzeichen für den Verlauf eurer Ehe sein. Doch eine weitere Verzögerung werde ich nicht dulden, auch wenn du noch einen Bruder haben solltest, Weib! Ich hoffe, daß du das verstanden hast.“
Um Verständnis heischend nickte die verschreckte Frau und ging schnell in die Küche.
Draußen vor der Tür hörte man das Schnauben eines Pferdes, dann harte Schritte vor der Tür. Mit Wucht wurde diese aufgerissen. Herein kam Dreoilín. Er grinste hämisch von Ohr zu Ohr.
„Oh, wie schön, daß ich die ganze Familie hier so vereint antreffe. Na, Amhrán, hast du dich doch noch für mich entschieden und willst jetzt deine Entscheidung rückgängig machen?“
Stolz schritt er auf das Mädchen zu, das sich immer mehr zum Ende der Bank hin schob. Da stellte sich ihm Carraig in den Weg.
„Raus“, flüsterte der Mann fast ohne Stimme, „raus. Du bist nicht mehr mein Sohn. Meine Söhne haben Ehre und Anstand. Hinaus und wage es nicht, noch einmal dieses Haus und unser Land zu betreten.“
Voller Verachtung lächelte der Sohn seinen Vater an:
„Aber Vater. Ich bin doch dein Sohn. In meinen Adern fließt dein Blut. Oder nicht, Mutter? Wie könnte ich da keine Ehre haben? Nun denn, eigentlich bin ich auch nur noch einmal hierhergekommen, um mich von euch zu verabschieden. An der Ostküste erwarten mich nämlich dringende Angelegenheiten. Und dieses kleine Vögelchen hier in der Ecke wird mich begleiten. Du findest sicherlich eine Bessere für dich, geliebter Ziehbruder.“

Gerade als er Amhrán am Arm gepackt hatte, spürte Dreoilín Solasards Dolch an seinem Hals.
„Ich würde sie loslassen, Dreoilín. Du weißt, ich kann mit Waffen nicht so gut umgehen wie du, und es mag sein, daß ich jemanden unabsichtlich verletze. Laß sie los."
Mit der freien Hand versetzte Dreoilín seinem Ziehbruder einen Stoß in die Rippen, daß dieser kurz zusammenzuckte und zog Amhrán hinter sich zur Tür. Doch bis dahin kam er schon nicht mehr. Mit einem gewaltigen Satz war Solasard über ihm und brachte ihn zu Fall.
Erschrocken floh Amhrán in die Arme Carraigs.
Heftig kämpften die beiden Männer am Boden, bis Solasard schließlich die Oberhand gewann. Das Gesicht wutverzerrt setzte Solasard seinen Dolch an die Schläfe seines Ziehbruders und zog einen dünnen Strich bis zum Kinn.
„Das ist mein Abschiedsgeschenk für dich, Dreoilín. Von nun an wirst du ein Gezeichneter sein, und jeder wird bei deinem Anblick erkennen, daß es besser ist, sich von dir fernzuhalten. Solltest du mir wahrlich noch einmal in diesem Leben unter die Augen kommen, dann schwöre ich dir bei Sonne und Mond, Wasser und Wind, Tag und Nacht, Meer und Land, daß ich dich töten werde."
Völlig unbeeindruckt griff sich Dreoilín an die Wange. Blut tropfte auf den Boden, rann über seine Finger. Hocherhobenen Hauptes ging er zur Tür. Dann drehte er sich langsam um.
„Dafür wirst du mir bezahlen, Solasard, teuer bezahlen. Ich bin dein Ziehbruder! Wie konntest du mich für so ein unerfahrenes Stück Fleisch verraten? Wir hätten sie uns doch teilen können."
Leicht verfehlte der geworfene Dolch sein Ziel. Augenblicke später war nur noch der rasende Galopp eines Pferdes zu hören.
Weinend brach Amhrán zusammen. Sie war nur noch ein Heulen und Schluchzen. Immer wieder holte sie tief Luft und schluchzte vor sich hin. Fest hielt Solasard seine Braut im Arm. Langsam beruhigte sie sich. Dann putzte sie sich ein letztes Mal die Nase und schlief erschöpft in den Armen ihres Geliebten ein. Tiné holte eine Decke und wickelte sie darin ein.
Früh am Abend wachte sie wieder auf. Behutsam fragte Carraig seine zukünftige Schwiegertochter:
„Nun, meine Tochter, wie geht es dir? Ich hoffe, du hast den Mittag gut überstanden. Er wird bestimmt nicht noch einmal herkommen. Aber nun

eine andere Frage. Freust du dich schon darauf, bald hier einzuziehen? Schließlich kannst du nicht bei deinem Vater bleiben. Du gehörst dann ja zu uns, zur besten Familie des Dorfes. Sorge dich nicht wegen Dreoilín, bitte."
Beschwichtigend fiel ihm Solasard ins Wort:
„Laß es gut sein, Vater, vergessen ist er. Laß keinen Schatten auf das Glück deines Ziehsohnes fallen. Wir wollen ihn streichen aus unseren Herzen und Gedanken. Laßt froh uns sein und guter Dinge! Unsere Hochzeit steht bald bevor!"
Mittlerweile hatte er es sich neben Amhrán bequem gemacht.
„Und du, meine Liebste, freust du dich auch schon so sehr wie ich?"
Über das ganze Gesicht strahlend antwortete sie:
„Oh, ja, sehr. Doch ich muß jetzt gehen. Ich habe Goleudydd versprochen, heute Kräuter mit ihr zu sammeln, weil sie sich nicht mehr so gut bücken kann. Sehen wir uns später? Wir könnten ja ein wenig über die Klippen reiten."
Geschmeidig stand sie auf.
„Natürlich, wenn du willst. Ich muß erst noch zu Tarbh, eine offene Rechnung begleichen, und dann werde ich für uns einen großen Lachs fangen. Ich kann kein Fleisch mehr sehen. Komm her und laß dich küssen, du Schöne."
Beide standen nun engumschlungen da, als sich Carraig leicht räusperte. Freudig hüpfend sprang Amhrán aus der Tür, die hellsten Jauchzer von sich gebend. So trennten sie sich und trafen sich dann später wieder, um auszureiten. Zu lange schien ihnen die Zeit, bis Amhrán mit ihrem Angetrauten unter einem Dach leben konnte.
Die Zeit bis zur Hochzeit ging dahin und wurde doch nicht langweilig. In der letzten Woche des Monats Uath, in nur etwas mehr als einer Woche, würde die erste Heuernte eingebracht werden. Viel war dann noch auf den Feldern zu tun. Das wurde nach Lughnasadh nachgeholt, dem längsten Hochfest im Jahr. Jede Familie war jetzt damit beschäftigt, sich auf die Festlichkeiten vorzubereiten. Denn das Fest dauerte mehrere Wochen, und während dieser Zeit ruhte alle Arbeit auf den Feldern. Nach den Festlichkeiten würde erst das hochstehende Korn abgeerntet und dann die zweite Heuernte eingebracht werden. Aber bis dahin war ja noch Zeit.
Auch heute waren Goleudydd und Amhrán wieder gemeinsam in Feld und Wald unterwegs, um den Kräutervorrat für den Winter aufzufüllen. Schon

ganz zu Beginn ihrer Freundschaft hatte Amhrán festgestellt, daß es schöner war, das Leben der Natur in dieser selbst zu begreifen. Es war ein schöner Sommertag. Die Sonne ließ die goldenen Ähren blitzen. Krähen krächzten hoch über ihnen. Zärtlich liebkoste der Wind Amhráns von der Sonne gewärmte Haut.

Das Mädchen konnte sich kaum satt sehen an den Farben der Natur. Da waren roter Klatschmohn und weiße Gänseblümchen, gelbe Butterblumen und blaue Kornblumen. Die Schafgarben verströmten ihren würzigen Duft, und das Rascheln des Korns war Musik in ihren Ohren.

„Komm, Goleudydd, erzähl mir von Lughnasadh. Es ist schon wieder ein Jahr her, und sicherlich habe ich vieles vergessen, was du mir damals erzählt hast."

Die alte Frau hakte sich bei ihr ein und begann zu erzählen:

„Das Fest Lughnasadh ist nach Lugh benannt, dem Sonnengott. Ich denke, du wirst ihn kennen, oder?"

Freudig antwortete die aufmerksame Schülerin:

„Laß mich überlegen. Nun, Lugh war der Sohn von Ethniu, einer Formorerin und Cian, einem Mann aus dem Volk der Tuatha de Danaan. Aber die Tuatha de Danaan sind untergegangen. Sie sind jetzt Elben, nicht wahr?"

„Ja, Amhrán, das sind sie. Aber was weißt du denn noch von ihm?"

Das Mädchen forschte in ihrem Gedächtnis.

„Warte, Goleudydd, ich muß nachdenken. Ich glaube, es war Lugh, der den Tuatha de Danaan den Sieg bei der Schlacht von Mag Tured gegen die Formorer verschaffte. Er ist Heiler, Magier, Künstler, Dichter, Bauer, Krieger so wie Dagda, der Allvater."

Leicht enttäuscht schmunzelte die alte Frau:

„Ach, Amhrán! Da erzählt man dir tagein, tagaus die alten Geschichten und wenn es darauf ankommt, vermischst du alles. Mit Sicherheit ist Lugh kein Allvater. Er ist noch nicht einmal ein verbessertes Abbild von Dagda. Für Lugh ist der Kreis des Lebens etwas Selbstverständliches, nichts wofür er verantwortlich ist so wie Dagda."

Leicht gereizt fragte die Schülerin die weise Frau:

„Das ist ja schön und gut. Aber was hat das mit Lughnasadh zu tun?"

„Vielleicht ist es gut einmal über den Tellerrand zu sehen, junge Frau. Erst mußt du das ganze Bild betrachten, bevor du dich in einen Teil davon vertiefst. Vergiß nie, daß sogar ein einzelnes Haar einen Schatten wirft.

Und außerdem lernst du so etwas über unsere Götter. Ich nehme nicht an, daß sie sich dir persönlich vorstellen werden."
Amhrán lachte auf.
„Gut, gut, gut. Ich ergebe mich ja schon. Was hat Lugh denn an Lughnasadh getan, damit dieses Fest ein Hochfest unseres Glaubens wurde?"
Verschmitzt grinste Goleudydd, als sie ihrer neugierigen Schülerin die Frage beantwortete.
„Nichts!"
„Wie bitte?", fragte eine verdutzte Amhrán.
„Er hat nichts getan. Lugh gab dem Fest nur seinen Namen. Das große Hochfest spaltet sich in zwei Feste auf. Das Fest zu Ehren von Tailte, Lughs Ziehmutter, an der er sehr hing und das Fest zu Ehren von Carmann. Sie war eine große Zauberin, deren Söhne von Eriu verbannt worden sind. Du weißt, für unser Volk ist die Verbannung aus der Heimat noch schlimmer als ein unehrenhafter Tod. An diesem Fest nun gedenken wir ihrer und trauern auch um die Verstorbenen unserer Familien.
Verstehst du? Das Fest heißt zwar Lughnasadh, aber innerhalb dieses Festes gibt es wiederum zwei Feste. So als würde Lugh die Schutzherrschaft für diese übernehmen."
Unsicher antwortete Amhrán:
„Ich glaube, das habe ich verstanden. Das Tailte-Fest und das Carmann-Fest sind Bestandteile des großen Festes Lughnasadh, aber keine eigenständigen Feiern. Sie gehören zu Lughnasadh, so wie meine Hand zu meinem Arm, richtig?"
Stolz umarmte die alte Frau das Mädchen:
„Das ist meine Amhrán, wie ich sie kenne. Nun aber weiter, du möchtest doch sicher noch mehr darüber lernen, oder?"
Wißbegierig nickte die Schülerin, bis die Hohepriesterin fortfuhr:
„Nun, Lughnasadh ist das wichtigste Fest für das Volk, denn es ist die Vorbereitung auf die Kornernte. Diese muß unser Überleben sichern. Die ganzen Opfer und Geschenke sind eine Bitte an die Götter, die Ernte nicht verderben zu lassen.
Und die an Lughnasadh gezeugten Kinder sind die kräftigsten, weil sie in der wärmsten Jahreszeit geboren werden und einen ganzen Sommer wachsen und gedeihen können.
Darum gibt es ja auch die Tailte-Ehe. Sie kann nur am Fest der Tailte abgeschlossen werden und dauert ein Jahr und einen Tag. Will sich das Paar

dann wieder trennen, müssen sie nur dort, wo sie getraut wurden, jeder für sich in die entgegengesetzte Richtung gehen. Der eine nach Norden, der andere nach Süden."
Schweigsam lauschte Amhrán, bis sie, neugierig wie sie war, wieder eine Frage einwerfen mußte.
„Dann könnten Solasard und ich uns ja auch nur für ein Jahr vermählen und uns dann wieder trennen?"
„Genauso ist es, Amhrán. Aber Lughnasadh ist nicht nur ein Fest der Verbindung von Mann und Frau, und du solltest keine Scherze mit deiner Ehe treiben. Lughnasadh ist ein Fest des Lebens und des Todes. Jetzt vor dem Winter gibt es noch genug zu essen, doch Gewitterregen, Kälteeinbrüche, Dürre, Schädlinge oder auch ein Brand können die Ernte vernichten. Du weißt, ein Ernteausfall würde unweigerlich den Tod in unser Dorf bringen, Tod und Trauer.
Deshalb feiern die Menschen Lughnasadh und klettern in der Nacht vor dem Fest auf die höchsten Berge unserer Insel, um auf die Sonne zu warten. Es ist wie es das Alte Wort schon sagt: Im Sommer erinnere dich des Winters."
Erstaunt blickte Amhrán über die Felder.
„Aber das würde ja bedeuten, daß das Fest ihr geweiht ist, Goleudydd."
„So ist es. Es ist die mächtige Morríghan, die verehrt wird. Sie, deren Namen kaum jemand auszusprechen wagt, aus Ehrfurcht vor ihr. Aus Angst vor dem Tod, den sie bringen kann. Ist es nicht traurig, daß die Menschen noch immer nicht gelernt haben, den Schlüssel für die Andere Welt ohne Klage anzunehmen?"
Verwirrt sah das Mädchen in die Augen ihrer Lehrerin.
„Ich verstehe dich nicht, Goleudydd. Welchen Schlüssel in die Andere Welt?"
Wissend lächelte die alte Frau.
„Den Tod. Der Tod ist der Schlüssel für ein neues Leben in der großen Spirale, nur nach dem Tod kannst du wiedergeboren werden."
So weit hatte Amhrán noch gar nicht gedacht.
„Das würde ja bedeuten, daß Morríghan zwar Leben nimmt, aber dadurch und nur dadurch auch neues Leben schenken kann."
Erfreut klatschte Goleudydd in die Hände.

„Richtig, Amhrán. Du mußt dir das wie am Hofe eines Königs vorstellen. Der alte König stirbt, damit der junge, starke König den Thron besteigen kann. Auf diese Art wird die Nachfolge gesichert.
Nur weil sie den Tod bringt, ist die Morríghan noch lange keine schlechte Göttin. Oder glaubst du wirklich, daß Dagda, der Allvater, nur Gutes tut, weil er Leben erschafft? Um ein Gleichgewicht herzustellen, muß in allem ein Teil von allem sein, im Guten vom Schlechten, im Männlichen vom Weiblichen und umgekehrt. Wie wüßtest du, ob etwas schlecht ist, wenn du das Gute nicht kennst, Amhrán?"
„Das verstehe ich. Dann ist ja Lughnasadh eher ein Fest für die Frauen, oder?"
„Siehst du, deshalb lehre ich dich gerne die Weisheiten unseres Volkes. Wo du auch immer lang gehst, du kommst ans Ziel. Nach dem Fest läßt das Mädchen seine Jugend zurück und wird zur Frau, die Kinder gebären kann. Kinder, die die Nachkommenschaft und das Überleben eines Stammes gewährleisten. An diesem Fest wird der alte König verabschiedet und der junge König willkommen geheißen."
Neugierig fragte Amhrán:
„Und ist das bei uns auch so? Ich meine, wird der Hochkönig an Lughnasadh seinen Thron einem Nachfolger übergeben?"
„Eines Tages sicherlich, Amhrán, doch nicht dieses Jahr. Laß uns umkehren! Wir sind schon ein ganzes Stück gelaufen."
Gemeinsam erreichten die beiden das Dorf. In allen Hütten wurde geputzt, gebacken und gekocht, damit zum Fest alles fertig sein würde.
Auch in Carraigs Haus köchelte es über der Feuerstelle. Carraig hatte mit Solasard einige Lachse gefangen, die den Gästen gebraten und mit Honig gereicht wurden. Tiné hatte so vieles für die Hochzeit vorzubereiten. Die Räumlichkeiten mußten geschmückt werden. Für die Feier war eigens eine neue Scheune außerhalb des Dorfes gebaut worden, in der später auch das Korn gelagert werden würde. Kleider mußten geflickt und für Amhrán und Solasard neu genäht werden. Für Essen, Trinken und Übernachtungsmöglichkeiten mußte gesorgt werden.
Tiné hatte alle Hände voll zu tun. Doch trotz der Unruhe im Haus war sie freundlich zu jedermann. Manchmal fast schon zu freundlich, als habe sie irgend etwas wiedergutzumachen. Immer öfter kam es Amhrán vor, als habe die kleine Frau gerade geweint, wenn sie unerwartet vorbeischaute. Sie wirkte auch so zerstreut. Immer wieder mußte Tiné noch einmal anfangen,

einen Kuchen zu backen, weil sie dieses vergessen oder jenes in der falschen Menge zugefügt hatte.
Der Bote, der an die Ostküste geschickt worden war, kam mit der Nachricht zurück, daß Tiné entweder keine Schwester habe oder diese unauffindbar sei. Amhrán erschien es, als wäre sie nicht besonders traurig darüber. Aber vielleicht hatte sie sich ja auch geirrt und in Wahrheit war sie es, die etwas neben sich stand. Schließlich würde sie bald heiraten.
Carraig war auf dem Rückweg nach Inis-Diomain. Er hatte auf den Feldern nach dem Rechten gesehen. Dieses Jahr würde es eine gute Ernte geben. Nicht wie letztes Jahr, als der Sommer nur ein von wenigen Sonnentagen unterbrochener Regen war.
Eigentlich wäre es gar nicht erforderlich gewesen auszureiten, aber Tiné tobte zu Hause umher und hielt alles in Trab. Gestern abend mußte er nach dem Abendessen immer wieder in sein Festtagszeug schlüpfen. Nachdem man dann seine Hose gekürzt und andere Knöpfe an seiner Weste angebracht hatte, eine Naht hier aufgetrennt und eine andere dort wieder zusammengenäht hatte, konnte er endlich mit Shem, dem Schmied, einen guten Tropfen zu sich nehmen. Schließlich waren sie ja bald eine Familie, und das war allemal ein Grund, sich zusammenzusetzen und ein bißchen dem Met zuzusprechen.
Sogar die Hunde ließen sich seit Tagen nicht mehr im Hause blicken, sondern zogen den Pferdestall ihrem sonstigen Lieblingsplatz, der Küche, vor. Beim Hausputz waren so oft irgendwelche Gegenstände nach ihnen geworfen worden, daß sie sich für die Gesellschaft der Pferde entschieden hatten. Carraig verstand sie wohl und beneidete sie um die Ruhe, die im Stall herrschte.
Langsam ritt Carraig in den Hof.
Amhrán war die letzten Tage bei Goleudydd geblieben. Irgendwie hatte sie doch ein wenig Angst davor, sich so förmlich zu binden. Lieber wäre sie einfach mit Solasard in die Wildnis gegangen und hätte dort gelebt. Aber auch wenn er sonst nicht auf derartigen Prunk Wert legte, diesmal verlangte er ihn unerbittlich.
Goleudydd liebte Amhrán, und obwohl ihr deren Glück heilig war, hätte sie es doch lieber gesehen, wenn Amhrán in einen Coven gegangen wäre. Ihr Dorf würde bald schon eine neue Hohepriesterin brauchen, und das Mädchen hatte alle Voraussetzungen dafür.

Amhrán war wißbegierig, hatte einen Blick für das Wesentliche und ließ sich etwas sagen. Sicherlich war es schwer, sie zu unterrichten, bei all den Zwischenfragen, die sie laufend stellte und den Ablenkungen von außen, denen ihre Aufmerksamkeit immer wieder zum Opfer fiel. Vor allem aber hatte sie ein sehr inniges Verhältnis zu ihren Göttern, und diese schienen, ihre Hand sicher über sie zu halten.
Sie hatte Amhrán schon einiges vom Leben im Coven erzählt. Wie oft hatte sie Amhrán den Weg beschrieben, falls sie eines Tages doch dorthin gehen wollte. Aber jedesmal hatte sie gelacht und gesagt, sie werde jetzt mit Solasard Pferde züchten. Ihr Vater wolle ihr zwei seiner besten Pferde als Mitgift geben, und Solasard würde von seinen Zieheltern eine kleine Koppel samt Stall und Haus mit in die Ehe einbringen. Sie würden die besten Pferde des Reiches züchten. Doch Goleudydd sagte dann jedesmal schmunzelnd:
„Was ich auch immer in deiner Zukunft sehen mag, Amhrán, eines ist gewiß, du wirst bestimmt keine Pferde züchten.“

Tir na Samradh

Verhängnisvoll sollte die Suche von Sáile und ihrer Begleiterin nach Solasard an einem Morgen, vier Wochen vor der Samhain-Nacht, enden. Sie hatten am Ufer eines Loughs übernachtet.
Nebel stieg in Schwaden auf. Der Wind strich leise durch das Schilf. Sanft nieselte der Regen auf die Wasseroberfläche. Sáile stand am Ufer, lauschte in die Stille, in sich hinein. Sie war so müde, war dieses entbehrungsreiche Leben so leid. Sie mußte nur geradeaus weitergehen, dann würde diese Qual ein Ende haben. All dieses Auf und Ab, die Hoffnung, ihren Sohn zu finden und immer wieder eine Enttäuschung zu erleben, stürzte sie in tiefe Hoffnungslosigkeit.
Sie war so erschöpft, so leer.
Das Wasser war kalt. Aber die Kälte betäubte nicht nur ihren Körper. Es schien ihr, als werde sie immer weiter in den See gezogen. Schon reichte ihr das Wasser bis an die Hüfte, als sie hinter sich Gealán aufschreien hörte. Sie wußte, drehte sie sich jetzt um, würde sie umkehren. Ein Blick in Gealáns Rehaugen würde genügen, ein Blick voller Liebe und Mitleid.
Sáile ging stur weiter in den Nebel. Ein besseres Leben wartete auf sie. Salzige Tränen tropften ins Wasser, als sie hinter sich Gealán in den See waten hörte. Sie ging weiter. Gealán konnte nicht schwimmen. Sie würde umkehren, wenn es zu tief für sie sein würde. Keine Treue war so groß, um dafür zu sterben.
Dann schloß sich eine kalte Decke aus Wasser über ihr und Sáile fiel, sank in die Tiefe wie ein Stein.
Über ihr kämpfte die treue Freundin. Gealán hatte etwas Besseres verdient. Lange fiel Sáile so. Sie hatte ihre Augen geschlossen. Plötzlich drang ein gleißendes, blaues Licht durch ihre Lider. Die Frau riß die Augen auf und sah nichts, nur Licht. Dann verlor sie das Bewußtsein.
Das erste, dessen Sáile gewahr wurde, als sie aufwachte, war der Geruch von Frühling und das Zwitschern von Vögeln.
Neben ihr hustete und wimmerte etwas. Langsam öffnete Sáile die Augen. Das erste, was sie sah, war die dunkelgrüne Decke des Zeltes. Dann erblickte sie Gealán, die in viele Decken gewickelt auf der anderen Seite lag. Nur zwei Nachtlager waren in dem Zelt.

Was sie zuerst für einen zum Zelt passend ausgesuchten Teppich hielt, war einfaches Gras. Sie wollte sich aufrichten, aber ihr Körper gehorchte ihr einfach nicht. Gealán wimmerte noch immer im Traum. Auch Sáile fiel nach wenigen Augenblicken wieder erschöpft in einen schweren, traumlosen Schlaf.
Das nächste Mal wurden die Frauen von einem kleinen Mädchen geweckt, das erst Sáile und darauf Gealán mit einer kräftigen Brühe fütterte. Immer wenn Sáile erwachte, wollte sie mit dem Besitzer des Zeltes sprechen, aber entweder war niemand im Zelt oder das Mädchen drückte sie wieder sanft auf das Lager zurück. Wie lange sie schon hier waren, wußte sie nicht. Schließlich hielt sich Sáile für gesund genug aufzustehen. Als sie vor das Zelt trat, machte sie vor Schreck gleich wieder einen Schritt zurück.
Vor ihren Augen tauchten lauter spitzohrige Elben auf, gekleidet in den schillerndsten Farben und den feinsten Stoffen. Regungslos stand sie da. Das helle Licht blendete sie, obwohl sie keine Sonne sah. Über ihr beschattete die größte Eiche, die sie je gesehen hatte, viele fremdartige Zelte. Dann kam eine alte Frau auf sie zu. Sie mußte sehr alt sein, wenn sie schon für eine Elbin so alt aussah. Freundlich nahm die Frau Sáile am Arm und führte sie in das grüne Zelt zurück. Beide setzten sich auf das Lager, als die alte Frau zu sprechen begann:
„Sei mir gegrüßt, Menschenkind. Du bist in Tir na Samradh, dem Sommerland, der nun einzigen Heimat der Sidhi. Mein Titel und mein Name ist Máthair. Das bedeutet Mutter. Sorge dich nicht, denn Misnéachard, der Sohn des Königlichen Paares, hat euer beider Leben für sich erbeten."
Zornig blickte Sáile auf.
„Hat er das? Ich hoffe, er wird mich nicht vor dem verschonen, vor dem ihr mich gerettet habt."
Erschreckt blickte die Alte auf.
„Verbittert seid ihr, diese Wunde vermag selbst ich nicht zu heilen. So höre denn, wenn es deiner Freundin hier wieder besser geht, wird es einen Comoír geben. Dann wird das Königliche Paar entscheiden, was mit euch geschehen soll. Vorerst werdet ihr hier bleiben. Es ist euch untersagt, ohne Begleitung das Zelt zu verlassen. Um euer Wohl werden sich meine Tochter Fia und ich kümmern. Es wird euch an nichts mangeln."
Dann stand die Frau auf und verließ das Zelt. Der Tag verging mit Warten. Ab und zu brachte ihnen eine der Frauen, etwas zu essen. Später erwachte Gealán.

„Herrin, wo sind wir?“, fragte sie noch schwach.
„Ich für meinen Teil bin nicht da, wo ich hinwollte. Wir sind in Tir na Samradh, dem Reich der Sidhi, Gealán.“
„Der bitte was?“
Die Dienerin der Frau glaubte, nicht richtig gehört zu haben. Sáile verzog bitter den Mund.
„Der Elben, wenn dir das geläufiger ist.“
„Herrin, ihr beliebt zu scherzen. Es gibt keine Elben mehr“, stellte Gealán hoffend fest.
Überheblich blickte die Frau ihre Dienerin an.
„Nein, gibt es nicht? Dann geh doch vor das Zelt, Gealán!“
Mühsam richtete sich die junge Frau auf ihrem Lager auf. Sie fühlte sich wie gerädert. Langsam und gebückt ging sie zum Zelteingang, nahm eine der Stoffbahnen und zog sie zur Seite.
Geräuschvoll atmete sie ein, als sie das bunte Treiben draußen sah. Wie gebannt betrachtete sie ihre neue Umgebung. Ihre Augen schlossen sich fest, aber als sie sie wieder öffnete, hatte sich nichts geändert.
„Wie kamen wir hierher?“, fragte Gealán.
„Der See war wohl ein Weltentor. Obwohl das nur ein Teil der Anderen Welt ist. Denn das hier sind keine Götter.“
„Götter?“, rief die Dienerin erstaunt aus.
„Ach Gealán, weißt du nicht, daß die Götter sich in die Andere Welt zurückgezogen hatten, nach der Großen Schlacht?“
„Ja, schon, Sáile, aber dies hier ist wahrhaftig ein Ort, an dem sie sein könnten.“
„Sicher, aber sie sind keine. Dessen sei gewiß.“
Vorsichtig begab sich Gealán wieder auf ihr Lager und starrte an die Decke. Sidhi! Alles drehte sich in ihrem Kopf. Gealán hatte geglaubt zu sterben, als sie das Licht sah. Und jetzt war sie hier mitten in einer Stadt der Sidhi.
„Hast du schon mit jemandem gesprochen, Sáile? Wann lassen sie uns wieder gehen?“
„Hast du jemals von jemanden gehört, der aus der Anderen Welt zurückgekehrt ist? Ich nur von Bran, und der kehrte wieder hierher zurück. Es muß damit zusammenhängen, daß die Zeit hier anders vergeht.“
„Das verstehe ich nicht, Sáile. Was willst du mir damit sagen?“
Bedeutungsschwanger atmete die Herrin ein.

„Was ich damit sagen will, Gealán, ist, ich glaube nicht, daß sie uns gehen lassen. Wir werden hier leben müssen. Ein Prinz hat sich unsere Leben erbeten, was das auch bedeuten mag. Es soll wohl so eine Art Versammlung geben, wo das entschieden wird."
„Und wann soll das sein?", fragte die Dienerin neugierig.
„Ich weiß es nicht, Gealán."
„Aber die können uns doch nicht einfach hier behalten, Sáile? Wir sind Menschen. Wir gehören nicht hierher."
Verzweifelt traten Gealán die Tränen in die Augen.
„Ich glaube, das ist ihnen ziemlich gleichgültig, meine Liebe."
„Aber mir nicht. Wir müssen etwas tun, Sáile!"
„Und was soll das sein?", erwiderte die Angesprochene ratlos.
„Das weiß ich doch nicht. Dich scheint das alles gar nichts anzugehen. Ist dir das alles so gleichgültig?"
„Ja, weder das Leben hier, noch das Leben bei den Menschen ist mir wichtig. Ich wollte sterben, Gealán! Verstehst du das?"
Hart verließen die Worte Sáiles Mund.
„Und ich? Ich bin dir gefolgt, weil ich zu dir gehöre. Ist dir mein Schicksal auch gleichgültig?"
„Gealán, du bist für dein Leben genauso verantwortlich wie ich für meines. Ich hatte dich nicht gebeten, mir zu folgen. Das war dein eigener Entschluß."
„So dankst du mir nun meine Treue, Sáile?", fragte die Dienerin enttäuscht.
Die Herrin schwieg. Sie war des Redens müde.
Die Frauen konnten jetzt nur warten. Sáile wollte ihre Ruhe. Am liebsten hätte sie sich ein Loch gescharrt und sich darin begraben. Sie war das alles so leid, die Suche, das Leben. Das Schicksal war nicht gut zu ihr gewesen, warum sollte sie dem Schicksal weitere Möglichkeiten bieten, ihr weh zu tun?
Sáile legte sich auf ihr Lager und versuchte zu schlafen. Wenn sie schlief, konnte sie wenigstens träumen, aber auch ihre Träume boten keinen Trost. Alte Bilder zogen an ihr vorüber. Fionn wie er sich über sie beugte, sein unverwechselbares Lachen im Gesicht. Sein langer, rotblonder Bart, der ihre Haut kitzelte. Damals war sie jung gewesen, jung und voller Kraft. Jetzt war sie nur noch eine leere Hülle. Es kam ihr vor, als spüre sie regelrecht, wie sich das Alter in ihre Knochen fraß. Sie war sehr glücklich gewesen. Er hatte sie vielleicht nicht so geliebt, wie sie es gerne gehabt

hätte. Aber er schenkte ihr seine Aufmerksamkeit, sprach mit ihr, ließ sie an seinem Leben teilhaben.
Wie teuer mußte sie noch für dieses kurze Glück bezahlen?
Sollte denn ihr Leben nur aus Leid bestehen?
Wie Fionns Mutter war sie als eine Sklavin auf seine Burg gekommen. Sie hatte jedoch nie aufgegeben und es geschafft. Sie würde keinen geschlossenen Halsring mehr tragen. Ihr Torques hatte eine Öffnung. Denn das erste, was ihr Fionn schenkte, war die Freiheit, war ein offener Torques aus schwerem Gold. Sáile war jetzt frei.
Was hatte ihr diese Freiheit gebracht? Ihr Sohn war tot oder lebte an einem Ort, den sie nicht mehr erreichen konnte, und sie selbst lebte an einem Ort, den sie nicht mehr verlassen konnte.
Vielleicht würde Solasard über den Geís zu ihr finden. Das war ihre Hoffnung. Seit er ihr fortgenommen worden war, schien es ihr, als sei ein Teil aus ihrem Körper weggeschnitten und die Wunde einfach offen gelassen worden.
Was hatten sie und Gealán nicht alles versucht. Für jede Meile, die sie gegangen waren, ein Goldstück und sie könnte ihr Gewicht in Gold aufwiegen. Aber was hatte Saíle schon davon? Ihren Sohn bekam sie dadurch auch nicht zurück. Was hatte sie nur getan? Und doch formte sich langsam in ihrem Kopf ein Gedanke, der sie nicht ruhen ließ, ein Weg, der sie zurückbringen konnte.
Máthair betrat leise das Zelt.
„Sei mir gegrüßt, Sáile. Bald wird ein Comoír stattfinden. Hier habe ich euch zwei Gewänder mitgebracht, die euch passen müßten. Morgen früh werden wir an den Bach gehen. Dort könnt ihr euch richtig waschen."
Gealán richtete sich langsam auf.
„Was ist ein Comoír?"
„Ein Comoír ist eine Versammlung des Volkes im Großen Zelt des Königlichen Paares. Alle sind gefragt und jeder darf sprechen. Dort wird entschieden werden, was mit euch geschehen soll.
Das Königliche Paar ist sehr unentschlossen und weiß nicht, wie es euch behandeln soll. Am liebsten würden sie euch zurückschicken, aber das wäre euer Tod. Niemand verläßt dieses Land so, wie er es betreten hat. Die Grenzen sind an manchen Stellen der Insel sehr weit von Eriu entfernt und an anderen wiederum sehr nah. So weiß niemand, wieviel Zeit in eurer Welt vergangen ist, seitdem ihr hierher gekommen seid.

Misnéachard, der Prinz, hatte euch am See der Tränen gefunden. Ihr wärt gestorben, hätte er euch dort liegengelassen. Aber er kann es nicht ertragen, wenn ein Geschöpf leidet, deshalb nahm er sich eurer an. Das bedeutet bei uns, daß er jetzt für euch verantwortlich ist. Seine Eltern sehen das allerdings anders."

Kalt blickte ihr Sáile in die gütigen Augen.

„Ich auch. Ich will zurück. Ich muß meinen Sohn finden. Das wird mir hier schwerlich gelingen. Nichts kann mich halten. Jede Gelegenheit werde ich nutzen, um von hier zu fliehen, und wenn es mich umbringt."

Gealán schnappte nach Luft.

„Sáile, sag so etwas nicht. Wir sind Gäste hier, uns wird schon kein Leid geschehen", sagte Gealán hoffnungsvoll.

„Leid oder nicht Leid, das ist doch nicht die Frage. Die Frage ist in einem Käfig leben oder in Freiheit sterben, Gealán. Ich ziehe das zweite dem ersteren weit vor. Laß uns jetzt allein."

Mit einem wunderlichen Blick verließ die alte Frau die beiden.

Gealán war empört.

„Ich verstehe dich nicht. Warum willst du dein Leben so einfach wegwerfen? Es gibt auch ein Leben ohne deinen Sohn."

„Aber nicht für mich. Mein Sohn könnte mir all das wiederbringen, was ich unrechtmäßig durch Broc verloren habe."

Verbittert seufzte Sáile.

„Sáile, du bist seine Mutter. Hast du ihn all die Zeit nur gesucht, um wieder das zu werden, was du einst warst? Was willst du werden? Hochkönigin? Dein Sohn lebt mit Sicherheit sein eigenes Leben. Ein Leben, in dem vielleicht kein Platz sein wird für eine Mutter, die den Thron neben seinem einnehmen will. Hast du denn gar kein Gefühl für ihn? Hast du dies alles nur für dich selbst getan? Er hält dich wahrscheinlich für tot. Du solltest nicht auf so etwas hoffen."

„Ich bin seine Mutter. Unter Schmerzen habe ich ihn geboren, und seit er geboren ist, ist mein Leben ein einziger Schmerz. Ich finde, das ist er mir schuldig, oder?"

Gealán erwiderte fassungslos:

„Du warst fast eine Frau des Fionn mac Cumhail und gibst deinem Sohn die Schuld! Du bist schuld, du allein. Du und dein Ehrgeiz, die Gier etwas Besseres zu sein als eine einfache Sklavin."

Wütend holte Sáile aus und schlug ihre Gefährtin auf die Wange. Rote Striemen überzogen das Gesicht Gealáns.
„Schweig, du weißt nicht, was es heißt, von heute auf morgen wieder ein Nichts zu sein. Du bist nichts und du hast auch nichts, aber in den Adern des zukünftigen Hochkönigs fließt mein Blut. Das wird auch kein spitzohriger Sidhé ändern."
Verletzt drehte Gealán ihr den Rücken zu. Heiße Tränen liefen ihr über das Gesicht. Wem hatte sie da nur ihr Leben in die Hände gelegt? Jetzt erst offenbarte sich der Wolf im Gewand des Lammes.
Es war nicht der Sohn gewesen, den sie gesucht hatten, es war der Thron von Eriu. Wie tief mußte eine Mutter fallen, um ihr Kind so zu verraten. Hatte sie schon immer solche Gedanken gehabt? Hatte Sáile sie derartig täuschen können?
Leid tat ihr diese Frau. Wo mochte ihre Seele sein? Wie konnte ein Mensch so verbittert und kalt werden? Sie hatte tatsächlich geglaubt, die Mutter suche ihr Kind. Gealán konnte es nicht fassen. Diese Frau wurde anscheinend von Hochmut und Stolz am Leben gehalten.
Was sie ihrem Sohn angetan hatte, schien sie völlig kaltzulassen. Er war für sie Mittel zum Zweck. Das mochte sich eines Tages vielleicht noch böse rächen. Selten geht das Schicksal den Weg, den man ihm vorschreibt.
Gealán blieb nur übrig abzuwarten. Bestimmt würden sie die Sidhi nicht töten, und was war das für ein Prinz, der ihr Leben für sich erbeten hatte? Vielleicht brauchte er noch zwei Dienerinnen für seinen Haushalt oder Ablenkung.
Gealán war gespannt auf diesen Comoír. Sie hätte Máthair gerne noch viele Fragen gestellt, aber das hatte Sáile zunichte gemacht.
Manchmal fragte sich die junge Frau, warum sie jemals mit Sáile aufgebrochen war. Es mochte ihr gutes Herz sein, der Glaube an das Gute im Menschen. Ein Glaube, der schon oft bitter bestraft wurde. Aber was sollte sie jetzt tun?
Müde legte sie sich auf ihr Lager. Immer tiefer glitt sie in einen schönen Traum. Sie war wieder zu Hause auf dem Gut ihrer Eltern und spielte mit ihren Geschwistern. Die Sonne schien, und keine Wolke trübte den Himmel. Hunde liefen umher. Ihr Vater hackte Holz, ihre Mutter molk die Kühe. Das Gras stand hoch. Die Erde auf den Wegen zwischen den fruchtbaren Feldern war warm. Barfuß tollte sie umher. Der Wind strich durch

die Blätter der Bäume und wehte den köstlichen Duft des Stechginsters zu ihr. Hoch oben ließ sich ein Adler im Wind treiben.
Wenige Schritte vor ihr glitzerte das Wasser des Loughs. Kühles Wasser. Schnell hatte sie sich ihrer Kleider entledigt und glitt vorsichtig hinein. Sie setzte sich auf einen vorstehenden Fels und ließ sich von dem kühlen Naß umspülen. Dann legte sie sich in das Gras und ließ ihre Haut von Sonne und Wind trocknen. Gealán schloß ihre Augen und lauschte den Stimmen der Vögel in den Bäumen.
Da spürte sie ein paar vorsichtige Hände, die sie leicht an den Schultern rüttelten.
„Herrin, Herrin! Ich bin es, Fia. Ich bringe euch etwas Brühe und Holunderküchlein. Die werden euch schmecken und wieder auf die Beine bringen."
Noch halb im Schlaf öffnete Gealán die Augen. Süß duftete es auf einmal. Das Mädchen hatte die Teller auf den Boden vor sie hingestellt und ging dann wieder nach draußen. Gealán versuchte, Sáile zu wecken, doch diese schlief tief und fest.
Die Brühe schmeckte vorzüglich, aber sie war gar nichts gegen die leckeren Küchlein. Sie mußte das Mädchen unbedingt fragen, wie man so etwas Schmackhaftes zubereiten konnte. Nach einiger Zeit kam das Mädchen wieder, um die Sachen abzuholen.
Neugierig fragte Gealán Fia.
„Sag, wie macht ihr diese Küchlein?"
„Das ist ganz einfach. Du nimmst Mehl, Salz und Milch, rührst darin die Eier ein, vielleicht machst du noch etwas Met oder süßen Sirup hinein. Dann schneidest du ein paar Dolden von einem blühenden Holunderbusch ab, tauchst sie in den Teig und brätst sie von einer Seite. Daraufhin schneidest du die Ästchen ab, so daß nur noch die Blüten in dem Teig hängen, das dauert ungefähr so lange, bis eine Seite gut ist. Dann wendest du das Küchlein und läßt es auf der anderen Seite auch noch backen.
Das ist ein altes Rezept meiner Mutter. Ich habe das früher auch gern gegessen, vor allem, wenn ich krank war. Es freut mich, daß es dir geschmeckt hat."
Das Mädchen strahlte über das ganze Gesicht.
„Oh ja, es hat wundervoll geschmeckt. Vielen Dank, das ist sehr nett von dir. Sag, weißt du, was bei diesem Comoír geschehen wird", fragte Gealán neugierig.

„Nun ja, alle, für die es wichtig ist, erscheinen unter der großen Eiche im Königlichen Zelt. Jeder sitzt dort auf dem Boden, nur die Königin und der König sitzen auf ihrem hölzernen Thron. Dann wird vorgebracht, was verhandelt werden soll. Jeder hat das Recht, etwas dazu zu sagen. Wenn jeder gehört worden ist, fällt das Königliche Paar eine Entscheidung."
„Gibt es noch mehr Menschen hier, Fia?", fragte die junge Frau.
„Nein, eigentlich nicht. Allerdings ist eine andere Menschliche, die hierher kam, eine Beziehung mit einem Sidhi eingegangen. Sie hat ihm einen Sohn geboren, der jetzt schon erwachsen ist. Ein Mann namens Madhra, der selbst nicht weiß, ob er Mensch oder Sidhé ist. Er hat die Möglichkeit, Tir na Samradh zu verlassen, wenn er es möchte, aber er ist bis jetzt jedes Mal zurückgekehrt."
„Warum?", wollte die Dienerin überrascht wissen.
„Nun, eure Welt ist nicht unsere Welt und Madhra ist von sehr menschlichem Geist und Sinn."
„Das tut mir leid", erwiderte Gealán.
„Ja, mir auch. Ruht euch jetzt lieber noch ein wenig aus."
Fia lächelte freundlich.
„Gut, dann werde ich ein bißchen schlafen."
Sáile hatte sich die ganze Zeit nicht gerührt und schlief scheinbar. Es dauerte nicht lange, da war auch Gealán wieder eingeschlafen.

Der ungeladene Gast

Draußen wurde es immer dunkler. Ein Sturm braute sich zusammen. Die Wolken flohen am Himmel wie Schafe vor dem Wolf. Das Licht der silbernen Himmelslaterne flackerte nur schwach. Alles was Rang und Namen im Umkreis von vielen Meilen hatte, war bereits heute nachmittag vor dem Sturm hergeeilt, um nicht auf dem Weg zur Hochzeit von ihm überrascht zu werden.

Im Hof des Steinhauses war kaum mehr Platz für die vielen Wagen und Pferde, so viele Gäste waren angereist. Gegen Abend strebte dann alles Volk zur neuen Scheune Carraigs.

Dort war der ganze Innenraum festlich geschmückt. Kränze aus Eichenlaub und bunten Blumen hingen über jedem Tor. Ranken aus dunkelgrünen Steinpalmblättern und gelben Stechginsterblüten, himmelblauen Kornblumen und rosa-weißen Buchackerwinden schienen aus dem Boden an den Wänden emporzuwachsen.

Der große Festsaal war mehr ein Festgarten als ein Saal. Die Tische waren in der Form eines Hufes aufgestellt worden. An der Spitze saßen Solasard und Amhrán. Links von ihnen nahmen des Bräutigams Zieheltern Platz, rechts von ihnen Shem. Alle waren in prächtige Festgewänder gehüllt.

Solasard war geschmückt mit einem Silberreif auf dem blonden Haar. Seine Mähne war an diesem Abend durch einen Zopf gebändigt worden, in den Tiné grüne und blaue Bänder eingeflochten hatte. Über einem weißen Linnenhemd trug er ein helles Lederwams, das mit kostbaren Edelsteinen besetzt war. Dazu passend hatte ihm Tiné eine neue Lederhose und neue Lederstiefel genäht, die ihm sehr gut standen.

Um den Hals trug er einen schweren silbernen Torques mit einem Falkenkopf an jedem Ende. Die Augen der Falken waren aus dem hellen Blau eines Achats, das gleiche Graublau, das aus Solasards Augen strahlte.

Auch Amhrán trug ein weißes Linnengewand. Ihr kupferrotes Haar fiel in dichten Locken über ihre Schultern. Die hübschesten Blumen waren darin eingewirkt und Weizen, der ein Zeichen für die Fruchtbarkeit ihrer Ehe war. Den kostbaren Schmuck ihrer Mutter an den Armen, stand sie

neben ihrem Bräutigam. Vor ihnen waren die beiden Silberkelche, die sie tauschen, und das Brot, das sie teilen sollten.
Goleudydd, im Nachtblau der Hohepriesterin gekleidet, begann zu sprechen:
„Geliebte Schwestern, geliebte Brüder. Es war ein guter Sommer, und Zeit ist es, die Ernte einzubringen. So wie diese beiden Liebenden vor mir stehen, um die Ernte ihrer Liebe einzubringen.
Nur noch schwach weht der Sommerwind, und der Herbst steht schon mit einem Fuß in der Tür. Zeit ist es, das Haus winterfest zu machen. Zeit ist es, die Ährenhalme zu schneiden, damit das Samenkorn zurückkehrt in den Schoß der Mutter Erde. Bald wird der Winter kommen. Aber es wird auch wieder ein Frühling folgen.
Auch eure Liebe wird nicht immer nur ein Frühling sein, aber ohne Winter gibt es keinen Sommer. Laßt uns denn nun den Segen der Göttin auf uns herabrufen."
Alle Anwesenden standen auf und reichten einander die Hände. Viele schlossen die Augen, als Goleudydds Stimme durch den Saal hallte:
„Gesegnet seist du Dreifaltige, gesegnet die Kraft deiner Jugend, gesegnet die Weisheit deines Alters und gesegnet der Tod, den du bringst, um uns ein neues Leben zu schenken. Halte deine schützenden Hände über uns, und hülle uns ein in den Mantel deiner Liebe. Unser aller Mutter bist du, die du alles geschaffen hast und erhältst.
Durch dich wird die Natur stumm und sinkt in tiefen Schlaf, und wenn es dir gefällt, sendest du wieder aus das Licht des Lebens und erweckst die Schlafenden. Du nährst das Leben.
Du bist die Große Mutter aller, die Quelle der Kraft von allem, was war, ist und sein wird. Ohne dich wird nichts geboren und nichts wird vollkommen. Deinen Namen rufe ich an und bitte dich, uns und diese Gemeinschaft zu segnen, so wie wir dich segnen."
Stille senkte sich über die Menschen in der Scheune, Frieden.
Dann, unerwartet und heftig, hämmerten harte Schläge gegen das Tor. Gewaltsam flogen beide Torflügel auf und krachten mit ohrenbetäubendem Lärm gegen die zärtlich geschmückten Holzwände, daß das Gebälk in seinen Grundfesten erbebte. Ein eisiger Windstoß blies alle Kerzen aus; nur vereinzelt brannten noch Fackeln an den Wänden. Schwarzer Regen peitschte saftige, von fruchtbaren Feldern gestohlene Erde in die Halle,

tränkte die Gewänder der Anwesenden und drang ihnen bis auf die Haut. Einsame Blütenblätter wirbelten, aus Gebinden gerissen, umher.
Ein Reiter, dunkel und entsetzlich, stand unter dem Torbogen. Sein hageres Gesicht war von einer dunklen Kapuze beschattet, der Rest seines ausgemergelten Körpers war verborgen unter einem langen, schwarzen Mantel, der bis zu seinen schweren Stiefeln reichte.
Stolz schritt sein gewaltiges nachtschwarzes Pferd in den Saal hinein. Totenstille, nur das laute Schnauben des Tieres war zu hören. Draußen zuckten helle Blitze am Himmel, und grausame Donner krachten in die Nacht. Langsam, sehr langsam, glitt die schwarze Kapuze von dem Kopf des Reiters. Grauen erfaßte die Gesellschaft.
Es schien, als sähen sie sich einem Totenschädel gegenüber, so abgemagert war der Mann. Ein langer, aus weißem Haar geflochtener Zopf glitt geschmeidig über seine Schultern. Sein fahles Gesicht schien im Dunkeln unwirklich zu glühen. Und immer näher und näher kam er, in der einen Hand die Zügel, in der anderen ein Schwert, unglückverheißend und unentrinnbar. Dann stand er vor dem Tisch, und seine schnarrende Stimme erfüllte den Raum:
„Viele Grüße sendet dir deine Mutter, Solasard, und dies."
Mit einer kaum sichtbaren Bewegung warf er das Schwert auf den Tisch vor den jungen Mann.
„Sie erinnert dich nur ungern an den Geís, gesprochen bei deiner Geburt. Schon wegen des schönen Vögelchens an deiner Seite."
Ein hämisches Grinsen entglitt seinen Lippen in Amhráns Richtung. Stolz richtete er sich auf, und mit tiefer Stimme verkündete er:
„Nicht ehelichen wird er sich, bevor er nicht das Blaue Schwert der Wahrheit König Fionn mac Cumhails gefunden und an seinen rechtmäßigen Platz gebracht hat. Kein Weg führt an diesem Geís vorbei, nur der Tod. Hattest du gedacht, seine Mutter würde diese Worte vergessen, Tiné?"
Entsetzen stand in den Augen der Ziehmutter.
„Das glaubtest du doch nicht wirklich, oder? Du warst ihre Zofe. Von allen kanntest du sie am besten."
Geschmeidig drehte er seinen Kopf wieder in die Richtung Solasards.
„Dir, Solasard, sage ich nur eines: Viele Wege wirst du gehen, manchen davon vergeblich. Glaube an dein Herz, auch wenn deine Augen etwas anderes sagen. Zwinge niemanden, mit dir in die Gefahr zu gehen, aber halte auch keinen zurück, der dir folgen oder sich dir anschließen will.

Hilfe wird dir zuteil werden, wo du dich verlassen glaubst, und Haß wirst du finden, wo du auf Liebe gehofft. Einer jedoch ist auf deiner Seite, und er sendet dir eine Nachricht, die dir helfen soll. Aber er lebt in seiner eigenen Welt, einer Welt, deren Worte Menschen eher verwirren als helfen. Doch er bat mich, die Macht der Worte deiner Mutter zu besänftigen durch seinen Spruch. Vielleicht mag er dir dereinst eine Hilfe sein. Höre nun die Worte, und suche den Schatz, der tief in ihnen verborgen liegt.

„Vertraue des Königs Wort,
und folge seinem Weg.
Hinter grünen Wänden
in schwachen Greisenhänden
wirst du finden den gesuchten Hort.
Die dunklen Mächte fürchte nicht,
denn mit dir reitet ein göttliches Licht."

Hart riß der Reiter an den Zügeln seines Pferdes, hoch stieg der Rappe und stob aus dem Saal. Mit einem lauten Knall fielen die Torflügel zu.
Langsam nahm Amhrán den Kranz aus ihrem Haar. Schweigen. Da stand sie. Alle Blicke waren auf sie gerichtet, und sie schwieg, stand dort und sagte nichts.
Was hätte sie auch sagen sollen? Schließlich setzte sie sich in Bewegung und ging, der Welt entrückt, nach draußen. Kälte schlug ihr entgegen, Regen durchnäßte ihr Kleid. Wie ein Geist schritt sie durch die Nacht. Irgendwo hatte sie ihre Schuhe verloren und ging nun barfuß zum Dorf zurück.
Ihre Haare fielen ihr in nassen Strähnen ins Gesicht. Schloß sie ihre Augen, sah sie nur dieses totenblasse Gesicht vor sich. Irgendwann brach sie zusammen und begann, hemmungslos zu weinen. Tränen vermischten sich mit dem Regen, und ihr lautes Schluchzen wurde vom Gesang des Donners übertönt.
Amhrán weinte, bis sie keine Tränen mehr hatte und ihre Kraft versiegte. Könnte sie doch sterben. Aber wie immer, wenn der Mensch dem Tod befehlen wollte, lachte dieser in sich hinein und ließ den Bittsteller am Leben.
Dort lag Amhrán, bis ihr Vater sie fand und nach Hause trug. Er zog sie aus, legte sie ins Bett und deckte sie zu. Die ganze Nacht wachte er an

ihrer Seite, doch am Morgen hatte das Mädchen so hohes Fieber, daß er sich nicht mehr zu helfen wußte. Schnell war er mit seinem besten Pferd zu Goleudydd geritten. Nachdem diese das Nötigste zusammengepackt hatte, eilte sie zu ihrer Freundin.
Amhrán hatte neben dem hohen Fieber noch eine schwere Erkältung. Sie vermochte kaum aufzustehen. Immer wieder flößte ihr Goleudydd einen Trank aus Kamillen- und Lindenblüten, Huflattich und Königskerze ein. Zu essen gab es nur einen Brei aus Hafer und Hagebutten. Die meiste Zeit des Tages schlief Amhrán. Erst langsam genas sie wieder. Schon drei Wochen hatte sie das Bett nicht mehr verlassen, doch es ging ihr langsam besser.
In all dieser Zeit versuchte Solasard, sie zu besuchen, aber sie war zu schwach, um ihn zu empfangen. Vielleicht war es besser so. Es gelang ihm nur schwer, Herr zu werden über seinen Zorn. Er hatte sogar noch versucht, dem Reiter nachzulaufen, aber die schwarze Bestie war schneller als er. Tiné, die ihm etwas hätte sagen können, schwieg.
Aus Hilflosigkeit hatte er den Blumenschmuck von den Wänden gerissen und die Tische umgeworfen. Unauffällig zogen sich die Hochzeitsgäste in ihre Herbergen zurück.
Solasard konnte diese Ungerechtigkeit einfach nicht verstehen. Was hatte er denn getan, um so eine Strafe zu verdienen? Er hatte sich diesen Abend so anders vorgestellt, diesen Abend und den Rest seines Lebens. Wie kam seine leibliche Mutter auf die wahnwitzige Idee, ihm das anzutun? Nur langsam begriff er, daß er sein gewohntes Leben jetzt hinter sich lassen mußte. Er hatte Angst vor dem Weg, davor seine Zieheltern zu verlassen, Amhrán im Stich zu lassen.
Im Augenblick war er richtig froh, seine leibliche Mutter nicht zu kennen. Erst verhängte sie einen Geís über ihn, dann verließ sie ihn auch noch, und jetzt tauchte sie einfach wie ein Schatten aus der Vergangenheit wieder auf. Sie mußte wirklich verrückt sein.
Dabei hatte er ein ruhiges, beschauliches Leben führen wollen. Das Schicksal war ungerecht. Er mußte unbedingt mit Amhrán reden.
Diese lag auf ihrem Lager und genoß die Stille in ihrem Zimmer. Gut, daß keiner da war, der sie mit Fragen bestürmte, die sie noch nicht beantworten konnte. Gedanken jagten durch ihren Kopf, und immer wieder sah sie das Bild dieses Mannes auf seinem Rappen, das Schwert auf dem Tisch, das hämische Grinsen. Wie hatte Tiné ihnen das nur verheimlichen können?

Deshalb wohl hatte sie immer wieder einen Grund gesucht, die Hochzeit zu verschieben. Wie groß mag ihre Angst gewesen sein vor dem heutigen Tag? Mit niemandem hatte sie reden können. Schwer wog das Geheimnis. Doch das Schicksal ging seine eigenen, für die Augen der Menschen oft verworrenen Wege. Und diese Wege waren wie Quellen, die hier versiegten und dort plötzlich wieder zutage traten. Wie gerne wäre sie jetzt Solasards Weg gegangen. Aber sie wäre nur seinen Weg auf ihre Weise gegangen. Keiner kann in den Schuhen eines anderen laufen. Und sie, Amhrán? Vielleicht hatte Tiné ja auch an sie gedacht. Vielleicht wollte Tiné sie vor einem Abend wie diesem schützen. Was sollte sie jetzt bloß tun? Heiße Tränen liefen über rosige Wangen. Im Dorf konnte sie nicht länger bleiben. Und das Haus bedeutete ihr nichts ohne Solasard. Fort, sie mußte fort von hier! Nie könnte sie das Mitleid der anderen ertragen. Aber wohin? Ratlosigkeit packte das Mädchen. Sechzehn Sommer und kein Ziel. Wohin nur konnte sie sich wenden?
Wollte sie überhaupt auf Solasard warten?
Ein gefahrvoller Weg lag vor ihm, und viele Jahre konnte es dauern, bis er wiederkehren würde. Was, wenn er starb? Was, wenn sie ihr Leben verschenkte für einen Toten? Vielleicht fände er eine andere Frau auf seinen Reisen oder sie einen anderen Mann.
Sich in sein Schicksal fügen, mußte man das wirklich?
Wie groß war die Macht eines Geís? Hatten Worte mehr Macht über einen Menschen als sein freier Wille, hatte Angst mehr Macht als die Vernunft? Was war es, was Menschen dazu trieb, ihr Leben nach dem Spruch anderer auszurichten, sich von einer Drohung abhängig zu machen? Der Tod? Aber der Tod war doch der Schlüssel zum Leben! Dieses Leben war nur ein Leben in der großen Lebensspirale und der Tod nichts anderes als ein Übergang in ein neues auf der anderen Seite. Das war es doch, was Goleudydd ihr über die göttliche Morríghan und den Tod erzählt hatte. Das war der Weg, dem alle Menschen folgen mußten.
Was brachte eine Mutter dazu, dermaßen in das Leben ihres Kindes einzugreifen? Angst, Hilflosigkeit, Rache, Haß? Die Unfähigkeit, den anderen so anzunehmen, wie er war?
Sie mußte fort, fort an einen Ort, wo sie nachdenken konnte. An einen Ort der Stille, allein ihre Gedanken schrien ihr zu laut. Tausend Geister stritten sich über die Richtung, die sie einschlagen sollte. Wohin? Wohin konnte sie gehen?

Es war schon spät am Abend. Draußen regnete es. Da klopfte es mit einem Male fast zärtlich an die Tür. Amhrán hatte keinen Besuch erwartet, aber so schüchtern klopfte nur ein Mensch. Goleudydd.
Naß bis auf die Haut stand die alte Frau in der Tür. Ein sanftes Lächeln auf den Lippen, Trost im Blick. Vorsichtig trat sie ein. Amhrán wickelte ihr eine Schlafdecke um die Schultern und ging zur Feuerstelle, über deren letzter glimmender Glut ein Kessel mit Wasser hing. Schnell legte sie Holz nach und entfachte das Feuer. Bald würde es wärmer sein. Dann bereiteten sie sich einen Trank und setzten sich vor das Feuer.
„Nun“, begann Goleudydd, „was willst du jetzt tun? Hierbleiben oder weglaufen?“
„Habe ich eine Wahl? Die arme kleine Amhrán, werden sie sagen, und das vor der Versprechung. Das arme Ding, der Göttin sei's gedankt, daß sie nicht meine Tochter ist.“
Das Mädchen verzog ihr Gesicht und schüttelte den Kopf.
„Amhrán“, sagte die alte Frau sanft, „Mitleid ist nicht das Schlimmste, was einem Menschen widerfahren kann.“
„Ich werde gehen, Goleudydd, vorerst. Zurückkehren kann ich immer noch. Oder was meinst du?“
Achtsam erwartete sie die Antwort der alten Frau.
„Natürlich hast du recht, wenn du sagst, daß du immer zurückkehren kannst, Amhrán. Aber wohin willst du zurückkehren? Würdest du gehen, wäre es so, als würdest du das Tor zu einem Garten schließen, der dir gehört. Nach Jahren öffnest du das Tor vielleicht, aber es wird nie mehr derselbe Garten sein, den du verlassen hast. Wenn du gehen willst, wirklich gehen und dieses Tor schließen willst, dann geh! Aber du könntest doch auch mit Solasard gehen.“
Stolz erwiderte Amhrán:
„Das kann ich eben nicht, Goleudydd. Sein Weg kann nicht der meine sein. Umherziehen, um ein rostiges Schwert zu suchen. Das kann doch einfach nicht der Sinn meines Lebens sein. Das wäre der falsche Weg. Ich spüre etwas in mir, das wie eine verschlossene Knospe nur darauf wartet zu erblühen. Es ist nicht mein Schicksal, mit Solasard zu gehen. Frage mich nicht, warum. Ich weiß es einfach.“
Zärtlich nahm die Frau ihren Schützling in den Arm.
„Ich wollte dir ja auch nur noch einen anderen Weg aufweisen. Du weißt selbst, daß es mir lieber wäre, wenn du in Danus Coven gingest. Aber es

ist deine Entscheidung und nicht meine. Dort wärst du nicht allein. Ich habe eine Tochter, die dort lebt. Ihr Name ist Sadv."

Erstaunen huschte über Amhráns Gesicht.

„Goleudydd, die Weise, hat eine Tochter? Nie hast du ein Wort von ihr erwähnt."

„Ja, ich habe eine Tochter, Sadv ist ihr Name. Doch sie hat ihr Leben der Großen Mutter geweiht. So habe ich meine Tochter verloren und die Große Allmächtige hat eine gewonnen!"

„Das klingt verbittert, Goleudydd, ihr habt euch nicht in Frieden getrennt?"

Wie abwesend blickte die alte Frau in die Ferne.

„Nein, wir trennten uns nicht in Frieden. Ich hatte gehofft, daß ich sie ausbilden könnte zu einer Weisen Frau und daß sie meine Stelle in der Gemeinschaft des Dorfes einnehmen könnte. Aber sie wollte das nicht. Sie wollte ganz und gar der Göttin gehören, nur der Göttin. Sie hatte immer Angst vor Menschen, vor der Verantwortung, die sie übernehmen müßte als Weise Frau. Schon als Kind hat sie sich wie eine Einsiedlerin völlig von ihrer Umwelt zurückgezogen und in ihrer eigenen Welt gelebt."

Sanft strich Amhrán ihrer Freundin über den Arm.

„Vielleicht ist es ja besser so. Sie wäre vielleicht nur ein Abbild deiner gewesen, wäre vielleicht deinen Weg weitergegangen, anstatt ihren eigenen zu suchen. Erzähl mir mehr von diesem Coven."

„Weißt du, mein Kind, es gibt viele Arten von Coven. Manche sind ausschließlich Männern vorbehalten, manche nur Frauen, andere sind gemischt. Manche Coven sind reine Orte des Gebets, in denen Menschen beten und sich durch In-sich-selbst-Versenken Klarheit über die Welt, das Leben, ihr Leben und die Göttin zu verschaffen suchen. Manche sind reine Stätten des Wissens, des Lehrens und Lernens. Manche dienen mehr der Heilkunde als der Göttin selbst, und manche sind Stätten des Kampfes. Ich jedoch finde, Glaube sollte kein Schwert, sondern ein Keim sein. Danus Coven ist all dies und ist es doch nicht. Danus Coven ist wie ein Garten.

Jedes Wesen, das dort lebt und das sind nicht nur Menschen, ist wie eine Pflanze. Sie wird in den richtigen Boden gepflanzt und gepflegt, damit sie sich auf ihre Weise entfalten kann. Es gibt in Danus Coven keinen Zwang. Jeder entscheidet selbst, welchen Weg er gehen will. Manch einer geht dorthin, weil er sein Wissen in der Heilkunde verbessern will und kehrt als ein Sternenkundiger wieder heim. An diesem Ort stehen dir alle Wege

offen, und du allein entscheidest, ob du dies tun oder jenes lassen willst. Und du entscheidest auch, ob du einen Tag, eine Woche oder ein Jahr verweilen oder für immer dort bleiben willst.
Viele Hohepriesterinnen und Druiden kommen aus ihrem Coven oder haben in ihm die Reise ihres Lebens angetreten. Es ist aber natürlich nicht ganz so einfach, wie du es dir vielleicht jetzt vorstellen magst. Schon allein, weil viele verschiedene Völker und Ansichten aufeinandertreffen. Das oberste Gebot dort ist das der Freiheit, der eigenen und der anderer. Es herrscht nicht die Macht des Schwertes, sondern des Wortes. Und es wird auch Unaussprechliches ausgesprochen.
Ich habe dir jetzt genug gesagt. Du mußt selbst entscheiden, was du tust, Amhrán. Willst du diesen Weg eine Weile gehen?"
Amhrán hatte schweigend den Worten der Frau zugehört. Was da rief, war die Möglichkeit, seine Grenzen zu suchen, zu finden und zu überschreiten. Wenn es ihr in dem Coven nicht gefiel, konnte sie ja immer noch einen anderen Weg wählen.
Erneut klopfte es an Amhráns Tür. Fest und energisch. Als sie die Tür öffnete, blickte ihr Solasard entgegen.
„Bist du allein? Ich glaubte, Stimmen gehört zu haben?"
„Ja, das hast du auch. Goleudydd ist hier. Komm herein, eine Tasse von dem Trank ist noch übrig."
Unsicher betrat er den Raum.
„Wie geht es dir, Solasard?"
„Wie soll es mir schon gehen, Amhrán? Mein Leben wurde aus den Angeln gehoben. Was soll ich tun? Selbst wenn du mich nicht mehr liebst, muß ich gehen. Unglaublich, mein Schicksal auf diese Weise zu erfahren. Es tut mir so leid für dich, so leid."
Tränen stiegen in seine Augen.
„Verzeih mir, Liebste! Eigentlich mag ich ja Abenteuer. Ich war immer traurig, wenn mir Taliesin alte Geschichten erzählte, daß ich nie eine solche Geschichte von mir zu erzählen wußte. Aber ich wollte doch nie Teil einer Erzählung sein. Ich wollte immer ein edler Fürst sein in meinen Träumen, und jetzt stehe ich mitten in einem Strudel. Ehrenhaft und gut wollte ich sein, immer bei dir, in deiner Nähe."
Verachtung schlich sich in Amhráns Herz wie Eis über einen See in einer klaren Winternacht.

„Ja, das träumtest du vielleicht. Aber jetzt kannst du dich nicht mehr hinter deinen Träumen verstecken, Solasard! Jetzt heißt es, seinen eigenen Weg zu gehen. Auch ich wäre lieber hier im Dorf geblieben und hätte ein Leben wie andere Frauen geführt. Das ist mir jetzt verwehrt."
Zornig schaute der junge Mann auf.
„Ist das etwa meine Schuld?"
„Ich weiß nicht, wessen Schuld es ist, Solasard. Das ist doch auch unwichtig. Wir müssen die Schwierigkeiten beiseite schaffen und uns nicht die Schuld zuschieben. Dadurch wird sich nichts ändern. Du mußt deinen Weg finden und ich meinen. Deshalb glaube ich, ist es für uns beide besser, wenn jeder für sich überlegt, was er wirklich will. Du auf deiner Suche, und ich werde wahrscheinlich in einen Coven gehen. Wenn die Götter wirklich wollen, daß wir heiraten, werden sie uns auch wieder zusammenführen."
Erstaunen blitzte aus Solasards Augen.
„In einen Coven!? Was willst du denn dort?"
„In Ruhe nachdenken über mich und dich, über uns. Mir geht es nicht anders als dir. Oder glaubst du, ich wäre froh über unsere jetzige Lage? Es ist nun einmal eine Tatsache, daß du fort mußt, Solasard", erwiderte Amhrán ernst.
„Oh ja, das muß ich wohl. Wie soll das nur enden? Das ist der Tod unserer Liebe. Ich weiß es. Und das Schlimme ist, ich kann nichts dagegen tun, gar nichts."
Tränen liefen über seine Wangen. Zärtlich legte er seinen Kopf an Amhráns Schulter, die ihm sanft über das Haar strich.
„Ach, Solasard, vielleicht ist es besser so. Wer weiß, was das Schicksal für Überraschungen in unserer Ehe bereitgehalten hätte. Bitte, du mußt auch das Gute sehen, nicht nur das Schlechte. Aus allem Schlechten, was geschieht, ergibt sich auch immer etwas Gutes."
„Du hast gut reden, Amhrán. Was glaubst du, wessen Weg gefahrenvoller ist? Aber du hast ja recht. Das Schicksal hätte diesen Geís nicht zugelassen, wenn daraus etwas Schlechtes für mich entstehen würde.
Ich würde nur zu gerne wissen, was mich mit diesem Fionn mac Cumhail verbindet, daß er immer wieder meine Fährte kreuzt. Fast will es mir so vorkommen, als verfolge er mich. Warum nur hat meine Mutter mir das angetan?"

Goleudydd räusperte sich leicht, um sich möglichst unauffällig bemerkbar zu machen:
„Sicherlich wollt ihr noch einiges bereden, ohne mich. Ich lasse euch jetzt allein. Sei bedankt für den Trank, meine Schwester, und ruh dich aus.“
Bedächtig ging die alte Frau hinaus. Leise zog sie die Tür ins Schloß.
Müde blickte Solasard aus dem Fenster und heftete seinen Blick auf einen Punkt, von dem er selbst nicht wußte, wo er lag.
„Es tut mir so leid. Glaub mir, alles wäre anders gewesen, wenn ich von dem Geís gewußt hätte.“
„Ach, Solasard“, seufzte Amhrán, „nichts wäre anders. Belüg dich doch nicht selbst! Wir haben nicht mehr die Zeit, uns hinter Mauern aus gutem Willen zu verstecken. Du hättest mir nie davon erzählt, weil du Angst gehabt hättest, daß ich dich verlasse, oder?“
Leise, aber wohlgeformt verließen die Worte ihren Mund, genau gezielt wie ein Stein die Schleuder verläßt. Und ebenso trafen sie auch die Herzensmitte des Mannes. Solasard drehte sich um. Traurig lauschte er den Worten der Frau.
„Nichts wäre anders gewesen, mein Lieber. Deshalb entschuldige dich auch nicht.“
„Trotzdem tut es mir leid, unendlich leid. Ich hatte mir unseren Hochzeitstag ganz anders vorgestellt, diese Nacht.“
Verbittert antwortete Amhrán:
„Nur die Märchen zahnloser Frauen enden glücklich, aber das Leben ist kein Märchen.“
Tränenüberströmt stürzte sie sich in seine Arme, aller Stolz war vergessen, und ihre Tränenbäche wurden zu einem Fluß, einem Meer aus Traurigkeit.
Sanft hob er sie hoch und trug sie auf seinen Armen ins Bett. Er griff nach ihrer Decke, deckte sie damit zu und setzte sich an den Rand. Zärtlich strich Solasard ihr durch das Haar.
„Wann wirst du gehen, und wirst du allein gehen?“, fragte Amhrán.
„Ich weiß es noch nicht. Ich muß mich erst einmal umhören. Du weißt ja selbst, wieviel mir an Fionn liegt. Ich weiß so gut wie nichts über ihn, geschweige denn über sein Schwert. Und du, gehst du wirklich in einen Coven?“
„Ja, ich brauche jetzt ein wenig Zeit für mich und Ruhe, um Kraft sammeln zu können. Ich muß mit mir ins reine kommen, bevor ich endgültig

entscheiden kann, was aus mir werden soll. Hier bleibe ich auf keinen Fall. Laß mich eine Nacht darüber schlafen."
Lächelnd sagte Solasard:
„Du und dein Stolz, eines Tages wird der Himmel noch über dir zusammenbrechen. Nur eine Göttin könnte sich deinen Stolz erlauben. Nun, wenn Goleudydd recht hat, steckt ja in jeder Frau ein Teil der Göttin. Dann rück mal ein Stück, meine Göttin. Ich bin müde und muß mich ausruhen. Große Herausforderungen stehen mir bevor."
Schnurrend machte sie Platz. Und so lagen sie für lange Zeit zum letzten Mal beieinander. Draußen tanzten die Regentropfen zu ihrer eigenen Musik, und der Wind strich über die Klippen sein altes Lied singend.

Der nächtliche Unruhestifter

Schweiß rann den beiden Männern über ihre nackten Oberkörper. Ihre langen Haare hatten sie zu Zöpfen geflochten. Seit Sonnenaufgang waren sie damit beschäftigt, die dünnen Bäumchen für die Schlafhütten ihrer Gefährten zu fällen. Jetzt konnten sie mit deren Bau beginnen.

Erst wurden sechs junge Birkenstämme, die sie von ihren Ästen befreit hatten, im Abstand von drei oder vier Fuß in einer geraden Reihe in den weichen Waldboden gerammt und mit schweren Steinen befestigt, so daß sie wie eine Reihe von Masten nebeneinander standen. Anschließend woben sie biegsame Birkenzweige, geschnittene Binsen, manchmal auch Brombeersträucher zwischen die Stämme, bis das Geflecht mannshoch und oben gerade noch ein Fuß Platz bis zum Ende der Birkenstange war. Das war nicht immer leicht, denn kaum stand eine solche Wand, fielen manchmal die Zweige wieder heraus, weil sie zu lose geflochten waren. Dann hieß es noch einmal anfangen, bis die Wand wieder stand.

Als nächstes nahmen sie wieder sechs Birkenstämme, die schräg gegen die senkrechte Wand gelehnt wurden, je einen geraden Baumstamm zu einem angelehnten. Oben wurden die Stammenden mit Lederschnüren zusammengebunden, damit der Schlafplatz nicht nachts plötzlich über den Schlafenden zusammenbrach. Wie bei der Wand wurden auch diesmal wieder Zweige, Gräser, teilweise ganze Sträucher zwischen die Stangen gewebt. Später wurden noch Zweige darüber gelegt. Schließlich sah das Ganze aus wie eine Flotte grüner Segel ohne Boote in einem grünen Meer ohne Wasser.

„So, das hätten wir. Jetzt noch die Kochstelle und den Feuerplatz, dann können wir uns auf die Jagd machen.“

Sliabhan wischte sich den Schweiß von der Stirn.

„Oh ja, deine Jagdbeute kenne ich. Meist sind sie vollbusig, rothaarig und nicht unbedingt des Bauern klügste Töchter, aber dafür die gierigsten!! Nicht wahr, Sliabhan?“

Der Fianna setzte ein freches Grinsen auf. Kameradschaftlich schlug der breitschultrige Mann seinem Freund auf die Schulter.

„Oh Gleannglas, höre ich da etwa einen leichten Unterton von Neid?“, erwiderte der Angesprochene.
„Das glaubst du ja wohl selbst nicht. Oder denkst du wirklich, daß es in deinem Leben eine Tür gibt, die ich nicht schon einmal durchschritten habe?“
Entweder würde jetzt der übliche Schlagabtausch folgen, oder sie würden einfach weiterarbeiten. Es war nie einfach zu wissen, welche Gedanken gerade in den Köpfen Fionns ehemaliger Gefolgsmänner herumspukten.
„Laß uns friedlich sein, und fang du schon mal an zu graben. Ich sammle in der Zwischenzeit die Steine.“
Sliabhan, der ältere der beiden, ließ es selten auf einen Streit ankommen.
„Ja, Freund, laß gut sein, aber verlauf dich nicht.“
Lächelnd schaute Gleannglas seinem Freund nach. Ein wirklich schönes Plätzchen hatten sie für die folgenden Nächte in der Nähe von Cill-airne ausgesucht. Die Bäume schienen wie ein hohes Gewölbe über der grünen Lichtung zusammenzuwachsen, ähnlich der Festhalle einer Burg, die Gleannglas einst von innen gesehen hatte. Ein klarer Bach mit kühlem Wasser umfloß die Wiese. Wenigstens mußten sie nicht meilenweit zum Waschen und Kochen laufen wie sonst immer. Und Wild, jedenfalls vierbeiniges, schien es auch in Hülle und Fülle zu geben. Heute abend würde keiner Hunger leiden.
Heute abend würden wieder alle mit vollen Mägen am Feuer sitzen, Lieder singen und tanzen oder Geschichten erzählen. Geschichten von besseren Tagen, Tagen, als die Gemeinschaft der Fianna noch keine Räuberbande war, sondern ehrbare und geachtete Krieger. Dann hatte Fionn sie verlassen. Er, den sie fast mehr liebten als ihr Land, ihren Hochkönig. Einfach fort.
Danach begann das Trauerspiel, Cormac mac Art starb, und der neue Hochkönig war mehr als geizig. Lieber verpraßte er allen Reichtum Erius an seinem Hof, als daß er den Fianna unter die Arme griff.
Wer sollte die Schergen Albas wieder zurückschlagen am Clohanavowry weit im nördlichsten Norden, wenn nicht die Fianna. Aber sie brauchten auch Pferde, Waffen und Verpflegung. Die meisten hatten schon ihre Familie und ihr Heim für Eriu aufgegeben, da konnte doch wenigstens der Hochkönig für sie sorgen. Der hingegen sagte, es seien Friedenszeiten, und so wurden die Fianna einfach aufgelöst.

Ewige Zeiten waren sie die Hüter Erius gewesen, und jetzt wurden sie wie ein leidiges Geschwür entfernt. Und das war noch nicht alles. Verräter hatte man in ihre Mitte gesetzt, damit die Einigkeit der Gemeinschaft schnell auseinanderfiel. Nur das Volk hatte sich gefragt, wer jetzt an den Grenzen die Augen aufhalten sollte. Wer würde es beschützen in der Nacht, wenn nicht das eigens dafür geschaffene Heer der Fianna?
Es war eine Schande. Nur immer ein halbes Jahr am Hofe zu leben, war dem König schon zu kostspielig, zu teuer für die Sicherheit seines Landes. Viele folgten noch der alten Überlieferung und lernten zwölf lange Jahre, den „Weg des Kriegers" zu gehen, und mit einem Mal sollte all das vorbei sein. Verboten, verachtet.
Es war nicht einfach, die glanzvollen Tage zu vergessen und in die Wildnis zu gehen. Immer tiefer zogen sie sich in die großen Wälder Erius zurück, gejagt von den Schergen des Königs.
So erpicht war der Hochkönig auf die Auflösung, daß er sogar die Leute der Grenzwachen abzog, um die wahren Wächter des Landes von ihrer Insel zu vertreiben. Immer schwieriger wurde es für die Fianna, ihre Heimat Eriu zu beschützen und doch der Königlichen Garde zu entgehen. Wie Geister huschten sie durch die Nacht. Auge und Hand für Eriu.
Bald schon wären sie Vergangenheit gewesen, ginge es nach dem Wunsch des Hochkönigs. Aber das Volk vergaß seinen Wachhund nicht. Selbst jetzt, da ihnen der Zutritt zum Hofe verweigert wurde, wußten sie über die Vorgänge dort bestens Bescheid. Das Volk wußte, was es seinem Wächter schuldig war, und so wie Fionn nach seinem Tod in dem Berg Binn Gulbain auf seine Wiederkehr wartete, wußten auch die Fianna, daß dies nur ein Winter war. Ein Winter, auf den dereinst wieder ein Frühling folgen wird.
Einen Sonnenstrahl hatten sie ja schon. Iolaranam, die Adlerseele. Wie der junge Lugh war er aus dem Nichts aufgetaucht. Schlau wie jener, führte er sie jetzt an. Auch er schien alle Künste zu beherrschen. Er mußte durch eine harte Schule gegangen sein, um so ein Krieger, so ein Führer zu werden. Schön war er anzusehen mit seinem glatten, fast nachtschwarzen Haar, seinen blauen Augen und seinem sehnigen Körper. Er wirkte sehr südländisch auf seine Weise, als wäre er ein Sproß der Míleser. Und genauso feurig war auch sein Gemüt. Wahrlich, er war ein wahrer Meisterdieb, wenn es darum ging, etwas zu bekommen, was auf ehrlichem Weg schier nicht zu erlangen war.

Vorsichtig schlich sich Sliabhan an seinen Gefährten an, um ihm heftig auf die Schulter zu schlagen.
„Na, Gleannglas, du Schlafhaube, träumst wohl wieder von vergangenen Tagen?"
„Was, wie, äh, oh, ach du bist es, Sliabhan! Entschuldige, du weißt, ich bin aus zu altem Holz, als daß man mich auf so einer Lichtung allein lassen könnte."
Er lachte.
„Ist ja schon gut, mein Freund, dann laß uns mal anfangen. Die Männer haben nachher sicher knurrende Mägen. Wenn wir keine Feuerstelle gebaut haben, um das Bret zu kochen, bis sie kommen, kannst du ihnen ja erzählen, wovon du geträumt hast, während sie dich um das Lager jagen."
Die beiden Fianna waren noch eine ganze Weile beschäftigt, bis abends die restliche Gruppe ihrer Gefährten das neue Lager erreichte. Wieder ein Tag, den sie überlebt hatten.
Leise knackte und knisterte das Feuer vor sich hin. Vereinzelt saßen noch Männer zusammen, doch die meisten lagen schon auf ihren Binsen und schliefen den Schlaf der Gerechten. Es war kein leichter Tag für die Fianna gewesen. Bei Morgengrauen waren sie auf die Garde des Königs gestoßen. Die jungen Häscher wollten sich natürlich leidenschaftlich gerne das Kopfgeld für Iolaranam und ein paar seiner Gefährten verdienen. Der Herrin sei Dank konnte ihr Anführer sie vom Hauptteil ablenken und in eine völlig andere Richtung locken, aber es dauerte lange, bis er wieder bei ihnen war.
Jeder Soldat des Königs konnte die Beschreibung Iolaranams und seines Pferdes auswendig vor sich hersagen. Eine Königliche Garde konnte die Fianna jedoch nicht ersetzen. Stolz wären diese Trottel gewesen, sich seinen Kopf zu holen, aber leider sattelten sie zuweilen sogar ihre Pferde rückwärts auf.
Später hatten Iolaranams Männer ein großes Rudel Wild aufgetan. Sie erlegten mehrere alte und einjährige Böcke, damit sich das Rudel nicht zu sehr vermehrte und dem Wald schadete. Zehn Mann waren zum Ausnehmen und Kochen ins Lager geschickt worden.
Die anderen hatten noch einige Gehöfte aufgesucht. Manche Bauern gaben ihnen Brot, Wurst, Käse oder auch Met. Einige berichteten, was sie über die Machenschaften am Hofe des Königs in Erfahrung bringen konnten und manch andere Dinge, die für die Fianna aufschlußreich sein könn-

ten. Jetzt, da sie nur noch wenige Mittelsmänner am Hofe hatten, waren solche Leute überlebenswichtig für sie geworden.
Auf ihrem Weg zum Lager leitete sie der gute Geruch von saftigem Wild und würzigem Met. Nach dem Dankgebet an die Göttin stürzten sie sich auf das Essen. Seit Tagen war es wieder das erste Fleisch. Später sangen sie alte Lieder und flickten dabei ihre Sachen. Die Frauen wie die Männer. Bei den Fianna spielte es keine Rolle, woher man kam oder wer man war. Zu Beginn war das anders gewesen, aber jetzt, da es keine Auszeichnung mehr war, ihnen anzugehören, war es völlig unwichtig, ob jemand Mann oder Frau, Bauer oder Adeliger war. Jetzt zählte nur noch, was alle gemeinsam für ihr Land tun konnten.
Weit nach Mitternacht kam Unruhe im Lager auf. Einer von den Spähern ritt wie ein Besessener in das Lager. Ein Reiter sei am Waldrand gesehen worden. Bald schon müßte er das Lager erreichen. Blitzschnell wurden die Feuer gelöscht und die Glut mit Tannenzweigen abgedeckt. Totenstille herrschte im finsteren Wald.
Dann erklang das sanfte Lied einer Nachtigall, eine Lerche schien aus dem Lager zu antworten. Ein Käuzchen uhute durch die Nacht, um dann von einer kräftigen Stimme unterbrochen zu werden:
„Genug jetzt des Singens, Iolaranam! Ich bin es, Camchéachta, und ich bringe wichtige Neuigkeiten!! Soll ich noch ein bißchen pfeifen, oder reicht das endlich?"
Schmunzelnd antwortete der Angesprochene.
„Ruhig, mein Freund, den Wald dürftest du ohnehin schon geweckt haben. Folge mir. Sliabhan, entfacht die Feuer wieder! Ich sehe, das wird eine lange Nacht werden."
Neben einem einsamen Fuchs huschte ein stämmiger Schatten vorbei. Die Feuer wurden wieder entzündet, und an Iolaranams Seite wurde noch ein Holzklotz für den Riesen aufgestellt.
„Komm her, Großer Bär, und setz dich zu mir. Deine Mutter wußte auch nicht, was sie dir antat, als sie dir diesen Namen gab!"
„Es schmeckt mir halt, im Gegensatz zu dir, du Klepper."
Der Schein des Feuers spiegelte sich in den Gesichtern der beiden Männer, und ihre Schatten verzerrten ihre Züge zu wahren Räubergesichtern.
„Nun, mein Dickerchen, was gibt es? Es muß ja schon sehr wichtig sein, wenn du den halben Wald dafür weckst."
Iolaranam hatte Mühe, sich zu beherrschen.

„Mach dich nicht lustig über den alten Bär, oft genug schon hast du ihm dein Leben zu verdanken, Spargelbein. Aber nun Scherz beiseite, Iolar. Es gibt ein paar Gerüchte, die mir gar nicht schmecken. Ich habe zwei meiner besten Pferde zuschanden geritten, um sie dir mitzuteilen."
Fast fiel der Holzklotz um von der Heftigkeit, mit der sich der Neuankömmling setzte.
„Und vielleicht teilst du sie mir ja noch heute mit?", fragte der Anführer der Fianna ungeduldig.
„Höre, irgend jemand hat sich auf die Spur des Blauen Schwertes gesetzt. Dieser Jemand stellt Fragen über Fionn, über das Schwert, über alles, was damals von Bedeutung war. Du weißt, was das für uns bedeutet?"
Besorgnis klang aus seiner Stimme.
„Ja, aber wer stellt diese Fragen?", erwiderte der Angesprochene ernst.
„Ein gewisser Solasard mac Annir, ein Jüngling von gerademal siebzehn oder achtzehn Sommern. Es heißt, seine Mutter sei eine Sidhé oder so etwas Ähnliches. Sie habe bei seiner Geburt einen Geís ausgesprochen, daß ihr Sohn nicht eher versprochen werden dürfe, als bis er das Blaue Schwert wieder an seinen rechtmäßigen Platz gebracht habe. Du weißt, wo sein rechtmäßiger Platz ist, nicht wahr?", fragte der Große Bär fordernd.
„Natürlich weiß ich das, in der Hand des Königs von Eriu, des Hochkönigs von Eriu. Solasard mac Annir, das Große Licht, Sohn des Mädchens, ein merkwürdiger Name, und sicher ist der Familienname seiner Mutter nicht einfach nur Mädchen. Ich denke, dieser Bursche hat etwas zu verbergen. Oder? Weißt du vielleicht, welchem der verruchten Thronanwärter seine Mutter damals helfen wollte? Genug gab es ja."
Ratlos überlegte Iolaranam.
„Nein, Iolar, man weiß über beide so gut wie gar nichts. Sie sollen wohl aus einem Dorf an der mittleren Westküste stammen, aber das ist auch alles. Was willst du jetzt tun?"
Camchéachta schmunzelte leicht. Er wußte nur zu gut, wie der Anführer der Fianna offenen Fragen begegnete.
„Das ist eine gute Frage. Ich denke, wir sollten erst einmal sehen, wer dieser Kerl ist. Eine neue Figur auf dem Spielbrett sorgt sicherlich nicht nur bei uns für Unruhe. Wir werden den Wellen bis zu ihrem Ursprung folgen und sehen, was für ein Vögelchen sich hinter den Federn versteckt."

Aufmerksam folgten die anderen Fianna dem Gespräch, denn jetzt folgte der spannende Teil.
„Ich würde nicht alle Fianna der Insel versammeln, sondern lediglich mit einer kleinen Gruppe unserer Leute losziehen. Das ist nicht so auffällig", sagte Camchéachta.
„Sicher hast du recht, Cam. Ich denke, ich werde mit elf Mann gehen."
„Und wer sind die elf Männer?", fragte der Große Bär lauernd seinen Freund.
„Laß mich überlegen ... Auf jeden Fall Gleannglas und Sliabhan ..."
Zu gut kannte Iolaranam die nächsten Worte.
„Vielleicht auch ein paar richtige Männer?", brummte Camchéachta.
„Sind Gleannglas und Sliabhan weniger Männer als wir, weil sie mit einer Pflugschar und nicht mit einem Schwert in der Hand auf die Welt gekommen sind?", erwiderte der Anführer der Fianna.
„Oh ja, da sind sie ja endlich wieder, die weisen Worte, die ich so vermißt habe. Du wirst sicher eines Tages ein weiser, alter Druide, der junge, bereitwillige Schüler aufnimmt, um sie zu guten Männern zu schmieden. In Scharen werden sie zu dir kommen. Nun denn, wen noch?"
Ungeduld kribbelte den erfahrenen Krieger.
„Dúghorm, den Blaublütigen; Oighrigh, den Eisigen; Seabhaceo, den Nebelfalken", und grinsend fuhr Iolaranam fort, „von den Frauen nehme ich Sionnach, die Füchsin mit; Glaslasair, die Feurige; Cioná; Gormeala und Crónachan."
„Eine gute Mischung bis auf Oighrigh, wenngleich in meinen Augen zu viele Weiber dabei sind, aber laß es gut sein. Ich weiß schon, was du sagen willst. Wohin genau ziehen wir an der mittleren Westküste?"
Iolaranam antwortete ihm:
„Das werden wir dann schon sehen. Erst einmal immer dem Gerücht nach. Morgen Nacht ist Vollmond. Dann brechen wir auf. Laß uns jetzt noch ein wenig ruhen, bis die Sonne uns weckt."
Und so wurde auch das letzte Feuer gelöscht.
Schon bevor sie ihre Augen öffnete, hatte sie ihn an seinem Gang erkannt. Sie blinzelte und stellte sich weiter schlafend. Kurz darauf spürte sie, wie er ihre wilden Haarsträhnen sachte aus dem Gesicht strich. Glaslasair, die eine Hütte mit ihr teilte, drehte sich knurrend zur Seite. Sie hatte den tiefsten Schlaf des ganzen Lagers und ließ die anderen gerne an ihrem Schnarchen teilhaben.

„Sei mir gegrüßt, du Blüte meines Lebens. Ich hoffe, du hattest einen erholsamen Schlaf.“
Sie liebte seine weiche Stimme. Müde lächelte Sionnach und kuschelte sich näher an ihn heran.
„Nie war es gut, wenn du dich so besorgt stelltest, Iolar, sprich, was steht uns bevor.“
Wie eine Katze richtete sie sich auf, und ihre grünen Raubtieraugen nahmen jeden Wechsel seiner Züge wahr. Ein Blick aus der Hütte zeigte ihr, daß der Rest des Lagers noch schlief. Wahrscheinlich waren nur die Späher wach und kämpften gegen ihren wohlverdienten Schlaf.
Die Frau streckte sich genüßlich, stand auf, um sich abseits der Hütten zu erleichtern und ging dann zum Bach, die allmorgendliche Waschung wagend. Nicht vieles gab es, was ihr so verhaßt war wie eiskaltes Wasser am frühen Morgen. Kaum hatte sie sich nach ihrer Katzenwäsche angezogen, eilte sie wieder zu Iolaranam, der ein kleines Feuer entfacht hatte. Freudig, fast verspielt, sprang sie ihm in die Arme.
„Nun, mein großer Krieger, sprich! Immer muß ich als erste Zuhörerin dienen, wenn du neue Pläne geschmiedet hast. Sicherlich hat es mit Camchéachta, dem alten Bären, zu tun.“
Iolaranam lächelte leicht.
„In der Tat, du hast recht. Es gibt einen neuen Anwärter auf den Thron. Wir wissen aber noch nicht, wer der Kerl ist.“
Mit stolzer Miene fuhr seine Geliebte fort:
„Deshalb willst du mit einem unauffälligen Trupp losziehen, um das herauszufinden. Laß mich überlegen, da heute Nacht die Mondin wiedergeboren ist, werden wir nach Beginn der Abenddämmerung losreiten. Und da du mich zu dieser frühen Stunde weckst, um mich alleine zu sprechen, wirst du mich bestimmt gleich wissen lassen, ob das ein Abschied ist, dann dauert die Reise allerdings nicht lange oder ob du mich mitnimmst.“
Schmunzelnd blickte er sie an:
„Ich hasse es, wenn ich dir einen Köder hinwerfe und du den Jäger gleich mitverschlingst. Nun gut, wir werden heute abend aufbrechen, du und ich, der Blaublütige, der Eisige, Nebelfalke, Gleannglas und Sliabhan.“
„Du lügst! Du würdest es nie wagen, nur eine Frau mitzunehmen, wenn ich mitkomme. Nun, wer noch?“, rief sie aus.
„Zurecht nennen sie dich nur Fuchs, du Füchsin. Glaslasair, Cioná, Gormeala und Crónachan werden uns noch begleiten“, fügte er hinzu.

„Eine gute Mischung, wenngleich in meinen Augen zu viele Männer. Ich nehme an, du kümmerst dich um die Männer, und ich bin für die Frauen zuständig."
Zu lange war sie schon an seiner Seite, um nicht seine Pläne zu kennen.
„Du bist unglaublich!", lachte er heraus.
„Ja, und deshalb liebst du mich ja auch. Dann wollen wir mal das Lager wecken, oder möchtest du vorher noch frühstücken?"
In weitem Bogen holte Iolaranam aus und schlug seiner Gefährtin mit aller Kraft auf den Allerwertesten.
„Hätte das nur deine Mutter erledigt, wärst du nicht so eine Wildkatze geworden."
Die schlanke, hochgewachsene Frau schüttelte ihre wilden Locken und trollte sich lachend davon.
Tief atmete Iolaranam ein und brüllte dann laut:
„Gefahr, alles zu den Pferden, der Feind ist über uns!"
Blitzschnell war das Lager wach, jeder stürzte in seine Hosen, schnappte sich seine Waffen, rannte zu seinem Pferd und sprang auf. Es dauerte nicht lange, da standen mehr als drei Dutzend Reiter fertig zum Angriff vor ihrem Anführer.
„Gut gemacht! Ich denke, es wird schwer sein, uns zu überraschen. Ach, Glaslasair. Ich glaube, es wäre das beste, wenn du mit dem Pferdekopf nach vorne reiten würdest, oder soll ich bei der Königlichen Garde nach fragen, ob sie noch einen Platz für dich frei haben?"
Gelächter erscholl durch die Menge, als jeder die fast schon wieder Schlafende falsch herum auf ihrem Pferd sitzen sah.
„Nun hört, Männer und Frauen, tapfere Fianna, so werden unsere Pläne für die Zukunft aussehen. Ein neuer Thronanwärter hat sich auf den Weg gemacht, die Macht zu erringen aus der Hand des feigen Geizhalses. Doch dazu braucht er das Blaue Schwert der Wahrheit. Dies zu suchen, ist sein Ziel. Wir wissen weder wer er ist, noch was er vorhat. Doch wir werden uns wie Hunde an die Spur des Ebers hängen, ihn verfolgen und finden. Dann werden wir sehen, ob er Freund oder Feind sein mag.
Kein Hochkönig sitzt lange auf seinem Thron, ohne die Unterstützung der Fianna. Vielleicht werden wir Waldläufer dann wieder teilhaben an der Geschichte unseres Landes wie zu Zeiten Fionns. Bis dahin müssen wir die Pflichten unserer Heimat gegenüber heimlich verrichten.

Sicherlich wißt ihr, daß ich euch nicht alle mitnehmen kann, denn schnell und unauffällig müssen wir sein, des nachts unterwegs und tags ruhend. Ich denke, daß elf meiner besten Leute genügen sollten, um hinreichend Verteidigung bei Gefahr zu bieten. Ich traue Broc mac Cíocras alles Erdenkliche zu, wenn er seinen Thron bedroht sieht. Er hat am meisten zu befürchten, sollte es wirklich einen neuen Thronfolger geben.
Der Rest wird hierbleiben und die Aufmerksamkeit der Garde von uns abund auf euch hinlenken. Aber führt sie nicht hierher in unser Lager. Seid vorsichtig. Wir werden euch Nachricht zukommen lassen, wenn es uns möglich ist. Die, die zurückbleiben werden, müssen stets bereit sein, uns zu folgen. Ich habe kein gutes Gefühl bei dieser Sache.
Camchéachta wird ebenfalls einer der elf sein. Ich brauche ihn bei mir, so daß ihr euch sozusagen selbst überlassen seid.
Dann könnt ihr euch jetzt wieder an eure Arbeiten machen.
Gleannglas, Sliabhan, Dúghorm, Oighrigh, Seabhaceo, Sionnach, Glaslasair, Cioná, Gormeala und Crónachan! Ihr werdet nach euren morgendlichen Arbeiten an mein Feuer kommen.
Ich denke, es gibt sonst keine Fragen mehr, oder?"
Schweigend stiegen die Männer und Frauen ab und brachten ihre Pferde wieder zu ihren Hütten. Auch Iolaranam ging zu seiner Hütte, wo sein rabenschwarzes Pferd stand. Zärtlich tätschelte er den Hals des anmutigen Tieres.
„Na, mein Schöner, ruhst du dich aus?"
Sanft schnaubte der Hengst, als ihm Iolaranam über den Kopf strich.
„Du wirst mich nie im Stich lassen, nicht wahr? Wie oft hast du mich schon wohlauf aus größter Gefahr getragen und sicher heim geleitet?"
Vorsichtig rieb das Tier seinen Kopf an seinem Arm, bis Iolaranam genug davon hatte und in seine Hütte kroch. Aus dieser klangen schon den ganzen Morgen merkwürdige Pfeif- und Schnarchgeräusche. Iolaranam mußte seine ganze Kraft aufwenden, um den Fleischberg, der da vor ihm lag, hin und her zu wälzen. Aber nichts. Camchéachta schlief wie ein Toter, und diese sind ja bekanntlich auch sehr schwer, wieder zum Leben zu erwecken. Es half alles nichts.
Jetzt gab es nur noch eine List, die angewendet werden konnte, diesen Riesen aus seinem tiefen Schlaf zu reißen. Sicherlich würde der Große Bär für den Rest des Tages unansprechbar sein, aber immerhin würde er wach

sein, wach und wütend wie eine gereizte Biene. Geschmeidig erhob sich Iolaranam und ging vor die Hütte, wo ihm Dúghorm begegnete:
„Sag, Dúghorm, guter Freund, gibt es hier im Lager vielleicht irgendwo eine Feder?“
Schmunzelnd antwortete der Angesprochene:
„Solltest du sie für deinen Freund Camchéachta benötigen, fürchte ich, wird sich keiner in die Gefahr begeben, dir eine zu verschaffen. Der letzte, der sich dieser Tat schuldig machte, wurde von ihm, wie du dich vielleicht noch zu erinnern vermagst, an einem Strick mit dem Kopf nach unten in einen Fluß gehängt, so lange, bis er schwor, es nie wieder zu tun.“
Laut lachte Iolaranam auf und legte seinem Gefolgsmann den Arm um die Schulter.
„Und wenn ich sie mir selbst besorge und deinen Namen geflissentlich verschweige? Tust du dies jedoch trotzdem nicht, werde ich noch gereizter sein als Camchéachta. Außerdem werde ich die holde Füchsin gegen dich aufhetzen, daß du keine ruhige Stunde mehr hast.“
Dúghorms blaue Augen blitzten gefährlich auf.
„Gnade, Gnade. Besser wird es wohl sein, einen anderen zu fragen, bei den Waffen, die du gegen mich richtest. Du selbst weißt, wie schwer ich trage am Zorn meiner sanften Herrin. Reizbar ist sie in ihrem Zorn wie ein Fuchs, der in seiner Höhle einen Dachs antrifft.“
Der Blaublütige neigte sich zu Iolaranam und sagte:
„So hörst du auch nicht, daß an der Hütte von Seabhaceo ein großer Goldfasan hängt, erlegt von ihm mit viel Geschick, dessen lange Schwanzfeder dir sicherlich sehr dienlich sein wird?“
„Kein Wort, mein Freund, habe ich gehört, nicht eine Silbe, sei gewiß“, versicherte der ihm.
Da hörte man mit einem Mal ein Brummen und Gähnen, ein Ächzen und Stöhnen aus der Hütte, und eine tiefe, gebrochene Stimme fauchte aus dem Schatten:
„Soweit ist es denn gekommen, daß gute Freunde sich wider meinen gesunden Schlaf vereinigen, Verräter werden am hellichten Tag. Und dies, ohne Schimpf und Schande zu empfinden.“
Lachend sprach Ioloaranam:
„Verrat, Freund, fürchte nicht, denn Verrat ist eine Falle, die sich selber fängt. Zu oft schon sind wir hineingeraten und heraus, doch niemals entging uns der Fallensteller. Steh auf, du alter Hackklotz und murre nicht!

Eine schwere Probe ist dein Winterschlaf für uns ein jedes Mal, und oft schon war dein Zorn der Grund, dich schlafend zurückzulassen, gewiß, daß nur durch mühevolles Suchen du uns wieder finden würdest.“
Da bebte es in der Hütte und halbnackt trat der Riese hervor, sein wolliges Brusthaar kraulend.
„Mühevolles Suchen? Ich? Nenne mir einen aus diesem zusammengewürfelten Haufen, der die Spuren besser liest als ich. Immer habe ich euch gefunden. Ich wüßte keine Gelegenheit, bei der ihr mir durch die Lappen gegangen seid.“
Dúghorm antwortete ihm:
„Erinnerst du dich nicht mehr daran, als du auf deinem alten Klepper im Sumpf standest? Kaum war sein Kopf noch zu sehen, ob des Gewichtes, das ihn in die Tiefe drückte?“
Mit bedrückter Miene antwortete Camchéachta:
„Fehlgeleitet wurde ich von einem alten Weib, die ich nach dem Weg fragte.“
„Brauchtest du nun doch ein altes Weib, das dir den Weg zeigte!“
Dughórm lachte laut heraus, und Iolaranam schlug beiden auf die Schulter und sagte:
„Wir wollen es genug sein lassen, Freunde, für heute. Wach bist du und besserer Laune als zu erhoffen war. Jeder soll sich nun vorbereiten für den langen Ritt. Wir sehen uns dann heute abend, kurz vor dem Aufbruch.“
So trennten sich die drei. Iolaranam und Camchéachta krochen in ihre Hütte, um dort wohl weiter miteinander zu flachsen.

Rhiannon

Regen tropfte auf ihren Mantel. Sie war noch nicht lange unterwegs. Im Morgengrauen hatte sie den Entschluß gefaßt, dieses Leben hinter sich zu lassen. Sie konnte nicht mehr länger so tun, als schliefe sie. Ihre Gedanken ließen sie einfach nicht zur Ruhe kommen. So war sie denn aufgestanden, hatte sich angezogen und vor das schon weit heruntergebrannte Feuer gesetzt.
Weit schweiften ihre Erinnerungen zurück. Amhrán hatte eine schöne Jugend gehabt. Voller Liebe. Ihr Vater hatte zwar nicht immer Zeit für sie gehabt, aber Liebe und ein gutes Wort. Oft hatte er ihr von ihrer Mutter erzählt. Vielleicht war dies auch der Grund, warum er sich nie eine zweite Frau genommen hatte, wie das sonst üblich war. Er mußte noch sehr an ihr hängen. Und dann die schöne Zeit mit Solasard. Sie fielen in ihre Liebe wie in ein weiches Daunenkissen.
Oh ja, die Göttin war gut zu ihr gewesen. War das jetzt der Preis, den das Schicksal eines Tages dafür forderte? Nun, dann mußte sie ihn jetzt wohl zahlen.
Amhrán dachte an so vieles. Schließlich erlosch auch das letzte Flämmchen, und rotglühende Dunkelheit breitete ihre Schwingen aus. Vorsichtig setzte sie sich auf ihr Lager. In Gedanken glitten ihre Finger durch Solasards Haare, über sein Gesicht, und sie küßte ihn dreimal auf den Mund.
Dann stand sie auf, legte ihren Mantel an und ging hinaus. Sie war jetzt auf dem Weg nach Cluain-maccu-Nois. Sie würde aus ihrem bisherigen Leben nichts mitnehmen, bis auf das, was sie am Leibe trug. Leise schloß sie die Tür, die sie nie wieder öffnen sollte. Jetzt war sie an dem Punkt angelangt, über den sie mit Goleudydd so oft gesprochen hatte. Jetzt hatte sie eine weitere Strophe ihres Lebensliedes abgeschlossen.
Das Tor zum Garten war ins Schloß gefallen. Kein Weg führte jetzt mehr zurück. Ein tiefer Atemzug, und schon waren die ersten Schritte ihres neuen Lebens gemacht. Ob der Regen sie rein wusch von ihrer Vergangenheit? Dann mit einem Mal rannte sie los und lachte.
Es hatte doch alles seine gute Seite, nicht?

Oh ja, so war sie, so war Amhrán. Selbst in der dunkelsten Finsternis fand sie noch ein Licht. Jetzt schaute sie nur noch nach vorne. Die Entscheidung war gefallen, und alles Vergangene war vergangen. Ihre Füße waren schon naß, aber das machte nichts, abends würde sie irgendwo ein trockenes Plätzchen finden. Sollte der Göttin etwas daran liegen, daß sie in dem Coven ankam, würde sie ihre Hand über sie halten.
Langsam hellte es auf, und die Sonne vertrieb den Regen. Die Vögel kamen aus ihren nächtlichen Unterschlüpfen und badeten in den Pfützen. Hasen hoppelten auf einem Acker umher. War das Leben in einem Coven auch so friedlich?
Wie oft war sie mit ihrem Vater hier spazierengegangen, am Tag, in der Nacht? So wertvoll waren ihr diese Stunden erschienen, und jetzt war sie einfach ohne Abschied gegangen. Aber es wäre für beide nicht gut gewesen, sich diesem Schmerz auszusetzen. Die Gefühle danach wären nur eine Bürde für sie beide gewesen, und Amhrán mußte jetzt frei sein von solchen Gedanken.
An einem klaren Bach löschte sie ihren Durst. Von einer Wiese zupfte sie sich einige Sauerampferblätter. Die Sonne hatte fast den Mittagspunkt erreicht, als sie einen schattigen Hain durchquerte. Hier aß sie genüßlich ein paar kleine, süßlich schmeckende Haselnüsse. Die Sonne lachte den ganzen Tag und schien nie wieder untergehen zu wollen. Am späten Nachmittag erreichte sie den großen Wald, der ihr Dorf von dem Coven trennte. Den ganzen Tag war sie sorglos vor sich hin gewandert, aber als sie den Wald betrat, fiel alle Unbesonnenheit von ihr ab wie ein zerbrochenes Schneckenhaus.
Der Wald!
Das war kein Ort für Menschen. Menschen waren hier allenfalls geduldet, doch nie, niemals willkommen.
Der Wald gehörte dem Kleinen Volk oder das Kleine Volk dem Wald. Nach der letzen großen Schlacht gegen die Míleser flohen einige wenige der überlebenden Hochelben hierher. Der große Stamm der Hochelben teilte sich nun in die Völker der Wald- und Hochelben. So sehr liebten manche ihr Land, den Wald und das Meer, daß sie sich nicht davon trennen konnten. Deswegen blieben sie als Waldelben in ihren Wäldern, während sich die Hochelben in Sidhé, sogenannte Erdhügel, unter die Erde zurückzogen, wo sie sich eine eigene, die Andere Welt schufen. Auch einige Abtrünnige der Menschen kamen hierher in den Wald und verbanden sich mit den

grünäugigen Waldelben. Ob diese jetzt noch auf Erden wandelten, wußte niemand. Aber daß es das Kleine Volk noch gab, die Nachkommen der Vereinigung zwischen Menschen und Waldelben, das wußte jedes Kind. Klein und tückisch oder groß und plump sollten sie sein, grünhaarig oder elbenblond. Jeder hatte sie schon gesehen, aber die Beschreibungen waren immer unterschiedlich.

Eiskalte Schauer liefen Amhrán über den Rücken. Eng zog sie den Mantel um sich. Dabei schien der Wald ganz friedlich zu sein. Dieser Wald hier war keiner der Kiefernwälder, deren trockene, heiße Luft einen im Sommer zu ersticken drohte. Dieser Wald bestand aus mächtigen Eichen, deren Kronen sich zu einem riesigen Nest vereinten.

Schon waren einige der goldenen Blätter auf den Weg gefallen, und das trockene Laub raschelte sacht unter Amhráns vorsichtigen Schritten. Lichte Buchen, silbernen Säulen gleich, säumten den Weg. Die letzten bunten Schmetterlinge des Jahres flogen umher, und ein rotes Eichhörnchen brachte seinen Wintervorrat vor Amhrán in Sicherheit.

Die Sonne strebte der Erde zu, als das Unterholz links und rechts des Weges immer dichter wurde. Die Abenddämmerung ließ nur noch wenige kraftlose Strahlen durch die Äste sickern. Ängstlich verharrte das Mädchen, das Dunkel fürchtend und doch erwartend. Noch einmal blickte sie zum Himmel empor, wo sich die ersten Sterne zeigten, dann, so langsam wie sich eine Katze an ihr Opfer anpirscht, kam die Finsternis. Um Amhrán herum war alles dunkel, kaum konnte sie die Hand vor Augen sehen.

Neumond.

Das hatte sie nicht in ihrem voreiligen Plan bedacht. Wütend schalt sie sich, aber auch das nützte ihr jetzt nur wenig. Hilflos stolperte sie vorwärts, bemüht, auf dem Weg zu bleiben.

Da vernahm sie kaum hörbar Schritte. Entsetzen packte sie, ihr Herz raste. War das vielleicht das Kleine Volk? Hatten sie gar schon die Steine in ihre Schleudern gelegt, um sie schnell und lautlos zu töten. Amhrán konnte nicht unterscheiden, ob die Schritte vor oder hinter ihr waren. Auch wurden sie nicht schneller. Da hörte sie eine alte, aber freundliche Stimme:

„Sag mir, Kleines, was treibt ein junges Mädchen wie dich um diese Zeit in den Wald? Entweder bist du sehr mutig oder sehr töricht."

„Ich sehe euch nicht, wo seid ihr denn?", fragte das Mädchen ins Dunkel.

„Natürlich siehst du nichts, aber ich bin hier neben dir."

Angstvoll wollte sich Amhrán umdrehen, als sich eine feingliedrige Hand fest um ihren Arm schloß.
„Merkst du, hier bin ich. Du brauchst keine Angst zu haben. Ich bin Rhiannon! Sei mir gegrüßt! Aber sag mir nun, wohin dein Weg dich führt."
Die alte Frau erwartete die fast geflüsterte Antwort.
„Sei auch du mir gegrüßt, Rhiannon. Mein Name ist Amhrán, und mein Weg führt mich zum Coven der Danu."
„Da tust du gut daran, dich mir anzuschließen, denn wir haben das gleiche Ziel. Und ich glaube wahrlich nicht, daß du den Weg alleine finden wirst."
Das anfängliche Mißtrauen Amhráns wurde durch die Dankbarkeit gemindert, nicht mehr allein zu sein.
„Gerne nehme ich euer Angebot an. Hakt euch ruhig ein, dann wollen wir weitergehen."
Amhrán hatte anfangs eine hochgewachsene Frau erwartet, aber sie wurde enttäuscht. Die Frau mußte um einiges kleiner sein als sie, so tief zog sie der Arm nach unten. Eine Weile führte Rhiannon Amhrán schweigend durch den Wald, dann erreichten sie eine große Wegkreuzung.
Endlich konnte sie die Sterne wieder über sich sehen, und endlich konnte sie auch ihre Begleiterin genauer betrachten. Zierlich war diese Frau, die doch sehr viel Kraft in ihren Armen hatte. Dunkel war sie angezogen, so als könne sie sich gleich verstecken und mit dem Wald eins werden, wenn Gefahr drohen sollte. Ihr langes weißes Haar hatte sie kunstvoll zu einem Zopf geflochten. Auf dem Rücken hatte sie einen breiten Reisesack.
„Jetzt ist es nicht mehr weit, bis wir zu einer Stelle kommen, wo wir ein Feuer machen können. Ich nehme an, es ist deine erste Nacht in einem Wald."
Sie schien keine Einheimische zu sein, denn die Worte kamen nicht fließend, sondern langsam, fast stockend und wohlüberlegt aus ihrem Mund. Mehr und mehr kehrte Amhráns Mißtrauen zurück, auch wenn die alte Frau nicht den Eindruck auf sie machte, etwas Böses im Schilde zu führen. Verlegen antwortete sie:
„Ja, es ist meine erste Nacht im Wald."
„Dann wollen wir einen Schritt schneller gehen, damit du bald an ein Feuer kommst und mich endlich richtig betrachten kannst. Hast du Angst?"
Zögernd antwortete Amhrán:
"Nicht vor euch, aber vor dem Wald. Er ist so finster, und ich weiß nicht, was hinter dem nächsten Baum auf uns lauert. Und dann diese merkwürdigen

Geräusche. Ich bin es nicht gewohnt, nachts durch Wälder zu streichen. Aber es ist leichter mit euch."
„Es wird nicht mehr lange dauern. Es sind nur noch wenige Schritte."
So war es auch. Als sie wieder an eine kleine Kreuzung kamen, wandte sich Rhiannon nach rechts und führte Amhrán ein Stück tiefer in den Wald, bis sie zu einer Lichtung kamen. Dort stand ein kleines Wetterhäuschen, vor dem eine Feuerstelle angelegt und mit einer großen Holzbohle abgedeckt war. Sogar ein Kessel war vorhanden, um wenigstens Wasser erwärmen zu können. Amhrán hörte auch ein kleines Bächlein hinter der Hütte plätschern.
„Mädchen, hinter der Hütte müßte ein Bündel trockenes Holz liegen. Es ist Sitte unter den Waldläufern, für den nächsten das Holz zu suchen. Holst du es bitte?"
Mutig schritt unsere Freundin aus, um im nächsten Moment zielsicher über eine Baumwurzel zu stolpern. Geschickt fing sie sich und gelangte sogar ohne große Schwierigkeiten sicher mit dem Holz zur Feuerstelle.
„Gut, daß der Sand abgedeckt war. Nicht vorzustellen, wenn er jetzt naß gewesen wäre und das Holz kein Feuer gefangen hätte. Ich meine, mir macht es ja nichts aus, im Dunkeln zu nächtigen, ohne Licht, ohne Wärme, aber für dich wäre es vielleicht weniger angenehm gewesen. Hier, setz dich auf diesen Stamm, aber lege dir etwas unter, nicht, daß du dich erkältest."
Amhrán tat, wie ihr geheißen. Rhiannon zündete in der Zwischenzeit ein wenig Stroh an, das sie aus ihrem Reisesack gezaubert hatte. Dann packte sie zwei Äpfel aus, getrocknetes Fleisch und ein Brot. All diese feinen Sachen, ein Festmahl in den Augen des Mädchens, steckte sie auf einen Ast und ließ sie über dem Feuer warm werden. Vorsichtig fragte Amhrán.
„Ihr seid nicht von hier, oder?"
„Hört man es noch immer so genau? Dabei gebe ich mir doch die größte Mühe. Nein, ich bin aus Alba, oder besser, dort wuchs ich auf. Geboren bin ich als Kind Erius so wie du, aber ich wurde zur Insel Jona geschickt, um zur Hohepriesterin ausgebildet zu werden. Lange war ich dort, sehr lange, und doch bin ich schon länger wieder in meiner Heimat, als ich fort war."
Die alte Frau nahm das Brot von dem Ast, brach es und gab dem jungen Mädchen die Hälfte davon. Schweigend saßen sie in Gedanken versunken beieinander.

„Komm Amhrán, ich werde dir eine Geschichte erzählen, dann brauchst du nicht zu reden.“
Erleichtert atmete Amhrán auf. Sie hatte schon damit gerechnet, dieser Frau ihre Lebensgeschichte erzählen zu müssen. Sie machte es sich auf dem Klotz so bequem wie es ihr möglich war und genoß die Leckerbissen, auf die sie vor ein paar Stunden nicht einmal zu hoffen gewagt hatte.
„Amhrán, wenn du magst, kannst du dich auch schon hinlegen. Ich weiß, daß es für einen Po, der es gewohnt ist, weich zu sitzen, mit der Zeit schwierig wird, wenn er auf dem harten Holz sitzt.“
Überrascht drehte sich Amhrán zu der Frau hin.
„Oh, nein danke. Ich halte das schon aus. So verwöhnt sind mein Po und ich nicht.“
Doch für sich dachte Amhrán, was diese Alte wohl von ihr denken mochte, als hätte sie noch nie auf einem Baumstamm gesessen. Rhiannon lächelte noch immer.
„Es war nur ein Angebot. Ich wollte dich nicht in deinem Stolz verletzen. Nun denn. Dann hoffe ich, daß du bequem sitzt. Kennst du die Geschichte von der rothaarigen Macha und den Männern von Ulster?“
Amhrán mußte dies verneinen. Sie kannte nur wenige der alten Geschichten.
„So will ich sie dir erzählen. Auch sie handelt von einer stolzen Frau, aber diese Frau war eine Göttin.“
Still knisterte das Feuer vor sich hin, als Rhiannon zu erzählen begann.
„Eines Tages kehrte Macha in das Haus des Herbergsvaters Crunnchu ein. Sie sah ihn und beschloß, dort zu bleiben. Sogleich ging sie ungefragt in die Küche, ein Mahl zu bereiten. Auf die Frage, wer sie sei, antwortete sie nicht, sondern führte den verblüfften Crunnchu zu Tisch, brachte ihm die wohlschmeckenden Speisen und machte sich daran, den Rest der Hausarbeit zu erledigen. Nachdem sie dieses getan hatte, ging sie hinaus und kümmerte sich um den Hof und das Vieh. Crunnchu verfolgte dies alles hoch erstaunt. Als es Abend wurde, kochte sie ihm wieder ein vorzügliches Essen.
In der Nacht legte sie sich zu ihm, und sie genossen die Freuden ihrer Körper miteinander. Auf diese Art ging es viele Nächte und Tage. Der Hof wuchs und gedieh. Macha, die stark war wie ein Bulle, schnell wie ein Pferd und geschmeidig wie eine Katze, gab alle Kraft, die sie aufbringen konnte.

Eines Tages nun wurde sie schwanger. Als die neun Monate fast vorüber waren und die Geburt nicht mehr lange auf sich warten ließ, begab es sich, daß der König von Ulster die Ulates zu einer Versammlung zusammenrief, an der auch Crunnchu teilnehmen sollte. Macha bat ihn, sehr vorsichtig zu sein, mit dem, was er von ihr erzählte. Leichthin winkte er ab und ging von dannen.
Die Versammlung dauerte drei Nächte und Tage, am dritten Tag aber sollte zur Freude der Teilnehmer ein Wettrennen zwischen den besten Pferden des Königs und denen der Versammlungsteilnehmer stattfinden. Crunnchu hatte sich bis dahin ruhig verhalten, obwohl ihm immer öfter die Zunge aus dem Halfter springen wollte. Als jedoch der König sagte, kein Wesen wäre so schnell wie seine Pferde, nicht einmal der Wind, hielt es den so gut Gesegneten nicht mehr länger auf seinem Platz.
Laut brüllte er in die Masse, er könne über den Wind nur lachen und ganz besonders über die Pferde des Königs. Seine Frau würde sowohl des Königs Pferde als auch den Wind schlagen. Hellhörig geworden horchte der Herrscher auf. Er konnte es sich nicht leisten, das Ansehen seines Volkes wegen eines vorlauten Herbergsvaters zu verlieren.
So wurde Macha herbeigeschafft. Die roten Haare hingen ihr in schweißnassen Strähnen ins Gesicht, ihren dicken Bauch schob sie wie eine Kugel vor sich her. Jedermann hätte Gnade gehabt, wenn ihr Mann alles zurückgenommen hätte, aber so viel sie ihn auch anflehte, er ließ sich nicht erweichen.
Als sie sah, daß ihr Mann nicht zur Umkehr zu bewegen war, wandte sie sich an den König. Aber auch dieser zeigte kein Erbarmen. Man stellte die hochschwangere Frau neben die Pferde des Königs. Höhnisches Gemurmel drang aus dem Volk. 'Die hat doch mit einem Pferd gar nichts gemein. Höchstens ihre Eselsohren. Und schau dir diesen Bauch an, die schafft es nicht mal von hier bis da.'
Macha stand nur da, sie hatte nichts zu sagen, noch nicht. Würden die Männer dieser Stadt das Rennen zulassen, würde ihre Rache furchtbar sein. Aber nichts, kein einziger Mann schien mit der Frau Mitleid zu haben. Der König gab den Befehl, das Rennen beginnen zu lassen. Und so geschah es.
Tatsächlich lief Macha schneller als die Pferde des Königs, schneller noch als der Wind. Auf der Ziellinie aber brach sie zusammen. Sterbend schenkte sie einem Zwillingspärchen das Leben. Als jedoch jeder glaubte, sie hauche

ihren letzten Atem aus, raffte sie sich noch einmal auf und sprach laut und klar: 'Männer von Ulster, ohne Verstand und Ehre habt ihr euch erwiesen. Dies hättet ihr verhindern können, aber das Leben eines Weibes erschien euch nicht wertvoll genug. Jeder, der diese Worte hört und jeder Ulate wird sie hören, wird sich neun Wochen lang wie eine Wöchnerin fühlen. Und immer, wenn Ulster eure Stärke am nötigsten braucht, wird dieser Schmerz über euch kommen, neun Geschlechter lang. Dies ist alles, was ich euch als Siegespreis zu geben vermag.'
Dann schloß sie die Augen und starb."
Schweigend blickten die beiden Frauen in das Feuer, bis Amhrán traurig fragte:
„Warum hat er das getan? Sind alle Männer so?"
Rhiannon lächelte verschmitzt, als ob eine längst verblaßte Erinnerung sich in ihre Gedanken eingeschlichen hätte.
„Nein, nicht alle, aber einige sicherlich. Die Männer sind ein seltsames Volk, aber das werden sie auch von uns Frauen sagen."
„Welchen Grund hatte Crunnchu denn, Macha so zu verraten? Er hatte ihr alles zu verdanken. Das wußte er doch. Andererseits frage ich mich, warum sie es überhaupt so weit kommen ließ. Schließlich war, ich meine, ist sie doch eine Göttin."
Sanft schaute die alte Frau in die Augen der jungen.
„Du scheinst nicht viel über die Seele unserer Götter zu wissen. Vielleicht brauchen die Götter die Menschen ja genauso wie wir Menschen die Götter. Vielleicht konnte Macha ihre Kraft, ihre Liebe nur entfalten, wenn dies in Verbindung mit einem Menschen, einem Mann geschah. Vielleicht braucht sie diesen Seelensplitter des Menschen, um in ihrer Splitterseele eins zu sein mit sich selbst. Vielleicht schlummern all diese Kräfte in ihr, aber um sie zu wecken, braucht sie die Aufmerksamkeit, die Liebe eines Menschen."
„Aber", unterbrach sie Amhrán, „trotzdem frage ich mich, warum Crunnchu sie so verraten hat. Warum ließ er das zu?"
„Weißt du, Männer muß man immer auf zwei Weisen sehen. Einerseits allein als Mensch und andererseits als den Teil einer männlichen Gesellschaft. Denn unsere Gesellschaft ist leider vorwiegend männlich bestimmt, auch wenn wir mehr Rechte haben als die Frauen anderer Völker.
Als Mann mag er Macha geliebt und durch diese Liebe die besonderen Stärken seiner Frau angenommen haben. In den Augen der anderen Männer

aber mußte er schwach erscheinen, weil er alles, was er war und hatte, seiner Frau verdankte. Sie war es, durch die Haus und Hof gedieh. Vielleicht war es dieser unerträgliche Gedanke, der ihn dazu trieb, dies alles zu opfern.
Macha ihrerseits beendete dies alles vielleicht nicht, weil sie noch Hoffnung hatte für den Menschen, den Mann. Und als sie erkennen mußte, daß ihr Mann sie doch opferte, ging sie den uralten Weg aller Göttinnen. Macha ist eine Göttin, und als Strafe für die Verschwörung der Männer, verhängte sie ihr Leiden, ihren Schmerz über jene, denen sie ihn zu verdanken hatte."
Empört richtete sich Amhrán auf.
„Was ist denn dabei, wenn eine Frau so für ihren Mann sorgt. Ich meine, wenn das die Art der Männer ist, danke zu sagen, wende ich mich lieber Frauen zu."
Rhiannon brach in schallendes Gelächter aus:
„Meinst du, Frauen sind anders? Sie sind auch nur Menschen. Aber ich weiß nicht, worin für Crunnchu die Schwierigkeit bestand. Vielleicht war er nicht reif für eine solche Frau. Wir sind jetzt allerdings reif, um ans Schlafengehen zu denken. Komm, laß uns die Decken im Wetterhäuschen auslegen und schlafen. Wir wollen das Feuer löschen."
Erschrocken rief Amhrán:
„Nein, bitte nicht, ich kann dann doch nichts mehr sehen."
Besänftigend sprach die alte Frau:
„Ich denke, du solltest jetzt müde genug sein, nichts mehr sehen zu müssen. Leg dich hin und schlafe. Es wird dir nichts geschehen. Ich bin bei dir. Warte, ich decke dich zu. Ich werde Wache halten. Frauen meines Alters brauchen nicht mehr so viel Schlaf wie die Jugend. Schlaf jetzt, und träume etwas Schönes."
Dann ging Rhiannon zur Feuerstelle und warf etwas Sand über das Feuer, bis nur noch die Glut vor sich hin schwelte.
Da lag Amhrán. Müde vom Laufen, müde von den Erlebnissen des Tages und hellwach aus Angst vor der Dunkelheit. Immer noch war sie nicht sicher, ob sie Rhiannon vertrauen konnte. Sie wälzte sich hin, sie wälzte sich her, aber gerade als sie in einen wohlverdienten Schlaf zu fallen schien, spürte sie, wie feingliedrige Finger ihren Arm berührten.
Blitzschnell sprang sie auf, packte die alte Frau und rief:

„Hab ich dich! Was soll das, wolltest du mir still und heimlich den Hals umdrehen?“
Enttäuscht antwortete Rhiannon.
„Ich wollte dich nur wieder zudecken. Durch dein ständiges Hin- und Herdrehen hattest du deinen Mantel völlig verzogen. Nun ja, ich kann dein Mißtrauen verstehen, versuche zu schlafen oder bleibe wach. Aber ich wiederhole es noch einmal. Es wird dir nichts geschehen. Am allerwenigsten durch mich.“
Beschämt zog sich Amhrán die Decke bis an den Hals. Erschöpft fiel sie in einen traumlosen, schweren Schlaf.

Tara

Tara. Die Königin aller Burgen. Sitz des Hochkönigs, der Mittelpunkt von Erius weltlicher Macht, Herzschlag seiner Seele. Eine mächtige Festung seit Jahrhunderten schon. Weit blickt sie über das Land. Nichts und niemand könnte sich unbemerkt anschleichen, so hoch erhaben steht sie, und doch sind ihre Wurzeln mit dem Gebein der Mutter Erde verwachsen. Ihre weißen Steine waren mit dieser Landschaft aus Grün und Gelb eins wie die Blüte einer Margerite mit ihrem Stiel.
Fette Rinder weiden zu ihren Füßen, ganz so, als sollten sie ein Auge auf den größten Schatz Erius haben. Viele Könige hatten in ihren Mauern gelebt. Gute und schlechte, große und kleine, wenig gerechte.
„Schenke, hole mir Rabharta!"
Broc mac Cíocras, der Hochkönig, war heute noch schlechter gelaunt, als es sonst der Fall war. Nicht nur, daß Réalta, seine, wie sie selbst beteuerte, ach so treue Gattin, ihre Nacht wieder in den Ställen bei einem gewissen Stallburschen verbracht hatte. Nein, seit heute morgen waren schon wieder drei Weise Frauen im Schloß gewesen, um ihn wissen zu lassen, daß für sein Reich die Abenddämmerung eingesetzt habe. Womit hatte er all das nur verdient, und sein Metkrug war auch noch leer.
Schnelle, scharf gestochene Schritte rissen den Hochkönig aus seinen Gedanken. Rabharta betrat den Saal. Die grünen Augen erfaßten sofort den Zustand des Hochkönigs. Sein feuerrotes Haar hatte er im Nacken zu einem Pferdeschwanz zusammengebunden. Gereizt zog er die Lederbänder fester. Wie immer trug er ein anscheinend zu großes Wollhemd, eine dunkle Lederhose und dazu knichohc Lcdcrstiefel.
„Herr, wie kann ich euch dienlich sein?"
Er machte eine unhöfliche Verbeugung vor dem König, die dieser wie immer geflissentlich übersah. Auch wenn dieser Mann den König nicht liebte, so diente er ihm und dem Reich doch gut.
„Ich möchte, nein, ich will, daß jedes alte Weib diese Burg im Umkreis eines Tagesrittes meidet. Vorgestern waren es sieben, gestern fünf und heute drei. Alle aus verschiedenen Ländereien. Ich kann es nicht mehr ertragen, Rabharta. Und das Schlimme ist, vielleicht haben sie recht."
Der Hauptmann erkannte, wie blank die Nerven Brocs lagen.

„Herr, beruhigt euch! Schenke! Holt Met für den König! Überlegt doch selbst, was sollte denn geschehen? Wir hatten eine gute Ernte, es hat genug geregnet, und seit Jahren läßt sich kein Feind mehr blicken."
Die Angst schien nicht aus den wäßrigen Augen des Hochkönigs weichen zu wollen.
„Ach, Rabharta, und wenn der Feind gar nicht von außen kommt? Was, wenn der Feind aus meinem eigenen Reich kommt? Feinde habe ich wahrlich genug. Schon allein dieser Iolaranam läßt mich jede Nacht schweißüberströmt aus dem Schlaf fahren, wenn er mit seinem schwarzen Biest durch meine Träume jagt. Drachenblut soll in den Adern dieses Pferdes fließen. Ich bin alt, Rabharta. Ich kann nicht mehr gegen einen Geist kämpfen, kann nicht mehr kämpfen wie noch vor zwanzig Jahren."
Der König nippte an seinem neu gefüllten Becher. Der Hauptmann konnte diese Trunksucht kaum ertragen.
„Herr, ich bitte euch, das Kämpfen ist doch auch meine Pflicht."
„Oh ja, aber was wird das Volk sagen? Schaut ihn euch an, den alten Broc, kann kaum noch sein Schwert heben mit seinen schlaffen Armen. Für Beltainè müssen die Jungfrauen bestochen werden, damit sie sich zu ihm legen."
„Herr", sagte Rabharta sanft, „jeder Mensch wird älter, auch der Hochkönig Erius."
Bitterer Schmerz der Hilflosigkeit verzerrte Brocs Gesicht.
„Geh jetzt und erledige meinen Auftrag. Hab dank für deinen Trost, du bist wahrlich mein bester Hauptmann und wohl auch mein letzter. Geh schon!"
Eilenden Schrittes verließ Rabharta den Raum. Er haßte es, wenn der König in Selbstmitleid badete. Als er noch jung war, mußte er ein großartiger Kämpe gewesen sein. Aber jetzt war er nur noch das schaurige Abbild einer Vogelscheuche. Von Tag zu Tag trank er mehr. Und vor einer Spinne hatte er mehr Angst als vor dem größten Feind Erius.
Ein kleiner, untersetzter Mann kam ihm entgegen. Seine schwarzen Augen waren nur Schlitze, und doch konnte man das Böse darin funkeln sehen. Die riesige Hakennase schien ständig nach allen Seiten zu wittern. Zu allem kam sein schaurig schiefer Mund hinzu, der dieses Antlitz noch mehr verzerrte. So schwarz wie seine Augen war auch seine Kleidung. Das Gesinde sagte, daß ihn die Nacht einst verschlungen, dann aber doch wieder ausgespien habe, weil sein Blut aus purem Gift bestünde.

„Oh Rabharta, mein Freund, du warst wohl beim König?"
Zuckersüß glitten die Worte über seine schiefen Lippen.
„Wie geht es ihm denn? Es scheint, als sei ihm nicht wohl. Nun ja, es sind ja auch schwere Tage für ihn und, wie es heißt, auch seine letzten."
Rabharta erwiderte geschmeidig:
„Das alles ist dir doch eine Freude, Cruimh. Aber merke wohl auf: Wenn es seine letzten Tage sind, so sind es auch sicherlich die deinen, dafür werde ich schon sorgen!"
Drohend machte Rabharta einen Schritt auf den häßlichen Gnom zu, der vor ihm zurückwich.
„Oh, mäßigt euch, mäßigt euch. Vergeßt bei euren wilden Plänen nicht, daß es noch andere gibt, die ein Vorrecht auf meinen Untergang haben. Ich stehe nicht nur auf eurer Liste, Hauptmann. Dann will ich euch mal nicht weiter aufhalten, ihr habt gewiß wichtigere Geschäfte zu erledigen, als mit einem alten Mann zu plaudern. Einen schönen Tag wünsche ich euch noch, junger Held."
„Spar dir dein Gift für die Ohren des Königs. Bei mir wird es bestimmt seine Wirkung verfehlen!"
Leise murmelte der Königliche Berater:
„Da wäre ich mir nicht so sicher", und machte sich davon, wie immer sein schiefes Grinsen auf den Lippen.
Zügig überquerte des Königs Hauptmann jetzt den Hof. Er folgte der inneren Schloßmauer, die aus einem großen Steinring bestand, und lief eine kurze Strecke auf den Wiesen bis zu den „Häusern der Götter", die zwischen dem inneren und äußeren Steinring angesiedelt waren. An der ersten Rundhütte sprach er leise einige Worte, dann wurde die Tür geöffnet.
„Du kommst spät, Rabharta."
Vorsichtig trat er ein. Eine einzelne Kerze spendete mehr Schatten, als sie Licht abgab. An einem Tisch in der hinteren Ecke konnte er fünf dunkle Gestalten ausmachen.
„Sei mir gegrüßt, Tuan. Du hast Besuch? Ich dachte, du wolltest mich unter vier Augen sprechen?"
Vorsichtig versuchte er, die Männer zu mustern.
„Mach dir keine Sorgen. Sie sind auf unserer Seite. Setz dich, Rabh. Es gibt Neuigkeiten, die dich überraschen werden. Aber zuerst, wie viele

Frauen waren heute beim König?“, fragte der Mann neugierig, fast hoffnungsvoll.
„Drei, warum fragst du? Glaubst du etwa an dieses Ammenmärchen?“
Rabharta schüttelte ungläubig den Kopf.
„Seit zwei Stunden ja. Diese fünf Männer kamen vor zwei Stunden von dem Coven der Danu. Vor einer Woche soll dort ein Mädchen aufgetaucht sein, das ihre Versprechung nicht hatte halten können wegen eines blauen Schwertes.“
„Das Blaue Schwert?“
Der Hauptmann runzelte die Stirn.
„Es scheint so. Deirdre, eine mir treu Ergebene, hat mir deshalb sofort Nachricht durch diese Reiter gesandt.“
„Und es gibt keinen Zweifel?“, fragte Rabharta.
„Zweifel gibt es immer, aber die einzelnen Teile fügen sich doch erstaunlich gut zusammen“, erwiderte der Hochdruide und mächtigste Mann des Reiches neben dem König.
„Zu gut. Und was willst du jetzt tun, Tuan?“
„Ich, ich werde gar nichts tun. Ich bin nur der alte, gebrechliche Druide des alten, gebrechlichen Hochkönigs. Der König muß etwas tun. Er muß seinen Niedergang selbst vorbereiten, so sagt es das Alte Wort. Und morgen schon wird er seinem Schicksal die Tür öffnen“, antwortete der Greis voll Genugtuung.
„Mir gefällt das alles nicht. All das ist so unbegreiflich für mich. Ich liebe meinen König zwar nicht, aber ich diene ihm gerne, denn er dient dem Land. Was wir hier tun, ist Verrat, Hochverrat, und du weißt das.“
Ein gutmütiges Lächeln überzog das Gesicht des alten Druiden.
„Da haben wir ihn wieder, den guten, getreuen Gefolgsmann Rabharta. Mach dir keine Sorgen, mein Freund! Das Rad des Schicksals dreht sich diesmal zum Wohle derer, die dem Land wohl wollen. Wenn der kommt, den wir erwarten, wird Eriu wieder eins sein.“
Aus der Dunkelheit kam ein tiefes Räuspern.
„Und was ist unser Dienst dabei? Was sollen wir tun? Sollen wir hierbleiben oder zurückkehren? Deirdre sagte, daß das Mädchen diejenige ist, auf die sie schon so lange gewartet hat. Aber sie sagte auch, daß der Weg, den sie beschritten hat, noch lang und steinig ist. Ich weiß von all diesen Sagen und Legenden nicht viel, und als ich sie danach fragte, sagte sie nur:

'Du gehst zu einem Meister, wenn du bei ihm bist, frage ihn.' Vielleicht könntet ihr, werter Tuan, uns ja sagen, worin wir verwickelt sind. Wir wüßten schon gerne, auf welcher Seite unsere Herrin steht."

„Nun, Dallóg, so ist doch dein Name? Da du, wie viele andere aus unserem Volk, von diesem und seinen Geschichten nicht viel weißt, will ich versuchen, dir zu erklären, worum es hier geht.

Als Broc mac Cíocras geboren war, wurde vorausgesagt, daß er einst ein großer König werden würde. Seine Macht aber würde schwinden, wenn ihn an vier aufeinanderfolgenden Tagen, jeweils am ersten sieben, am zweiten funf, am dritten drei Frauen und am vierten eine Weise Frau beehrten, um ihm dies mitzuteilen. Zu dieser Zeit würde auch das Blaue Schwert König Fionn mac Cumhails wieder seinen Weg in die Hand des rechtmäßigen Königs finden.

Eine neue, gute Zeit soll dann anbrechen im Zeichen von Licht, Liebe und Gesang. Was immer das bedeuten mag. Morgen aber, am vierten Tag, wenn die letzte der Weisen Frauen durch Taras Pforten schreitet, wird er beginnen, seine Gessa zu brechen.

Damals hieß es, sein Reich wird enden, wenn der König sich selber äße, er einen Drachen reite und wenn er den curad-mír, das beste Stück von der Tafel des Hochkönigs, die Keule des Schweins, einem Hund gäbe. Wie du wohl mitbekommen hast, sind gestern und die Tage davor diese Weisen Frauen hier gewesen. Glaube mir, das Schicksal wird auch morgen wieder seinen Lauf nehmen."

Da meldete sich Rabharta zu Wort.

„Was ist denn so verkehrt an Broc? Er war doch ein guter König, und er hat das Land zusammengehalten!"

„Sicher war er das, aber jetzt ist er alt, alt und zahnlos, gierig und faul geworden. Er hat die Zügel schleifen lassen. Du weißt doch selbst, was an unseren Grenzen vorgeht. Viehdiebe aus Alba kommen sogar am hellichten Tag, um unsere besten Rinder zu stehlen.

Hast du die Väter gesehen, die wegen ihrer verschleppten Töchter vor dem König stehen und zetern, weil sie auf eine große Mitgift ihrer Kinder hofften?

Aber er mußte ja die Fianna auflösen. Dem Volk preßt er die letzten Brotkrumen ab und verpraßt es hier in Saus und Braus. Wie ein alter Dachs sitzt er in seiner Höhle und keift, wenn ihm einer seinen Platz streitig macht. Kämpfen kann er nicht, der alte Mann, nur drohen.

Ein Land wie unseres braucht einen starken, einen jungen König. Was hinterläßt er uns denn? Er hat keine Töchter, keine Söhne. Und ich möchte auch nicht, daß ein Nachfahre dieses Geizhalses noch einmal über dieses Land herrscht. Wie konnte er damals nur die Fianna auflösen?
Nein, mein Junge, deine Treue in Ehren, aber das Land braucht einen jungen, starken König, einen König, der neue Wege zu gehen wagt. Erinnere dich doch nur an Fionn und sieh, was dieser Geizkragen aus seinem Erbe gemacht hat. Er hätte uns nie verlassen dürfen. Aber die Wege des Schicksals sind unergründlich."
Wieder räusperte sich jemand im Hintergrund.
„Nun gut, und welche Rolle spielen wir in diesem Königsspiel?"
„Unser aller Rolle muß es sein, unserem neuen Herrn den Weg zu bereiten, dafür zu sorgen, daß es keine Unruhe, vor allem, daß es keine Unfälle gibt. Dein Aufgabengebiet, Dallóg, ist es, daß Nachrichten von mir zu Deirdre und umgekehrt gelangen und nicht verlorengehen. Sag ihr aber, daß fünf Mann wahrlich zu auffällig sind. Einer allein geht verloren, zwei werden gefangen, aber von dreien bleibt immer einer übrig.
Geht jetzt, ruht euch aus, oder tut, was ihr zu tun beliebt. Aber fallt um der Göttin Willen ja nicht auf, und schon gar nicht schlecht.
Rabh, bleib bitte noch einen Augenblick. Ich muß noch etwas mit dir besprechen."
Langsam schoben sich die fünf Gestalten aus dem Raum zur Tür hinaus.
„Du mußt verrückt sein, solchen Leuten davon zu erzählen. Genausogut hättest du es auf dem Markt verkünden lassen können", sagte der Hauptmann, und seine Augen funkelten in dem dunklen Raum.
„Keine Sorge, es werden nicht die kleinen Leute sein, die unseren Plänen gefährlich werden können. Es sind Leute wie der Königliche Berater, die mir Sorgen machen. Menschen wie er wollen selbst aus einem leeren Sack noch etwas für sich gewinnen.
Zu gerne wüßte ich, was er vorhat. Er wird sich nicht so ohne weiteres seinen Platz streitig machen lassen. Deshalb bitte ich dich auch, ab morgen den König nicht mehr aus den Augen zu lassen. Du kannst jetzt gehen, ich danke dir."
Niedergeschlagen ging Rabharta hinaus. Diese ganze Sache gefiel ihm nicht, warum mußten auch immer so viele Fäden gesponnen werden an einem Hof. Er fühlte sich wie eine kleine Fliege in einem großen Spinnennetz. Sicherlich war Broc mac Cíocras kein guter König. Aber wer gäbe

ihm die Gewähr, daß diese neue Hoffnung, von der Tuan sprach, besser wäre. Auf eine merkwürdige Art und Weise fühlte er sich wie der Handlanger des Hochdruiden, und Rabharta war kein Mann, der sich gern von anderen benutzen ließ.

Diese ganze Geschichte war so unwirklich, so fern und doch zu nah, zu bedrohend. Er mußte etwas tun. Das letzte, was er jetzt brauchte, war die Übersicht zu verlieren. Es war so schon schwer genug, diesen Ameisenhaufen zu überblicken. Schmeichlerische Höflinge, die Königliche Garde, das verlogene Gesinde, die jungen, gierigen Recken, die Druiden, das Volk.

Wenigstens hatte er seine Leute im Griff. Ihm würden sie folgen, auch in den Untergang. Schließlich hatten sie ihm ihr gutes Leben auf der Burg zu verdanken. So geizig Broc auch war, aber wenn seiner Ängstlichkeit auf die Sprünge geholfen wurde, rückte er brav den Sold und noch einiges mehr an Vergünstigungen für die Männer des Hauptmanns heraus. Schließlich waren sie für die Sicherheit des Hochkönigs verantwortlich. Sicherlich haben auch die Fianna ihre Finger im Spiel. Ihnen entgeht es ja noch nicht einmal, wenn die Flöhe auf Brocs Haupt niesen.

Und wer mochte dieses Mädchen sein? Dieses Mädchen mußte unbedingt zur Rede gestellt werden. Sie war eine Gefahr für das Reich. Für das Reich von Broc, der immer noch Hochkönig war, sein Hochkönig. Sie war der Schlüssel, war der Weg zu diesem Thronräuber.

Wie konnte dieser Wahnsinnige glauben, das Blaue Schwert zu finden und zu behalten? Selbst Fionn, der es in Händen gehalten hatte, warf es wieder fort. Fort in den Brunnen des Connla.

Wer weiß, von wem dieser Verrückte noch Unterstützung erfuhr.

Über Rabharta zogen die Wolken dahin. Bald würde es regnen. Zielstrebig schlug er den Weg zu den Unterkünften seiner Männer ein. Wieder durchquerte er den inneren Steinring der Burg und betrat die Große Halle des Hochkönigs.

An den Feuern standen höfische Frauen und Männer, schnatternd wie Enten. Er ging durch die Halle in die Küche, die gleich an den Saal anschloß. Hier herrschte ein reges Treiben. Töpfe klapperten, Mägde, die von einem Herd zum anderen eilten und dabei jedermann im Wege standen. Der Wohlgeruch nach frisch gebackenem Brot drang an seine Nase, und Suppe brodelte in riesigen Bottichen vor sich hin. Über dem Feuer drehten sich mehrere Fasane am Spieß. Im Vorübergehen verschwand ein

Schlegel und landete zufälligerweise in Rabhartas Hand. Mit Genuß biß er in das zarte Fleisch. Schließlich wandte er sich wieder nach draußen, wo im Hof einige Männer beieinander saßen, ihre Waffen pflegten und die Geschirre ihrer Pferde putzten.

Als er so aus der Küche in den Hof trat, hoben die meisten der Männer den Kopf, nahmen ihn zur Kenntnis und fuhren dann mit ihrer Arbeit fort. Seine Beine unterschlagend machte es sich der Hauptmann auf einem großen Stein bequem und befaßte sich wieder mit seinem Schlegel.

Irgendwie mußte er an das Mädchen herankommen. Er mußte einfach erfahren, wer Brocs Thron stehlen wollte, und er mußte es als erster herausfinden, so früh, daß man ihn noch aus dem Weg räumen konnte. Rabharta konnte jedoch seine Stellung in der Burg nicht verlassen. Sicher hatte er in Measartha einen würdigen Vertreter, aber er wollte einfach nicht die Zügel aus der Hand geben.

Welchen seiner guten Männer sollte er nun auf die Reise schicken? Es war nicht einmal sicher, ob derjenige überhaupt ankommen, geschweige denn wieder zurückkehren würde. Die Wege waren tückisch geworden in Eriu, das heißt weniger die Wege als das Gesindel, das auf ihnen verkehrte.

Ganz hinten in der dunkelsten Ecke des Hofes saß Scathcrobh. Ein finsterer Geselle, dem er immer noch nicht ganz über den Weg traute. Zu unauffällig benahm er sich, doch die Fragen, die er stellte, bewiesen, daß er nicht der Dummkopf war, für den er gern gehalten wurde. Als einziger seiner Truppe kämpfte er nicht mit dem Schwert. Seine Waffe war die Axt, und diese beherrschte er bis zur Vollkommenheit. Quer hing die riesige Lochaber über seinem Rücken, wenn er in einen Kampf auszog. Für den Kampf Mann gegen Mann hatte er sich von einem Schmied zwei kleine Schwestern der großen Axt anfertigen lassen.

Diese trug er im Bund seiner Bracca. Bei Gefahr schleuderte er sie so schnell, daß seine Hand nur ein dunkler Schatten in dem Blickwinkel seines Gegners war. Immer war er mürrisch, ungesellig und von bedrückendem Schweigen.

Außer auf dem Schlachtfeld hatte ihn Rabharta noch nie lächeln gesehen. Kühl nahm der Krieger seine Befehle entgegen, als wäre ihm alles gleichgültig. Doch im Kampf war er ein blutgieriges, mordendes Tier, das im Rausch eiskaltes Wasser zum Kochen bringen konnte. Bei den heftigsten Wunden schien er keine Schmerzen zu empfinden, sondern kämpfte einfach weiter, lachend.

Immer wieder ließ sich Scathcrobh sein schwarzes, dichtes Haar vom Kopf scheren, wenn es einen Monat gewachsen war, doch dafür ließ er sich einen gewaltigen Bart stehen.
Seine dunklen Augen blitzten wie die eines aufmerksamen Raubtieres, denen nichts verborgen blieb. Gab es ein Gefahrensignal, war er der erste, der kampfbereit vor dem Hauptmann stand.
Seinen dreißigsten Sommer mochte er gerade überschritten haben, doch konnte er es mit jedem jüngeren Krieger leicht aufnehmen. Schwer fiel ihm, das Raubtier in sich zu verbergen. Er hatte keine Freunde am Hof und nur selten sah man ihn an Tuans Seite, aber dann war er erstaunlich gesprächig.
Lässig sprang Rabharta von seinem Stein, warf den nun abgenagten Knochen hinter sich und ging auf den Mann zu. Diesem war es nicht entgangen, daß er beobachtet worden war, dennoch schärfte er seine Axt scheinbar aufmerksam weiter.
„Sei mir gegrüßt, Scathcrobh. Ich habe einen Auftrag für dich. Folge mir in mein Zimmer, wo wir ungestört sind.“
Wortlos folgte ihm der Mann über den Hof in die Unterkünfte der Krieger. Durch den großen Mannschaftsraum ging es, bis sie vor Rabhartas Kammer standen, die er allein bewohnte. Rabharta öffnete die Tür, die schon lange nicht mehr geölt worden war. Karg war der Raum eingerichtet, kein Feuer brannte, wenig Licht fiel hinein.
„Setz dich, Scathcrobh!“
Der Angesprochene setzte sich auf den einzigen Stuhl in dieser Behausung, während Rabharta ein Feuer machte.
„Wie ich bereits sagte, ich habe einen Auftrag für dich. Allerdings ist dieser Auftrag kein gewöhnlicher. Du wirst allein nach Cluain-maccu-Nois reiten und zwar so schnell du kannst. Von dort wirst du mir Nachrichten bringen, wichtige Nachrichten und nur mir. Ich muß dir aber sagen, daß es nicht mehr so einfach wie früher ist, dorthin zu gelangen. Erius Wälder sind nicht mehr die zu Zeiten Fionns. Es mag durchaus sein, daß du deinem Tod begegnest.“
„Beginnt nicht jeder, am Tag seiner Geburt zu sterben, Hauptmann?“, fragte Scathcrobh gelassen.
„Wahrscheinlich siehst du das wirklich so, dennoch wirst du sicherlich mit einigen Schwierigkeiten zu kämpfen haben“, erwiderte Rabharta.

„Vielleicht, doch der kluge Mann umgeht Schwierigkeiten und läßt sich nicht mit ihnen ein."
„Und woher, bitte, weiß ein kluger Mann, was eine Schwierigkeit ist, Scathcrobh?"
„Da gibt es nur zwei Möglichkeiten, Hauptmann", gab der Gefragte zurück.
„Die da wären?"
„Nun, entweder ist die Möglichkeit Teil der Lösung des Rätsels, oder sie ist ein Teil der Schwierigkeiten."
„Du hast merkwürdige Ansichten, Krieger. Ich hätte nie solche Weisheit hinter deiner Maske vermutet."
„Die Dinge sind nicht immer, was sie scheinen. Was soll ich tun, wenn ich in Cluain-maccu-Nois bin?", fragte der Krieger neugierig.
„Es gibt einen Coven dort. Den Coven der Danu. Ich selbst weiß nicht, wo er ist, aber du wirst ihn finden. Dort gibt es eine Frau. Ihr Name ist Deirdre. Von ihr läßt du dich zu einem Mädchen bringen. Ihren Namen weiß ich nicht, aber sage nur „Blaues Schwert", dann wird die Frau wissen, welches Mädchen du meinst.
Sag ihr, du kommst von Tara, von Tuan, falls sie Fragen stellt. Das Mädchen aber frage nach dem Thronanwärter, nach seinem Namen, seinem Aufenthaltsort. Versuche, so viel wie möglich über ihn herauszubekommen. Aber erwähne nicht meinen Namen. Dann kehre zurück und erstatte Bericht.
Siehst du etwas, woran du scheitern könntest?"
„Ja, ich habe kein Pferd. Meines wurde bei dem letzten Geplänkel mit Flußpiraten getötet."
„Dann wirst du dir eben eines deiner Kameraden leihen", sagte Rabharta.
„Wer sich vom Feind die Waffen leiht, ist schon geschlagen, bevor die Schlacht überhaupt anfängt."
„Du erzürnst mich langsam, Scathcrobh, stelle meine Geduld nicht auf eine zu harte Probe. Was soll das heißen?", fragte Rabharta.
„Das soll heißen, der, dem das Pferd gehört, kennt es natürlich besser, als der, der es leiht. Günstiger wäre es, auf dem Markt eines zu kaufen, das nicht den Stempel seines Vorgängers trägt, und meinem Kameraden das seinige zu lassen."
„Da magst du recht haben. Nun gut, geh zum Schatzmeister, sage ihm Grüße von mir, und er solle dir Geld geben, um auf dem Markt ein Pferd

für dich zu kaufen. Kaufe dir dann eines, und behandle es umsichtiger als das letzte. Teure Kämpfe wären es, verlören unser Krieger immer ihre Pferde. Geh jetzt, Auge Taras, heute abend wirst du mich nach Sonnenuntergang in den Stallungen erwarten. Reisefertig."
Dann stand Rabharta auf, öffnete die Tür und entließ seinen Mann. Da stand er nun und überlegte, ob das, was er tat, richtig war. Aber die Zeichen der Zeit standen auf Sturm, und er mußte vorbereitet sein auf das, was da auch immer auf ihn zukommen mochte. Lange und hart hatte er dafür arbeiten müssen, um diese Stellung im Hause des Hochkönigs zu erlangen. Kampflos würde er das alles bestimmt nicht aufgeben.
Jetzt galt es die Augen offenzuhalten.
Wie in allen unruhigen Zeiten waren es weder Waffen noch Gold und Silber, die am wertvollsten waren. Einzig und allein, wer wem welche Nachrichten voraus hatte, war wichtig. Was Rabharta jetzt brauchte, war ein Überblick, waren Neuigkeiten, die ihm fehlten. Wenn er schon wie eine Fliege im Spinnennetz gefangen war, wollte er doch wenigstens genau mitverfolgen, wie alles zugrunde ging.
Rasch schüttelte er diese Gedanken ab, schloß seine Tür von außen und machte sich auf den Weg zu den Stallungen. Dort stand seine kleine, graue Stute. Er ließ sich Zeit beim Aufzäumen. Dann führte er das Tier am Zügel aus dem Stall über den Hof und blieb stehen. Measartha, sein Nachfolger, kam ihm entgegen und hatte ihn mit seinem jugendlichen Gang schnell erreicht.
Fünfundzwanzig Sommer zählte der Jüngling, der Rabharta in seinem Wesen und seinem Denken sehr ähnlich war. Ein ruhiger, ausgeglichener Mann war Measartha, der kaum Gefühlsausbrüche kannte und vor allem zuverlässig war. Für den Hauptmann in seinem fünfunddreißigsten Sommer ein guter Nachfolger.
„Grüße, Measartha, ich werde noch einmal kurz meine kleine Freundin bewegen. Bis Sonnenuntergang werde ich wieder zurück sein. Halte du hier Augen und Ohren auf.
Wo ist eigentlich unsere hohe Herrin? Suche sie! Wahrscheinlich steckt sie wieder ihren schlauen Kopf mit dem von Cruimh zusammen. Gemeinsam werden sie sicher eine Lösung für ihre Schwierigkeiten mit dem Namen Broc mac Cíocras finden. Ich traue ihr ohne weiteres zu, daß sie ihn durch einen Stallburschen, den wir beide kennen, ersetzen will."

Der junge, braunhaarige Mann zauberte ein Lächeln in sein kantiges Gesicht, seine braunen Augen strahlten, als er antwortete.
„Ihr werdet nie die Zügel aus der Hand geben, nicht wahr, Rabharta!? Nun gut, ich verlasse mich darauf, einstweilen. Ihr wißt, den letzten beißen die Hunde, dem ersten werden sie den Kopf abreißen, aber die in der Mitte werden einfach unbeachtet übersehen. Und in der Gewißheit dessen kann ich tun und lassen, was ich will. Bleibt mir als denn obenauf. Ich will gerne nur die Hand sein und nicht der Kopf.
Réalta, unsere Hoheit, sah ich heute vor Sonnenaufgang in der Tat aus dem Stall kommen. Ihr blondes, langes, welliges Haar war ziemlich zerzaust, und das Stroh rieselte nur so daraus hervor. Fragt mich nicht, was sie anhatte. Jede Magd trägt mehr im Bett. Ich behalte sie im Auge.
Was ist mit Scathcrobh? Vorhin sah ich ihn auf dem Markt mit einem merkwürdigen Tier am Zügel. Hätte ich es nicht mit meinen eigenen Augen laufen sehen, ich hätte gesagt, es ist ein totes Pferd. Nun ja. Ich weiß auch nicht, was er damit will. Ihr vielleicht?“
Ein wissendes Grinsen überzog Rabhartas Gesicht.
„Vielleicht weiß ich es, aber du willst es doch gar nicht wissen, oder?“
Unschlüssig blickte Measartha in die Augen des Hauptmannes.
„Wenn ich es gar nicht wissen will, Rabharta, ist es wohl auch besser, wenn ich es nicht weiß, oder?“
„Richtig, vorerst ist es besser, wenn niemand außer mir und ihm etwas darüber weiß. Halte die Augen offen. Ich habe auf der anderen Hügelseite etwas zu erledigen.“
„Du willst zu ihnen?“, fragte Measartha erstaunt.
„Ich denke, sie werden mich auch dieses Mal empfangen. Obwohl ich immer heilfroh bin und der Göttin auf Knien danke und ihr etwas opfere, wenn ich lebend zurückkehre. Sie sind uns so ähnlich und doch so fremd. Nun denn, einer muß gehen.“
Kraftvoll schwang er sich auf sein Pferd, grüßte und trabte aus dem Hof. Als er fast schon das Tor im inneren Steinring erreicht hatte, hielt er an und drehte sich noch einmal zu Measartha um.
„Sag, edler Krieger, woher weißt du, was eine Magd im Bett trägt.“
Ein verschmitztes Grinsen strahlte aus den Augen des Jünglings, der mit den Schultern zuckte.
Rabharta setzte seinen Weg fort.

Unerwartete Begegnungen

Leise ging er durch die Stille der Nacht. Es war kein allzu weiter Weg, und morgen früh schon würde er in Inis-Diomain sein, in Solasard mac Annirs Dorf. Solasard mac Annir, das Große Licht, Sohn des Mädchens, ein seltsamer Name.
Wer weiß, wessen Sohn er war und was für eine Geschichte sich hinter dem Namen verbarg. Andererseits er, Athraigh, hatte gar keine Eltern und auch keinen Namen, außer diesem seinem Vornamen. Mit Freuden hätte er den Namen Solasards angenommen.
Als Vollwaise war er vom Fahrenden Volk aufgenommen worden und hatte fast sein ganzes Leben bei ihm zugebracht. Manchmal allerdings hatte auch er Glück und konnte für längere oder kürzere Zeit bei alten Frauen mit großem Herzen oder jungen Strohwitwen mit kleinem Gewissen unterschlüpfen. Er nahm alles, was das Leben zu bieten hatte. Was sonst hätte er tun können? Immer schon träumte er von einem Leben bei den Fianna. Aber einer wie er bekam selten die Gelegenheit, sich zu beweisen, und selbst wenn ...
Athraigh war kein grobschlächtiger Krieger. Athraigh war ein feingliedriger, gutaussehender, hochgewachsener Mann mit meerblauen Augen und schulterlangem, schwarzem Haar, seine Lippen krönte ein pfiffiger Schnauzbart, über den er gerne mit seinen Fingern strich. Er verabscheute es, sich in Pfützen zu prügeln wie ein gewöhnlicher Maulheld, dafür war er zu eitel. Vor allem war seine Kleidung zu kostbar.
Athraigh hatte eine Vorliebe dafür, die feinsten Stoffe und die schillerndsten Farben zu tragen. Einen Großteil seiner Silberlinge gab unser Freund dafür aus. Aus diesen Gründen beseitigte er seine Feinde auch lieber aus einer gewissen Entfernung. Deshalb hatte er sich für das Messerwerfen entschieden. Er konnte auf fünfundzwanzig Schritte einen Spatzen im Flug erlegen.
Schärfer jedoch als jedes seiner Messer war seine Zunge. Scharf war sie, flink und gefährlich. Früh schon hatte er lernen müssen, daß Worte schlimmer noch als jede Waffe verletzen können. Er lernte die Worte zu beherrschen, denn wer die Sprache beherrscht, beherrscht seinen Gegner.

Oh ja, er war so zuvorkommend, so wohlerzogen und artig. Die Frauen lagen ihm in Scharen zu Füßen, und er wußte das auch geschickt für sich auszunutzen. Dennoch schaffte er es, jede glauben zu machen, eine Königin für ihn zu sein. Es waren schöne Jahre gewesen beim Fahrenden Volk, lehrreiche Jahre. Cluanaire, der Anführer, hatte ihn als Ziehsohn angenommen.
Jetzt brauchte er eine andere Herausforderung, als im Sommer auf Jahrmärkten den Gaukler zu spielen und im Winter das bloße Überleben zu meistern. Vor einem Monat dann war diese alte Frau bei ihnen aufgetaucht. Sie war geradewegs auf ihn zugegangen, als gäbe es nur ihn im ganzen Lager. Dann hatte sie ihm von Solasard erzählt und seiner Suche nach dem Schwert. Wer weiß, was dabei für ihn heraussprang, und Spaß würde er dabei bestimmt auch jede Menge haben. Und vielleicht würde er auf der Suche ja erfahren, wer er selbst war.
Eigentlich wollte er lange abwägen, ob er sein sicheres Leben gegen ein unbekanntes eintauschen sollte. Aber schon während die Alte die Geschichte erzählt hatte, kribbelte es ihm in den Zehen. Deswegen war er heute abend zu dem Ältestenkreis gegangen und hatte gesagt, daß er den Zug verlassen werde. Entsetzen zeichnete sich in den Gesichtern der Alten ab, denn in ihren Augen hatte Athraigh eine geradezu unnatürliche Begabung.
Cluanaire warf einen Blick in die Runde am Feuer. Er rieb sich seine dicken Hände und legte sie auf seinen großen Wanst.
„Du willst uns verlassen, Athraigh, Namenloser? Ich hoffe nicht, daß du vergißt, woher du kommst, mein Junge, wenn du mit diesem Solasard unterwegs bist. Du gehörst zu uns. Wir sind deine Familie, die Mornas. Mir scheint es, als hätte ich den Namen des Jungen schon einmal gehört, aber das ist viele Jahre her. Paß auf dich auf!“
Fast schien es Athraigh als wisse der schwergewichtige Mann mehr über ihn und diesen Solasard, als ihm lieb war. Das konnte aber auch einer seiner Tricks sein, um ihn zu verunsichern und zum Hierbleiben zu bewegen. Athraigh hatte sich jedoch entschieden, selbst wenn er die Alten des Stammes enttäuschte.
Er machte sich auf den Weg. Seine Habseligkeiten hatte er in zwei Reisetaschen verteilt. Ein Pferd wollten ihm die alten Herren allerdings nicht mitgeben. Geizhälse!

Gerade verschwand der letzte Wagen um die Ecke. So ging er durch die Nacht. Die Sterne seine Wegweiser, die Mondin seine Laterne. Er ging viele Stunden, bis es langsam aufgraute und der Tag die ersten Farben freiließ, die die Nacht unter ihren Fittichen gefangen hielt, allen voran das Morgenrot. Nebel stieg auf, und die letzten Rehe kehrten in ihren Wald zurück.

Von einem Hügel aus konnte er das Dorf schon sehen. Viele Schritte später kam er an die erste Hütte. Irgendwo wieherte ein Pferd, und ein Hund bellte wohl die Antwort, still zu sein.

„Guten Morgen, Fremder, wohin des Weges um diese Zeit?"

Ein älterer Mann sprang aus einem Gebüsch auf den Weg.

„Auch dir einen guten Morgen, Nachbar, und möge dein Acker immer fruchtbar sein. Ich bin auf dem Weg zum Hause eines Solasard mac Annir. Von einem Abenteuer habe ich gehört."

„Woher kommt ihr?", fragte ihn sein neuer Wegbegleiter.

„Von Bealaclugga", erwiderte Athraigh knapp.

„Soweit schließlich ist die Kunde schon gelangt, dabei ist es erst drei Monde her. Es geht nie mit rechten Dingen zu, wenn sich Neuigkeiten so schnell verbreiten. Doch dies mag nicht euer Verdienst sein. Folgt diesem Weg bis zum Dorfbrunnen. Neben dem Brunnen auf der rechten Seite steht ein Haus, ein Strauß aus Wiesenkräutern ziert die Tür.

Dort klopft an! Aber wartet damit, bis die dritte Stunde nach Sonnenaufgang vorüber ist. Ich kenne den Hausherrn, und laß dir sagen, er liebt morgendliche Besuche nicht sonderlich. Sag ihm einen Gruß von Thorson und auf den Feldern sei alles ruhig. Möge die Göttin ihre starke Hand über dich halten, Fremder."

Sogleich sprang der Mann wieder über den Weggraben und verschwand nach wenigen Schritten in einem kleinen Hain.

Das Dorf schien langsam zu erwachen. In einigen Häusern klapperten Töpfe und Kessel, aus anderen hörte man die ersten mürrischen Frühstücksgespräche.

Athraigh setzte sich auf die Bank neben dem Brunnen und betrachtete das Haus. Ein sauberes Haus, eine ordentliche Hausfrau mußte hier wohnen, und arm waren diese Leute gewiß auch nicht. Immer mehr Menschen waren auf der Straße zu sehen. Schließlich faßte sich Athraigh ein Herz. Langsam ging er zu dem Haus und klopfte dreimal leise an die Tür.

„Wer, bei der dreifaltigen Göttin, wagt es, nennt euren Namen und euer Begehr!“, polterte eine kraftvolle Frauenstimme.
„Mein Name ist Athraigh. Ich hörte von einer alten Frau, euer Sohn suche das Blaue Schwert und ich ...“
Schon wurde die Tür aufgerissen, eine Hand schnappte ihn am Gelenk und zog den verwirrten Mann ins Haus.
„Seid gegrüßt, Athraigh, der wohl keine Mutter hat, die ihm einen Familiennamen hätte geben können. Verzeiht den Empfang, aber unser Leben ist nicht mehr dasselbe wie in alten Tagen. Die Nachbarn gieren nach jedem Wort, über das sie sich das Maul zerreißen können, und wir nach unserer Ruhe. Aber setzt euch erst einmal, eine warme Brühe vielleicht? Mein Sohn wird gleich hier sein.“
Geschwind stellte Tiné ihm einen Teller Suppe hin und eilte davon, so daß sich Athraigh in Ruhe umsehen konnte. Nein, arm waren diese Leute gewiß nicht. Edles Geschirr hing an den Wänden, und schönere Möbel hatten seine Augen zuvor noch nie erblickt. Aber war das ein Wunder, wo war er denn schon gewesen?
Eine kleine Katze schmiegte sich an seine Beine. Er nahm das Tier hoch und streichelte es. In einem Nebenraum hörte er ein lautes Rumpeln, dann schnelle Schritte. Mit einem neugierigen Blick kam Solasard herein, Athraigh freundlich musternd.
„Sei mir gegrüßt, Athraigh, du hast wohl keine Mutter gehabt, wie? Von wo kommst du?“
Ein verschmitztes Lächeln huschte über sein Gesicht, verschwand aber sogleich hinter seinen Ohren.
„Welche Wege führen dich zu mir?“
„Sei auch du mir gegrüßt. Und um deine Fragen zu beantworten, nein, ich hatte keine Mutter. Jedenfalls keine, deren Namen ich tragen könnte. Sie starb bei meiner Geburt, und das letzte, was sie aus ihrem Mund hauchte war Athraigh, mein Name. Niemand wußte ihren Namen, so daß ich bis heute namenlos geblieben bin. Viele Grüße von Thorson, und auf den Feldern sei alles ruhig. Nun zum eigentlichen Grund meines Besuches.
Eine alte Frau erzählte mir von deinem Hochzeitsabend und von der Suche, die du bald beginnen wirst. Ich habe viele Jahre beim Fahrenden Volk gelebt. Als ich deine Geschichte hörte, dachte ich, vielleicht könnte meine Erfahrung eine Hilfe für dich sein. Wie groß ist denn dein Gefolge schon?“

„Mein Gefolge? Ach ja!"
Ein kurzes Lächeln huschte über Solasards Gesicht, bevor er fortfuhr:
„Aah, nun mein Gefolge ... Laß mich rechnen."
Er zählte ein bißchen an seinen Fingern, machte ein eindrucksvolles Gesicht und sagte dann:
„Genau, mein Gefolge besteht bis jetzt aus zwei Mann, dir und mir."
Ein erschrecktes Staunen glitt über Athraighs Gesicht.
„Laß mich raten, bis wir losziehen, werden sich auch nicht viel mehr Männer anschließen?"
„Wenn ich ehrlich sein soll, denke ich, daß du das Wahrscheinlichste ausgesprochen hast. Niemand weiß, wo dieses verdammte Schwert liegt. Und bei diesem Boten sieht mir das auch nicht nach einer Fahrt ins Grüne aus. Wer weiß, wer noch hinter diesem Blauen Schwert her ist, Athraigh. Ich weiß noch nicht mal, was das überhaupt für ein Schwert ist. Vielleicht ist es ja ein magisches Elben- oder Zwergenschwert, vielleicht aber auch nur ein einfaches Holzschwert, das blau angemalt ist."
„Wie willst du herausfinden, was es ist, Solasard?", fragte der Mann aus dem Fahrenden Volk.
„Ich werde mich erst einmal hier in der Umgebung umhören. Unsere Hohepriesterin weiß bestimmt etwas darüber und Taliesin, unser Druide, ebenso. Währenddessen kannst du schon die Reise vorbereiten. Wir brauchen Essensvorräte und Wasser. Vor allem aber brauchen wir eine Richtung. Vielleicht könntest du bei Taliesin nach einem geeigneten Weg nach Cill-dara fragen. Dort soll noch der Knappe Fionns leben, ein uralter Greis. Der kann uns bestimmt einiges über Fionn und sein Schwert erzählen. Bist du dir auch sicher, daß du wirklich mitkommen willst, Athraigh? Ich will dich nicht beleidigen, aber auf mich machst du nicht gerade den Eindruck eines zuverlässigen Gefährten."
Gelassen antwortete der Fremde:
„Du wirst schon noch feststellen, wie zuverlässig ich bin. Jahrelang zog ich auf den Straßen Erius landauf, landab. Du weißt nicht, worauf du dich hier einläßt. Wie heißt es so schön im Alten Wort: Von dem, was man nicht kennt, kann man nicht reden.
Vielleicht wirst du den Göttern noch danken müssen, daß ich einem unerfahrenen Wanderer wie dir Gesellschaft leiste."
Athraigh strich sich lächelnd über seinen Bart.

„Nun gut, Namenloser, bleibe einstweilen hier. Horche dich um, vielleicht kannst du etwas in Erfahrung bringen über das Blaue Schwert. Ich indessen, werde zu unserer Hohepriesterin gehen. Bestimmt kann sie mir einige gute Ratschläge geben. Wir sehen uns dann hier wieder."
So richtete sich Athraigh im Hause Carraigs ein, und Solasard machte sich auf zu Goleudydd. Die Hohepriesterin wohnte hoch oben auf den Klippen. Vielleicht glaubte sie, dadurch ihren Göttern näher zu sein. Vielleicht liebte sie aber auch einzig die Lieder der Höhen. Lieder, kunstvoll gesponnen aus dem Gesang des Windes und dem Rauschen des Meeres. Herangetragen aus der Tiefe von weit unten, wo sich die Möwen auf den Wellen treiben ließen.
Er hatte nur wenig zum Essen mitgenommen. Der Weg war nicht weit, aber gefahrenvoll. Das heißt, eigentlich war der Weg dorthin ja harmlos. Aber er mußte an einem Steinkreis vorbei. Solasard fürchtete solche Orte zutiefst. Er hatte große Achtung vor der Kraft und der Macht solcher Stätten. Stätten, vollgesaugt mit der Magie vieler Jahrtausende. Immer wieder war es vorgekommen, daß er in der Nähe dieses Steinkreises Dinge erlebte, die seiner Meinung nach nicht natürlich waren. Dinge, die andere Menschen nicht wahrnehmen, wenngleich sie neben ihm gelaufen waren. Einmal war er in der Nacht vor Beltainè bei den Steinkreisen spazierengegangen. Plötzlich wurde es hell in der Mitte des Kreises. Ein herrlich warmes Licht glomm auf und wurde immer stärker. Wunderschöne, fremdartige Melodien suchten ihren Weg zu seinem Ohr. Verschwommen schien er auch Menschen zu erkennen, die sich zu dieser merkwürdigen Musik bewegten.
Aber als er sich mehrmals die Augen gerieben hatte, stellte er fest, diese Wesen konnten unmöglich Menschen sein. Viel zu leichtfüßig und zierlich waren sie. Sie waren größer als alle Menschen, die er bisher in seinem Leben gesehen hatte, und so schmal, daß sie fast zerbrechlich zu sein schienen. Ihre Gesichter waren ebenfalls schmal und hager mit sehr hohen Wangenknochen. Dies verlieh ihren Augen einen katzenhaften Ausdruck. Jede Hast schien aus ihren Bewegungen herausgenommen. Alles war geschmeidig und fließend.
Während die Männer ihre Haare in Pferdeschwänzen zusammengefaßt hatten, trugen die Frauen ihr Haar offen. Allen gemein waren die ins Haar geflochtenen bunten Blumenkränze. Schließlich setzten sie sich an eine lange Tafel und unterhielten sich. Schön waren sie anzusehen, doch als

Solasard versuchte, auf sie zuzugehen, kam es ihm vor, als entfernten sie sich immer mehr von ihm. Plötzlich schien es ihm, als bliese der Wind das Licht einer Kerze aus, und er war wieder allein.
Heute aber geschah nichts dergleichen.
In der Abenddämmerung erreichte er das Haus der Hohepriesterin. Goleudydd selbst stand in der Tür, als hätte sie ihn erwartet. Er trat ein. Über der Feuerstelle hing ein Topf mit köstlich duftender Suppe. Auf dem Holztisch standen zwei Teller und die übliche Holzplatte mit Brot, Butter und Käse, falls ein müder Wanderer einkehrte. Als Solasard in die Ecke der Hütte schaute, entdeckte er dort noch ein frisch gemachtes Strohbett, bestimmt angereichert mit den sorgsam zusammengestellten Kräutern, die einen geruhsamen Schlaf bringen sollten. Goleudydd sah ihn freundlich an und begann zu sprechen:
"Du staunst wohl, daß du alles auf deinen Besuch vorbereitet findest? Wundere dich nicht, als ich dich am Steinkreis sah, wußte ich, daß du dich langsam auf den Weg machst, deinen Geís einzulösen. Ich wußte, du würdest kommen. Ich kann dir nicht alles sagen, was du wissen mußt, aber ich will dir vom Anfang unserer Welt erzählen. Doch zuerst setz dich und iß. Du hast einen anstrengenden Weg hinter dir, und bestimmt sitzt dir die Kälte der Ebene noch tief in den Knochen."
Solasard setzte sich an den Tisch, brach nach alter Sitte das Brot und reichte die andere Hälfte Goleudydd. Die Suppe dampfte schon aus seinem Teller. Solasard war müde, und mit jedem Bissen Brot und jedem Schluck Suppe wurde er noch müder. Kaum hatte er seine Suppe aufgegessen, legte er sich auf das Bett, wo er auf der Stelle in einen erholsamen Schlaf sank.
In seinen Träumen war er ständig von einem Mädchen, einer Frau und einer Alten umgeben, die sich an den Händen haltend im Kreise drehten. Immer schneller drehten sie sich um ihn, bis er nur noch ihre Gesichter sah. Plötzlich wachte er auf. Sein Körper war schweißgebadet. Seine Gedanken drehten sich im Einklang mit seinem Magen im Kreise. Es dauerte einige Augenblicke, bis er seine Augen wieder öffnen konnte. Als nächstes fiel sein Blick auf Goleudydd, die auf ihrem Bett lag und ihn belustigt betrachtete. Die Ähnlichkeit zwischen den drei Frauen und ihr war erschreckend.
„Laß uns erst frühstücken, bevor wir über deinen Traum sprechen."
Gemeinsam standen sie auf. Während er sich anzog, hatte Goleudydd schon die Milch gewärmt, für sich einen Trank gekocht und das Brot geschnitten. Noch müde setzte er sich an den Tisch.

Gedankenverloren aßen sie vor sich hin. Schließlich räumte Solasard mit ihr den Tisch ab. Später setzten sie sich nach draußen auf eine Holzbank, die die Sonnenstrahlen des Morgens schon erwärmt hatte.
„Was du glaubst, gestern nacht geträumt zu haben, war kein Traum. Was du gesehen hast, war die Zeit des Menschen. Das Mysterium unseres Lebens. Die Jungfrau wird geboren, wird zur Frau, zur Mutter, zur Göttin. Sie gebiert den Sohn, die Hoffnung dieser Welt. Er kann die Vorsehung herausfordern und durch sein edles Tun ändern. Er kann wachsen, und wenn seine Kraft am stärksten ist, den alten König von seinem Thron stürzen. Dann wird er einen Sohn zeugen. Er wird ihn lehren, was ihn sein Vater lehrte. Und dann eines Tages wird der Sohn den Vater stürzen, ihn töten und seinen Thron besteigen, und auch er wird einen Sohn zeugen.
So geht es in einem fort und nie wird es sich ändern. Niemals. Das Geheimnis dieses Kreislaufes ist das Mysterium der Mutterschaft in der Göttin.
Ein Kind wird geboren. Dieses Kind ist die Hoffnung, dem Kreislauf zu entfliehen und in die Andere Welt zu gelangen. Der Ort, wo sich die Menschenseele auflöst, um eins zu werden mit der Seele von allem.
Die Göttin ist immer dieselbe, unwechselbar, ewiglich. Sie mag ihr Aussehen ändern, doch das Herz, das in ihr schlägt, ist immer dasselbe, ob als Jungfrau, Mutter oder Alte.
Auch deine Jugend geht vorbei, Solasard, aber wenn du schlau bist, erhältst du sie dir bis ins hohe Alter.“
„Und wie, weise Goleudydd, soll ich das können? Ich bin jetzt in meinem achtzehnten Sommer, und ich werde sicherlich nicht jünger.“
Ein leichtes Schmunzeln überzog das Gesicht der alten Frau, deren Augen irgendwie zu jung waren.
„Du sahst gestern die Frauen nicht zufällig tanzen. Ich wollte, daß du sie siehst. Ich wollte, daß du erkennst, daß du nicht vor dem Alter fliehen kannst. Genausowenig wie du vor deiner eigenen Geschichte fliehen kannst. Eines Tages wirst du sie annehmen müssen. Diese Frauen gestern tanzten nur für dich. Zu schnell ist die Gebrechlichkeit des Alters da, zu schnell ist die Gelegenheit verpaßt, etwas rückgängig zu machen. Warte nicht darauf, bis du es nicht mehr kannst. Auch du tanzt in diesem Kreis, als Kind, als Mann, als Greis. Lebe und sieh zu, daß du nichts zu bereuen hast, Solasard!

Vergiß nicht, alles, was dem Menschen im Leben widerfährt, verliert er nie wieder.
Du wirst niemals eine Stunde deines Lebens verlieren, weil du sie in dir trägst, tief in deinem Herzen. Was du aus deinen Erfahrungen gelernt hast, wird dir immer in Erinnerung bewahrt bleiben, jedes Lachen, jede Träne. Die Große Mutter ist nicht nur die Große Mutter, ist nicht nur eins. Auch sie ist das Mädchen, die Frau, die Alte. Sie ist die Mutter, die Leben gibt und Leben nimmt. Sie ist alles, der Kreis des Lebens und des Todes, der sich nie öffnet und nie schließt. Bedenke dies, wenn du dich mit ihr beschäftigst auf deinem Weg. Und bedenke auch dies, Solasard:
Tu alles, was du willst, aber bedenke vorher gut, was dein Wille ist. Denn alles, was du tust, ist ein Anfang, und aller Anfang fordert ein Ende und dennoch endet nichts.
Vergiß nie, du bist nichts in der Weite dieser Welt. Der Mensch, mein Freund, ist nur ein Geschöpf dieser Welt. Er glaubt, sie zu beherrschen, aber es werden die Zeiten kommen, da die Mutter Erde ihre Zügel zerreißt, und dann bleibt uns nur noch, auf ihre Gnade zu hoffen.
Der Mensch ist nicht diese Welt, und er ist nicht die Weite all dessen, was ist. Die Wichtigkeit des Menschen ist die Wichtigkeit eines Staubkornes in der Ewigkeit der Zeit. Nicht der Mensch gibt das Leben. Nein, der Tod gibt das Leben. Alles Leben entspringt aus dem Tod, und der Tod entspringt aus dem Leben.
Nur der Mensch will sich diesem ewigen Kreislauf nicht unterwerfen, glaubt immer noch, die Perle der Schöpfung zu sein und vergißt dabei, daß Schöpfung nie endet.
Ist nicht all das Machwerk der Menschen hier vielleicht sogar eine Lüge? Was du hier siehst, ist ein Haufen Steine, doch wir nennen es Haus. Sein Wert liegt aber nicht in den Steinen oder in dem Begriff Haus, sondern in dem Schutz, den es Menschen gewährt.
Was gibt der Goldmünze ihren Wert, nur ihr Nutzen. Alles erhält seinen Wert nur aus dem Nutzen, den der Mensch daraus schlagen kann. Aber eines Tages wird er feststellen, daß er Gold nicht essen kann. Lerne du es jetzt schon. Laß dich nicht blenden.
Wenn du ein Haus siehst, laß dich nicht davon blenden, wie schön es ist, betrachte seinen inneren Wert, wer darin wohnt, ob er glücklich ist. Öffne deine Augen zum Sehen, und erinnere dich an meine Worte.

Geh jetzt ein wenig spazieren, und denke über meine Worte nach. Wir wollen uns zum Abendessen wieder in meiner Hütte einfinden."
Solasard ging, wenngleich er auch nicht wußte, wohin. Von weitem hörte er die Brandung an die Klippen brechen. War denn das Leben nichts anderes als das Überdauern und Überleben bestimmter Umstände? Irgendwann einmal würde es sein Land nicht mehr geben. Das Meer würde es verschlingen, und trotzdem würde aus demselben Stein irgendwann einmal wieder eine Insel entstehen.
Die Welt wird sich nie ändern und bleibt doch nie gleich. Immer wieder gibt es etwas Gutes und auch eine Schattenseite dazu. Was würde mit Amhrán geschehen, solange er fort war? Solasard liebte diese Frau, und er wußte nicht, wohin ihn sein Weg führte. Vielleicht war ihm etwas anderes vorbestimmt als das Schicksal, von dem er geträumt hatte.
Nein, die Götter haben immer nur soviel Macht über die Menschen, wie diese ihnen einräumen. Und Solasard war sehr nahe daran, ihnen jeglichen Platz in seinem Leben zu verweigern.
Wieder lag die grüne Ebene vor ihm, flach, wie von einem überirdischen Schreiner glattgehobelt. Solasard stand am Rand der Klippen und betrachtete die Möwen, ihren Flug, wie sie über der Gischt der Brandung dahintrieben. Sie waren frei zu tun, was sie wollten. Solasard liebte sein Land, vor allem diese Ebene, die gleich einem Halbmond vor ihm lag, als wäre sie aus grünem Stein. Die Zeit der Kriege war vorbei, und die Menschen konnten wieder friedlich leben.
Was würde Amhrán wohl gerade tun? Er erinnerte sich noch genau an die Beltainè-Nacht vor acht Monaten, als sie gemeinsam durch das Feuer gesprungen waren. Er hatte gehofft, daß es für immer sei. Jetzt stand dieser Geís zwischen ihnen. Solasard fühlte sich so klein, so schwach. Einerseits konnte er die Götter leicht abtun, anderseits unterwarf er sich ihnen, indem er sich auf den Weg machte, diesen Geís zu erfüllen. Solasard haßte sich für diese Schwäche, wie albern, hier durch die Lande zu ziehen und ein Schwert aus alten, rostigen Sagen zu suchen. Er wollte nicht glauben, daß er das war, der Verrückte hier. Er wollte nicht mehr dieses kindische Spiel spielen.
Er wollte ...
„Findest du es wirklich so unwichtig, diesen Weg zu beschreiten? Du weißt genau, daß es eine Verbindung zwischen dir und Fionn mac Cumhail gibt, Solasard."

Erstaunt drehte sich der Angesprochene um. Er hatte keine Schritte gehört, die einen Menschen verraten hätten. Aber das konnte er auch nicht. Die Worte, gesprochen mit einer melodischen Stimme, verließen ein Gesicht, das alterslos war. Schräge, goldene Katzenaugen blickten ihn freundlich an. Ihr glattes, kupferfarbenes Haar wehte sanft im Wind und entblößte Ohren, die zwar menschenähnlich, aber nach oben hin zugespitzt waren. Die Frau, der er sich gegenüber sah, war fast so groß wie er selbst und saß auf einem Findling, der in seiner Nähe stand. Plötzlich war sie neben ihm. Sanftmütig legte sie ihm eine Hand auf die Schulter und betrachtete das Land, das einst das ihres Volkes gewesen war. Doch zornig antwortete Solasard:

„Und wenn schon, macht mich das für seine Fehler verantwortlich? Ich weiß von ihm nichts, außer daß er eines Tages davonlief. Was immer er dann mit diesem Schwert anstellte oder nicht, ist nicht meine Schuld.“

Eine sanfte Brise ließ das perlmuttschimmernde Kleid den schlanken Körper umspielen, als die Sidhé ruhig antwortete:

„Und was ist mit deiner Mutter? Sie ging aus Gram in die Andere Welt. Eine Welt, die für euch Menschliche nur ein Gefängnis sein kann. Ich finde, sie hat zu Recht bei deiner Geburt diesen Geís gesprochen.

Nie hättest du Anteil genommen am Erbe deines Volkes, niemals. Lieber ziehst du dich zurück und verschließt deinen Geist vor der Zukunft deines Volkes. Soll denn alles vergeblich gewesen sein? Kämpfte dein Volk nur ums Überleben, damit du jetzt versagst? Du magst über den Wert dieses Schwertes nichts wissen, Solasard, aber es ist wichtig, daß es in die richtigen Hände gelangt.

Geh und suche das Schwert, suche es für dich, für deine Ahnen, und bereinige die Schuld deines Erbes. Morgen nacht ist Samhain, dann geh in die Berge. Dort wird dir etwas gegeben werden, das wichtig ist für deine Reise. Leb wohl.“

Nur für einen kurzen Moment hatte Solasard die Augen geschlossen, doch als er sie wieder öffnete, war die Frau fort, als wäre sie nie da gewesen.

Die Welt war schon merkwürdig. Da wollte er in Ruhe über die Worte Goleudydds nachdenken und traf eine Sidhé. Jetzt wußte er gar nicht mehr, was er denken sollte. Was hatte sie noch zuletzt gesagt? In den Bergen wird ihm etwas gegeben werden, was wichtig ist für seine Reise? Was konnte das nur sein? Wahrscheinlich irgendeine magische Waffe, mit der man einen Drachen töten könnte. Was sollte er tun? Alle erzählten ihm so viele

Dinge, von denen er spürte, wie wichtig sie waren. Was wollten sie bloß von ihm? Er sollte das Schwert doch nur holen.
Oder erwarteten sie noch etwas anderes von ihm? Solasard war verwirrt. Die Musik des Meeres beruhigte ihn. Er schlenderte am Klippenrand entlang und ordnete seine Gedanken. Als die Abenddämmerung aufkam, machte er sich wieder auf zu Goleudydds Hütte.
Spät abends, nachdem sie gegessen hatten, erzählte Goleudydd die Geschichte vom Anfang von allem. Die Geschichte Connlas:
„Am Anfang war nichts. Und nichts war die Finsternis. Durch die Finsternis kam die Große Mutter. Viele Namen trägt sie. Die Göttin schuf den Himmel und den felsigen Abgrund. An den Himmel setzte sie ihre Liebe, und es entstanden die Sterne. Der Abgrund aber war tief und kalt. Da warf die Große Mutter den funkelndsten Stern in die Tiefe, und ein warmes Leuchten breitete sich aus.
Aber es grauste ihr so sehr vor dem kalten Fels, daß sie bittere Tränen weinte. So entstand die Quelle der Quellen. Lange Zeit flossen nun die Ströme der Zeit, und vieles reifte heran. Berge wuchsen, Flüsse liefen zusammen zu Meeren, Inseln entstanden, Länder. Doch alles war leer und kahl. Kein Leben regte sich auf der Welt.
Eines Tages schuf sie einen Riesen. Der lief umher, bis er die Quelle der Quellen fand. Dort rief er seinen Namen, Connla. Da wurde es still um ihn, und er hörte die Stimme der Großen Mutter:
'Höre, Connla! Nimm Lehm aus der Quelle und forme das Leben auf der Erde nach den Bildern der Sterne, dann will ich ihnen Leben einhauchen.'
Connla tat wie ihm geheißen. Zuerst nahm er Lehm aus der Quelle und formte einen Haselstrauch mit goldenen Nüssen und silbernen Blüten. Dies waren die Nüsse der Weisheit.
Dann schuf er einen mächtigen Lachs aus dem Lehm und setzte ihn in die Quelle. Um sie baute er einen Brunnen, den Brunnen des Connla. Der Lachs aber ernährte sich von den Nüssen und erlangte dadurch unendliche Weisheit.
Schließlich formte der Riese auch die Pflanzen und Tiere. Doch als er gerade den Lehm knetete, um den Menschen zu formen, fiel ihm eine Nuß vor die Füße. Connla hob sie auf, warf sie dem Lachs zu und formte weiter. Dabei bemerkte er nicht, daß ein wenig Gold an seinen Fingern haften geblieben war. Auf diese Art erlangte der Mensch ein kleines Stück der Weltenweisheit.

Nun ging er daran, alles zu benennen. Den leuchtenden wärmenden Stern nannte er Sonne. Doch die Sonne stand den ganzen Tag am Himmel, und alles, was wuchs, litt Durst und drohte zu verdorren. Dies brach Connla das Herz, deshalb schuf er einen großen gewaltigen Mann, Grian war sein Name. Riesiger als riesig war er. Grian schulterte sich die Sonne auf den Rücken und trug sie von Osten bis weit in den Westen.
Connla jedoch war immer noch nicht zufrieden. So schuf er Luan, den Wolf. Einen Wolf, riesiger als riesig. Schließlich fanden sich Grian und Luan. Sie mochten einander sehr und spielten das Sonnenspiel. Grian warf die Sonne morgens vom Osten in den Westen, und Luan trug sie abends wieder vom Westen in den Osten zu Grian nach Hause.
Nach vielen Sonnenwechseln aber wurden sie müde. Die Sonne flog immer langsamer über den Himmel, das verunsicherte die Menschen. Sie hatten Angst und beteten zur mächtigen Morríghan. Diese hatte Mitleid mit ihnen und gab Grian und Luan die Kraft der Menschengebete, so daß sie wieder stark wurden."
Während Solasard noch bis zum Morgengrauen wach lag und sich Gedanken machte, was dies wohl alles mit ihm, Fionn mac Cumhail und dem Schwert zu tun haben mochte, schlief Goleudydd tief und fest. Als die Sonne wieder aufzusteigen begann, war Solasard schon unterwegs zu seinem Elternhaus. Dort wartete Athraigh, der nun auch von den Dorfbewohnern, die er befragte, der Namenlose genannt wurde, mit Neuigkeiten.

Der Wolf

Immer war hier das Gras grün und der Himmel blau, selbst wenn die Tränen der Großen Mutter auf diese Erde fielen. Gealán hatte sich oft gefragt, wie die Sidhi diese ihnen eigene Welt erschaffen konnten. Schon einige Zeit lebten sie hier, und doch waren sie nie Teil dieser wunderlichen Gemeinschaft, dieses Volkes geworden. Überall wurde ihnen deutlich gezeigt, daß sie nur geduldet waren. Es war nicht so, daß die Sidhi unhöflich waren oder sich ihnen gegenüber ungeziemend verhielten. Vielmehr war es umgekehrt. Sie waren so darauf erpicht, die Fremden durch fast unterwürfiges Dienen auszugrenzen, nur damit diese die Sitten und Regeln der Sidhi nicht lernen konnten. Selten ließ man sie an Festlichkeiten, ob lustiger oder trauriger Natur, teilhaben.

Sie begründeten es damit, nicht aufdringlich sein zu wollen. Sáile und Gealán bekamen zu essen und zu trinken, ihre Kleider wurden gewaschen und ihr Zelt sauber gehalten. Fast kamen sie sich vor wie bunte Vögel, die zum Betrachten in einen Käfig gesperrt worden waren.

Nur einer kümmerte sich ein wenig um sie, sprach mit ihnen, versuchte Fremdes zu erklären, eine Brücke zu schlagen. Misnéachard, der Sohn des Königlichen Paares. Er war ganz anders als sie sich einen Prinzen vorgestellt hatte. Auf seine merkwürdige Art fast menschlich. Wenn Gealán mit ihm sprach, glaubte sie immer, daß die Reinheit seiner Seele in seinen Augen leuchtete wie die Mondin in finsterster Nacht. Er wurde geachtet und geliebt von seinem Volk, doch seine Anteilnahme an den beiden Frauen wurde schon lange nicht mehr nur belächelt.

Von Anfang an hatte niemand verstanden, warum er die Leben dieser zwei Frauen für sich erbat. Niemand glaubte, daß er die Brücke zwischen den Menschen und den Sidhi, von der er träumte, jemals würde bauen können. Zu eng war ihm dieser Zaubergarten geworden. Glücklos, ruhelos, war er in all dieser Glückseligkeit. Er hatte seine Augen geöffnet.

Er war oft auf der anderen Seite, bei den Menschen, gewesen. Sie würden seine Heimat zugrunde richten. Vielen seines Volkes waren diese Gedanken gleichgültig. Sie hatten sich mit ihrer ureigenen Macht und Magie ihre Andere Welt geschaffen. Die Welt der Menschen konnte ruhig zugrunde gehen. Dieses Lied war zu Ende.

Für die Menschen würde es keine zweite Gelegenheit geben, wenn es nach den Alten ginge. Längst waren die Sidhi keine Götter mehr. Sie hatten sich angepaßt an ihren Garten der Götter, aber dabei ihre Göttlichkeit verloren. Hier lebten sie auf dem Großen Hügel unter den Ästen der mächtigen Eiche. Ihre gewaltigen, herrlich immergrün belaubten Zweige breiteten sich wie ein riesiger Fächer über große Teile der Zeltstadt zu ihren Füßen aus. Blaublühende Schlingpflanzen umkränzten den Baum, und das Singen der Vögel in seinem Geäst war das erste, was die Sidhi am Morgen jeden Tages über sich vernahmen.
Vier grüne und blaue, fast durchsichtige Stoffbahnen waren von den untersten Ästen zum Boden gezogen worden und ließen jederzeit das Sonnenlicht in das Königliche Zelt, das Grianán genannt wurde, fluten. Hier wurden alle Versammlungen, sowohl die der Familie als auch die des Volkes, abgehalten.
Von ihrem Zelt aus blickte das Königliche Paar über sein Land. Tir na Samradh, das Land des Sommers. Über die Zeltstadt hin zu den großen Pferdekoppeln und den saftigen Rinderweiden weiter zu dem schattigen Waldrand. Die schnellsten und rassigsten Rösser ließen hier ihre Mähnen im Wind wehen, die stärksten und stolzesten Rinder weideten das saftigste Gras ab und umherziehende Schafherden spendeten die weichste und flauschigste Wolle. Wiesen und Wälder boten süßestes Obst und gesundes Gemüse im Überfluß und Kräuter, aus denen sie die heilsamsten Salben und Tränke bereiteten.
Es war ein schönes Leben hier, und doch erschien es Misnéachard manchmal so, als halte er einen roten saftigen Apfel in seiner Hand, dessen Inneres nur fette, weiße Würmer zusammenhielten.
Oft hatte er mit der jüngeren der beiden merkwürdigen Frauen gesprochen. Sie schien nicht so trotzig und stolz zu sein wie ihre Herrin. Es war bestimmt keine Liebe, was ihn ständig zu ihr trieb, obwohl viele aus seinem Volk das vermuteten. Es war eher das Verlangen, mehr über das Denken und Handeln der Menschen zu erfahren. Er war überzeugt, nie eines dieser merkwürdigen Geschöpfe lieben zu können. Sie waren sehr stolz, diese Menschenfrauen, zu stolz, ohne zu wissen worauf.
Müde von einem langen Ausritt durchquerte der Prinz das Lager, als er Gealán bei ihrem Abendspaziergang begegnete.
„Seid mir gegrüßt, Herrin. Ich hoffe, ihr befindet euch wohl?“

Kein Lächeln war auf seinen Wangen, voller Ernst schaute er ihr in die Augen.
„Seid auch ihr mir gegrüßt, Prinz. Danke, mir geht es gut. Es ist meine Herrin, deretwegen ich nicht in unserem Zelt bin. Ihre ständige Launenhaftigkeit schnürt mir die Luft ab.“
Sie gingen eine Weile schweigsam nebeneinander her und blickten über das fruchtbare Tal. Langsam kam die Abenddämmerung. Doch nach all der Zeit hier, konnte sie sich immer noch nicht daran gewöhnen, daß es keine Sonne gab. Es gab nur die verschiedenen Farbspiele des Lichtes am Himmel, die sie schon von ihrer Heimat her kannte.
Sie folgten einem breiten Pfad, der sich schlängelnd ins Tal zog, als Gealán wieder das Wort ergriff:
„Ich weiß auch nicht mehr, was ich ihr noch sagen soll. Immer noch quält sie diese Schuldfrage. Einmal gibt sie sich die Schuld, daß sie jetzt hier und nicht bei ihrem Sohn ist. Dann gibt sie sie wieder dem alten Mann, dem Vater des Kindes, der sie verlassen hat. Sie ist so voll von Leid, verzehrt sich vor Haß auf sich selbst und das Leben. Manchmal kommt es mir vor, als beschäftige sie nur die Frage, wer in ihrem Leben woran Schuld hat. Ihre eigene Schuld aber sieht sie nicht.
Ich sorge mich um ihren Sohn. Niemand weiß, ob oder wie weit er den Weg, den sie ihm vorgeschrieben hat, folgen kann.“
Der Prinz hatte ihr jetzt seinen Arm gereicht, damit sie nicht über die Baumwurzeln der schlanken Birken stolperte, die den Weg säumten.
„Ja, in der Tat, eure Herrin ist eine merkwürdige Frau. Aber seid ihr Menschen das nicht alle? Anstatt hier in Frieden mit sich und der Welt zu leben, nährt sie einen Drachen in ihrer Brust, der sie dereinst selbst verschlingen wird.
Sie weiß doch, daß sie Tir na Samradh, das Land des Sommers, nie mehr verlassen wird. Aber sie hat ja noch Madhra, den Hund, der ein Bindeglied ist zwischen ihrer und unserer Welt. Ich würde mich niemals mit einem einlassen, dessen Pläne ich nicht kenne, und mit Sicherheit weiß Sáile nicht, wem Madhra in Wirklichkeit dient.
Schuld. Ja, Schuld, stundenlang könnt ihr Menschen darüber streiten. Für euch ist es schon immer wichtiger gewesen, erst die Schuldfrage zu klären und dann die Schwierigkeiten zu lösen, selbst wenn ihr dadurch untergeht. Ich für meinen Teil denke, daß Schuld oder Unschuld immer nur eine Frage des Zeitpunktes sein können. Die Menschen aber vergessen,

daß sich die Zeiten und in ihnen natürlich auch die Menschen ändern. Man kann nie zweimal in denselben Fluß springen."
Fragend blickte ihn die junge Frau an.
„Wie meint ihr das mit dem Fluß? Ein Fluß ist doch immer ein Fluß, selbst wenn er seinen Weg ändert."
Sanft gebot er ihrem Schritt Einhalt und lenkte ihren Blick in die Ferne auf ein blaues Band, das sich zuweilen rötlich schimmernd zwischen großen Pappeln wand. Wieder einmal fragte sie sich, wo die Sonne war, die diese Strahlen aussandte.
„Das ist der Fluß der untergehenden Sonne, denn an ihm erkennen wir, wann die Sonne sich aufmacht, ihr kühles Nachtlager aufzusuchen. Jeder Fluß, jedes Leben, alle Zeit fließt dahin.
Es gibt keine Gegenwart. Ein Liderzucken mag gegenwärtig sein. Doch bevor du es wahrnimmst, ist es schon vergangen. Schon während du 'jetzt' sagst, ist der Augenblick zerronnen. Alles fließt und alles ändert sich, ständig.
Versuche nur zweimal, in denselben Fluß zu springen, die Zeit müßtest du zurückdrehen. Denn sowohl der Fluß als auch du haben sich zwischenzeitlich verändert."
„Ich verstehe. Du meinst, anstatt die Dinge zu nehmen wie sie sind, versucht Sáile das Rad der Zeit zurückzudrehen."
Geschickt wechselte Misnéachard die Seite, ließ die Frau wieder bei sich einhaken und führte sie so zurück.
Seine Stimme war ihr immer angenehm, und sie hörte gern seinen weisen Worten zu. Freundlich fuhr er in seiner Rede fort:
„Ihr genießt dieses Leben hier nicht, aber wenigstens ertragt ihr es mit Würde. Eure Herrin jedoch haßt diese Welt. Sie kämpft dagegen an, hier nur ein wenig heimisch zu werden. So verhalten sich nur törichte Wesen, gleichgültig ob Mensch oder nicht. Sie wird ihr Spiel nicht gewinnen. Sie kann es nicht gewinnen.
Aber durch Schlechtes mag manchmal auch Gutes entstehen."
Schweigsam blickte Gealán zu der mächtigen Eiche, immer wieder gaben ihr die Worte dieses Mannes neue Rätsel auf.
Als sie wieder die ersten Zelte erreichten, blieben sie stehen. Höflich verbeugte er sich vor ihr, schenkte ihr eines seiner bezaubernden Lächeln und ging davon.

So war es immer. Er kam und ging, wie es ihm beliebte. Plötzlich war er da, und genauso schnell war er wieder verschwunden. Nie schien er außer sich zu geraten. Immer war er ruhig und besonnen. Sie hatte ihn nie überschwenglich oder tieftraurig erlebt. Als sie ihn gefragt hatte, ob er sich denn nie richtig freue oder leide, hatte er auf seine ihm eigene Art gelächelt:
„Wir sind anders als ihr Menschen, nicht so laut und so hastig. Leid und Trauer, Freude und Glück begegnen wir leise und bedächtig. Beidem geben wir uns ganz hin, nehmen es auf und machen es zu einem Teil von uns. Der Weise verrät seine Gefühle nicht jedermann. Der Weise zeigt Gleichmut, so vermögen seine Feinde nichts zu lesen in seinen Augen und Taten."
Nur einmal hatte sie ihn von Gefühlen aufgepeitscht erlebt. An jenem Tag jagten sie einen Wolf, der einige Lämmer gerissen hatte. Lasair, sein schönes Sidhipferd, nur leicht aufgezäumt, mit einer bunten Decke auf seinem Rücken, tänzelte ungeduldig unter ihm. Endlich waren alle Reiter zum Aufbruch bereit. Die großen Wolfshunde nahmen die Spur ihres Urvaters auf und folgten ihr.
Gealán, die die Einladung dankend angenommen hatte, ritt einen rotohrigen Silberschimmel. Sáile hingegen war zu stolz, um sich zu so einer Geste des Entgegenkommens herabzulassen und blieb im Grünen Zelt.
Es ging über Feld und Wiesen, bis sie in die Nähe des Waldrandes kamen. Immer wilder gebärdeten sich die Hunde.
Misnéachard war wie ein Speer, der aus der Hand des Werfers schnellte. Er und Lasair waren eins, magisch angezogen von dem Wald, der vor ihnen in Sicht kam. Fast hatten die Hunde den Wolf erreicht, der sich gerade ins Unterholz zu retten versuchte. Die ganze Zeit schien der Prinz im Rausch der Hatz gewesen zu sein, doch jetzt erwachte er.
Zu immer größerer Geschwindigkeit trieb er Lasair an. Schon hatten die ersten Hunde den Wolf erreicht, ihr Bellen und Jaulen tönte aus dem Wald, als Gealán und der Rest der Jagdgesellschaft in den Wald eindrangen.
Vor sich sahen sie Misnéachard, der auf seinem Pferd die Hunde und den Wolf umkreiste. Schließlich sprang er vom Rücken des Hengstes. Der Wolf war schwerverletzt und blutete aus zahlreichen Wunden, als der Sidhiprinz begann, die Hunde von dem Tier wegzuzerren. Voller Wut schnappte er die Hunde gerade, wo er sie zu greifen bekam und warf sie einfach hinter

sich ins Gestrüpp. Endlich kam er an den Wolf heran, der jetzt ruhig, fast entspannt, vor ihm stand.
Traurig blickte er in die Augen des Tieres, dann zog er sein Messer aus der Scheide und ging langsam auf ihn zu. Der Wolf machte keinen Versuch, sich zu wehren oder zu fliehen, vielmehr schien er, sein Ende herbeizusehnen. Dann strich Misnéachard dem Wolf mit der Hand über den Rücken, zog seinen Kopf nach oben und schnitt ihm die Kehle durch. Ohne sich noch einmal umzudrehen, ging er zu Lasair, stieg auf und ritt davon.
Einige Tage später begegnete er Gealán zum ersten Mal wieder seit jener Jagd. Sie blickte in seine Augen und wußte, daß er ihr und ihren Fragen aus dem Weg gegangen war. Er schien auf dem Weg zum Grianán zu sein, als er sie bemerkte und kehrtmachen wollte. Aber Gealán war schneller. Sie lief ihm nach und packte ihn an einem Arm.
„Ihr werdet nicht mehr länger vor meinen Fragen flüchten, oder?"
Traurig schaute er sie an, als erwarte er, daß sie die Antwort wüßte und ihm diese Fragen ersparen könnte.
„Hast du nichts gelernt über mein Volk, über mich, in all der Zeit hier? Nun gut, ich will dir antworten. Die Jagd ist die Jagd. Sie ist erforderlich, weil unsere Lämmer bedroht sind. Aber jede Jagd hat auch ein Ende. Wir denken nicht nur in unseren Spuren, wir folgen auch der Seele des Wolfes. Wir wissen, was wir tun, wenn wir töten, und wir tun es bewußt. Der Wolf ist ein stolzes Tier, eine Bestie vielleicht, aber frei geboren. Kein freies Tier sollte so würdelos getötet werden. Die Freiheit ist ein hohes Gut. Du solltest sie immer achten. Die deine und die anderer."
Dann drehte er sich um und ging weiter, als hätte dieses Gespräch niemals stattgefunden.
Sie hätte dieses Land lieben können. Die weite Flur, die lichten Wälder. Nichts schien die Grundfesten dieser Welt erschüttern zu können. Nur selten gab es Versammlungen, sogenannte Comoírs. Die Sidhi waren ein friedliches Volk. Nur selten gab es Streitigkeiten, die das Königliche Paar schlichten mußte. Zumeist ging es um Geschichten, die schon Jahrhunderte zurücklagen. Die Sidhi sind ein langlebiges Volk, und sie vergessen nichts. Jeder Bewohner dieser Welt war wie ein Pinselstrich auf einem Gemälde, nur als Teil dieser Gemeinschaft konnte ihr Leben einen Sinn ergeben.
Sie waren so sehr Lughs Kinder. Jenes Gottes, der an Taras Toren erst abgewiesen wurde, weil alle Handwerkskünste, die er aufzuweisen hatte,

schon in der Großen Versammlung vertreten waren. Aber dann wurde er doch aufgenommen, denn nur er vermochte es, all diese Künste in sich zu vereinen.
Jeder Sidhé war etwas Besonderes. Die Männer waren tapfere Krieger und zärtliche Dichter, die Frauen weise Heilerinnen und hervorragende Sängerinnen. Sie liebten es, Gegenstände herzustellen, deren Form zu entfremden, und doch dienten sie immer ihrem Zweck. Die einfachsten Dinge wurden zu Kunstwerken. Handel, wie bei den Menschen, gab es nicht. Jeder bezahlte mit dem, was er am besten konnte.
Obwohl die Sidhi sehr gesellig waren, natürlich auf ihre eigene Art, hatte Gealán nie einen Sidhi betrunken oder ausfällig erlebt. Häufig saßen sie in Sommernächten vor einem großen Feuer, manchmal sangen sie, ein anderes Mal schwiegen sie.
Nicht alle wohnten das ganze Jahr über auf dem Großen Hügel. Zuweilen zogen sich Familien oder auch einzelne Sidhi für Wochen, Monate oder gar Jahre in die Einsamkeit der Wälder zurück, um dort wie Einsiedler zu leben. Deswegen änderte sich die Zeltanordnung auf dem Hügel fast täglich. Die Sidhi schienen sich vor allem Endgültigen, allem Eingrenzenden zu fürchten. Deshalb wohl lebten sie in Zelten, die auf der Stelle auf- und abgebaut werden konnten. Nichts hielten sie von Häusern. Ihre Freiheit war ihnen in der Tat das höchste Gut. Gealán hatte nie gesehen, daß ein Sidhé einen anderen zu etwas gezwungen hätte.
Aber auch die Sidhi waren nicht unfehlbar. Jeder, der sich etwas zuschulden kommen ließ, legte die Strafe für seine Untat selbst fest, und keiner schonte sich. Doch es wurde niemals jemand getötet. Zu wenige hatten die Große Schlacht überlebt, und das Volk schien sich nicht mehr erholen zu wollen von diesem Schlag. Ein Leben war zu teuer geworden, um es einfach wegzuwerfen.
Ihre Zahl war klein geworden. In den Adern jeder Familie floß edelstes Blut. Aber Titel galten hier nur wenig, unwichtig waren sie geworden. Die Freiheit des einzelnen, seine Worte und Taten wogen mehr als Herkunft und Reichtum. Einfach waren die Zelte eingerichtet. Aus Angst vor Feuer gab es keine Kerzen, sondern seltsame Kristallampen. Helle, fast durchsichtige Steine in allen Farben und Formen, die leuchteten, wenn sie sanft berührt wurden. Je länger man die Finger auf ihnen ruhen ließ, um so heller wurde der Lichtschein. Diese Lampen waren einige der wenigen Schätze, die sie vom Antlitz der Erde in die Tiefe gerettet hatten.

Einige haßten und verachteten die Menschen, denen sie dies zu verdanken hatten, auch wenn sie ihnen scheinbar gleichgültig waren. Die Trauer über den Verlust ihrer Heimat war noch immer sehr groß.
Gealán hätte diesen Ort lieben können, hätte sie keine Heimat bei den Menschen gehabt und keine Angst vor all dem Neuen hier.

Die Feuerlichtung

Am Morgen wachte Amhrán auf, als sie hörte, wie Rhiannon sich hinter der Hütte unter Ächzen und so gut es ging wusch. Dann hörte sie, wie die ältere Frau mit dem Kessel Wasser holte. Bald schon hatte sie ein Feuer entfacht, und der Geruch des Rauches drang in das Wetterhäuschen, das nach vorne hin offen war.

Immer noch hatte Amhrán die Augen geschlossen. Sie schämte sich wegen des Vorfalls in der Nacht und hatte Angst, Rhiannon in die Augen zu schauen. Es war ja auch zu kindisch, dieser netten, alten Frau zu unterstellen, daß sie ihr etwas antun wollte.

Als Amhrán blinzelnd die Augen öffnete, erkannte sie, daß der ganze Wald im Nebel versunken war. Einzelne Nebelschwaden hoben und senkten sich, wo Rhiannon an dem Feuer zu Gange war. Jetzt holte sie einige getrocknete Kräuter aus ihrem Reisesack und warf sie in den Kessel. Ein wohltuender Geruch breitete sich aus.

„Guten Morgen, Amhrán. Ich hoffe, dir war nicht zu kalt unter deinem Mantel. Wenn du aufstehst, um dich zu waschen, sei vorsichtig! Hinter dem Häuschen auf der linken Seite ist eine kleine Pfütze."

Lächelnd, aber noch müde, stand Amhrán auf, zog ihre Schuhe an und machte sich auf den Weg hinter das Häuschen. Sie ging erst gar nicht auf die linke Seite, sondern wandte sich gleich nach rechts. Der Bach rauschte viel zu laut, und das Zwitschern der Vögel schien ihr ein Lockruf zu sein, wieder unter ihren Mantel zu kriechen und weiterzuschlafen.

Schließlich faßte sie all ihren Mut zusammen und begann, sich mit dem glasklaren und eiskalten Wasser zu waschen. Blitzschnell war Amhrán hellwach, sprang über den Bach und ging ein Stück ins Unterholz, um dort einem dringenden Bedürfnis nachzukommen. Danach ging das Mädchen zurück zum Lager, wo sie Rhiannon am Feuer sitzend fand.

„Und Amhrán, hast du gut geschlafen?"

Zögernd antwortete das Mädchen:

„Nun ja, es ging. Sind alle Herbstmorgen im Wald so neblig? Und so kalt?"

„Ja, meine Liebe, im Herbst schon. Wäre es jetzt Sommer, hätten wir noch nicht einmal das Häuschen gebraucht und wären froh über die Kühle der Nacht. Aber der Nebel wird sich dank der Sonne bald verzogen haben, und

dann wird es auch wieder wärmer. Es sieht so aus, als ob es heute nicht regnen würde. Ich denke, wir werden ein gutes Stück vorankommen."
Achtsam rührte die alte Frau in dem Kessel.
„Rhiannon? Werden wir den Coven denn vor der Dunkelheit erreichen?"
„Das sicherlich, aber nicht heute. Es ist ein langer Weg, und ich bin auch nicht mehr die Jüngste. Vor allem aber wünsche ich dir, daß die kommenden Nächte nicht so aufregend werden und du bald lernst, mir zu vertrauen. Auch wenn wir uns in der Dunkelheit trafen, wäre ich doch gerne ein Licht für dich und kein Schatten. Du mußt jetzt nichts sagen. Ich weiß, daß es dir leid tut, und am besten vergessen wir die gestrige Nacht einfach."
Amhrán lachte über das ganze Gesicht, es tat ihr wirklich sehr leid. Sie mochte diese alte Frau, die ihr dennoch so jung vorkam. Aber sie hatte Angst und war froh, daß Rhiannon Verständnis dafür hatte. Schließlich kannten sie sich noch nicht einmal einen Tag. Auf der anderen Seite schien es ihr besser zu sein, den Wald mit einer erfahrenen Waldläuferin zu durchqueren als alleine. Sie hätte nie geglaubt, daß der Weg so lang wäre. Goleudydd hatte nur gesagt: „Wenn du in den Wald kommst, gehe immer geradeaus, bis du zu einer großen verbrannten Grasfläche kommst, dort wende dich nach rechts, dann läufst du immer geradeaus und fragst dich durch."
Gar nicht auszudenken, wo sie ohne Rhiannon entlang marschieren würde.
Ein sanftes Räuspern riß sie aus ihren Gedanken.
„Hier trink doch ein wenig von dem warmen Kräutertrank, der wärmt dich von innen her auf, bis die Sonne aus ihrem Nebelmantel geschlüpft ist. Dann sollten wir aber anfangen zusammenzupacken und uns aufmachen. Der Weg wird länger mit jedem Schritt, den du nicht gehst. Laß es dir schmecken. Ich sammle einstweilen das Holz für den Nächsten, der hier Unterschlupf sucht."
Allein saß Amhrán am Feuer, in der Hand einen Holzbecher, gefüllt mit einem warmen Kräutertrank. Hinter sich hörte sie irgendwo Rhiannon durch das Unterholz klettern und fluchen, was für ein altes und ungelenkes Weib sie doch geworden war.
Langsam breitete sich die Wärme des Trankes in Amhráns Körper aus. Mit geschlossenen Augen hielt sie den Becher fest und genoß die Ruhe des Waldes. Die Guten-Morgen-Gesänge der Vögel hörten sich an, als ob sie sich übereinander lustig machten. Zögernd verzog sich der Nebel, und ein

blauer Himmel kam zum Vorschein. Auch wenn dieser sich nicht besonders lange halten sollte, war es doch schön, die Wolken ziehen zu sehen.
Der Bach erzählte immer noch die Geschichte von seinem Weg zum großen Meer. Eine kühle Brise wehte von dort her, und Amhrán kuschelte sich in ihren warmen Mantel. Sie war fast schon wieder eingeschlafen, als Rhiannon rief, sie möge das Feuer mit ein wenig Sand löschen und es mit der Holzplatte, die neben der Feuerstelle lag, abdecken. Amhrán tat wie geheißen, als die alte Frau hinter der Hütte hervorkam.
„Du hättest ruhig schon mal den Kessel im Bach ausspülen und mit Gras auswischen können. Ich hoffe, du erwartest von mir nicht, daß ich dich die nächsten Tage behandle wie eine gefallene Prinzessin. Wir sind eine Gemeinschaft, und in einer Gemeinschaft trägt jeder zum Wohle dieser bei.“
Verdutzt schaute Amhrán auf und antwortete empört:
„Hättest du ein Wort gesagt, hätte ich es auch getan, aber kannst du nach meiner ersten Nacht im Wald erwarten, daß ich jetzt schon weiß, was meine Aufgaben sind? Sei nicht ungerecht!“
So schnell wie Rhiannons Wut gekommen war, ging sie auch wieder.
„Entschuldige, Kind. Ich bin es nicht mehr gewohnt, mit Nicht-Waldläufern unterwegs zu sein, und Geduld war nie eine meiner Stärken. Bitte geh nun den Kessel auswaschen. Wenn du ihn dann mit Gras auswischen könntest, wäre das sehr lieb.“
Eilenden Fußes machte sich Amhrán davon.
Sinnend dachte Rhiannon bei sich, was Amhrán für ein merkwürdiges Mädchen sein mußte. Sie hatte wohl keine Mutter gehabt, die sie zum Gehorsam gegenüber alten Menschen erzogen hatte. In den heutigen Zeiten wurden die Mädchen wieder zu schweigsamen Dienerinnen erzogen. Amhrán jedoch hatte ihren Stolz und davon nicht wenig, und sie mußte noch vieles lernen. Das Überleben im Wald war ein Akt des Anpassens an den Wald und kein harmloser Spaziergang.
Eine sorgsame Mutter hätte ihr Kind nie in den Wald geschickt und schon gar nicht ohne Schutz. Aber sollte das Mädchen seine Geschichte erzählen, wann sie es für angebracht hielt. Die alte Frau griff nach ihrem Reisesack und überprüfte, was sie noch an Essensvorrat hatte.
Jetzt, da sie zu zweit waren, mußten sie wahrscheinlich auf die Jagd gehen, um nicht zu hungern. Der Wald würde vielleicht noch ein paar Nüsse und Beeren für sie übrig haben. Da kam auch schon Amhrán mit dem

sauberen Kessel zurück, den Rhiannon sogleich in ihrem Reisesack verstaute. Dann brachen sie auf.
Sie kehrten auf den Hauptweg zurück, den sie gestern verlassen hatten. Der Wind trieb einige goldene Birkenblätter vor sich her. Fast sah es aus, als schneie es Gold. Auch wenn das Sonnenlicht von einem Blatt zum anderen glitt, blieb es doch kühl.
Schüchtern fragte Amhrán:
„Wollen wir nicht etwas singen, der Wald ist so still."
Verständnisvoll antwortete Rhiannon:
„Du mußt lernen zuzuhören, dann merkst du, wie laut der Wald ist. Hörst du das? So gurren nur Wildtauben. Das Knacken eben war ein Reh auf der Flucht. Vielleicht können wir noch das Röhren eines Hirsches hören. Es ist Brunftzeit. Die jetzt gezeugten Kitze werden im Frühjahr geboren, damit sie den ganzen Frühling und Sommer über fressen können, um den strengen Winter zu überleben. Schau davorn, ein Hase. Vielleicht leistet er uns ja Gesellschaft zum Abendessen. Was siehst du mich so ungläubig an?"
Schmunzelnd fragte Amhrán:
„Und wie willst du ihn dazu überreden?"
Stolz streckte sich Rhiannon:
„Ich habe im Laufe der Zeit meine eigene Jagdkunst entwickelt. Ich habe mir von einem Fischer ein Netz gekauft, kein sehr großes natürlich, aber es mag schon drei auf vier Fuß groß sein. Dann habe ich immer im Abstand von fünf Fingern einen mittelgroßen Stein eingeknüpft. Werfe ich nun das Netz, so daß es sich dreht, breitet es sich während des Fluges aus und fällt auf meine Beute. Der Vorteil dabei ist, daß mein Opfer noch nicht tot ist. Wenn der Hase zu jung oder zu alt ist, kann ich ihn wieder freilassen. So manches Mal hat mein gutes, altes Netz meinen Abendtisch schon bereichert.
Was starrst du mich so an, mein Kind? Hast du gedacht, ich ernähre mich wie eine Kuh von Gras? Auch ich brauche meine Kraft. Und solange nur jeder nimmt, was er braucht, wird die Große Mutter für uns sorgen.
Schau nicht so erschreckt, hast du Zuhause nicht auch Fleisch gegessen. Wenn du magst, bringe ich dir bei, wie man mit dem Netz umgeht. Dann kannst du schon bald unsere Mahlzeiten bereichern."
Leicht angewidert wand sich das Mädchen ab. Zuhause hatte ihr Vater immer für das Essen auf dem Tisch gesorgt. Sie hatte sich nie Gedanken darüber gemacht, daß er ein Tier töten mußte, damit sie ein Stück Fleisch

auf dem Tisch haben konnte. Nun sollte sie selbst töten. Das Mädchen fürchtete sich vor sich selbst.
Leise sprach Rhiannon:
„Laß nur, wenn der Hunger an dir nagt und du die Erde unter deinen Fingern lutschst, wirst du dankbar sein für mein Netz. Wir werden jetzt bald an die Feuerlichtung kommen. Dort können wir über Mittag etwas rasten. Laß uns nun ein wenig weiter ausschreiten, denn der Weg ist zwar nicht mehr weit, aber kurz ist er auch nicht zu nennen."
Und so gingen sie wieder schweigend nebeneinander her.
Durch das geschwinde Laufen wurde es Amhrán immer wärmer, schon begann sie zu schwitzen. Aber sie wollte nicht anhalten, um den Mantel auszuziehen. Erst einmal hatte sie Schwierigkeiten, mit der alten Frau Schritt zu halten, und dann wollte sie sich nicht unnötig erkälten. Mit jedem Schritt wurde der Mantel schwerer, bis sie plötzlich mitten auf dem Weg stehen blieb und hechelte:
„Halt, ich kann nicht mehr. Mein Mantel drückt mich fast in die Erde und meine Füße glühen. Können wir keine Rast machen oder wenigstens etwas langsamer gehen?"
Voller Mitleid drehte sich Rhiannon um.
„Oh je, schmerzen die Füße des Wanderers, ist seine Seele in Gefahr. Laß uns langsamer gehen, und zieh ja nicht die Schuhe aus, sonst bekommst du sie nicht mehr an. Ich gebe dir nachher an der Feuerlichtung eine Salbe für deine Füße, die sie etwas abkühlt."
„Rhiannon, was ist die Feuerlichtung? Goleudydd sprach von einem Platz im Wald, dessen Grasboden völlig verbrannt ist, ist er das?"
„Ja, mein Kind, das ist er. Du sprachst von einer Goleudydd. War sie auch im Coven der Danu?"
„Sie ist die Hohepriesterin meines Dorfes, Inis-Diomain. Kennst du sie? Sie ist in deinem Alter."
Listig lächelte Rhiannon:
„So!? Wie alt bin ich denn? Sollte Goleudydd wirklich so alt sein wie ich, wäre sie nur noch Staub. Ich bin keine Menschenfrau, Amhrán, jedenfalls nur zur Hälfte. Meine Mutter war eine Frau aus dem Kleinen Volk. Die Frauen aus dem Kleinen Volk werden sehr alt, älter als sich jede Menschenfrau zu erhoffen wagt.
Nun gut, du willst wissen, was auf dieser Lichtung geschah. Ich werde es dir erzählen. Alles begann damit, daß vor langer, langer Zeit in einem weit

entfernten Land im Süden ein junger Mann auf einem Turm stand und in die Ferne blickte. Der Name des jungen Mannes war Íth. Er war aufgewachsen an der Küste eines Landes, an dessen Ufer das gleiche Meer brandet, das unsere Insel umspült. Aber dort soll es viel wärmer sein als bei uns.
So lange war sein Volk unterwegs, bis es im Land der Sonnenfrüchte eine zweite Heimat fand. Angefangen hatte ihre Reise mit dem Auszug aus dem Weiten Land des Sandes über das Meer. Dann rasteten sie eine kleine Weile auf der Insel des Stieres, aber auch dort konnten sie nicht bleiben. Wieder machten sie sich auf und gelangten an den Ort, wo ihre Heimat ist, und dennoch schien ihre Reise noch nicht zu Ende zu sein.
Wie Íth so auf das Meer starrte, schien es ihm, als sähe er am Horizont das Bild einer grünen Insel. Nach wenigen Augenblicken aber war das Bild wieder verschwunden. Nachdenklich rieb sich Íth die Augen. Lange schon hatte der Südländer nach einem Weg gesucht, Ruhm für sich zu finden. Denn da er der jüngere von zwei Brüdern war, würde Míl, sein älterer Bruder, seines Vaters Thron erben und nach dessen Tod herrschen. In seiner Heimat war kein Platz für ihn. Vielleicht, so dachte er, sollte er sich eine neue Heimat suchen, eine Welt, in der noch Platz für ihn war.
Während die Sonne langsam wie ein Feuerball im Meer versank, reifte in ihm ein Gedanke. Gleich am nächsten Morgen eilte er zu seinem Vater Bregon und erzählte ihm von seinen Plänen, in den Norden zu fahren. Ungläubig blickte der Vater seinem Sohn in die Augen, ob der Gefahr, in die er sich begeben wollte, um Ruhm zu erlangen. Sicherlich verstand er die Gründe seines Sohnes, dennoch fragte er sich, ob Íth den Schwierigkeiten einer solchen Reise gewachsen war.
Lange redete er auf seinen Sohn ein und sah doch, daß er ihn nicht von dem Gedanken, diese Insel zu finden, abbringen konnte. Schließlich mußte der Vater seinem Sohn sein Ehrenwort geben, mit dem Ältestenrat über den Plan zu sprechen. Bregon tat, wie er versprochen hatte. Doch obwohl die Ältesten Bedenken hatten, eine Reise wie diese gutzuheißen, erlaubten sie ihm zu fahren. Wichtiger als Íths Reise war ihnen der Gedanke, daß Míl die Herrschaft seines Vaters schnell und ohne Schwierigkeiten übernehmen konnte, ohne dessen vielleicht neidvollen Bruder im Auge behalten zu müssen.
So geschah es, daß Íth sich noch weit vor Frühlingsbeginn hinaus aufs hohe Meer wagte. Begleitet wurde er von hundertfünfzig tapferen Männern, die

wie er hofften, ihr Glück in einer neuen Heimat zu finden. Sie segelten ins Ungewisse, bis sie eines Tages wirklich eine Insel fanden, unsere Insel Eriu. Damals herrschten hier drei Könige über das Land:
Ermit mac Cuill, der Sohn der Hasel und sein Weib Eire, Dermit mac Cécht, der Sohn der Pflugschar und sein Weib Fodla, und Aed mac Graine, der Sohn der Sonne und sein Weib Banba. Alle drei waren sie die Söhne Eochu mac Ercs, dem Sohn des Himmels. Freundlich empfingen die drei Herren den Fremden, obwohl sie untereinander zerstritten waren.
Íth gefiel unsere Insel, so daß er versuchte, Frieden zu stiften zwischen den Königen. Denn jene überlegten, das Land in drei Teile aufzuteilen. Dabei stellte er sich jedoch so redegewandt und listig an, daß es ihm zwar gelang, die Könige wieder zu vereinen, sie jetzt aber glaubten, daß er vielleicht Anspruch auf einen Thron erheben wollte, um Eriu mit seinem eigenen Volk zu besiedeln. Nach vier Landnahmen durch andere Völker wollte das keiner der Könige seinem Volk ein weiteres Mal zumuten.
Du mußt wissen, die drei Herrscher gehörten zum Volk der Tuatha de Danaan. Sie waren ein wundervolles Volk. Von weither waren sie zu uns gekommen. Schön anzusehen und weise waren sie, Handwerker und gleichermaßen Künstler. Nie hat man verstanden, warum sie ihre Heimat verlassen hatten. Man sagt, daß es in ihrer ursprünglichen Heimat, wie bei uns, Delphine geben soll, deren Abbild man dort auch als Glücksbringer an einer Kette trägt.
Vielleicht wurden sie wie viele andere Völker von wandernden Stämmen vertrieben, die ebenfalls auf diese Weise ihr Land verlassen mußten und dafür die Heimat der Tuatha de Danaan in Besitz nahmen. So wurden sie heimatlos. Prächtige Geschenke brachten sie mit. Aus Falias den Lia Fál, unseren Königsstein, aus Gorias Lughs unfehlbaren Speer, aus Findias Nuadas tödliches Schwert und aus Murias Dagdas Kessel.
Finster war ihre Ankunft, denn eine dunkle Wolke, die die Sonne drei Nächte und drei Tage verdunkelte, ging von ihrem Landungsplatz aus. Sie hatten ihre so schön anzusehenden Schiffe verbrannt. Diese neue Heimat wollten sie nie mehr verlassen. Gleich Göttern herrschten sie, und die Große Mutter segnete sie.
Doch dann töteten die drei Könige Íth, und viel Leid sollten seine Wunden hervorbringen. Schwarze Segel wurden auf allen Schiffen gehißt, als sie ihren Heimathafen wieder anliefen. In tiefer Trauer übergaben die Seeleute Míl die Leiche seines Bruders. Er, der der Nachfolger seines Va-

ters Bregon war, würde diese Schmach nicht einfach hinnehmen. Sechsunddreißig Schiffe würden ausfahren nach der Trauerzeit. Sechsunddreißig Schiffe mit sechsunddreißig hervorragenden Anführern und Mannschaften, die der Haß, das Unvermögen diesen Mord zu verstehen, vorantrieb.
Allen voran Míl mit seinen sechs Söhnen, die da hießen Ir; Erémón, der Pflüger; Éber, der Blonde; Arannan; Colpan, das Schwert und Emergin, der Dichter, Geschichtenerzähler und Richter war. Míl würde dieses Inselvolk des Nordens vernichten und ihr Land nehmen für sein Volk. Und so wurde die unschuldige Suche nach Ruhm zu einem unvergleichlichen Rachefeldzug.
Weit hinauf fuhren sie in den Norden. Die See war rauh, aber die Frühlingswinde trieben sie unerbittlich voran. Viele Schwierigkeiten mußten sie überwinden. Doch das schlimmste war der Verlust Míls, der an einer Seuche starb, die ausbrach, als sie schon die Küstenstreifen Erius im Nebel sehen konnten. Viele gute Männer der Míleser, wie sie sich nannten, verloren sie dadurch.
Allen voran gingen Éber und Erémón am Fest von Beltainè weit im Südwesten Erius in der Bucht von Ceann-mara an Land.
Merkwürdigerweise schlugen sie nicht den einfachsten Weg nach Tara, dem Sitz des Hochkönigs, ein, sondern zogen über das Sliabh-Mis-Gebirge. Dort trafen sie auf die Tuatha de Danaan, und die erste große Schlacht zwischen ihnen fand statt. Viele starben in diesem Kampf, auch Míls Frau Scota und seine Schwiegertochter Fas. Aber die Zahl der gefallenen Míleser war gering gegen die der Tuatha de Danaan. Die Welt des Krieges war nicht die ihrige. Schließlich brachen die Míleser durch und schlugen den Weg nach Tara ein.
Hörst du mir überhaupt noch zu? Oder langweile ich dich gar mit der Geschichte unseres Landes?“
Erschrocken fuhr Amhrán auf.
„Nein, nein, gar nicht. Es ist wundervoll, daß du mich an diesen Geschichten teilhaben läßt. Endlich erfahre ich, woher wir kommen und wer wir sind. Erzähle ruhig weiter. Es gibt sowieso nicht allzu viel Schönes zu sehen bei diesem trüben Wetter.“
Zufrieden, dem Kind ihr Wissen vermitteln zu dürfen, begann Rhiannon wieder zu erzählen.
„Wo waren wir stehen geblieben, ach ja, der Weg nach Tara. Und, Amhrán, es heißt nicht Geschichten, sondern Geschichte. Ach ja, der Zug nach Tara.

Du selbst kennst den Frühlingsbeginn hier. Wenig Obst und Gemüse ist schon soweit gediehen, daß man sich davon ernähren könnte. Ébers und Erémóns Heer aber mußte sich ernähren, um diese große Strecke zu bewältigen. Was war da nicht einfacher als das Volk, das sie sowieso zu unterwerfen gedachten, auszubeuten und seinem Schicksal zu überlassen. So zogen sie weit ins Innere unseres Landes, um zu plündern und zu morden. Auch hier waren sie gewesen, doch nicht überall war unser Volk schwach und wehrlos, und eine ganze Horde von Mílesern wurde geschlagen. Man brachte sie zu der Lichtung und opferte sie dort dem mächtigen Dagda. Das Gras aber, auf dem sie verbrannten, ist bis heute nicht mehr nachgewachsen. Und deshalb heißt die Lichtung die Feuerlichtung."
Mit Tränen in den Augen schaute Amhrán auf.
„Ich hasse die Míleser! Was haben sie uns anderes gebracht als Leid. Durch sie wurden die Tuatha de Danaan zu Elben und zogen sich unter die Erde zurück. Ich wünschte, sie wären alle tot, und ich hätte nicht ihr Blut in den Adern. Wie konnte sich nur das Volk mit diesen Untieren einlassen? Wie konnten die Tuatha de Danaan aufgeben und sich diesen herzlosen Mördern unterwerfen?
Bin ich gar die Tochter eines schwachen Volkes?"
Traurige Augen blickten die alte Frau an. Geschmeidig kletterte Rhiannon auf einen angemoderten Baumstumpf und sagte sanft:
„Komm her."
Langsam kam das Mädchen heran. Zärtlich umarmte und herzte die Frau ihren Schützling, drückte das traurige Mädchen an ihre kleinen Brüste und küßte sie auf das lockige Haar. Leise flüsterte sie ihr ins Ohr:
„Beruhige dich, mein Herz. Vieles mag sich schlimmer anhören, als es damals war. Du solltest nicht nur das Schlechte der Míleser sehen. Schließlich waren sie es, die uns die Kunst lehrten, Gold zu schmieden. Sie brachten uns auch die guten Langhornrinder. Und wenn du Hunde liebst, mag es dich überraschen zu erfahren, daß unsere heutigen Wolfshunde Mischlinge sind zwischen unseren einheimischen Wölfen und ihren mitgebrachten Hunden.
Während uns die Tuatha de Danaan Lieder gaben und Geschichten, Götter und Helden, schenkten uns die Míleser das Werkzeug zum Überleben, mein Kind. Sicherlich waren die Schlachten grausam, wie sie es immer sind, wenn ein Zeitalter endet und ein neues beginnt. Aber haben nicht wir damit angefangen, als wir Íth töteten?

Das Volk wußte, daß die Zeit der Tuatha de Danaan vorüber war. Es mag gut sein, Lieder und Geschichten zu haben, aber ein Volk kann sich nicht davon ernähren. Denke doch nach, was passiert wäre, wenn die Tuatha de Danaan weiter geherrscht hätten. Sie wären einfach untergegangen. Verlorengegangen in irgendeiner Sage.
Um das zu werden, was sie jetzt sind, brauchten sie die Míleser. Nur diese konnten es ihnen ermöglichen, Götter zu werden. Du bist ganz und gar nicht die Tochter eines schwachen Volkes. Dein Volk wollte überleben. Du kannst nicht überleben, wenn du durch Feindeshand stirbst. Du mußt den Feind zu deinem Freund machen. Und das haben wir getan. Nicht alle aus dem Volk der Tuatha de Danaan zogen sich unter die Erde zurück. Noch heute gibt es Elben, die auf unserer Insel leben und wandeln. Manches Mal kann man sie in sternenklaren Nächten sehen, wie sie mit leichtem Schritt unter dem Mondlicht einherschreiten.
Wir nennen sie die Waldelben, denn diesen Ort haben sie damals als Zufluchtsort gewählt. Du erkennst sie an ihren strahlend grünen Augen. Sie haben noch ein engeres Band zu uns und behüten und schützen ihre Heimat noch immer.
Die Hochelben jedoch, die in ihren Hügeln unter der Erde leben, zeigen sich nur noch selten dem Menschengeblüt. Aber heute Nacht mag es sein, daß wir ihnen begegnen. Denn es ist Samhain, und die Erdhügel öffnen ihre Tore zu unserer Welt. So sehr sehnen sie sich nach dem Rauschen des Meeres und dem Wind, der sacht durch die Äste der Bäume streicht und von ihren ruhmreichen Tagen erzählt.
Komm nun weiter, mein Herz, da vorn ist die Feuerlichtung. Dort wollen wir ein Feuer machen und ein wenig rasten. Wie es aussieht, ist es noch nicht allzu spät nach Mittag. Es mag uns nicht schaden, unsere Füße ein wenig hochzulegen. Dann kümmere ich mich auch um die deinen."
Amhrán wischte sich die Tränen aus dem Gesicht.
„Heute morgen dachte ich, das wird ein schöner Sonnentag, aber mittlerweile hat sich der ganze Himmel mit Wolken zugedeckt. Werden wir heute nacht wieder in einem Wetterhäuschen schlafen?"
Unsicher blickte Rhiannon das Mädchen an.
„Es mag sein, daß wir unter dem Dach des Himmels ruhen. Ich weiß, daß es heute für dich doppelt, gar dreifach schlimm sein muß. Samhain, der Wald und ich. Glaubst du, daß du das schaffst?"
Freundlich lächelte Amhrán die Waldläuferin an:

„Daß mir von deiner Seite aus nichts geschieht, dürfte ich wohl endlich begriffen haben. Ich bin dankbar, daß uns die Große Mutter zusammengeführt hat, mit dir wird mir nichts geschehen und Samhain ...
Nun vor Samhain habe ich die wenigste Angst. Gerne würde ich einmal einem Elbenprinz in sein Reich folgen."
„Schweig! Deine Worte mögen sich vielleicht eher erfüllen, als dir lieb ist. Du solltest nicht über Elben sprechen im Alten Wald. Weißt du nicht, daß sich die Waldelben in Bäume verwandeln können?
Nicht alle Elben sind den Menschen wohlgesonnen. Sie sind ein stolzes Volk, vor allem die Hochelben. Nicht viel halten sie von uns hastigem Pack. Müde belächeln sie uns. Segen und Fluch ist ihnen ihre Unsterblichkeit. Neidvoll blicken sie so manches Mal auf uns kurzlebiges Volk. Doch davon genug. Sieh, dort vorn lichtet sich bereits der Wald."
Und richtig, vielleicht fünfzig Schritte vor ihnen weitete sich der Weg und gab den Blick frei auf braunes, verdorrtes Gras.
„Der Göttin sei Dank, während du erzähltest, spürte ich meine Füße fast nicht, aber jetzt mag ich kaum mehr dieses kurze Stück laufen."
Endlich erreichten sie die Lichtung. Sofort ließ sich Amhrán auf den Boden fallen und zog die Schuhe aus. Ihre Füße waren wund. Auch Rhiannon setzte sich, bis ihr einfiel, daß sie sich dringend erleichtern wollte. Nach wenigen Augenblicken war sie wieder im Wald verschwunden. Amhrán lehnte sich zurück und schloß die Augen. Leise betend bedankte sie sich bei der Göttin, daß sie noch lebte und Rhiannon getroffen hatte.
Es war wundervoll, ihr zuzuhören. Es gab so vieles, was sie nicht wußte, und sie kam sich sehr dumm vor im Vergleich zu Rhiannon. Aber sie war ja auch noch jung. Und sie mußte nichts von sich erzählen, solange die alte Frau sprach.
Genußvoll atmete sie die Einsamkeit des Waldes ein. Ob Rhiannon recht hatte mit dem, was sie über die Elben erzählte? All das erschien ihr so unwirklich, so weit fort von ihrem Leben, ihrem Denken. Und doch war sie jetzt, zu eben diesem Zeitpunkt, mit einer Frau unterwegs, durch deren Adern Elbenblut floß. Irgendwie schaffte es diese kleine Person, die Dinge nicht nur von einer Warte aus zu sehen.
„Na, meine Herzblume, worüber denkst du denn so angestrengt nach?"
Überrascht zuckte Amhrán zusammen.
„Ich habe dich gar nicht gehört."
Rhiannon grinste über das ganze Gesicht.

„So muß das auch sein, wenn man sich Waldläufer nennt. Der Waldläufer ist immer auch ein Teil des Waldes. Worüber hast du nun nachgedacht?“
„Ich dachte darüber nach, wie weise du bist und wie dumm ich doch bin.“
„Du solltest das anders sehen. Jeder Mensch hat sein eigenes Wissen. Der Bauer weiß besser über den Boden Bescheid, der Schmied über das Eisen und Waldläufer nun mal über den Wald. Es mag Dinge geben, die für dich so klar sind wie ein Sommertag, und ich vermag sie dennoch nicht zu verstehen. Der Geist des Menschen ist wie ein Fischernetz, nur indem du es auswirfst, kannst du Wissen fangen.
Alles könnte um so vieles einfacher sein, wenn alle ihr Wissen miteinander teilten. Leider gibt es viele Menschen, die glauben, unentbehrlich zu sein, wenn sie ihr mageres Wissen für sich behalten. Auch das ist ein Grund, warum uns die Elben belächeln.
Bei ihnen lebt jeder sein eigenes Leben, aber kein Elb käme auf den Gedanken, sich hervorheben zu wollen, dadurch daß er Wissen hortet, das nur ihm und sonst niemandem zugänglich ist. Aber jetzt genug davon. Zeig mir mal deine Füße.“
Amhrán streckte der Frau ihre geschunden Füße entgegen.
„Oh je, das sieht ja gar nicht gut aus.“
Rhiannon nahm den Reisesack ab und holte einen kleinen Tontiegel hervor. Als Deckel hatte sie ein Stück Leder darüber gezogen und mit Lederschnüren umspannt. Gewissenhaft öffnete sie die Knoten, nahm das Leder ab und tunkte ihre Finger in eine grünlich-weiße Masse. Sofort zog Amhrán ihre Füße zurück.
„Was ist das denn? Das sieht ja widerlich aus.“
Energisch zog Rhiannon wieder die Füße des Mädchens an sich heran.
„Das ist Schweinefett mit zerriebenem Beifuß darin. Das wird deinen Füßen guttun. Stell dich nicht so an.“
Sanft wie ein Lamm ließ sich Amhrán die Füße einreiben.
„Ich habe sie jetzt schön damit eingeschmiert. Laß es einziehen und bevor wir wieder aufbrechen, reibe ich sie dir noch mal ein und lege dir einen kleinen Verband an. Dann reiben sich deine Füße nicht so am Leder der Schuhe.“
Sie griff in den für Amhrán so wundersamen Reisesack und förderte zwei rotbäckige Äpfel zutage.
„Hier, damit deine Zähne etwas zu tun haben.“

Doch das Mädchen hatte sich auf den Rücken gelegt und war eingeschlafen.
Ein merkwürdiges Kind, dachte Rhiannon bei sich. Strolcht nachts durch den Wald und schließt sich der erstbesten Gestalt an, der sie begegnet, erzählt, daß sie einem Coven beitreten will und sonst nichts. Was, wenn ich nun nicht mit ihr zu Danu ginge. Die Große Mutter muß einiges mit ihr vorhaben, wenn sie so die Hand über sie hält. Was mag nur die Ursache ihres Aufbruches sein? Sie hatte ja noch nicht einmal einen Beutel mit Essen und Trinken dabei. Plötzlich zuckte Amhrán im Schlaf auf.
„Und ich werde doch Pferde züchten, Goleudydd. Lach nur!!"
Geschwind packte die alte Frau das Mädchen und rüttelte sie wach.
„Du sollst dich ausruhen und nicht der Vergangenheit nachhängen."
„Es war ja kein schlimmer Traum, aber ich werde wohl trotzdem besser wach bleiben."
„Vielleicht ist es besser so, auch der Geist braucht manchmal ein wenig Ruhe. Hier habe ich dir einen Apfel hingelegt. Und hier hast du einen kühlen Schluck Wasser."
Rhiannon reichte ihr den Wasserbeutel. Gemeinsam aßen sie ihre Äpfel auf und sammelten ihre Sachen zusammen. Dann rieb Rhiannon noch einmal Amhráns Füße ein und verband sie leicht mit einigen Stoffstreifen. Vorsichtig zog diese ihre Schuhe an. Schon hatte die Sonne ihre Finger nach dem Horizont ausgestreckt.
„Wir sollten links und rechts des Weges nach einem guten Schlafplatz Ausschau halten. Nicht daß uns die Dämmerung erreicht und wir uns noch ein Lager suchen müssen."

Die zwölf Reiter

Dúghorm wollte zurück zu seiner Hütte, um alles für die Reise vorzubereiten. Doch der schon sehr früh ergraute, junge Mann war noch keine zehn Schritte gegangen, als ihm Cioná, die Heilerin der Fianna, über den Weg lief.
Ihre Miene verriet ihm, daß sie nicht besonders erfreut war, wieder einmal aufzubrechen und über das Land zu ziehen. Cioná war die einzige Frau im Lager, die alleine in einer Hütte hauste. Schon vom ersten Tage an war sie eine Außenseiterin gewesen.
Einmal kam es zu einem Scharmützel zwischen der Königlichen Garde und den Fianna. Sie war die ganze Zeit um die Kämpfenden herumgeritten, bis alles vorüber war. Als Iolaranam sie deshalb vor allen zurechtwies, hatte sie leise und ruhig geantwortet:
„Ich wurde gelehrt zu heilen und zu retten, Iolaranam. Ist es nicht genug, daß ihr mir meine Kundschaft bringt, soll ich sie mir auch noch selbst beschaffen?“
Wie immer hatte sie ihre schwarzen Haare zu einem kunstvollen Zopf geflochten, den sie wie einen Schal um den Hals trug.
„Na, meine Schöne, du scheinst ob der Ehre, die dir zuteil geworden ist, sehr erfreut zu sein.“
Die große, viel zu dürre Frau hielt inne und funkelte den Krieger böse an:
„Nicht alle sind so erpicht darauf, ihren Namen bei den Geschichten am Feuer zu hören wie ihr, edler Dúghorm. Mir genügt es allein, mit dem Leben davonzukommen, ohne Heldentaten zu vollbringen.“
Verbittert antwortete er ihr:
„Schweig! Daß ich auch immer wieder vergessen muß, daß sich hinter einem so holden Antlitz ein solches Biest verbirgt. Schweig ja, törichtes Weib! Sicher weißt du, daß dem nicht so ist und du mich nur reizen willst. Weniger noch als eurer, erklingt mein Name, Cioná. Denn die Wunden, die ich riß, ihr heiltet sie. Und dienlicher seid ihr der Göttin als ich. Warum nun sollte mein Name öfter genannt werden?“
Sanfter erwiderte die Frau:
„So edel seid ihr und bescheiden. Allein, jeder weiß, auf wen der Herr in der Not vertraut. Nur zwei kommen dafür in Frage, der Große Bär und der

Edle, der Blaublütige. Wollt ihr noch immer nicht beim König um Gnade flehen und wieder aufgenommen werden in die huldvollen Hände, die dieses Reich beherrschen?"
Mit Mühe hielt sich der junge Mann zurück. Sorgfältig riß sie stets die alte Narbe wieder auf.
„Wie ein Baum stehe ich, wo ich gewachsen. Mein Vater pflanzte eine Eiche und siehe, sie gedieh im Namen Erius. Doch dann wurde mir die Sonne genommen, mein Licht. Die mächtige Eiche, fortan sollte sie nur noch ein Bäumchen sein, beschnitten all ihrer Pracht, falsche Blüten sollte sie tragen und dienen wider das Land, das mit ihren Wurzeln sie zusammenhielt.
Ich sage dir, die Eiche wächst, wie sie gesetzt, doch nie wird sie etwas anderes sein, keine Birke, die sich dreht, wohin der Wind ihre Äste treibt."
Da seufzte auch die Heilerin:
„So geht es in der Welt. In vielem gleichen wir uns und doch trennt uns wieder vieles. Ich will nun weitergehen und noch einige Kräuter sammeln, die ich brauche, bevor wir heute nacht aufbrechen.
Wohin es geht, wißt ihr es wohl?", fragte die Heilerin.
„Soweit ich weiß, nordwärts, doch wohin genau, der Herr wird es wissen. Auch ich will weitergehen. Der Morgen neigt sich seinem Ende zu, und ich muß noch meine Waffen überprüfen und nach meinem Pferde sehen."
Gormeala und Crónachan bereiteten sich ebenfalls auf ihre Reise vor. Aber sie taten dies sicherlich nicht wie die anderen es tun würden. Angetan mit ihren bunten Braccas und ihren kurzärmligen Hemden standen die beiden Frauen in dem Bächlein, das das Lager umfloß und droschen mit ihren Schwertern erbarmungslos aufeinander ein.
Ihr Stöhnen und Schreien hallte durch den Wald, daß es einem Manne angst und bange werden konnte. Dazwischen die eiserne Melodie ihrer singenden Schwerter. Wichtiger noch als alles, was sie am Leib trugen, waren ihnen die Prachtstücke ihrer Waffensammlungen. Schon von Kindesbeinen an hatten beide gelernt zu kämpfen wie ein Mann, doch damals war ihnen der Weg zu den Fianna noch verwehrt gewesen. Ohne weiteres konnten sie sich mit jedem Mann messen.
Lange hatten die Kriegerinnen an ihren verschiedenen Kampfarten gefeilt, bis sie so formvollendet kämpften, daß sie wie zwei Tänzerinnen aussahen, die zur selben Musik tanzten. Wie Spiegelbilder waren sie, und doch hatten sie sich erst hier bei den Fianna kennen- und liebengelernt. Näher

noch als Schwestern standen sich die beiden Frauen. Wie Zwillinge, die getrennt waren und sich einzig durch die Fügung des allmächtigen Schicksals wiederfanden.
Die Töchter edler Mütter und Väter waren sie, gebildet und unterrichtet in den meisten Fertigkeiten und Künsten. Aber nichts konnte sie in ihren geziemenden Käfigen halten. Sie wollten sich nicht opfern für Heim und Hof. Sie wollten leben, kämpfen, frei sein.
Am selben Tag kamen sie bei den Fianna an. Jede glaubte, keine Schwierigkeiten zu haben, sich als Mann einzuschleichen. Nie zuvor hatten sich Crónachan und Gormeala gesehen, und doch fühlten sie sich vom ersten Augenblick an zueinander hingezogen.
Groß waren sie, schlank von Gestalt. In weiser Voraussicht mochte ihnen die Große Mutter nur sehr kleine Brüste geschenkt haben, so daß sie schon als Männer mit sehr fraulichen Zügen durchzugehen vermochten. Sie sollten gegeneinander kämpfen, um zu beweisen, wie gut sie mit ihren Schwertern umgehen konnten.
Fast weiß waren ihre Haare, denn oft hatten sie sie mit Kalk gebleicht. Beide Frauen hatten sie zu einem Pferdeschwanz gebunden. Ihre grünen Augen funkelten wie die rauschende See an einem Sturmtag. Während Gormeala in Blau gekleidet war, trug Crónachan nur Grün.
Geschmeidig umtänzelten sie einander, immer bereit eine Lücke in der Deckung der anderen auszunutzen. Aber zwei Feuer mit der gleichen Hitze vermögen nur zu einem zu verschmelzen, nicht einander zu verschlucken. Die beiden kämpften lange und wurden von allen bewundert ob ihrer Geschicklichkeit, Listigkeit und Stärke. Doch dann durchtrennte Crónachan den Träger von Gormealas Gewand, und ihre kleinen Brüste kamen zum Vorschein. Hurtig waren alle aufgesprungen, um gegen die Frau vorzugehen. Da stellte sich Crónachan mit ihr Rücken an Rücken, riß sich das Hemd vom Leib und rief:
„Wer ihr ein Haar krümmt, wird keinen Kopf mehr haben, auf dem er seine tragen kann. Halte wacker durch, meine Schwester! Sollten wir sterben, dann ruhmreich! So manchen werden wir mitnehmen zu dem Mahl an der reich gedeckten Tafel der Götter."
Doch da hatte Iolaranam schon ein Machtwort gesprochen und für Frieden gesorgt. So geschah es, daß sie am selben Tag ein neues Leben begannen. Vieles haben beide seitdem durchstanden, und stolz waren sie auf ihre zahlreichen Narben.

„Halt ein“, rief Crónachan, „ich denke, es ist Zeit, zum Lager zurückzugehen. Sicherlich werden wir wieder die letzten sein. Wir oder Glaslasair.“
Sie verbeugten sich leicht voreinander, steckten ihre Schwerter in die Scheiden und stapften aus dem Bach. Mit ihren Mänteln trockneten sie sich ein wenig ab, schlangen diese um sich und schritten Arm in Arm in Richtung Feuerstelle. Als sie an dem Ort der Versammlung eintrafen, fehlte in der Tat nur noch Glaslasair, die aber kurz nach ihnen dort ankam.
Ioloaranam saß mit seinen Gefährten in einem Kreis und begann zu sprechen:
„Meine ersten Worte will ich an Glaslasair richten, mit dem Dank, jetzt schon hier zu sein. Ich denke, daran können wir sehen, daß selbst sie die Wichtigkeit dieser Unternehmung ermessen kann.
Worum es genau geht, kann ich selbst noch nicht sagen. Wie ich bereits erwähnt habe, hat sich ein Jüngling auf die Suche nach dem Blauen Schwert gemacht. Dies geschah bis auf wenige Male immer nur dann, wenn der Träger, der dieses Schwert für sich erlangen konnte, auch später Hochkönig wurde.
Ich meine Hochkönig über ganz Eriu, nicht so wie König Fionn einzig über die Fianna und seine Sippe, sondern Hochkönig wie Cormac mac Art.
Broc erlangte merkwürdigerweise nie dieses Schwert, wahrscheinlich hätte es sich aus Schmach in Rauch aufgelöst, ob der unwürdigen Hände, die es dann halten würden. Über diesen Jüngling wissen wir nichts Genaues, nur daß er aus einem Dorf im mittleren Westen stammt.“
Da räusperte sich ein junger Krieger:
„Warum mischen wir uns eigentlich hier ein? Soll er doch Hochkönig werden. Einen schlechteren als Broc kann es ohnehin nicht geben.“
Brummend erhob sich Camchéachta.
„Laß mich antworten, Iolar, du sollst deine Stimme nicht an einen solchen Dummkopf verschwenden.
Oighrigh, hast du eigentlich jemals begriffen, aus welchem Grund die Gemeinschaft der Fianna gegründet wurde? Ich meine andere Gründe als den, grünhörnige Kälber aufzunehmen, die nur mit ihrem Dabeisein prahlen. Du solltest dankbar sein, daß du überhaupt mitgenommen wirst. Ginge es nach mir, würde ich dich das Holz hacken lassen für das Feuer.
Wir mischen uns ein, weil es hier um unser Land geht, um Eriu, um das Wohl unseres Volkes. Jetzt, da wir einen Hochkönig haben, der gegen jede Vernunft herrscht, braucht uns das Volk um so mehr.

Noch so einen König wie Broc wird es nicht überleben. Noch schweigt das Volk, aber wenn sich der Hund auflehnt gegen seinen Herrn, was unweigerlich geschehen wird, braucht es erfahrene Hände und einen König, der dem Wohle aller dient.
Gerade jetzt möchte ich nicht die Hände in den Schoß legen und diese Verantwortung dem Schicksal überlassen. Aber mit dem Begriff Verantwortung tust du dich ja ohnehin noch schwer, nicht wahr?“
Verletzter Stolz stand in den Augen des Jungen, der erst wenige Monate bei den Fianna war. Seine Eltern waren arme Bauern gewesen, und als sie nach einem Brand auf dem Sterbebett lagen, mußte ihnen Iolaranam versprechen, ihren Sohn in die große Familie der Fianna aufzunehmen und so war es geschehen.
Obwohl der Junge keinerlei Unterricht genossen hatte und einzig die Weisheiten des bäuerlichen Lebens kannte, lernte er schnell das Wesentliche über das Leben in der Wildnis. Auch konnte er schon recht gut mit dem Messer und dem Schwert umgehen. Doch all seine Liebe galt der Musik. Gesegnet mit einer wunderschönen Stimme und der Fähigkeit, aus einem Stück Holz eine Flöte zu schnitzen, war es Oighrigh, der den Kriegern Ruhe und Behaglichkeit an den abendlichen Feuern verschaffte.
Diese Reise sollte die erste einer Vielzahl von Bewährungsproben sein. Er hatte sich selbst gewundert, als er seinen Namen gehört hatte. Oighrigh hatte nicht einmal geglaubt, daß Iolaranam noch seinen Namen wußte.
Aber dieser überraschte ihn immer wieder. Letztens erst hatte er ihm ein Messer geschenkt, das er sehr wohl kannte. Als Kind hatte er es oft in der Hand seines Vaters gesehen. Iolaranam hatte es ihm mit den Worten überreicht:
„Ich denke, du bist jetzt gut genug, um richtig damit umzugehen. Und denk daran, ein guter Krieger weiß, wann er es nicht gebraucht.“
Da meldete sich Dúghorm zu Wort:
„Und wie soll das nun vonstatten gehen? Ich meine, wohin gehen wir, und was machen wir dort? Warum gehst du eigentlich nicht allein, wozu brauchst du uns, und unter welchem Vorwand reisen wir?“
Iolaranam antwortete ihm:
„Als denn, wir werden gen Norden ziehen. Irgendwann werden wir auf ein Gerücht stoßen, und diesem werden wir bis zu seinem Ursprung folgen, soviel zu unserem Weg.

Sicherlich überlegte ich schon, alleine zu gehen, aber es mag sich ergeben, daß ich schnell Unterstützung brauche. Denn ich weiß nicht, was uns an der Quelle des Gerüchtes erwartet, deshalb habe ich an euch gedacht. Wie ihr sicher bemerkt habt, besteht der Großteil unserer Gruppe aus erfahrenen Kämpfern und Kämpferinnen. Cioná begleitet uns in ihrer Eigenschaft als Heilerin. Oighrighs Wert mag sich aus seiner Gegenwart ergeben. Als Gillas werden Gleannglas und Sliabhan vor uns reiten. Ihre Aufgabe ist es, alles, was vor uns liegt, auszukundschaften und für Unterkunft und Wegzehrung zu sorgen.
Mein alter Freund, der Bär, und mein blaublütiger Ratgeber werden mit mir an der Spitze unseres kleinen Zuges reiten. Dann folgen Sionnach und Seabhaceo, die sich bei Gefahr mit Cioná und Oighrigh absetzen und sie in Sicherheit bringen. Die Nachhut und Verteidigung übernehmen Glaslasair, Crónachan und Gormeala."
„Entschuldigt, Herr", unterbrach ihn Oighrigh, „ich hoffte, meine Fortschritte mit Messer und Schwert seien euch bekannt. Ist es nicht unehrenhaft, sich bei Gefahr so feige zurückzuziehen?"
Zustimmend brummte Camchéachta, doch Iolaranam antwortete:
„Es ist durchaus nicht unehrenhaft, denn sollte Sionnach und Seabhaceo etwas zustoßen, wirst nur du Cioná begleiten und beschützen können. Wären mir deine Fortschritte nicht bekannt, würde ich dich wohl kaum einer solchen Gefahr aussetzen, junger Freund."
Glücklich und beschämt zugleich blickte der Junge unter sich. Das Gesicht fast genauso feuerrot wie sein Haar.
„Unter welchem Vorwand wir reisen, nun es wird sich einer finden, wenn wir unterwegs sind.
So bist du, Dúghorm, du mußt immer alles durchdenken. Aber das Schicksal hatte schon immer ein paar Überraschungen für uns in seinem Hemdsärmel. Ich glaube nicht, daß es dieses Mal anders sein wird."
Der Blaublütige bohrte weiter:
„Und was, wenn ich noch eine Frage stellen dürfte, machen wir, wenn wir am Ausgangspunkt des Gerüchts angekommen sind?"
„Dúghorm, Dúghorm, was werden wir wohl tun?", erwiderte sein Anführer und fuhr gleich fort:
„Das, was wir immer tun. Wir werden suchen, wie solche, die etwas finden müssen, und finden wir etwas, so verhalten wir uns so, als ob wir nach etwas suchen müßten.

Geht jetzt, packt eure Sachen zusammen und denkt daran, daß es bald sehr kalt sein wird. Wir reisen zu einem schlechten Zeitpunkt, doch reisen müssen wir, und das mag uns ein Schutz sein.
Überprüft, ob eure Waffen alle in Ordnung sind und versichert euch der Gesundheit eurer Pferde. Wir werden auf Fußgänger keine Rücksicht nehmen können. Im Notfall tauscht oder leiht euch ein Pferd.
Nehmt nur das Nötigste mit, und entleert eure Blase, bevor wir aufbrechen. Ich will einige Stunden unterwegs sein, bevor ich die erste Rast einlege. Vielleicht legt ihr euch noch ein wenig hin. Das gilt natürlich nicht für Camchéachta und Glaslasair, unsere Langschläfer. Wir treffen uns hier kurz nach der Abenddämmerung und zwar alle. Das wiederum gilt für alle, auch für Crónachan und Gormeala.
Dúghorm, Camchéachta, folgt mir, ihr edlen Herren. Wir wollen uns um eine würdige Vertretung kümmern."
Mit einem spitzbübischen Gesicht machten sich die drei Herren auf und gingen in eine Hütte neben dem Feuerplatz.
„Ich weiß nicht, Iolar", begann der Große Bär, „ob es so richtig ist, den Kleinen mitzunehmen. Irgendwie werde ich das Gefühl nicht los, daß er alles verpatzen wird."
„Camchéachta, bitte! Warst du nicht auch mal jung, und hast du etwa keine Fehler gemacht? Selbst wenn er es vermasselt, dann müssen wir eben den Schaden, den er anrichtet, begrenzen. Du kannst nicht aus Fehlern lernen, die du nicht begangen hast."
Dieser erwiderte:
„Ich weiß nicht. Ich habe einfach kein gutes Gefühl dabei. Er mag es ja noch nicht mal mit Absicht tun. In meinen Augen ist er einfach zu unerfahren. Es gibt so viele ältere Männer, die stolz wären, uns begleiten zu dürfen."
Iolaranam blieb hart.
„Ja, aber wer soll dann das Lager hier beschützen? Bitte, Camchéachta, wir müssen überlegen, wem wir die Führung überlassen, während wir unterwegs sind. Dúghorm, hast du vielleicht ein paar brauchbare Vorschläge?"
Der Mann fuhr sich durch sein graues Haar.
„Vielleicht Faolchú. Er ist seit vielen Jahren dabei, besitzt großes Ansehen bei allen, ist erfahren im Kampf und hat dann und wann schon kleinere Gruppen angeführt. Außerdem ist er einer deiner treuesten Anhän-

ger. Was man von Siorc nicht sagen kann. Der wiederum ist sehr ehrgeizig und hat alle Fähigkeiten, die ein guter Führer braucht. Allerdings magst du zurückkehren und die Fianna in seiner Hand vorfinden."
Iolaranam kraulte sich grübelnd das Kinn.
„An Faolchú habe ich auch schon gedacht. Aber an seiner Seite wünsche ich mir keinen Siorc, sondern jemanden, dem er, dem vor allem wir, vertrauen können. Wer fällt euch noch ein? Hast du dir vielleicht auch ein paar Gedanken gemacht, Großer Bär?"
Der Riese, der nur schwerlich genug Platz fand, um seinen kräftigen Körper in der engen Hütte unterzubringen, strahlte seinen Freund an.
„Mit Faolchú bin ich einverstanden. Súil wäre doch was für den Hintergrund. Du magst ihn vielleicht nicht kennen, Iolar, aber er leistete mir schon oft gute Dienste."
„Oh, ja, natürlich kenne ich seine Dienste und ihn, oder glaubst du wirklich, der einzige zu sein, dem er die kleinen Geheimnisse der Fianna verkauft. Der Herrin sei Dank habe ich das Vorrecht vor dir, und so ist das auch richtig.
Der Junge ist mir zwar nicht besonders angenehm, aber er bekommt irgendwie alles mit und weiß, was er wem wann zu erzählen hat. Es ist immer wieder erstaunlich, wie er es überlebt, selbst dir die unverschämtesten Vermutungen an den Kopf zu werfen, mit der Bemerkung 'Ich bin ja nur ehrlich.' Wenigstens ist er kein Schmeichler, und ehrgeizig ist er auch nicht. Außerdem kann er Faolchú nicht gefährlich werden, weil der ihm dann den Hals umdreht. Was sagst du dazu, Dúghorm?"
Der Blaublütige antwortete:
„Ich denke, das ist eine Lösung. Vielleicht sollten wir uns Siorc vom Halse schaffen, solange wir unterwegs sind. Ich traue diesem Burschen nicht. Der ist zu allem fähig. Ihr wißt das. Außerdem wird er tödlich beleidigt sein und versuchen, Faolchú Steine in den Weg zu legen."
Camchéachta schlug sich auf die Oberschenkel.
„Du bist vielleicht gut, und wie sollen wir das anstellen? Sagen, du da, wir wollen dich hier nicht haben. Pack deine Sachen und verschwinde. Nun ja, wenn ich's recht überdenke, ich würde schon mal gerne Hand an ihn legen."
Dúghorm grinste über das ganze Gesicht.
„Wenn du ab und zu deinen Kopf und nicht nur deine Fäuste benutzen würdest, bräuchtest du nicht so oft Hand an irgendwen zu legen.

Folgendes, wir sind bestimmt nicht die einzigen, die von diesem Solasard wissen. Sicherlich weiß man auch auf Tara Bescheid. Was liegt da näher, als ihnen eine Art Beobachter in das Nest zu setzen. Wir könnten sogar so weit gehen, daß wir Siorc noch zwei seiner besten Freunde mitgeben, damit sie Nachrichten hin- und herbringen können. Somit sind die auch beschäftigt und können hier keine Unruhe stiften."
Iolaranam schlug dem Blaublütigen anerkennend auf die Schultern und lachte.
„Ich weiß nicht, wo ich ohne Dúghorms Verstand und Camchéachtas Fäuste wäre. Das ist ein verdammt guter Plan, Freunde. Und wen sollen wir ihm noch mitgeben?"
Dúghorm, der bessere Kenntnisse über das Gefüge der Fianna besaß, meldete sich wieder zu Wort.
„Ich denke, am sinnvollsten wird es sein, ihm Fimíneacht und Spíon mitzugeben. Die beiden sind mir seit langem ein Dorn im Auge, ha, ha, ha."
Iolaranam nickte und sagte:
„So werden wir es machen. Habe ich vielleicht noch etwas vergessen? Ich hoffe, mit der Auswahl unseres Gefolges seid ihr ansonsten zufrieden."
Camchéachta und Dúghorm nickten einstimmig.
Iolaranam fuhr fort.
„Sicherlich wird uns noch einiges einfallen, wenn wir unterwegs sind. Ich für meinen Teil bin froh, mal wieder richtig unterwegs zu sein. So ist es leichter zu ertragen, daß es trotzdem nur eine Flucht ist. Ich bin gespannt, was sich hinter diesem Jüngling verbirgt. Wir müssen uns auf alles mögliche einstellen. Sicher sind wir nicht die einzigen, die rausfinden wollen, wer er ist. Was mir noch Kopfzerbrechen bereitet, sind unsere besonderen Freunde, die Elben. Bald ist Samhain, und ich habe nicht einen von ihnen gesehen. Das gibt mir sehr zu denken. Da ist doch irgendwas nicht so, wie es sein soll. Sicherlich werden wir unterwegs noch auf sie stoßen."
„Ich denke, wir haben alles so gut geplant, wie es möglich ist. Brauchst du uns dann noch?", fragte Dúghorm.
„Nein, aber schickt mir bitte Faolchú und Súil her."
„Wird gemacht, Herr!", erklang es einstimmig.
Dann verließen die beiden die Holzhütte.
Es dauerte nicht lange, bis ein kahlköpfiger, gut genährter Mann und ein hageres Männlein eintraten.
Der Dicke begann sofort zu sprechen.

„Herr, ihr wolltet uns sehen. Um was geht es?"
Der Anführer der Fianna antwortete ihm:
„Nun ja, Faolchú, im großen und ganzen geht es darum, daß ich euch eine ungewisse Zeit lang verlasse und jemanden brauche, der mich in meinem Sinne vertritt. Das sollst du sein. Du bist schon lange genug dabei, weißt, wie alles ablaufen soll und was `in meinem Sinne´ bedeutet."
Neugierig fragte Faolchú:
„Und was ist mit diesem neugierigen Kerl hier neben mir?"
„Der wird dein dir treuergebenes Auge sein", eröffnete ihm Iolaranam.
„Und Siorc?", fragte Faolchú vorsichtig.
Beruhigend wurde ihm geantwortet:
„Wird von mir nebst seinen zwei besten Freunden nach Tara beordert. Den Rest seiner Meute behältst du einfach unter unauffälliger Aufsicht. Wir werden, wenn es uns möglich ist, Boten mit Nachrichten zu euch senden. Achte deshalb immer darauf, daß stets zwei frische Pferde bereitstehen. Ich möchte über jeden eurer Standortwechsel Bescheid wissen. Wichtig ist allerdings, daß ihr sicher seid, wenn das keinen Ortswechsel bedeutet, ist es auch gut. Wir werden Zeichen am Wegesrand hinterlassen, denen ihr folgen könnt."
„Die alten Zeichen?", fragte der erfahrene Fianna.
„Ja, die alten Steinhaufen, wie Krieger sie an den Grenzen zum Feindesland stapelten, damit auf dem Heimweg festgestellt werden konnte, wie viele tapfere Kämpfer man verloren hatte. Der oberste Stein wird immer eine Lebensspirale auf der Unterseite haben und der unterste drei sich überschneidende Kreise und einen Strich für die Richtung, der wir folgen. Sagt den Boten, sie sollen, wenn sie den Weg gefunden haben, die Steinhaufen zerstören. Ich erwarte von dir, daß ich mich ganz und gar auf dich verlassen kann. Wenn wir eure Hilfe brauchen, müßt ihr unverzüglich aufbrechen. Laßt niemanden zurück, es sei denn, wir geben den Befehl dazu. Ich denke, du bist der Sache gewachsen. Du hast mein ganzes Vertrauen."
Dann wandte sich Iolaranam dem hageren Jüngling zu.
„Nun zu dir, Súil. Du wirst deinen großen Mund nur noch für Faolchú aufmachen. Alles, was dir auffällt, und sei es in deinen Augen noch so unwichtig, wirst du ihm melden. Hast du das verstanden?"
„Ja, Herr", antwortete der Dünne kleinmütig.

„Gut, dann geht jetzt. Schickt mir Siorc, Fimíneacht und Spíon. Kurz nach der Abenddämmerung treffen wir uns am Großen Feuer. Geht jetzt und seid bedankt."
Schnell huschten die beiden aus dem Unterstand.
Es dauerte nicht lange, da bückten sich drei nicht gerade sehr vertrauensselige Männer vor der Holzhütte.
Ein großgewachsener, bulliger Mann mit kurzgeschorenem, dunklem Haar und nacktem Oberkörper allen voran. Jeder merkte ihm an, wie wichtig es für ihn war, daß man seine Muskeln sehen konnte. Es schien ihn auch nicht sonderlich zu kümmern, daß noch zwei andere Männer hinter ihm waren, denn er nahm einen großen Teil des Platzes ein, so daß seine Gefährten nur knien konnten.
Ohne Umschweife ergriff Siorc das Wort.
„Wir sind hier, was willst du von uns?"
„Du weißt von unserem Vorhaben, sich dem Thronanwärter auf die Spur zu setzen?"
Iolaranam ließ ihn nicht aus den Augen.
„Sicherlich", antwortete der Mann flapsig.
„Gut, während dieser Zeit wird Faolchú den Befehl für die Fianna übernehmen. Dennoch kann ich auf deine Hilfe leider nicht verzichten. Ich will, daß du dich mit deinen zwei Gefährten hier auf den Weg nach Tara machst. Du wirst alles über Broc mac Cíocras, seine Beziehung zum Thronanwärter und was sonst noch für uns wichtig sein könnte, herausfinden. Ich halte es für sehr wichtig, dort jemanden sitzen zu haben, der die Augen aufhält."
Der Anführer der Fianna beobachtete jede Regung im Gesicht dieses Gefährten.
„Ein wahrlich guter Plan, würde ich nicht deine wahren Absichten kennen. Gibt es jemanden, an den ich mich wenden kann auf Tara?", erwiderte Siorc unbeeindruckt.
„Ja, den Anführer der Königlichen Garde, einen selten dummen Kerl mit Namen Arcán. Am besten schleust du dich bei ihnen ein. Die anderen beiden hier solltest du aber als deine Diener einführen. Sie werden die Nachrichten hierher- und wieder zurückbringen", bestimmte Iolaranam.
„Gut, und wann sollen wir aufbrechen?", fragte Siorc lauernd.
„Am besten sofort", antwortete der Anführer hart.

„So eilig habt ihr es, uns loszuwerden. Schön. Fimíneacht und Spíon! Ihr werdet schon vorausgehen und unsere Sachen packen, vergeßt nichts! Ich komme gleich nach.“
Ein freches Grinsen überzog das Gesicht Siorcs. Er führte gerne Menschen. Fast fluchtartig verließen die beiden Männer, die die ganze Zeit nur verlegen unter sich geschaut hatten, den Ort.
„Ein Wolf, der seinem Rudel nicht traut, Siorc? Der Wolf traut sich wahrscheinlich selbst nicht über den Weg“, bemerkte Iolaranam lächelnd.
„Worauf genau soll ich achten?“, fragte dieser unbeeindruckt.
„Es gibt am Hof einen gefürchteten Druiden, den Hochdruiden Erius, Tuan. Er weiß immer über alles Bescheid und dann einen kleinen Kriecher namens Cruimh. Um diese beiden kümmere dich, aber sei vorsichtig. Das sind sehr gewitzte Füchse, die du nicht so ohne weiteres an der Nase herumführen kannst. Der Bär, den du ihnen auf den Rücken binden willst, muß hieb- und stichfest sitzen. Sie werden dich auf deine Vertrauenswürdigkeit überprüfen.
Laß sie nicht aus den Augen, aber gelange auch nicht zu sehr in ihr Blickfeld. Sie vermögen dich in ihre Ränke zu verwickeln, ohne daß du es bemerkst“, riet ihm Iolaranam.
„Da brauchst du dir keine Sorgen zu machen. Schließlich bin ich nicht irgendwer“, versicherte ihm Siorc.
„Tatsächlich? Ich wünsche, daß ihr spätestens in einer Stunde das Lager verlassen habt. Bevor ihr losreitet, sagt mir Bescheid. Verschwinde jetzt!“
Verschlagen grinste der Mann und machte sich davon.

Macha

Athraigh, den die meisten nur noch den Namenlosen nannten, hatte vorübergehend ein Heim bei Tiné und Carraig gefunden. Gespannt hörte er sich die Geschichte Solasards an. Gemütlich saßen sie vor der Feuerstelle und tranken ein wenig warmen Met.
„Und, wirst du nun heute nacht in die Berge gehen?“, fragte Athraigh neugierig.
Solasard lehnte sich entspannt zurück und fragte:
„Willst du mir nicht erst erzählen, was du erfahren hast?“
Ungeduldig rutschte der Namenlose auf dem Stuhl hin und her und begann zu reden:
„Nun gut, Solasard, ich habe einen Weg gefunden, dem wir folgen können bis nach Cill-dara. Dort in der Nähe steht Fionns Burg oder das, was davon noch übrig ist. Vielleicht finden wir da auch den Knappen. Taliesin hat sich lange mit mir unterhalten und erklärt, worauf wir achten müssen, wenn wir losziehen. Gehst du jetzt heute abend in die Berge oder nicht?“
Solasard machte ein unentschlossenes Gesicht.
„Ich weiß nicht, ob es so gut ist, auf das Große Volk zu hören. Es mag auch eine Falle dahinter stecken. Lange schon haben sich die Wege der Menschen und Sidhi getrennt, und nicht freundlich war der Abschied.“
Sein zukünftiger Gefährte konnte diese Unentschlossenheit nicht begreifen.
„Bist du so ein Zögerling, oder tust du nur so? Es wird etwas gegeben haben. Glaubst du wirklich, daß sie dir nur erschienen ist, um dich in eine Falle zu locken? Sag, war sie wirklich so schön?“
„Athraigh!!“
Solasard konnte nicht glauben, daß ein einzelner Mann soviel an Frauen dachte.
„Ich meine, das hätten sie anders ja wohl einfacher haben können. Ich verstehe dich nicht. Sie wollen dir helfen, aus welchen Gründen auch immer. Willst du jetzt diese Hilfe ablehnen, weil du Angst hast oder ihnen nicht traust?“
Der Mann aus dem Fahrenden Volk verstand den Gefährten nicht.
Solasard erwiderte ihm:

„Das ist eben der Unterschied zwischen uns, Athraigh. Ich wäge eben ab und besinne mich, bevor ich einen Schritt tue. Aber eigentlich hast du recht, selbst wenn es eine Falle sein mag, vielleicht wendet es sich doch zum Guten. Nun gut, ich werde gehen. Und du bleibst hier! Verstanden? Ich will da draußen nicht auch noch auf dich aufpassen müssen."

Beide umarmten sich und lachten. Solasard entschied sich, erst nachmittags in die Berge zu gehen, damit er morgens gemeinsam mit Athraigh ihre große Suche planen und vorbereiten konnte. Sie hatten sich von vornherein überlegt, zu Fuß zu gehen, denn zwei Wanderer waren unauffälliger als zwei Reiter. Fußgänger konnten ohne Pferde vor allem schneller von der Straße verschwinden. Sie glaubten nicht, daß sie überall willkommen sein würden.

Am späten Nachmittag machte sich Solasard dann reisefertig für seinen Ausflug in die Berge. Er trug ein warmes Wollhemd und eine dicke Lederhose. In den festen Lederstiefeln steckte noch ein kleines Messer; wozu es gut sein mochte, konnte man nie wissen. Darüber zog er seinen dicksten Mantel, denn die Nächte waren bitterkalt da draußen. Dann nahm er seinen Wanderstab in die Hand. Mit ihm konnte man sich am besten einen Feind vom Leib halten, ob nun Mensch oder Tier. Tiné hatte ihm noch Brote und einen Beutel voll Wasser mitgegeben. Sorgenvoll blickte sie ihm nach, als er das Haus verließ.

Dieses Jahr kündigte sich der Herbst mit launischem Wetter an. Solasard fror bereits nach den ersten Schritten. Ein rauher Wind blies vom Meer her. Bald würden die ersten Stürme über die Insel fegen. Das Vieh war schon lange von den Weiden geholt worden. Kahle Bäume standen am Wegesrand und wurden in der Dämmerung zu bedrohlichen Gestalten, die mit scheinbar gierigen Händen nach ihm griffen. Meile um Meile schritt er vorwärts, bis er sich müde an den Wegesrand setzte, um etwas auszuruhen.

Mit einem streunenden Hund teilte er seine Brote. Jetzt, da er die Ebene hinter sich gelassen hatte, sah er nur hügeliges Land. Auf einem Hügel lag ein kleines, friedliches Dorf. Es mochten um die zwanzig Hütten sein. Würde sein Dorf auch noch so friedlich sein, wenn er von seiner Suche zurückkehrte?

Würde er überhaupt wiederkommen? Er wußte es nicht. Was trieb ihn nur an Samhain vor seine Haustür? Noch immer fiel es Solasard schwer zu begreifen, wie sehr sich sein Leben seit jenem Abend verändert hatte. Wo

Amhrán jetzt wohl sein mochte? Ob sie sicher im Coven angekommen war? Hätte er das Schwert doch schon gefunden.
Langsam richtete er sich auf, streckte sich, gähnte und ging weiter. Der Hund lief ihm noch einige Schritte hinterher, aber dann ließ er Solasard im Stich.
Der Weg war steinig, und es schien ihm, als komme er gar nicht vorwärts. Er schlich die Straße entlang. Jeder Schritt, der ihn von seinem Dorf entfernte, war eine Qual, ein Schritt ins Ungewisse. Langsam senkte sich der Abend nieder. Die ersten Sterne schenkten ihm ihr schwaches Licht. Nicht ein Mensch war auf der Straße, in der Welt. Er wartete nur noch darauf, daß der Riese Connla um die nächste Ecke käme, ihn schnappte und auffraß.
Tatsächlich hörte er Schritte hinter sich. Als er sich umdrehte, sah er eine alte, vom Schicksal gebeugte Frau. Weiß war ihr Haar, und warm war ihr Blick. In der einen Hand hielt sie wie er einen Stab, mit der anderen trug sie einen Korb, der wohl mit Essen gefüllt sein mochte. Solasard wartete, bis sie ihn erreicht hatte. Wozu den Weg alleine gehen, wenn es sich zu zweit viel angenehmer laufen ließ!
„Einen wunderschönen guten Abend, junger Mann. Wohin nur seid ihr unterwegs in einer kalten Nacht wie dieser? Doch hoffentlich nicht in dieses verdammte Dorf auf diesem Hügel? Ein närrisches Volk lebt dort. Nur Verrückte. Und heute, wo die Samhain-Nacht ihre Vollendung findet, würde ich dort gar nicht erst hingehen. Doch sprecht, wer seid ihr, und was ist euer Begehr?“
Die Stimme der Frau war leise und rauchig, fast fürchtete sich unser Wanderer ein wenig.
„Auch dir einen schönen Abend, alte Frau. Solasard mac Annir ist mein Name, und mein Begehr, nun, ich möchte euch nichts dazu sagen.“
Neugierig luchste die Frau aus ihren Augen.
„Na ja, es ist auch nicht wichtig. Wollt ihr dennoch ein Stück des Weges mit mir gehen? Ich wohne hinter dem Dorf, und dort werdet ihr sicher heute nacht eure verdiente Ruhe finden, wenn ihr wollt.“
Solasard entschied sich, mit der alten Frau zu gehen. Ein sicheres Dach über dem Kopf, in einer Nacht wie dieser, war immer noch besser als umherzustreifen, auf der Suche nach etwas, wovon er nicht einmal wußte, was es war.
Samhain war schließlich Samhain.

Von allen Hochfesten war ihm dieses das unheimlichste. Was ihn schreckte war nicht die Erkenntnis, daß der Sommer jetzt zu Ende war und der Winter seinen Einzug halten würde. Er liebte die Zeit des Geschichtenerzählens. Was ihn schreckte, war der Gedanke, daß an Samhain die Weltentore offen standen und jeder aus der Anderen Welt für eine Nacht in sein früheres Leben zurückkehren konnte.

Solasard war froh, nicht mehr allein zu sein. Schweigend liefen die beiden nebeneinander her. Nässe lag in der Luft, war in den Kleidern, und die Kälte kroch durch den Stoff bis in Solasards Herz. Er sehnte sich nach einem Dach über dem Kopf, einem Bett und etwas Warmem im Bauch.

Bald schon hatten sie das Dorf erreicht. Und tatsächlich waren alle Fenster und Türen verrammelt und verriegelt. Es schien, als sei das ganze Dorf ausgestorben. Keine Seele war auf den Straßen. Vorsichtig durchquerten sie es.

Dahinter ging es ein Stück bergauf durch hügeliges Land. Die Gegend selbst wurde immer karger und steiniger, und dann fing es auch noch an zu regnen. Solasard hatte Mühe, den Weg zu erkennen. Seine schweigsame Begleiterin hingegen mußte eine Landkarte in ihrem Kopf haben. Sie umging jede Pfütze, in die Solasard zielsicher stolperte.

Hinter dem dritten Hügel sah er zu seiner Verwunderung eine Hütte im hellen Sternenlicht stehen. Aber das Verwunderliche war nicht die Hütte selbst, sondern die Landschaft, die sie umgab. Saftigstes Gras, sogar Bäume wuchsen hier, große, starke, schön gewachsene Birken. Auf der Wiese, die die Hütte umgab, standen zwei Pferde, zwei Rinder und zwei Schafe. Alle dösten friedlich vor sich hin, während eine einsame Eule auf dem Dach saß. Ein Brunnen war auch vorhanden. Im Sommer mußte die Sonne lange in diesem Tal liegen. Neben der Hütte war ein kleiner Gemüsegarten mit viel Liebe angelegt worden. Gleich einer Insel in der See lag dieser Ort der Ruhe im Schoß des hügeligen Steinlandes.

Frierend und hungrig erreichten sie die Hütte. Die alte Frau trat ein und bedeutete Solasard, sich zu setzen.

„Ich werde gleich Feuer machen, aber erst muß ich mich um meine Tiere kümmern. Einstweilen muß dir das Sternenlicht genügen."

Sie ging hinaus. Solasard zog seinen schweren Mantel aus und hängte ihn an einen Haken hinter der Tür. Sein Hemd war durchnäßt, ganz zu schweigen von seiner Hose und den Schuhen. Als die Frau wieder eintrat, schien

sie merkwürdig verändert. Sie ging gar nicht mehr gebeugt. Geschickt machte sie Feuer und legte ein paar Scheite Apfelholz hinein.
„Auch ich bin völlig durchnäßt, laß uns einen Trank zu uns nehmen und etwas essen, damit wir innerlich wieder warm werden."
Die Hütte bestand aus einem Raum, der gleichzeitig Schlaf- und Eßraum war. Gemütlich war es hier. Als sie dann mit ihrem Trank vor dem Feuer saßen, merkte Solasard gar nicht, daß es schon mitten in der Nacht war. Dennoch kam es ihm vor, als verwandelte sich die Frau von Stunde zu Stunde, doch er wußte nicht in was. Solasard glaubte zu träumen, fast schon erkannte er in ihr nicht mehr die alte Frau.
Geschmeidig nahm sie seine Hand. Ein Schauer lief ihm über den Rücken.
„Komm, laß uns die nassen Kleider ausziehen", sagte eine Frau, von der Solasard meinte, sie noch nie gesehen zu haben. Eine Frau, deren Name er noch nicht einmal kannte.
Amhrán, ein anderer Name, kam ihm in den Sinn.
Wer war Amhrán?
Hier war etwas, dem er sich nicht entziehen konnte.
Ohne Scham legten sie ihre Kleider ab. Wie schön sie war! Ihr Haar, das vorhin noch grau war, hatte jetzt den dunklen Ton von Ebenholz. Ihre Augen, eben noch von Falten erdrückt, strahlten jetzt freudig in seine. Ihr Körper war weich und geschmeidig, der Körper einer jungen Frau, die stolz und mutig genug war, in dieser Einöde allein zu leben.
Schweigend standen sie sich gegenüber, betrachteten die Einsamkeit des anderen in sich selbst. Und plötzlich floß die ganze Einsamkeit der Welt in sie, machte sie eins, ließ sie sich in die Arme fallen, ließ sie sich küssen, streicheln. Zärtlich hob Solasard sie hoch und trug sie auf seinen Armen zu Bett. Sie liebten sich mit inniger Sanftheit, empfindsamer Behutsamkeit. Als sie den Höhepunkt erreichten, da waren sie eins, und sie flüsterte seinen Namen und schmiedete ihn bis in die letzte Faser ihres Herzens.
Jetzt waren sie eins, und sie hatten das größte Glück der Welt erfahren, ihrer Welt. Kein Mensch würde sie jemals dieses Schatzes berauben können.
Ruhig schliefen sie, eingebettet in die ganze Zartheit der Liebe einer Nacht.
Am Morgen wachte Solasard alleine auf. Auf dem Tisch stand ein Teller mit Brot, Käse und ein Krug Milch. Seine Kleider lagen sauber und ordentlich auf einem Stuhl. Auch ein Krug Wasser zum Waschen fand sich.

Noch müde stand er auf und wusch sich. Sie war nicht da. Er zog sich an und frühstückte.
Als er dann vor das Haus trat, sah er sie. Sie saß auf einem Schemel und molk eine Kuh. Langsam ging er auf sie zu, als sie sich umdrehte, durchfuhr es Solasard eiskalt. Er blickte in das Gesicht der alten Frau.
Konnte das nur ein Traum gewesen sein?
„Ist ein Traum, den du mit jemandem teilst, nicht genauso schön, wie ihn wirklich zu erleben? Hier, nimm diese Milch, geh hinein, und packe dir ein Tuch mit Verpflegung. Ich werde dir eines meiner Pferde geben, dann brauchst du nicht so lange, bis du wieder in deinem Dorf bist."
Das Dorf, Amhrán. Würde er ihr jemals wieder in die Augen sehen können? Aber sie war ja gar nicht zu Hause, und außerdem war ja nichts geschehen, oder doch? Solasard fehlten jegliche Worte.
Sprachlos ging er ins Haus und tat, wie ihm geheißen. Als er fertig war, ging er vor das Haus, wo die Frau mit einem Pferd stand. Auf den ersten Blick schien es ein Schimmel zu sein, doch Ohren, Schweif und Fesseln waren fuchsrot, und auf der linken Flanke hatte es ein merkwürdiges Zeichen eingebrannt, das einem sehenden Auge glich.
„Komm, ich werde dich noch ein kleines Stück begleiten."
Schlendernd liefen sie eine Weile nebeneinander. Solasard, der endlich seine Stimme wiedergefunden hatte, fragte:
„Wie ist dein Name?"
Freundlich lächelte die Alte.
„Ich habe viele Namen", antwortete sie ihm.
„Dann sag mir den Namen der gestrigen Nacht."
Sanft strich sie ihm über sein blondes Haar.
„Macha, der Name der gestrigen Nacht war Macha. Vergiß mich nicht, denn ich werde die sein, die immer bei dir ist, wenn du Hilfe brauchst."
Verheißungsvoll blickte sie in seine blauen Augen. Da lächelte auch Solasard und sagte:
„Macha? Das ist der Name einer Göttin! Nun, jedenfalls danke ich dir für alles. Leb wohl, und möge dich die Große Mutter schützen."
Sanft nahm sie seine Hände in ihre.
„Dies wird sie wohl, denn sie ist ein Teil von mir, und ich bin ein Teil von ihr."

Dann drehte sie sich um und ging davon. Einmal noch winkte ihr Solasard nach. Vorsichtig nahm er den Kopf des Pferdes, kraulte es zwischen den Ohren und blies ihm seinen Atem in die Nüstern.
„Jetzt hat sie mir gar nicht gesagt, wie du heißt."
Als er sich umwandte, blickte er in ein Tal, in dem es nur Steine gab. Er lächelte wissend.
„Dann werde ich dich Macha nennen. Du bist doch eine Stute, oder?"
Nachdem sich diese Vermutung bestätigt hatte, stieg er auf, Macha in seinem Herzen. Er hatte noch einen guten Weg vor sich, bis er zu Hause sein würde.
Heftig klopfte es an Carraigs Tür. Wer mochte das nur sein? Besucher hatte man nicht erwartet, und Solasard wollte erst zur Mittagszeit wieder zurück sein. Carraig hatte sich schnell ein Hemd übergezogen und eilte zur Haustür. Als er diese aufmachte, erschrak er erst einmal tüchtig und fing dann an, laut zu lachen.
„Wie siehst du denn aus, und was ist denn das für ein häßlicher Gaul?"
Kaum konnte sich der kleine Mann vor Lachen gerade halten. Da erschien auch Tiné in der Tür.
„Sohn, was ist dir denn passiert? Bist du gar überfallen worden? Du bist ja voller Schlamm! Ich habe von Anfang an gewußt, daß dabei nichts rauskommen kann. Ich hab's genau gewußt, aber auf mich hört ja wieder keiner."
Endlich erschien der junge Gast der Familie. Auch Athraigh konnte sich eine Bemerkung nicht verkneifen:
„Du siehst ja toll aus. Hast du außer Dreck und Schlamm noch etwas anderes bekommen? Komm endlich rein! Oder willst du auf diesem Weg zu Ruhme gelangen?"
Da sprang Tiné vor.
„Augenblick! Erst will ich Lappen holen, auf die er sich stellen kann. Der macht mir ja alles dreckig. So was aber auch! Was hast du dir dabei nur gedacht?"
Schnell eilte sie von dannen und kam mit einer alten Decke wieder.
Zielsicher sprang Solasard ins Haus. Sofort bildete sich eine Pfütze auf der Decke. Verärgert warf er die Tür zu.
„Was ich mir gedacht habe? Es war nicht meine Idee, mir diese Bestie zu überlassen. Sie ist ja ein so wahres Göttergeschenk. Diese kleine, grauenhafte Stute."

Athraigh bog sich immer noch vor Lachen.
„Langsam, langsam, mein Freund. Du meinst nicht etwa, daß dir etwas gegeben wurde? Doch nicht dieses häßliche Tier da draußen? Setz dich und erzähle!“
„Der setzt sich jetzt nirgends in diesem Hause hin. Bleib stehen und gib mir deinen Mantel“, rief die Ziehmutter des reichlich Beschenkten.
Tiné ging wieder in ihren häuslichen Pflichten auf. Stück für Stück schälte sie Solasard aus seinen dreckigen Sachen. Wie oft war er so heimgekommen, wenn er irgendwelchen Geheimnissen auf der Spur war. Aber das hier war kein kleiner Junge mehr. Das war ihr Ziehsohn Solasard, ein Mann und doch ihr Kind, und bald würde er sie vielleicht für immer verlassen. Wehmut erfaßte Tinés Herz. Erst hatte Amhrán sie verlassen und bald würde auch Solasard gehen. Trauer war in seinem Herzen, die er nur allzu gut vor anderen verstecken konnte, doch nicht vor ihr, seiner Ziehmutter.
Endlich begann der junge Mann zu erzählen, kam aber nur sehr langsam voran, weil er ständig von einem „Sah sie wirklich so gut aus“, oder, „Wie groß waren ihre, na du weißt schon?“, unterbrochen wurde.
Irgendwann verließ ihn die Geduld.
„Athraigh, das nächste Mal darfst du gern meinen Teil dieses Abenteuers übernehmen. Darf ich dann endlich zum Ende kommen? Wo war ich überhaupt gerade?“
Tiné verdrehte nur noch die Augen und schickte ein Stoßgebet an die Göttin, daß Solasard sich hoffentlich nie auf so einen Weiberheld verlassen mußte.
„Als du sie fragtest, wie sie heißt, Mann!“
„Richtig. Ich fragte sie, wie sie heiße, und sie sagte irgendetwas von vielen Namen, dann aber, daß auch Macha einer davon sei. Das war schon alles sehr merkwürdig. Ich meine, ich könnte schwören, daß das gar kein Traum gewesen ist. Du weißt ja selbst wie das ist, wenn man nach der Nacht danach aufwacht. Jedenfalls überließ sie mir dieses Scheusal da draußen. Als ich mich dann noch mal umdrehte, um ihr zu winken, war alles verschwunden. Die Hütte, die Tiere, einfach alles. Ich kann mir das nicht erklären. Und ich habe dir noch geglaubt, daß es vernünftig sein könnte, in die Berge zu gehen. Beim nächsten Mal gehst du.“
Athraigh erwiderte zustimmend:
„Gerne. Es ist wirklich ein merkwürdiges Tier. Aber es sieht gesund und wohlgenährt aus. Außerdem kann ich nicht unbedingt sagen, daß es häßlich

ist, eher seltsam, oder? Und warum siehst du bei so einem prächtigen Reittier aus, als wärest du den ganzen Heimweg auf dem Bauch gekrochen?"
Solasards Kopf begann, in einem ganz gefährlichen Rot zu leuchten, als er antwortete:
„Dieses, wie du sagst, herrliche Reittier, ist alles andere als das. Es hat zwar Taschen an den Seiten, aber reiten läßt es sich nicht, jedenfalls nicht von mir. Bindest du es aber an einen Stein, hat es dich nach wenigen Schritten schon wieder eingeholt, so sicher geknüpft das Band auch war.
Kaum hatte ich mein Hinterteil auf seinem Rücken, führte der verdammte Gaul einen Tanz auf, als würde er im heißesten Feuer stehen.
Und beachtet will es auch noch werden. Wenn du die Zügel nicht in die Hand nimmst und es führst, stößt es dir so lange seinen Kopf in den Rücken, bis du es gefälligst tust. Keinen Schritt nehme ich diese Bestie mit. Schade ist es um jeden Grashalm, den sie frißt."
„Ich weiß nicht, Solasard. Du kennst die Götter schlecht, wenn du glaubst, daß sie dir dieses Pferd ohne einen erdenklichen Grund geschenkt haben. Die Dinge sind nicht immer, wie sie scheinen, und hinter dem Pferd mag sich noch etwas anderes verbergen, als nur ein Biest.
Aber jetzt nimmst du gefälligst erst einmal ein Bad, nicht nur, daß du aussiehst wie ein Ferkel, du riechst auch so."
Nachdem ihm Tiné des letzten Kleidungsstückes beraubt hatte, blieb ihm auch nicht viel anderes übrig.
Athraigh machte sich währenddessen auf zu Shem in die Schmiede, die etwas außerhalb des Dorfes lag. Von weitem sah er schon den Rauch des Feuers aufsteigen. Neben der Schmiede floß ein Bach, so daß immer genügend Wasser zur Hand war.
Der Himmel war bewölkt und ließ vermuten, daß es bald regnen würde. Auf der einen Seite war es gut, daß es bald kalt und naß sein würde. Keiner, der es nicht unbedingt mußte, würde unterwegs sein. Andererseits würden die Reisebedingungen dadurch nicht gerade die besten sein.
Sie würden die Küste in nördlicher Richtung entlanggehen, bis sie bei Gaillimh auf die Breite Straße treffen würden und ihr ein Stück lang folgen, um dann wieder bei Magh-Nudhat südlich nach Cilldara zu ziehen. Was sie dort erwartete, wußte nur die Göttin. Immer noch waren sie nur zu zweit. Was, wenn sie wirklich überfallen werden würden?
Sicherlich, Solasard konnte einigermaßen mit dem Schwert umgehen, und Athraigh war ein guter Messerwerfer. Aber was würde ihnen das wirklich

nützen, wenn sie in der Minderheit waren? Der Namenlose hatte die letzten Tage viel darüber nachgedacht, wie ihre Suche ausgehen könnte. Doch nie hatte er darüber nachgedacht, Solasard im Stich zu lassen. Dessen Weg war nun auch der seine.

Fröhliche Hammerschläge dengelten ein Metallstück, als er in die Schmiede eintrat.

„Sei mir gegrüßt, Shem. Ich bin froh, dich besserer Laune zu sehen."

„Sei auch du mir gegrüßt, Athraigh. Dankbar bin ich dir für den Trost, den du mir in den letzten Tagen gespendet hast. Es war schwer für mich, den Fortgang Amhráns als das zu verstehen, was er ist. Eine Gelegenheit, einem alten Stück Eisen eine neue Form zu geben. Sie hat es verdient. Sie ist noch so jung."

Mit seinen großen Händen wischte sich der Schmied mit einem nassen Lappen über das Gesicht, weniger um es abzukühlen, als um kleine Tränenperlen zu verbergen. Für Shem war es nicht leicht, nun auch noch seine Tochter zu verlieren. Aber er verstand, daß er nur ein Hindernis auf ihrem Weg gewesen wäre, was den Schmerz nicht minderte, aber ein wenig linderte. Shem wußte, Kinder mußten ihre eigenen Flügel ausbreiten, um selbständig zu werden. Niemand kann sein Leben unter den Fittichen seiner Eltern leben.

Jeden Morgen und Abend betete er für sie. Er hatte sogar einen wunderschönen Torques gegossen und dem Meeresgott Manannán mac Lyr geopfert.

Erst hatte Shem nicht verstanden, warum sie einfach so ohne Abschied gegangen war. Dann nach längerem Nachdenken begriff er, was seine Tochter sofort verstanden hatte. Er hätte sie nicht gehen lassen. Sie wußte, daß er nicht hätte loslassen können.

Athraigh hatte versucht, ihn ein wenig zu trösten und hatte bei ihm vorbeigesehen, als sie morgens verschwunden war.

„Sag Shem, du weißt ja, daß Solasard diese Nacht in den Bergen war. Er hat da ein sehr merkwürdiges Pferd mitgebracht und weil du ja schon ziemlich viele Pferde beschlagen hast, dachte ich mir, du könntest uns vielleicht etwas dazu sagen."

„Wo steht denn das Tier?", fragte der Schmied.

„Bei Carraig vor dem Haus. Es könnte so ein schöner Schimmel sein, aber Ohren, Mähne, Fesseln und Schweif sind fuchsrot", erwiderte Athraigh.

„Dann hat es wohl auch ein Brandmal auf der linken Flanke?"

„Woher weißt du das?“, sagte der Jüngling erstaunt.
„Nur so ein Verdacht. Ich habe schon einmal so ein Pferd gesehen. Damals war ich noch sehr jung. Es war an einem lauen Sommerabend. Ich war von Zuhause weggelaufen, weil ich mal wieder etwas angestellt hatte und hoffte, der verlorene Sohn würde in Gnaden wieder aufgenommen, wenn er eine Nacht außer Haus zubrachte.
Auf einem Baum am Waldesrand hatte ich mir eine Art hängenden Unterschlupf gebaut. Dorthin ging ich. Der Abend verging, die Nacht brach an. Es war Vollmond. Silbernes Licht ergoß sich auf jeden Tautropfen und verwandelte ihn in strahlende Perlen. Der Duft der Wiesenblumen stieg zu mir auf und berauschte meine Sinne. Das Meer sang sein altes Lied vom Werden und Vergehen, die Grillen zirpten vor sich hin. Frieden herrschte allerorts.
Aber die Ruhe, die auf dem ganzen Tal lag, war seltsam, so als erwarte es etwas Besonderes. Alles glitzerte vor sich hin. Ein Hochgefühl ergriff mich. Die Welt hätte ich umarmen können, obwohl ich doch ein schlechtes Gewissen hätte haben müssen. Fast wäre ich den Baum heruntergeklettert und wieder nach Hause gelaufen.
Ich hatte auch schon den Fuß auf einen dicken Ast gesetzt. Doch ...
Mit einem Mal hörte ich, noch weit entfernt, ein Singen und Flöten, das sich trotzdem schnell zu nähern schien. Frage mich nicht warum, aber ich wußte, daß ich keine Angst haben mußte. Wie in einen schönen Traum gebannt, harrte ich dort auf das, was da kommen möge. Immer näher kam diese Musik, bis ich plötzlich unter meinem Baum zehn Reiter auf eben diesen seltsamen Pferden sah.
Die fließenden Stoffe ihrer Gewänder wehten im Wind und obwohl sie im Galopp über die Wiesen preschten, flöteten und sangen sie die schönsten Lieder, die ich jemals hörte. Niemals werde ich sie vergessen. Es schien fast, als schwebten sie davon.“
Erstaunt schaute Athraigh auf:
„Wenn selbst ein Mann wie du so verzaubert ist, daß er seine eigene Sprache vergißt und mit den Worten der Elben spricht, müssen dies wahrlich seltsame Wesen sein. Ich kann mir nicht vorstellen, daß Solasard so kalt bleiben würde, wenn er sie getroffen hätte. Er jedenfalls hat seine Sprache nicht verloren.“
Shem bestand darauf:

„Aber es müssen Elben gewesen sein, Athraigh! So schön waren sie anzusehen. Elben aus der Anderen Welt, und wenn gestern Samhain war, ist dieses Pferd bestimmt eines davon. Wo hat er es denn gefunden? In der Nähe eines Findlings oder am Steinkreis?"
„Er hat es nicht gefunden. Es wurde ihm geschenkt", antwortete Athraigh vorsichtig.
„Was? Von wem? Einem Elb?", fragte der Schmied erstaunt.
„Was es auch gewesen sein mag, mit Sicherheit war es kein Elb. Eher eine alte Frau, die sich einen Spaß mit Solasard gemacht hat."
Doch Shem ließ diese Antwort nicht gelten.
„Nein, mein Junge. Niemand erhält etwas zum Spaß aus der Anderen Welt. Wenn es kein Elb war, so denke ich, war es eine Göttin, die ihm eine Gnade zuteil werden ließ. Der Totenschädel auf der Hochzeit hat es tatsächlich ernst gemeint. Warte, ich will mir das Tier mal genauer ansehen", sagte der Schmied.
Geschwind wischte sich der Mann Gesicht, Hände und Oberkörper ab.
„Und die Schmiede, deine Arbeit?"
„Die Schmiede läuft mir nicht weg und schon gar nicht die Arbeit. Das Pferd vielleicht."
Als sie vor Carraigs Haus ankamen, hatte sich da schon eine kleine Menschentraube gebildet, um das eigenartige Tier zu bestaunen, dies natürlich aus gebührendem Abstand. Die Gerüchte waren jetzt schon so weit gediehen, daß das arme Tier Feuer speien konnte. Bis in zwei Tagen spätestens würde es mindestens Flügel haben. Oh ja, ein Narr machte Hunderte.
Zielstrebig ging Shem auf das Tier zu. Niemals hatte er schöneres und auch kostbareres Zaumzeug gesehen. Die Trense und die drei Schmuckscheiben auf der Stirn und rechts und links der Backenknochen waren aus Silber und Gold, mit feinsten Mustern und Linien verziert.
Voller Staunen platzte es aus Shem heraus:
„Das ist kein irdisches Pferd. Sieh dir nur all das Gold und Silber an. Niemand auf der Insel vermag solche Metallarbeit zustande zu bringen."
Auf beiden Seiten des Pferdes hingen zwei Ledertaschen, die durch ein starkes Lederband miteinander verbunden waren. Aus beiden ragte der reich verzierte Griff eines Kurzschwertes hervor. Doch als Shem nach einem davon griff, machte das Pferd einen Schritt zur Seite und trat nach ihm aus, als wisse es, welche wertvolle Last es auf seinem Rücken trug.

Auf der Straße machte man Platz für Taliesin, der über die Unruhe in seinem Dorf ein wenig besorgt war.
„Platz da, macht Platz, Leute! Was geht hier vor?“, fragte der Druide.
„Sei mir gegrüßt, großer Taliesin. Solasard ist zurück von seinem Ausflug in die Berge, und er hat das hier mitgebracht“, antwortete ihm der Schmied.
Alle Farbe wich aus dem Gesicht des Druiden. Vorsichtig näherte er sich dem Tier und betrachtete das Zeichen auf der Hinterhand. Dann legte er seine Hand darauf und schloß die Augen. Mit einem Mal gaben seine Beine nach, und er fiel auf die Knie. Die Menge holte hörbar Luft. Carraig und Solasard kamen gerade aus dem Haus zurück.
„Was ist los?“
Carraig kniete sofort neben dem Druiden und sah nach, ob er verletzt war.
„Komm, Solasard! Tragen wir ihn ins Haus!“
Zu zweit trugen sie ihn ins Haus, und Shem schloß die Tür.
„Was war denn?“, rief Tiné.
„Er hat das Pferd an der Stelle, wo das Zeichen eingebrannt ist, berührt. Dann ist er umgefallen wie vom Schlag getroffen.“
Sofort eilte Tiné herbei.
„Warte, hier habe ich Wasser und ein Tuch, betupfe seine Stirn, bis er zu sich kommt.“
Doch der alte Mann rappelte sich schon wieder auf. Noch benommen setzte er sich auf eine Bank, schaute zu Solasard und sprach:
„Was dir die Götter geschenkt haben ist einzigartig. Du mußt sie mitnehmen. Sie ist zu deinem Schutz bestimmt. Mehr kann ich dir nicht sagen. Sie wird dir ihr Geheimnis schon offenbaren, wenn sie es für angebracht hält.“
„Was soll das heißen? Kann sie mir nicht gefährlich werden?“, fragte Solasard.
Der Druide antwortete dem Schwertsucher:
„Das bestimmt nicht. Eher umgekehrt. Wahrscheinlich wird sie eifersüchtig wie eine Frau über dich wachen. Am besten bringst du sie in den Stall. Wann brecht ihr auf?“
„Morgen“, schoß es gleichzeitig aus den Mündern der beiden jungen Männer.
„Gut. Ich werde für euch beide beten, auch wenn euch das wohl wenig nützen wird. Was ich euch zu sagen hatte, habe ich gesagt. Lebt denn wohl und kehrt wohlbehalten zurück.“
So verließ der Druide die beiden mit seinem Segen.

Solasard folgte ihm und brachte Macha in den Stall, woraufhin sich die Traube vor dem Haus schnell auflöste. Auch hier ließ sich die Stute die Taschen nicht abnehmen. Er gab ihr Stroh, ein bißchen Getreide und stellte ihr einen Eimer Wasser hin. Dann ging er wieder in das Haus, wo noch alle beisammensaßen.

„Habt ihr denn schon eure Reisesäcke gepackt?“, fragte Carraig, als Solasard eintrat.

„Ja, alles ist gepackt. Wir nehmen an Kleidung nur wenig und lieber mehr Essensvorräte mit, denn das Wild zieht sich jetzt tiefer in die Wälder zurück. Genügend Silberreifen und Silberstücke haben wir auch dabei. Es wird schon gutgehen.“

Die Zieheltern schwiegen, sorgenvolle Ratschläge wollten die beiden jetzt bestimmt nicht hören. Vor allem Solasard, dessen Gedanken immer wieder um Amhrán kreisten, sich von ihr entfernten und doch wieder zu ihr zurückkehrten. Er liebte diese Frau und trug sie in seinem Herzen, dennoch schien eine Last von ihm genommen, seit sie fort war.

So vieles war ihm seitdem klar geworden. Auch wenn er schon achtzehn Sommer zählte, fühlte er sich viel zu jung, um für eine Familie zu sorgen und die Verantwortung für sie zu übernehmen. Viel zu wenig hatte er bis jetzt von der Welt gesehen. Vielleicht war Amhrán ja doch nicht die Frau seines Lebens, und das Schicksal wollte ihm das auf diese Weise sagen. Er verdrängte solche Gedanken, und dennoch suchten sie ihn ständig heim. Er war froh, wenn sie endlich unterwegs waren.

Dann würde er sich über andere Dinge Gedanken machen müssen.

Die Grünäugigen

Im ersten der beiden gewaltigen Schutzringe, von denen die Burg Tara umgeben war, fand wie üblich der Markt statt. Immer wieder zogen die riesigen Steinwälle, die die Festung vor Eindringlingen schützen sollten, Rabharta in ihren Bann.

Im Vorüberreiten sah Rabharta die schönsten und kräftigsten Pferde des Landes zum Kauf feilgeboten. Er wollte zu gerne wissen, was für eine Schindmähre sich Scathcrobh ausgesucht haben mochte. Als er aus der Burg hinausritt, nieselte es leicht. Zum Glück mußte er nicht allzuweit reiten.

Eine Stunde mochte er wohl unterwegs sein, um vom Tara-Hügel ins Tal und von dort wieder auf den gegenüberliegenden Hügel an den Waldrand zu gelangen, wo seine merkwürdigen Freunde hausten. Steinhäusern, Hütten, all dem verweigerten sie sich, allem, was die Menschen so menschlich machte.

Das Kleine Volk hatte sich losgesagt von den Menschen, deren Lebensart und Denken. Zu zerstörerisch waren sie in Wald und Feld und nahmen ihnen so den Lebensraum. Ihr Leben war ein Leben auf der Flucht. Dabei wollten sie doch nur in Ruhe gelassen werden. Ihr Wald war ihr Leben. Nur selten suchten sie die Begegnung mit Menschen und der, den sie dafür aussuchten, wurde Wochen vorher beobachtet und jeder seiner Schritte verfolgt.

Aber sie brauchten ihn, brauchten Rabharta.

Ihre Nachrichten waren nutzlos ohne die Nachrichten vom Hof. Wie ein Mosaik mußten sie zusammengesetzt werden, bis sich ein Bild ergab. Es war keine Freundschaft, was sie miteinander verband, eher die Zweckmäßigkeit, Nachrichten zu sammeln, um sich auf die Zukunft vorbereiten zu können. Sie fürchteten ihn genauso wie er sie, aber für ihr weiteres Fortbestehen mußten sie einiges erfahren, was ihnen nur Rabharta sagen konnte. Ihm ging es genauso. So war es Furcht, was ein Land und seine Völker wieder vereinte.

Endlich hörte der Regen auf, und Tropfen perlten aus dem struppigen Fell der Stute. Vor sich sah der Hauptmann schon den Waldrand. Bald würde Rabharta den großen Findling erreichen, an dem er sein Pferd zurücklassen

und zu Fuß weitergehen mußte. Er ließ seine Stute nur noch im Schritt gehen, als er den großen Stein erreichte. Sich umblickend stieg Rabharta ab. Er verstand ihre Vorsichtsmaßnahmen. Zärtlich strich der Wind über das Gras hinweg, fast liebkosend. Wie immer konnte er sie nicht sehen, dennoch wußte er, daß sie da waren, irgendwo.
Das Kleine Volk, die Nachkommen der Waldelben und der abtrünnigen Menschen, verdankte seinen Namen nicht seiner Größe, sondern der geringen Anzahl seiner Angehörigen. Obwohl auch Elbenblut in ihren Adern floß, ähnelten sie mehr den Menschen als ihren großen Verwandten. Nicht so sanft und zurückhaltend wie die Sidhi, wild und aufbrausend waren sie.
Vorsichtig ging Rabharta vorwärts. Auf der anderen Hügelseite stand Tara, sein Zuhause. Wenig anderes hatte er bis jetzt in seinem Leben gesehen. Schon früh hatte ihn sein Ziehvater in die Burg gebracht. Ein arbeitsreiches Leben lag hinter dem Hauptmann. Obwohl seine Eltern nicht arm waren, wollten sie, daß ihr Sohn sich von unten nach oben arbeitete. Er wurde nicht gefragt, hatte auch nie hinterfragt, ob er diesen Weg überhaupt gehen wollte.
Jetzt war er der Hauptmann des Hochkönigs von Eriu. Er war nicht stolz auf diese Leistung, sie war die Ernte seiner Arbeit, stand ihm zu. Aber all das erfüllte ihn nicht. Es war seine Pflicht.
Manchmal träumte er davon, einer aus dem Kleinen Volk zu sein, frei zu sein. Im Wald zu leben, mit dem Wald, ohne eine feindliche Welt in ihm zu sehen. Er bewunderte diese Wesen, die nur für sich selbst Verantwortung zu tragen hatten und nicht für ein Reich. Wann hatte er das letzte Mal etwas nur für sich getan, ohne daß es mit seiner Arbeit zu tun hatte?
Wie gefangen war er in seiner Tretmühle. Nachts wachte er auf, weil die dicken Mauern Taras ihn nicht atmen ließen. Aber der König brauchte ihn.
Die Bäume fächelten ihm kühle Luft entgegen. Bald würden sie ihre braunen, verdorrten Blätter abwerfen. Ein Tropfen fiel auf seinen Kopf.
Dann spürte er eine Hand, die sich schwer auf seine Schulter legte. Ein Zucken ging durch Rabhartas Körper, ruckartig drehte er sich um. Wütend stieß er die Hand herunter.
„Deine Späßchen werden dich noch mal das Leben kosten. Sage dann nicht, ich hätte dich nicht gewarnt.“
Ein junger Mann, kaum zwanzig Sommer alt, fletschte die Zähne zu einem breiten Grinsen.

„Kein Steinhäusler wird einen Mann meines Volkes töten. Ihr hört den Wolf noch nicht, wenn er schon an eurer Kehle hängt. Folge mir nun, auch heute verzichten wir nicht auf die gute Augenbinde. Die Menschen sind treulos, und ihr versteht, daß wir euch nicht unnötig in Versuchung führen wollen."

Unwillig ließ sich der Hauptmann von dem sehr selbstbewußten, jungen Mann die Augen verbinden. Er kannte diesen hochnäsigen, jungen Mann schon von seinen letzten Besuchen und ordnete ihn bei sich unter Großmaul ein. Trotzdem wurde er von ihm so umsichtig geführt, daß er nicht einmal stolperte. Immer wieder blieben sie stehen, und Rabharta wurde im Kreis gedreht, bis er fast umfiel. Niemals würde er ihr Lager finden. Das wollte er auch nicht. Es könnte eine Meile oder fünf vom Waldrand entfernt sein.

Endlich erreichten sie den Platz des Treffens, und dem Hauptmann wurde die Augenbinde abgenommen. Die Lichtung, auf der er jetzt stand, war von Kiefern umgeben und der Boden zu seinen Füßen von Nadeln übersät, die einen weichen Teppich bildeten. Hier saß auf einem fast viereckigen Stein ein Mann, dessen Gesicht von Falten durchfurcht war wie die Rinde eines uralten Baumes.

Freundlich winkte er Rabharta herbei und lud ihn mit einer Handbewegung ein, auf einem Baumstumpf Platz zu nehmen. Manchmal schien ihm der Greis der einzige Vernünftige bei diesen Verrückten zu sein. Rabharta hatte noch nie einen Menschen gesehen, der so alt war. Die ältesten Menschen, die er kannte, waren vielleicht in ihrem sechzigsten Sommer.

Natürlich war dieser Mann kein Mensch, aber es gab nur wenig, was die Leute vom Kleinen Volk äußerlich von den Menschen unterschied. So hatten sie von den Waldelben das wilde Grün ihrer Augen geerbt und die Fähigkeit, noch in großer Entfernung genau sehen zu können.

Das Elbenblut in ihren Adern machte sie langlebiger, obgleich sie wie die Menschen sterblich waren. Aber sie hatten auch diese elbische Unzufriedenheit in sich. Doch während die Elben eher schwermütig waren, erzürnten die Angehörigen des Kleinen Volkes schnell und heftig.

Dieser alte Mann, sein Name war Dair, war jedoch anders.

Nie hatte Rabharta einen derartig ruhigen, ausgeglichenen und erhabenen Mann kennengelernt. Fest hielt er die Zügel seines Stammes in der Hand, um ihn sicher in die Zukunft zu führen. Wenngleich es hieß, ein anderer, ein jüngerer Waldläufer sei ihr wahrer Anführer. Selten ließ Dair ihn aus

den Augen. Er war der einzige aus dem Kleinen Volk, dem der Hauptmann so etwas wie Vertrauen entgegenbrachte.
„Sei mir gegrüßt, Rabharta, Hauptmann des Königs, auch wenn du frohe Botschaft bringen solltest, so sind es die unseren nicht.
Ich hoffe, Saileach, mein Neffe, reizte euch nicht allzu sehr, ihm seine Ohren noch ein wenig länger zu ziehen, als sie es ohnehin schon sind, denn ebenso seht ihr aus. Wißt ihr, er ist ein junger Vogel, aber noch nie hat er das Nest verlassen, um seine Schwingen auszubreiten. So bestraft er gerne andere für seine Feigheit. Nicht wahr, Saileach?"
Mit Glut in den Augen sprang der Angesprochene auf Dair zu, blieb aber dann stehen und ging in den Wald davon.
„Er ist ein junger Falke und gefährlich dazu, aber er ist der einzige Mann in meinem Stamm, der Sperber für die Jagd abrichten kann. Ich glaube, er hat langsam auch gemerkt, daß er sich mit seiner Wut nur selbst ein Bein stellt. Nun denn, welche Nachrichten bringt ihr, junger Freund?"
Lächelnd schüttelte Rabharta den Kopf, „junger Freund", wahrscheinlich war er für den Alten gerade einmal trocken hinter den Ohren.
„Es gibt einen neuen Anwärter auf den Thron des Hochkönigs. Wir wissen weder wer, noch was er ist. Ein junges Mädchen spielt ebenfalls eine Rolle in dieser Geschichte", begann der Hauptmann.
„Die Auserwählte, nicht wahr?", fuhr der Alte weise lächelnd fort.
„Welche Auserwählte?", fragte Rabharta verdutzt.
„Wenig versteht ihr Menschen vom Alten Wort. Mit jedem neuen König kommt auch eine neue Königin auf den Thron. Diese mag wohl das Mädchen sein. Sie konnte ihre Versprechung nicht abhalten, oder?"
Ungläubig schüttelte Rabharta den Kopf ob der Worte Dairs.
„Woher wißt ihr das?"
Der Greis sprach:
„Woher? Das Alte Wort ist so alt wie die Menschen und weitergegeben wird es von Mund zu Mund. Wie sollte ich es da nicht wissen. Ich, der ich so alt wie viele Bäume dieses Waldes bin. Ich, der ich Auge, Ohr und Mund des Kleinen Volkes bin."
Hastig erwiderte Rabharta:
„Ich denke, ich muß das nicht verstehen. Ich bin nur ein Mensch und kann mit dem Alten Wort nur wenig anfangen. Aber wißt ihr vielleicht noch etwas über das Mädchen?"
Dair schüttelte den Kopf.

„Nein. Die Sprache des Alten Wortes ist wie die Noten in einem Lied, die Melodie ist schnell gefunden, aber der Schlüssel nicht."
„Fast hat es den Anschein, als wüßte ich als einziger nichts darüber. Nun, ich werde jedenfalls noch heute abend einen Mann ausschicken, der dieses Mädchen aufsuchen und näher befragen wird", sagte Rabharta.
Dair rieb sich die Hände und lächelte.
„Vielleicht mag dieser Mann mit mehr Fragen zurückkehren als er ausgezogen ist."
„Das werden wir dann ja sehen. Was habt ihr zu berichten?", gab ihm der Hauptmann zurück.
Der alte Mann sprach:
„Aufruhr herrscht im Land. Ich glaube, unser kleiner Stein weiß noch nicht, wie weit die Kreise sind, die er zieht. Im Südwesten sind einige Fianna aufgebrochen und bewegen sich in nördlicher Richtung, aber sie selbst scheinen nicht genau zu wissen, wohin.
Aus Alba ist eine der größten Hohepriesterinnen der nördlichen Welt nach Eriu geeilt. Nur großen Frauen wird ihr Unterricht zuteil. Alt ist sie wie ich und beschwerlich die Reise. Es muß sich sehr für sie lohnen, wenn sie all dies auf sich nimmt. Für ein Menschenkind. Ich selbst kenne sie. Sie ist ein altes, störrisches Biest.
In Wyinklo, südlich von Duibh-linn hat sich eine neue Gemeinschaft um einen gewissen Dragan geschart. Ein finstrer Geselle soll er sein. Ich glaube nicht, daß er von Geburt an Dragan, der Drache, heißt. Aber aus welchen Gründen auch immer, er will Hochkönig werden. Dennoch hat er seinen Männern ausdrücklich untersagt, nach dem Blauen Schwert zu suchen.
Und nun das Wichtigste und wahrscheinlich Aufschlußreichste. Die alte Bärin im Norden hat eine Schattenbringerin ausgesandt."
„Wer hat was wohin ausgesandt?", fragte Rabharta.
Dair blickte hinauf zu den Sternen, bevor er antwortete:
„Ihr wißt wenig über euer Land, junger Freund. Wenig über jene, die es wirklich beherrschen. Ich hoffe, daß euch das nicht einst zum Verhängnis wird. Unwissenheit verursacht Vermutungen, und Vermutungen sind der Anfang jeden Unglücks, Rabharta. Deshalb mußt du dein eigenes Wissen ständig erweitern. Wo alle gehen, wächst kein Gras, und es mag sein, daß du das, was du suchst, zerstörst, indem du es findest.
Aber das mag das Schicksal von euch Menschen sein.

Öffne nun deine Ohren und höre meine Worte.
Weit, weit von hier, hoch oben im Norden gibt es einen mächtigen Coven. Den Coven der Alten Bärin. Kein König herrscht ohne ihr Einverständnis, kein Mann, keine Frau wird Druide, Barde oder Hohepriester, ohne daß es ihr wohlgefällt. Sie ist unseren Göttern am nächsten, weiß um ihre Gedanken und erfüllt das Schicksal von so manchem, wenn es sein muß. Broc mac Cíocras wird bald sterben. Hier betritt nun die Schattenbringerin den Plan. Meist eine Namenlose, die nur noch ein Werkzeug des Todes ist. Elbenblut fließt wie Eiswasser durch ihre menschlichen Adern und läßt sie erkalten für jedes Gefühl.
Ich selbst sah sie wandern. Sie ist verloren. Ihre Augen sind nur noch nach innen gekehrt, und ich weiß, was sie begehrt. Die Frau ist nur noch eine schöne, aber leere Hülle. Sie wird ihre Pflicht tun, so wie ihr Menschen es immer tut und dann verloren gehen auf ihrem Weg."
Der Alte schien in eine andere Welt zu schauen.
„Wo lebt die Alte Bärin, Dair, und was ist sie? Wann wird diese Schattenbringerin hier sein, wie erkenne ich sie, und wie will sie Broc töten?"
Rabharta fuhr sich aufgeregt durch sein rotes Haar.
„Geduld, Geduld, mein Freund. Die Alte Bärin lebt in eben jener Höhle, in der Connla den Brunnen schuf, den sie hütet. Was sie ist, vermag niemand zu sagen, denn keiner sah sie jemals.
Die Schattenbringerin wird wohl morgen bei Sonnenaufgang auf Tara eintreffen. Doch wann ihr sie zu Gesicht bekommt, weiß ich nicht, ebenso wann oder wie sie ihn töten wird. Ich weiß nur, daß Schattenbringerinnen keine Gnade kennen. Niemand ist mir bekannt, der ihre Jagd überlebt hätte", erwiderte ihm der alte Mann.
„Wo bekommt ihr nur diese Neuigkeiten her, Dair? Ich kann so viele Späher aussenden, wie ich will. Nie weiß ich etwas, was ihr nicht wißt", fragte er neugierig.
„Das ist auch kein Wunder. Als Geschenk meiner Freundschaft nun einen Augenöffner für euch. Die, von denen ihr Menschen glaubt, es gibt sie nicht mehr, es gibt sie doch. Die Waldelben. Nachts, wenn alles schläft, eilen sie über das Land. Sie brauchen keinen Schlaf wie wir. Oder besser gesagt, ihr Schlaf ist ein anderer, und Erholung erlangen sie auf andere Art und Weise als wir. Schnell sind sie und leiser noch wie wir, doch freigiebig mit ihren Neuigkeiten. Immer schon liebten sie es zu lehren.

So schön sind sie anzusehen. Fast wünschte ich für euch, ihr könntet sie nur einmal sehen. Aber ich komme ins Schwärmen, und wir sind beide nicht hier, um schöne, alte Lieder zu singen.
Was wirst du nun tun, Rabharta?", fragte Dair.
„Was soll, was kann ich tun, wenn Brocs Tod beschlossene Sache ist, von jenen, die unser Schicksal bestimmen, Dair? Ich kann nichts tun. Was werdet ihr tun?", erkundigte sich Rabharta.
„Wir werden beobachten, und das solltest du auch tun. Sichere deine Burg. Dereinst mag sie eine Insel in einem Meer aus Blut sein. Wenn dieser Dragan wirklich Hochkönig werden will, wird ihm jedes Mittel recht sein, auch Krieg. Es mag bis dahin noch etwas dauern, aber sei trotzdem aufmerksam. Du bist ein guter Mann, auch wenn du auf der falschen Seite stehst. Euer Schicksal wird sich nicht in dieser Burg erfüllen, Freund.
Du mußt deinen Weg alleine gehen. Halte deine Männer beisammen und sei bereit. Höchstens ein Jahr gebe ich Broc noch, und froh können wir sein, wenn sich die Hochelben raushalten. Doch zu gerne sprechen sie das letzte Wort, und manch einer würde lieber wieder unter der Sonne wandeln, anstatt in der sonnenlosen Welt zu bleiben.
Abtrünnige gibt es immer, die sich wie Flöhe im Pelz des Wolfes verstecken. Wir werden sehen.
Auf jeden Fall werden wir versuchen, den Mann, den du ausschickst, im Auge zu behalten. Vielleicht werden wir ihm helfen, wenn er zu scheitern droht", bot ihm Dair an.
„Oh, da sorgt euch nicht. Dieser Mann wird nicht scheitern. Aber ich danke dir trotzdem für deine Hilfe. So wollen wir es für heute dabei belassen. Ich muß bald wieder in der Burg sein, und die Sonne eilt schon dem Horizont entgegen", drängte der Hauptmann zum Aufbruch.
„Vergiß nie, daß du die Schlüssel zu dem Käfig hast, in dem du sitzt. Den Rückweg durch Saileach will ich dir ersparen. Sein Vater soll dich diesmal führen."
Er winkte ihn herbei.
„Ich danke dir herzlich dafür. Er ist sehr frech, diese Grünnase", sagte Rabharta.
Auf ein Handzeichen des Alten löste sich aus dem Gebüsch ein Mann in Rabhartas Alter. Sorgfältig verband er dem Hauptmann die Augen.
„Leb wohl, mein junger Freund."
Schweigend verließen die beiden Männer die Lichtung.

Diesmal verzichtete sein Führer auf das Drehen. Bald erreichten sie den Waldrand, obwohl Rabharta den Weg trotzdem nicht zurückverfolgen könnte. Geblendet blinzelte er ins Sonnenlicht, nachdem er die Binde abgenommen hatte.
„Verzeiht Herr, mein Sohn Saileach, er ist noch ein Dummkopf, aber trotzdem meine Hoffnung. Nehmt ihm die Späße nicht übel. Dies Geschenk will ich euch überlassen. Es ist ein Armreif meiner Familie."
Schnell hatte er dem verblüfften Mann den silbernen Reif über die Hand gestreift und verschwand wieder im Wald.
Rabharta spürte, daß er allein war.
Einige Schritte von ihm entfernt graste friedlich seine kleine Stute. Seine Welt hatte ihn wieder. Er fing das Pferd ein und machte sich daran, zur Burg zurückzukehren. Als Rabharta die Burg erreichte, hatte die Sonne gerade ihren tiefsten Stand erreicht. In den Stallungen traf er Scathcrobh, der seinen Reisesack auf dem alten Klepper festschnürte.
„Was hast du dir nur dabei gedacht, so ein Tier zu kaufen? Am Ende wirst du es tragen müssen."
Stolz antwortete ihm sein Späher:
„Ich habe seine Mutter gesehen. Freilich wird sie den morgigen Tag nicht mehr erleben, wohl aber ihr Sohn. Dieses Pferd ist kein Conmacne-mara-Pferdchen, wie du siehst. Das hier ist ein Pferd. Kein Pferd Erius zwar, aber es kommt von der Großen Insel, unserem Nachbarn. Sieh nur, wie groß es ist und wie ..."
„Und wie klapperdürr", fuhr Rabharta fort, „Hätte es nur drei Beine würde ich beschwören, daß es Morríghans Todespferd ist, mit dem sie die Toten in die Andere Welt führt. Ich kenne dich gar nicht so unbesonnen."
„Macht euch keine Sorgen. Ich muß vorsichtig, daher auch langsam reiten. So hat es Zeit, sich wieder rund zu fressen. Er ist ein junger Hengst, und wenn ich seine Schnelligkeit brauche, wird er sie mir geben. Wenn ihr diesen Hengst wiederseht, wird sein schwarzbraunes Fell glänzen, daß ihr das Licht darauf einfangen könnt."
Knapp erwiderte sein Hauptmann:
„Genug davon. Hast du alles, was du brauchst? Ich sehe deine Axt gar nicht?"
„Ja, ich habe nur ihre kleinen Schwestern mitgenommen und einige Messer. Im Wald muß man sicher sein, daß das Opfer keine Gelegenheit zum Schreien hat. Eine Axt ist dafür zu grob", erklärte ihm Scathcrobh und strich sich über seinen Kopf.

„Wie nett von dir, dies zu bedenken, doch genug davon. Komm nur wieder zurück. Folge am besten dem breiten Weg im Wald, und laß dir eine Geschichte einfallen, wenn dir jemand unangenehme Fragen stellt. Sei wachsam! Und jetzt paß auf!
Ich möchte nicht, hörst du, nicht, daß du querfeldein reitest. Du bist eine wichtige Figur in diesem Spiel, du mußt zurückkommen! Reite ungefähr fünfzehn Meilen durch den Wald, aber bleib auf dem Weg, und schlage dein Lager nur fernab des Weges auf.
Dann kommst du auf die Breite Straße in der Nähe von Magh-Nuadhat, die unser Land einmal in der Breite durchzieht. Ihr folgst du ungefähr fünfzig Meilen, aber du wirst in keinem Gasthof übernachten. Wenn du diese Straße nicht nutzen kannst, gibt es einen Weg, der in gleicher Richtung verläuft. Kaum jemand kennt ihn, und es ist nicht einfach, ihm zu folgen. Er verläuft ungefähr eine Meile neben der Breiten Straße in nördlicher Richtung. Dann gelangst du nach Ath-Luain.
Solltest du verfolgt werden, fahre mit einem Boot die Siona entlang. Bis nach Cluain-maccu-Nois sind es auf dem Fluß ungefähr zwanzig Meilen. Wo der Coven genau liegt, weiß ich leider nicht, aber du kannst dich ja durchfragen. Hast du sonst noch Fragen?"
Rabharta begutachtete noch einmal die Ausrüstung seines Spähers.
„Ja. Ich nehme nicht an, daß unser Vögelchen freiwillig singen wird, wenn ich bei ihm bin. Wie soll ich ihr Beine machen, und soll ich sie danach töten?", fragte Scathcrobh hart.
„Oh, so bist du, nicht wahr? Keine Gnade, du würdest sogar eine Frau töten. Du widerst mich an. Du kannst alles versuchen, aber rühre sie nicht an. Sollte ich etwas in dieser Richtung erfahren, hast du kein langes Leben mehr. Verstanden?"
Grüne Blitze zuckten aus den Augen des Hauptmanns.
„Ja, Hauptmann, verstanden", gab ihm der Krieger zurück.
„Denk daran, du hast von niemandem Unterstützung zu erwarten. Du bist da draußen ganz allein."
Gemeinsam gingen sie zur Stalltür hinaus.
„Das bin ich auch hier drin."
Scathcrobh tat noch einen Blick in die Runde.
„Das hast du dir ja wohl selbst zu verdanken, Scathcrobh. Ich denke, du wirst fünf Tage hin und fünf Tage zurück benötigen und für deinen Auftrag dort drei bis vier Tage. Du wirst demnach vierzehn Tage unterwegs

sein. Solltest du nach drei Wochen nicht wiederkommen, wissen wir, daß du in die Andere Welt eingegangen bist. Niemand wird dich suchen und ein neuer Bote wird ausgesandt. Obwohl ich hoffe, daß dies nicht nötig sein wird.
Reite nun, mein Auge, Ohr und Mund. Dein Auftrag ist wichtig für das Reich. Es mag sein, daß wir alle scheitern, wenn du scheiterst. Leb wohl, möge die Große Mutter ihre Hand über dich halten und dich segnen."
„Ich danke dir. Dann will ich mich aufmachen, bevor mich die Dunkelheit überrascht. Ich will schon heute nacht mein Lager im Wald aufschlagen."
Scathcrobh stieg auf und ritt langsam auf den Hof, überquerte ihn und kam zum inneren Steinring. An seiner Seite ging Rabharta. Schließlich erreichten sie das große Tor im äußeren Steinring, das natürlich verschlossen war.
„Warte, Scathcrobh, ich öffne dir das kleine Tor."
Er zog einen Schlüssel hervor und schloß die Pforte auf, die in das große Tor eingepaßt war. Die Wachhabenden saßen in ihrem kleinen Häuschen und wußten, daß es besser war, hier keine Fragen zu stellen.
Rabharta stand jetzt neben seinem Späher, als dieser noch einmal von seinem Pferd abstieg und ihn am Arm packte.
„Herr, ich weiß, hier soll der Wolf geopfert werden, um die Schafe zu retten. Werden die Schafe eines Tages erfahren, wer ich war, falls ich nicht zurückkehre?"
„Du erinnerst mich an Cúchulainn, der auf die Vorhersage hin, er werde nicht lange leben, sagte: Wenn er mich berühmt macht, so genügt mir ein einziger Tag", antwortete Rabharta.
„Strebt nicht jeder Mensch nach Unsterblichkeit, Hauptmann? Immer schon war ich ein Mann des Kampfes. Sonst hättet ihr mich doch nicht ausgewählt für diesen Auftrag, oder? Es ist ja auch gut so. Keinen Freund schickt man in den Tod in diesen Tagen, denn diese sind rares Gut. Dennoch frage ich, werden es die Schafe erfahren?", fragte der Krieger nochmals.
„Höre Scathcrobh, Schafe bleiben immer Schafe, auch wenn der Hirte wechseln mag. Aber sie sollen es erfahren, wenn es wichtig für dich ist."
„Das ist gut. Ich will mich aufmachen. Worte helfen uns wenig, jetzt müssen Taten sprechen."
So stieg er auf sein Roß und trabte davon.

Der Comoír

In aller Frühe wurden die zwei Frauen von Máthair geweckt und an einen Bach geführt, wo sie sich ungestört waschen konnten. Dort legten sie sich neue Gewänder an.
Solch feinen Stoff hatte Gealán noch nie gesehen. Selbst die Fianna brachten von ihren Streifzügen nicht so etwas Schönes mit. Ihr Kleid schien in allen Farben zu schimmern, je nachdem wie sie es ins Licht hielt und doch war es nur grün. Sie hätte gerne gewußt, woraus dieser Stoff bestand. Er war so leicht, daß sie ihn kaum auf ihrer Haut spürte, wärmte sie aber dennoch vor der Morgenkühle. Aber das war wohl eines der vielen Geheimnisse der Sidhi.
Nachdem sie sich gewaschen und wieder angekleidet hatten, fühlten sich Gealán und Sáile schon viel wohler. Daraufhin wurden sie wieder in ihr Zelt gebracht, wo es Brot, Früchte und einen stärkenden Kräutertrank zum Frühstück gab. Máthair hatte sie verlassen mit dem Hinweis, daß sie noch etwas warten müßten, bis man sie holen würde.
Gealán hatte sich auf ihr Lager gesetzt, während Sáile im Zelt auf und ab wanderte. Die Ungeduld stand ihr ins Gesicht geschrieben. Gealán hätte gerne mit ihr gesprochen, aber sie wußte, es würde in einem Streit enden, so daß sie es lieber bleiben ließ.
Draußen wurde es immer heller. Ein Stimmengewirr war zu hören, in einer Sprache, die sie nicht verstand, die aber in ihren Ohren wie Musik klang. Schließlich wurde es draußen ruhiger und der Lärm verebbte völlig. Es mochte nach Mittag gewesen sein, als ein junger Sidhé in ihr Zelt trat. In ihrer gebrochenen Heimatsprache bat er sie, ihm zu folgen. Auf dem Weg, der zum Grianán führte, wo sich sonst die Sidhi drängten, war niemand zu sehen. Gealán fühlte sich, als würde sie zu ihrer eigenen Hinrichtung gebracht.
Sáile zeigte wie immer keine Gefühle. Kalt wie ein Stein setzte sie einen Fuß vor den anderen. Stolz reckte sie ihre kleinen Brüste vor. Sie schritt einher, als wäre sie diejenige, die das Urteil festzulegen hätte und nicht die zu Verurteilende.
Während sie vor dem großen Sonnenzelt standen, glaubten sie erst, daß es völlig leer sein müsse, denn es war nichts zu hören. Nicht einmal die

Vögel zwitscherten im Geäst der uralten Eiche. Doch dann zog der Sidhé eine der großen Stoffbahnen zur Seite. Gealán stockte der Atem und selbst Sáile verlor für einen Augenblick die Fassung.
Der ganze Boden des Zeltes war mit bunten Kissen und Matten bedeckt, daß er einem Farbenmeer glich. Entspannt hatten es sich die Sidhi bequem gemacht. Alles Volk der Stadt mußte anwesend sein. Jeder Platz war besetzt, und doch machte es nicht den Eindruck, als herrsche Enge in dem Zelt. Jeder hatte noch genug Freiraum, um sich zu setzen oder zu legen. Auch ihre Kleider waren bunt und mannigfaltig. Sie wirkten jedoch nicht übertrieben. Manche hatten sogar ihre Haare in den verschiedensten Farben gefärbt.
Der junge Sidhé führte sie nach vorne durch den hohlen Stamm der Eiche, der die Mitte des Zeltes bildete. Auf der anderen Seite angekommen, fielen Gealán sofort die beiden Throne auf. Nie hatte sie eine solch herausragende Arbeit gesehen. Beide schienen nur aus Verzierungen zu bestehen.
Das Holz machte den Eindruck, als könne es nie und nimmer irgend etwas tragen, so leicht sah es aus. Der linke Thron schien der des Königs zu sein. Die verschiedensten Tiere waren herausgeschnitzt und aus dem Herzen des Holzes herausgearbeitet worden. Ein Pferd, das sich in einen Hirsch zu verwandeln schien. Delphine, die aus vielen kleinen Delphinen bestanden. Kiebitze, Kraniche, Stiere, Lachse. Ihr Auge konnte all den Handlungen und Wandlungen gar nicht folgen.
Der zweite Stuhl schien von demselben Meister zu sein. Doch bestand das ineinanderübergehende Gewirr nicht aus Tieren, sondern aus Pflanzen. Da blühten Sternhyazinthen, Stechginster und Strandnelken. Die Wegwarte schlang sich um Schilf, Blätter von Eichen, Eschen und Erlen. Die Blüten von Holunder vermischten sich mit denen des Haselstrauchs und des Weidenkätzchens. Efeu rankte daran und Birkenblätter wehten im Wind. Das ganze Baumjahr schien darauf dargestellt und die schönsten Pflanzen des Landes.
Vor lauter Bewunderung hatte Gealán alles um sich herum vergessen und erschrak, als der junge Sidhé sie leicht am Arm berührte. Sie verstand erst nicht, was er von ihr wollte, doch als sie sich umblickte, sah sie, daß alle aufgestanden waren, den Oberkörper leicht nach vorn beugten und nach unten blickten. Mit Blicken forderte er sie auf, es den anderen gleich zu tun.

Erst schien nichts zu geschehen, doch dann hörte sie das leise Rascheln von Stoff. Schließlich klatschte jemand zweimal in die Hände, und alle stellten sich wieder auf und blickten nach vorne zu den Thronstühlen.
Die Königin und der König standen vor ihrem Thron, während sich ihr Sohn, der Prinz, fast versteckt im Hintergrund hielt. Nie zuvor hatte Gealán einen Mann von solcher Schönheit gesehen. Er war das genaue Abbild seiner Eltern, vereinigte die Schönheit der Mutter mit der Stärke des Vaters. Sein Blick glitt über die Menge und hielt bei ihr inne. Er schien nur sie zu betrachten. Sie und ihre Herrin. Dann lächelte er freundlich.
Die Königin trug ein silbrig schimmerndes, weit wallendes Gewand und hatte einen schwarzen Kreis auf der Stirn. Ihr rabenschwarzes Haar hatte sie in einen strengen Zopf geflochten. Ihren grünbraunen Augen entging nichts. Ihr Mann trug eine golden schimmernde Bracca mit dem dazugehörigen Hemd. Seine Stirn zierte ein weißer Punkt. Wie Mondin und Sonne standen sie da vereint.
Dann vollzogen sie wohl ein Ritual, das Gealán nicht verstand. Immer wieder kreuzten sie ihre Hände vor sich und schienen dann eine Art Band um ihren Kopf zu ziehen. Dann öffneten sie ihre Hände und schienen in jede Richtung etwas Unsichtbares zu reichen. Ein in sich verschlungener Tanz. Schließlich verbeugten sie sich vor ihrem Volk und setzten sich. Die Königin nahm auf dem Thron mit den Tieren Platz, der König auf dem mit den Pflanzen. Der Prinz blieb stehen. Auch die Sidhi setzten sich jetzt wieder. Nur Gealán, Sáile und der Prinz standen noch.
Die Königin räusperte sich leise und ergriff das Wort:
„Seid mir gegrüßt, meine Kinder, seid mir gegrüßt, Fremde.
Merkwürdige Wege läßt uns die Große Mutter gehen, und so seid ihr nun hier in unserer Obhut. Euch zurückzuschicken wäre vielleicht euer Tod, euch hier zu behalten, ein Bruch unserer wenigen Gesetze.
Was demnach sollen wir mit euch tun?“
Sáile blickte zornig auf.
„Ihr wißt selbst, daß ihr uns gehen lassen könnt. Ihr kennt die Wege in unsere Welt. Ihr wißt, welche die richtigen Weltentore sind. Wir wissen beide, daß Menschen nicht hierher gehören.
Ich gebe euch mein Wort, wenn ihr uns daran hindert, diesen Ort zu verlassen, werde ich nicht eher ruhen, bis ich von hier geflohen bin. Ich muß zurück in meine Welt, große Aufgaben erwarten mich dort. Laßt uns gehen! Es liegt in eurer Macht, und kein Schaden soll euch daraus entstehen.“

„Und was ist deine Meinung, Mädchen?“, fragte die Königin sanft. Gealán war erstaunt, daß auch sie gehört werden sollte.
„Ich, ich folge dem Weg meiner Herrin.“
„Hast du denn keinen eigenen Weg?“, fragte sie weiter.
„Ich weiß nicht“, antwortete Gealán unsicher.
„Sicher weißt du das. Stell dir einfach vor, du würdest hier allein stehen, ohne deine Herrin. Wie würde dann deine Entscheidung ausfallen. Möchtest du hierbleiben oder möchtest du in deine Welt zurück?“, fragte die Königin sie.
„Ich habe weder an meiner noch an dieser Welt einen größeren Anteil. So ist es mir gleichgültig, wo ich hingehe, denn dem Weg des Schicksals muß ich so oder so folgen und dorthin gelangen, wohin er mich führt. Ich bin die Dienerin meiner Herrin.“
„Komm her, mein Kind.“
Verlegen ging Gealán nach vorn zur Königin. Diese nahm die Hand der jungen Frau und schaute sie mit einem gütigen Blick an. Leise sprach sie mit der Frau.
„Ist es nicht vielmehr so, daß deine Herrin für dich eine Belastung darstellt, weil sie dein ganzes Leben bestimmt? Sie dankt es dir nicht einmal. Du lebst doch gar nicht dein Leben. Du lebst ihres. Ich könnte nicht am Leben bleiben, wenn mein Leben so fremdbestimmt wäre. Sie hat dich unmündig gemacht im Laufe der Jahre. Aber du hast ein Recht darauf, deine eigenen Entscheidungen zu fällen. Möchtest du nun lieber hierbleiben oder gehen?“
„Es gibt nichts, was mich in unserer Welt gehindert hat, meiner Herrin zu folgen. Hier könnte ich vielleicht meine Ruhe finden, mein eigenes Leben. Aber ich möchte auch nicht meine Herrin im Stich lassen.“
„Sicher, du kannst jetzt zurück zu deiner Herrin gehen.“
Sáile funkelte ihre Dienerin böse an, als sie sich wieder neben sie stellte. Leise fragte die Herrin:
„Was wollte sie von dir, was sie dich nicht auch in meinem Beisein fragen konnte?“
„Nichts“, antwortete Gealán wortkarg.
Die Königin sprach jetzt mit dem König. Auch der Prinz beteiligte sich an dem Gespräch.
„Sag, Fremde, welche große Aufgabe erwartet dich in deiner Welt? Und warum hast du dann diesen Weg eingeschlagen?“, fragte die Königin Sáile.

„Mein Sohn, Herrin, mein Sohn braucht mich.“
Zweifelnd fragte die Königin:
„Ist es nicht eher so, daß ihr euren Sohn braucht? Ich weiß, was ihr ihm bei seiner Geburt angetan habt. Glaubt ihr nicht, daß es besser ist, sich aus seinem Leben herauszuhalten?“
„Nein, was glaubt ihr denn, wer ihr seid? Eine Göttin? Was unterscheidet euch denn von mir?“
Die Königin zwitscherte ein vergnügtes Lachen, auch die Sidhi lachten leise auf.
„Wenn ich eines gewiß nicht bin, so ist es eine Göttin. Aber im Gegensatz zu euch, scheine ich das zu wissen. Warum nun seid ihr in den See gegangen, wenn euch euer Sohn doch so sehr braucht, meine Liebe.“
„Nennt mich nicht eure Liebe, mich liebt niemand. Der See, ja. Ich weiß nicht, warum ich in den See ging. Menschen machen auch Fehler.“
„Oh, sicherlich, und nicht nur Menschen, glaub mir. Aber wäret ihr nicht durch das Weltentor hierher gelangt, wäret ihr jetzt auf der anderen Seite der Anderen Welt am Tisch der Götter. Von dort hättet ihr nicht zu eurem Sohn zurückkehren können, Sáile.“
Die Augen der Königin blitzten kalt.
„Aber ich bin jetzt hier, und es gibt die Möglichkeit, daß ich zurückkehre. Es sei denn, ihr verweigert mir diese Gunst. Ihr seid selbst Mutter. Ich kann nicht glauben, daß ihr einer Mutter verweigern würdet, zu ihrem Sohn zurückzukehren“, sprach Sáile mitleidsvoll.
Gelassen antwortete die Königin:
„Das würde ich nie tun, dessen seid gewiß. Doch ihr wollt nicht zu eurem Sohn zurückkehren. Ihr wollt mit seiner Hilfe etwas werden, was ihr nicht seid, oder?“
„Ich sehe das ganz anders, Herrin, denn aufgrund der Geburt meines Kindes steht es mir zu, diese Welt zu verlassen.“
Während Sáile immer mehr versuchte, ihren Zorn zu verbergen, schmunzelte die Herrscherin vor sich hin.
„Ihr glaubt wahrlich, daß man bei Königen nach der Geburt fragt. Nicht in unserem Land und auch nicht in eurer Welt. Dessen seid gewiß! Woher ein schlechter König auch stammt, er wird seinen Thron nicht lange innehaben. Ihr habt auf gar nichts ein Anrecht. Alles, was ihr seid, müßt ihr euch erkämpfen. Und selbst wenn dies die Wahrheit wäre, ihr würdet dem Schicksalsrad in die Speichen greifen. Das werde ich nicht zulassen.“

Ratlos fragte Sáile:
„Was werdet ihr nun tun?“
„Im Augenblick noch gar nichts. Noch sind nicht alle gehört. Möchte denn jemand aus dem Volk sprechen?“, fragte die Herrin sich an ihr Volk wendend.
Ein hagerer Mann, dessen Schädel bis auf einen langen, geflochtenen Zopf aus weißem Haar geschoren war, erhob sich. Sáile stutzte, er hatte keine spitzen Ohren.
„Ich möchte etwas sagen, Herrin. Wie ihr wißt, war meine Mutter menschlich. Sie verliebte sich in einen Sidhi und lebte mit ihm hier, bis sie starb. Ich bin das Ergebnis dieser Verbindung, ein Weltenloser. Das Blut in meinen Adern erlaubt es mir zwar, zwischen beiden Welten zu wandeln, dennoch ist mir keine davon ein Zuhause. Laßt nicht zu, daß diesen Frauen das Gleiche widerfährt.“
Vorsichtig erkundigte sich die Königin:
„War deine Mutter denn nicht glücklich mit deinem Vater, Madhra.“
„Natürlich war sie das. Er hat sie auf Händen getragen. Aber es gab Augenblicke des Heimwehs, die sehr schmerzhaft waren, Königin.“
„Wenn du an meiner Stelle wärst, wie würdest du entscheiden?“, fragte die Herrscherin.
„Ich würde sie natürlich gehen lassen. Ich bin auch zur Hälfte ein Mensch“, antwortete der Mann.
„Nun gut, du bist gehört worden, und wir werden das Gesagte nicht vergessen.“
„Möchte noch jemand sprechen?“, fragte der König.
Da trat der Prinz nach vorne.
„Ja, ich.“
„Was hast du zu sagen, mein Sohn?“
Die Königin war überrascht.
„Wie du dich erinnern wirst, habe ich die Frauen gefunden, und als ihr Gastgeber bin ich verantwortlich für ihre Zukunft“, sagte Misnéachard.
„Was möchtest du damit sagen“, fragte sie erwartungsvoll.
„Ich möchte sagen, daß ihr wenigstens eine gehen lassen solltet, Lá. Gealán hat eine reine Seele, die noch unverdorben ist von den Gedanken ihrer Herrin. Sie ist ein Grashalm, der dem Ruf des Windes folgt. Findet sie ihre Wurzeln, wird sie auch ihr Leben wiederfinden.

Sáile aber erinnert mich an den Priester, der sich tief in die Berge zurückzog, um eins mit sich zu werden. Dort saß er nun, versenkte sich in seine Seele und suchte seine Wurzeln. Da kam eine Maus in die Höhle und setzte sich zu ihm. Der Priester aber fühlte sich gestört und sagte: Geh hinaus, ich will mit meiner Seele in Einklang kommen. Doch die Maus ließ sich nicht beeindrucken und sagte: Und wie soll dir das gelingen, wenn du noch nicht einmal mit einer Maus im Einklang leben kannst?"
„Nun gut, was sagt mein Gemahl dazu?"
Lás Blick glitt zu ihrem Gatten.
Der König, der die ganze Zeit geschwiegen hatte, beugte sich zu ihr vor, wechselte einige Worte mit ihr und sagte dann:
„Die Dienerin mag gehen. Sie ist aus Treue hierher gelangt und hat nicht wissen können, daß ihr diese Freundschaft so bitteres Leid einbringen wird. Die andere aber ist nicht würdig zurückzukehren in ihre Welt. Sie hat noch nicht genug gelernt, um das Leben richtig zu schätzen, das ihr wieder geschenkt worden ist."
Lautlos brach Gealán zusammen und blieb ohnmächtig liegen. Sáile beachtete sie kaum und rief:
„Nein, nein! Das dürft ihr nicht! Das dürft ihr nicht! Ich bin diejenige, die ihr zurückschicken müßt, nicht diese dumme Gans hier. Herrin, ich bitte euch!"
Gereizt stand die Königin auf.
„Schweigt, ihr werdet bleiben, und sie wird gehen. Reicht es euch nicht, ihr Leben verdorben zu haben? Gönnst du ihr nicht einmal ein neues Leben ohne euren Hochmut? Unser Urteil steht fest, und nichts kann es widerrufen."
Gealán, die wieder zu sich gekommen war, schwankte zur Königin und warf sich ihr zu Füßen.
„Laßt sie gehen. Ich bleibe gerne bei euch. Was bin ich schon? Ich werde niemandem fehlen. Laßt ruhig sie gehen."
Die Königin bückte sich zu ihr nieder.
„Deine Opferbereitschaft ehrt dich, aber es wird vollzogen, wie ich bestimmt habe. Du kannst gehen, aber sie wird bleiben."
„Dann werde auch ich bleiben."
Ein Raunen ging durch die Menge. Unverständnis war in die Gesichter geschrieben und auch Hochachtung vor der Treue dieser Dienerin zu ihrer Herrin.

Der Prinz machte einen Schritt nach vorne und sprach:
„Wenn es denn dein ausdrücklicher Wunsch ist zu bleiben, so soll deine Seele wenigstens nicht weiter vergiftet werden von ihr. Ich fand euch, und ich bin für euch so lange verantwortlich, bis ihr sterben werdet.
Bald ist Samhain, dann muß ich in die Andere Welt, doch wenn ich von da zurückkehre, wirst du ein eigenes Zelt erhalten."
Gealán winkte ab.
„Nein, Herr, nein, was ihr im Sinne habt, gereicht euch zur Ehre. Doch laßt mich nicht alleine bleiben. Laßt mich bei ihr, sie ist doch das einzige, was ich noch habe."
„Zu nichts sollst du gezwungen werden, was du nicht willst. Aber du sollst wissen, daß du, wann immer es dir beliebt, ihren Dienst verlassen und zu mir kommen kannst."
„Ich danke euch, Herr."
Dann ging sie zu Sáile zurück. Diese nahm ihre Anwesenheit kaum wahr. Ruhe kehrte ein, und alle setzten sich wieder.
Die Königin sammelte sich noch einen Augenblick, bis sie wieder anfing zu sprechen.
„So ist es beschlossen, daß die Fremden dieses Land nicht mehr verlassen dürfen. Sie können sich überall aufhalten. Es ist ihnen erlaubt, bis zu den Grenzen des Landes vorzudringen, doch nicht weiter. Sollten sie versuchen zu fliehen, wird die Sonne ihrer Welt sie zu Staub verbrennen und der Wind wird ihn in alle Richtungen verteilen.
Worte sind wie Vögel, hast du sie einmal freigelassen, bringt sie nichts mehr zurück.
Der Spruch ist gesprochen, und nichts wird ihn unausgesprochen machen. So findet der Comoír jetzt seine Auflösung."
Das Königliche Paar und der Prinz vollzogen noch einmal das Ritual vom Anfang und verließen dann das Zelt. Auch die Sidhi machten sich auf. Nur Sáile und Gealán standen allein in dem riesigen Zelt.
„Bist du zufrieden, Gealán. Hast du nun deine Rache, dafür, daß ich dich so schlecht behandelt habe?", fragte Sáile haßerfüllt.
„Herrin. Was habe ich denn getan? Ich wäre doch hiergeblieben und hätte dich an meiner statt gehen lassen", erwiderte die junge Frau ratlos.
„Oh, ja, mein Lämmchen. Ich weiß. Du achtest immer darauf, deine Unschuld ja nicht zu verlieren. Aber das nützt mir auch nichts. Ich hasse diese Welt. Ich hasse Fionn, ich hasse Solasard. Und ganz besonders hasse ich

mich. Wäre ich nicht so töricht gewesen, wäre ich jetzt nicht hier und müßte mir das antun. Geh jetzt, laß mich allein."
„Aber, Herrin!", rief Gealán aus.
„Verschwinde! Ich muß nachdenken. Ich kann dich jetzt nicht gebrauchen."
Verletzt ging Gealán hinaus. Wie konnte sie nur so grausam sein in einem so schönen Land. Die junge Frau verstand es einfach nicht. Langsam ging sie auf ihr Zelt zu, als sie dem jungen Prinzen geradewegs in die Arme lief.
„Komm, wir wollen ein Stück zusammen gehen. Du hast einen anstrengenden Tag hinter dir und solltest dich jetzt nicht in dein Zelt setzen und grämen. Du hast an all dem die geringste Schuld", sagte er verständnisvoll.
„Mir erscheint es gerade anders zu sein", gab ihm Gealán zurück.
„Nur weil sie diesen Eindruck erweckt, muß es noch lange nicht so sein. Du hast keine Schuld. Du bist ihr doch nur gefolgt. Wäre sie nicht ins Wasser gegangen, wäret ihr beide nicht hier. Aber du solltest dich dennoch von ihr fernhalten. Sie ist kein guter Mensch und übt einen schlechten Einfluß auf dich aus. Du kannst genauso stolz und aufrecht gehen wie sie. Du bist genauso frei wie sie."
Verwundert über seine Gefühlskälte fragte Gealán:
„Hast du denn gar kein Mitleid mit ihr?"
Misnéachard blickte in die Ferne.
„Nein. Sie hat erhalten, was sie verdient hat. Wenn wir sie hätten zurückkehren lassen, hätte sie vielleicht noch den Lauf der Welt verändert. Wir können das nicht dulden. Sie gehört nicht mehr in ihre Welt. Es ist schon schwer genug, den Stein, den sie zum Rollen gebracht hat, in die richtigen Bahnen zu lenken."
„Welchen Stein?", frage sie verwundert.
„Ihren Sohn. Solasard mac Annir. Er wird es noch schwer genug haben. Das Blaue Schwert zu finden ist nicht einfach. Es aber zu behaupten und den Thron einzufordern, ist eine noch viel schwierigere Aufgabe. Vom Hochkönig sein, wollen wir gar nicht erst reden."
„Und was sagt er dazu?"
Gealáns Neugier war geweckt.
Geheimnisvoll lächelte der Prinz.
„Er? Nichts. Er weiß nichts von all dem. Außer, daß er einen Geís zu erfüllen hat, um seine Hochzeit feiern zu können. Aber selbst die Götter

haben ihn unter ihre Fittiche genommen. Großes haben sie vor mit ihm und seiner Zukünftigen. Eine Frau, die ich gerne kennenlernen würde, obwohl sie menschlich ist. Wie auch immer, Solasard muß seinen Weg zu Ende gehen. Es ist sein Schicksal. Er kann ihm nicht entgehen, was er auch tun wird, er wird auf dem Thron enden."
„Und was, wenn er das vielleicht gar nicht will?", fragte die junge Frau.
„Er wird müssen, denn durch diesen Geís ist sein Schicksal vorbestimmt. Solche Menschen sind immer die besseren Könige. Keine Schwächlinge wie die, die sich durch ihren Stammbaum den Thron erschleichen. Außerdem hat er gute Freunde, die auf ihn aufpassen."
Der Elbenprinz lächelte geheimnisvoll.
„Und was heißt, die Götter haben ihn unter ihre Fittiche genommen? Sáile sagte mir, ihr seid keine Götter mehr."
Traurig lächelte Misnéachard.
„Nein, das sind wir nicht, aber sie stehen uns näher als euch, denn aus den gleichen Wurzeln sind wir entwachsen."
„Dann muß ich mir die mächtige Morríghan mit spitzen Ohren vorstellen?"
Ein schnelles Grinsen verschwand von ihrem Gesicht. Der Prinz lachte.
„Nein, du kannst sie dir vorstellen wie du willst, denn sie kann jede Gestalt annehmen. Sonst wäre sie keine Göttin."
„Dann würde sich Sáile mit den Göttern anlegen, wenn sie in unsere Welt zurückkehren würde?"
„Das hat sie bereits bei Solasards Geburt getan. Denn kein Mensch darf sich so hoch setzen, wie sie es tat. Aber aus welchen Gründen auch immer, die Götter haben es nicht verhindert. Du brauchst dir keine Sorgen zu machen. Sie wird nicht zurückkehren. Sie würde zu Staub zerfallen. Sie hat keine Möglichkeit, etwas an Solasards Schicksal zu ändern."
Gealán war beeindruckt von den Worten des Sidhi.
„Du sagst viele merkwürdige Dinge, die ich nur schwer begreifen kann. Götter und Sidhi, Geís und solche Dinge. Ich weiß von all dem nichts. Ich bin nur eine einfache Menschenfrau, die wenig weiß."
„Das mag von Vorteil sein, denn bedenke, wer Wissen erlangt, der erlangt auch Sorgen. Je mehr du deine Augen öffnest, um so weiter siehst du und um so schwieriger ist es, die Augen wieder zu verschließen."
Der Prinz lächelte sanft.
„Du bist so weise und ich, ich weiß so wenig", erwiderte die junge Frau.

„Die Weisheit hat viele Seiten, aber laß uns nun von anderen Dingen sprechen. Warum möchtest du kein eigenes Zelt? Sie wird dich nur verletzen, wenn du bei ihr bleibst. Du weißt das“, sagte er bestimmt.
„Ja, ich weiß. Aber ich bin kein Sidhé, Herr. Und wen habe ich außer ihr. Der Mann, der vorhin für uns gesprochen hat, machte auf mich nicht gerade einen vertrauensseligen Eindruck. Ihm möchte ich mich nicht anvertrauen.“
„Siehst du, du kannst gut von schlecht unterscheiden. Auch ich halte es für besser, wenn du dich von ihm fernhältst. Madhra ist ein innerlich zweigeteilter Mann, der nicht weiß, wo er hingehört. Es mag sein, daß ihn deine Herrin für sich gewinnt. Ich glaube nicht, daß sie von hier aus tatenlos mit ansehen wird, wie das Schicksal seinen Lauf nimmt.“
Zu gut schien er die Menschen zu kennen.
„Nein, das wird sie mit Sicherheit nicht tun. Sie führt zu Ende, was sie einmal begonnen hat.“
Tapfer kämpfte die junge Frau für ihre Herrin.
„Das fürchte ich auch. Komm, wir wollen zurückgehen“, sagte der Prinz.
Die Dämmerung hatte bereits eingesetzt, und es wurde langsam kühl.
„Was macht ihr in unserer Welt an Samhain?“, fragte Gealán vorsichtig.
„Ich sehe nach dem Rechten. Wir müssen uns nicht nur um den zukünftigen Hochkönig Erius kümmern. Ein Land wird nie von einem Mann allein beherrscht, und viele Hände halten den König.“
„Ich habe so viel Neues hier gelernt. Wie töricht war es von mir zu glauben, daß es keine Elben mehr gibt.“
Sie schüttelte den Kopf unglaubig.
„Ja, ihr seid noch ein junges Volk und habt noch vieles zu lernen. Viele von uns sind Mondkinder, aber ich liebe die Sonne, die wahre Sonne, die hier nicht scheint genauso. Ich hätte nichts dagegen, wenn wir unsere Wel ten einander wieder etwas näherbringen könnten. Wir treiben im Fluß der Zeit, und es mag eines Tages gar keine Verbindung mehr zu unserer alten Heimat geben“, erklärte ihr Misnéachard.
„Warum?“, fragte Gealán.
„Weil die Menschen Menschen sind. Ein Gipfel wird immer dann zum ersten Mal erklommen, wenn sie vergessen haben, daß es schon einmal jemanden vor ihrer Zeit gab, dem dies gelang. Auch wir werden eines Tages vergessen sein. Die Menschen Erius werden von ihren Göttern so weit entfernt sein, vielleicht auch sein wollen, daß sie sie nicht mehr auf

der Erde dulden wollen, sondern sie wie andere Völker in den Himmel verbannen. Die Menschen haben eine Verantwortung für ihre Götter, für ihren Glauben. Aber schon jetzt lassen sie sich das Alte Wort lieber auslegen, als selbst darüber nachzudenken. Sie hören auf die Worte des Druiden und nicht auf ihr Herz."
Ärgerlich sprach der Prinz diese Worte.
„Das kann doch nicht so schlimm sein. Der Druide sagt auch nur, was das Alte Wort sagt," erwiderte Gealán.
„Das ist ja das Schlimme. Ich selbst muß mit den Göttern sprechen, um sie zu verstehen. Der Druide kann nur mit seiner eigenen Zunge sprechen. Die Menschen lassen sich immer mehr entmündigen, weil es einfacher ist, sich durch andere führen zu lassen, als sich selbst auf die Suche nach seinem Gott zu machen."
„Was soll das für ein Glaube sein, wenn jeder etwas anderes glaubt?", fragte sie nach.
„Ich bin mir nicht sicher, ob das so wäre. Wie heißt es so schön, ein Gott, ein Glaube, viele Priester, viele Glaubenswege."
„Das ist nicht richtig", stellte die junge Frau fest.
„Warum, Gealán?"
„Weil jeder die Götter dann anders sieht", antwortete sie ihrem Gastgeber.
„Ist das so schlimm? Ohnehin sieht jeder die Götter anders. Aber die Menschen machen sich ja noch nicht einmal auf den Weg. Es ist auch viel einfacher, den Hohepriestern zuzuhören und so zu tun, als wäre die Welt in Ordnung", bemerkte der Prinz traurig.
„Irgendwie kommt es mir vor, als habe ich einen Bienenstock im Kopf, wenn du mit mir sprichst. Du sagst so vieles, was für mich schwer zu verstehen ist. Ich höre dir jedoch gerne zu und würde mich freuen, wenn wir uns öfters sehen könnten. Ein Prinz in eurer Welt scheint nicht einem Prinzen in meiner Welt zu gleichen."
Gealán lächelte sanft.
„Nein, sicherlich nicht", erwiderte Misnéachard.
Sie waren wieder vor dem Zelt der beiden Frauen angekommen.
Die junge Frau sagte:
„Danke für die Unterhaltung, und vergeßt mich nicht. Es tut gut, ein paar nette Worte zu hören in einer fremden Welt."
„Ich hoffe, daß sie das nicht lange bleiben wird. Lebt denn wohl!"

„Lebt auch ihr wohl, Herr Prinz! Ich freue mich auf ein Wiedersehen.“
Er lächelte ihr noch einmal zu und ging dann davon. Vorsichtig zog Gealán eine Stoffbahn zur Seite und schritt in das Zelt. Sáile lag auf ihrem Nachtlager und starrte an die Decke, bevor sie ihre Worte wie bittere Galle auswarf.
„So, ein paar nette Worte. Ich war wohl nie nett zu dir?“
„Herrin, ich werde nicht mit euch streiten. Es war ein harter Tag für uns beide, und wir haben vieles gesagt, was wir nicht so gemeint haben“, lenkte Gealán ein.
„Ich nicht“, sagte Sáile.
„Macht was ihr wollt. Ich bin es leid“, sagte die junge Frau trotzig.
„Sind wir stark geworden, ja? Durch ein einziges Gespräch mit der hohen Durchlauchtigkeit?“
„Im Gegensatz zu dir, Sáile, ist der Prinz nicht ganz so unzufrieden und höhnisch. Es ist mir ein Vergnügen, mich mit ihm zu unterhalten. Er ist freundlich, zuvorkommend und höflich.“
„Und ich?“, fragte Sáile erwartungsvoll.
„Das weißt du selbst am besten. Ich möchte mich jetzt nicht mit dir unterhalten.“
Sie ging wieder hinaus. Mittlerweile war es draußen dunkel geworden. An einem wolkenlosen Himmel prangten die Sterne und erhellten die Nacht. Der Mond schien sanft über das Land. Es fröstelte sie ein wenig, aber die kühle Nachtluft tat ihr gut. Hier draußen konnte sie atmen.

Misnéachard

Der Nachmittag ging vorüber, und noch immer hatten Amhrán und Rhiannon keinen zufriedenstellenden Platz für ihr Nachtlager gefunden. Erst als es schon begann, dunkel zu werden, fanden sie abseits des Weges hinter einer Wand aus Ginsterbüschen einen guten Platz. Rund um eine kleine Freifläche standen sechs alte knorrige Eichen so eng beieinander, daß sie fast ein dichtes Dach über sich hatten. Mit einem Messer und ihrem Fangnetz hatte sich Rhiannon auf den Weg gemacht, Binsen zu sammeln, auf denen sie einigermaßen bequem liegen konnten. Amhrán legte währenddessen eine Feuerstelle an und sammelte Holz.

Nach einiger Zeit kam Rhiannon zurück. Unter dem rechten Arm hatte sie eine Garbe Binsen, mit der linken Hand schwenkte sie verheißungsvoll einen toten Hasen.

„Es war gar nicht so schwer, ihn zum Abendessen zu überreden. Ich denke, das wird ein guter Eintopf werden. Der wird uns wärmen in der Nacht. Vielleicht sollten wir uns hinter den Ginster legen. Da wird es nicht so ziehen. Meine Knochen sind leider nicht mehr die jüngsten, und wenn sie das Wort Kälte hören, werden sie von alleine steif."

Mit Hilfe des Mädchens breitete Rhiannon die Binsen hinter dem Ginster aus und entfachte ein Feuer. Aus dicken Ästen hatte sie eine Art Gestell für den Kessel gebaut. Jetzt war wieder der, wie Amhrán ihn jetzt immer nannte, Wundersack an der Reihe.

Aus seinem Inneren zauberte die Köchin einige schrumpelige Wildrüben, Nüsse, Beeren und zwei weitere Tontiegel hervor. Dann holte sie einen Wasserbeutel heraus und goß seinen Inhalt in den Kessel. Amhrán drückte sie ein Messer in die Hand, damit sie die Rüben kleinschnitt. Danach knackte die Köchin die Nüsse, warf sie in das Wasser, gab einige Wacholderbeeren und ein paar Weizenkörner dazu und ließ das ganze über dem Feuer vor sich hin köcheln. Anschließend stand sie auf, band mit einem Lederband den Hasen an den Hinterläufen zusammen, hängte ihn dann an einen Ast und begann, ihm das Fell abzuziehen, ihn auszunehmen und zu zerteilen. Schließlich gab sie das Fleisch in den Kessel, öffnete den ersten der beiden Tiegel und gab eine Brise Salz in die Brühe. Später öffnete sie den zweiten Tiegel, und ein würziger Duft, der Hauch einer Erinnerung

an Zuhause, zog an Amhrán vorüber. Auch die getrockneten Kräuter warf Rhiannon in die Brühe.
Begeistert schaute ihr Amhrán zu. Hungern mußte sie mit solch einer Köchin sicherlich nicht. Mit einem dicken Ast rührte Rhiannon, die sich vor den Kessel gesetzt hatte, alles um. Bald schon roch es gar köstlich, und Amhrán lief das Wasser im Munde zusammen. Die ganze Zeit sagte Rhiannon kein Wort, sondern richtete ihre Aufmerksamkeit auf ihre Kochkunst. Schließlich platzte es aus Amhrán heraus.
„Habe ich etwas falsch gemacht? Du bist so schweigsam."
Freundlich blickte Rhiannon auf.
„Ich mache mir nur ein wenig Sorgen. Weißt du, es ist Samhain. Alles ist möglich in Nächten wie diesen. Das Schlimme ist, ich kenne die Elben, und glaube mir Kind, ich kenne sie gut.
Sie haben ein Herz für die törichten Worte eines Menschenkindes. Vom Weg aus sind wir durch den Ginster abgedeckt. Menschen werden uns hier sicher nicht finden. Wahrscheinlich ist sowieso niemand außer uns so närrisch, heute unterwegs zu sein. Aber Elben ...
Sie haben die Augen eines Adlers und die Ohren eines Fuchses. Nun ja, was sorge ich mich. Wenn der Hammer gefallen ist, weißt du, daß du das Eisen bist."
Fast mitleidsvoll sah Amhrán die alte Frau an. Hatte sie tatsächlich Angst?
„Du mußt dich nicht fürchten. Ich bin doch bei dir. Sie werden uns sicher nichts tun. So vieles hast du mir heute und gestern erzählt. Sie müssen sehr edel sein. Tief in meinem Herzen weiß ich, daß sie nie die Hand gegen Wehrlose erheben würden. Das wäre ehrlos, und ihre Ehre muß ihnen sehr viel bedeuten. Niemals werde ich sie fürchten. Sie sind die wahren Herren dieses Landes. Sie gaben ihm seinen Namen. Niemals werde ich sie fürchten, und du solltest es auch nicht."
Erstaunt betrachtete Rhiannon dieses Kind, das soeben zu ihr gesprochen hatte, als wäre es selbst eine Sidhé, eine Erdhügelbewohnerin. Ob sie mehr über die Elben wußte als sie zugab? Ob sie gar mit ihnen in einem Bund stand?
Kein Mensch, den sie kannte, hatte so viel Vertrauen zu den Elben. Auch wenn sie noch so edel sein mochten, sie waren sehr launisch, und niemand konnte ihr Denken und Handeln vorhersehen. Mit einem kräftigen Umrühren schob sie die unangenehmen Gedanken beiseite und tauchte mit dem Zeigefinger in die Brühe.

„Mmh, lecker. Ich denke, wir können essen.“
Ihre müden Glieder streckend stand sie auf und ging zum Reisesack. Aus seinem Inneren holte sie zwei kleine Holzschüsselchen und einen Schöpflöffel hervor.
„Sag, Rhiannon, wenn du alleine reist, warum hast du dann zwei Eßschüsselchen dabei?“
Kaum merklich zuckte die Frau zusammen.
„Vielleicht weil mir schon öfters so verlorene Kitze wie du über den Weg gelaufen sind.“
Um sie herum war nur noch Dunkelheit, als die zwei Frauen am Feuer saßen und die Brühe aus den fast schon leeren Schüsseln schlürften. Gerade als sie sich die Schüsseln zum zweiten Mal gefüllt hatten, erhob sich plötzlich ein starker Wind, der an den Ästen über ihnen rüttelte. Ein Regen von Eichenblättern fiel auf sie nieder. Sie wirbelten auf dem Boden umher. Das Feuer duckte sich unter dem Windhauch.
Verwundert blickten sich die beiden Frauen an, als sie gleichzeitig von Ferne Hufschläge vernahmen. Rhiannon stellte ihre Schüssel ab, kroch durch den Ginster und schaute auf den Weg. Schnell kehrte sie zurück.
„Du wirst es mir nicht glauben. Elben, ein ganzes Gefolge. Zu Pferde. Bestimmt zehn Mann. Laß uns das Feuer löschen und warten, bis sie vorüber sind.“
Amhrán aber erwiderte ruhig:
„Rhiannon. Sie werden nicht vorüberreiten. Du weißt das, und ich weiß das. Sicherlich haben sie unser Feuer schon längst gesehen. Es zu löschen würde bedeuten, daß wir etwas zu verbergen haben. Laß uns weiteressen und hier warten. Mögen sie ruhig kommen.“
Aufgeregt zitterten die Hände Rhiannons und mit ihnen die Schüssel, die sie hielten.
„Ich verstehe nicht, wie du so ruhig sein kannst. Essen! Der Wind weht mir ständig Blätter vors Gesicht. Außerdem bekäme ich nicht mal den kleinsten Bissen runter. Du mußt verrückt sein. Willst du sie zum Essen einladen?“
Verschmitzt grinste Amhrán.
„Warum nicht?“
Dann ging alles sehr schnell. Die Hufschläge näherten sich. Der Wind legte sich genauso plötzlich, wie er aufgekommen war. Auf dem Pfad, dem Rhiannon und Amhrán zu ihrem Lager gefolgt waren, erschien ein Reiter.

Rhiannon ließ erst ihre Schüssel und dann sich selbst in Ohnmacht fallen. Amhrán stellte vorsichtig ihre Schüssel ab, erhob sich, neigte vor dem Reiter das Knie und blickte unter sich. Eine freundliche Stimme drang an ihr Ohr.
„Sei mir gegrüßt, Tochter Erius, und erhebe dich."
Amhrán tat wie geheißen, doch fast zwang sie die Schönheit des jungen Reiters wieder in die Knie. Sprachlos stand sie vor ihm. Auf einem anmutigen Pferd saß er. Obwohl es einem Schimmel nicht unähnlich sah, waren Ohren, Schweif, Fesseln und die ellenlange Mähne fuchsrot. Wieder vernahm Amhrán diese Stimme, die sie fast willenlos machte.
„Ein schönes Tier, nicht war? Nur in unserer Welt gibt es solche Pferde. Sein Name ist Lasair. Das bedeutet Flamme. Wenn du magst, lasse ich dich nachher darauf reiten. Doch nun möchte ich dich fragen, ob es dir unangenehm ist, wenn ich mich mit meinen Freunden ein wenig an eurem Feuer wärme."
Besorgt blickte er zu Rhiannon hinüber.
„Oh, eurer Freundin geht es wohl nicht gut?"
Bestürzt ob ihrer Unachtsamkeit sprang Amhrán zu Rhiannon hin und tätschelte die Wange ihrer Freundin, die gleich wieder zu sich kam. Als sie jedoch einen Blick in die Runde warf und der Reiter auch nach mehrmaligem Reiben der Augen nicht verschwand, fiel sie wieder zurück. Zärtlich deckte Amhrán die alte Frau mit ihrem Mantel zu. Ihr war nicht mehr kalt.
„Sicherlich könnt ihr euch an unserem Feuer aufwärmen. Viel haben wir allerdings nicht zu bieten. Nur einen mageren Hasentopf."
Geschmeidig glitt der Reiter von seinem Pferd.
„Wir haben etwas zu essen mitgenommen, als wir uns auf den Weg machten. Vielleicht können wir alles zusammentun und teilen. Aber wir wären auch mit einem mageren Hasentopf zufrieden gewesen. Schlimmeres mußten wir essen in den Zeiten der Großen Schlachten."
Seine Lippen pfiffen einen leisen Triller, und die anderen Reiter kamen des Weges entlang. Ihre Pferde führten sie an Zügeln, und auf den Rücken der Tiere lagen weiche Decken in den verschiedensten Farben.
„Verzeih, daß wir die Pferde mit hierherbringen. Aber wir haben die Verantwortung für diese Tiere übernommen und möchten sie nicht achtlos auf dem Weg zurücklassen. Hier können sie ein wenig im Wald grasen, ohne daß wir sie aus den Augen verlieren."

Er ging auf sein schönes Pferd zu, nahm Zügel und Decke ab und ließ es in den Wald laufen.
„Verzeih, daß ich mich noch nicht vorstellte, aber wir waren überrascht, in dieser Nacht überhaupt auf Menschen zu treffen. Mein Name ist Misnéachard. Auch wenn es dein Wunsch sein mag, edle Amhrán, aber dies ist noch nicht die Nacht, in der ich dich in mein Reich mitnehmen werde. Wir wollen diese Nacht miteinander verbringen, und kein Leid soll dir jemals durch mich geschehen. Doch dies muß dir vorerst genügen als Gabe des Elbenprinzen."
Er machte einen Schritt auf Amhrán zu, hob sanft mit dem Zeigefinger ihren Kopf, und aus der Tiefe seiner grünbraunen Augen brannte sich sein edler Blick für immer in ihr Herz. Amhrán konnte ihre Augen nicht von den seinen abwenden. Wenn sein Wesen so war wie sein Äußeres, mußte er wahrlich ein Gott sein. Endlich drehte er sich um, auf eine Frage seiner Männer antwortend.
Rhiannon lag noch immer wie eine Schlafende unter Amhráns Mantel. Die Männer kamen jetzt ans Feuer. Im Gegensatz zu der Waldläuferin trugen sie keine Reisesäcke, sondern längliche Lederbeutel, die ihnen quer über den Rücken hingen. Das Mädchen setzte sich zu ihrer Freundin.
Die Elben hatten sich um das Feuer gesetzt und sprachen in ihrer wundervollen, melodischen Sprache miteinander, als wäre sie gar nicht da. Einige der Männer schienen über etwas aufgebracht zu sein und redeten auf Misnéachard ein.
Dieser ließ sie ausreden, fiel ihnen nicht ins Wort und gab ihnen ruhig und überlegt Antwort. Erstaunen zeichnete sich auf den Gesichtern der erzürnten Männer ab. Zum ersten Mal betrachteten sie Amhrán genauer und schauten dann ungläubig zu Misnéachard. Dieser nickte nur. Er saß mit dem Rücken zu ihr, sonst hätte er sofort bemerkt, daß sie sich vorkam wie ein seltenes Tier, das ein Schausteller auf dem Markt zum Betrachten feilbot. Dann sprachen sie wohl über etwas anderes. Die Gespräche wurden leiser. Was auch immer gesprochen wurde, nie unterbrach einer den anderen. Obwohl klar war, daß Misnéachard ihr Anführer war, es zählte die Meinung eines jeden einzelnen, bevor eine Entscheidung gefällt wurde. Schließlich schwiegen sie lange Zeit, als ob sie in Gedanken weiter miteinander sprechen würden. Dann nahmen sie ihre Beutel vom Rücken und holten allerlei merkwürdige Dinge daraus hervor. Endlich drehte sich der Prinz um und sagte zu Amhrán:

„Komm, laß deine Freundin ruhig schlafen, und setz dich zu uns. Als Ehrengast magst du neben mir sitzen, wenn es dir gefällt.“
Unsicher ging Amhrán auf diesen Mann zu. Mit Solasard war sie groß geworden. Er konnte ihr keine Geheimnisse mehr bieten, die sie lösen konnte, fast war er mehr ihr Bruder als ihr Versprochener. Aber dieser Elb war geheimnisvoll und männlicher als alles, was Amhrán jemals in ihrem Leben an Männern zu sehen bekommen hatte. Wenn sie ihn nur berühren könnte. Inbrünstig betete sie zur Göttin, daß er kein Trugbild und sie nicht in irgendeinem verrückten Traum gefangen sei.
Er öffnete seinen weiten, glockenförmigen Mantel, um sie zu wärmen und legte ihn ihr und sich um die Schultern. Wie ein Kätzchen schmiegte sich die Kindfrau an den Prinzen. Ein Elb ging umher, verteilte an jeden einen hölzernen Becher und schenkte aus einem Schlauch einen golden schimmernden Trunk ein. Auch Amhrán gab er einen Becher und füllte diesen.
Vorsichtig hielt sie sich das Getränk unter die Nase, schnupperte daran und glaubte, wäre sie ein Schmetterling, müßte sie sterben vor Freude. Es schien, als hätten die Elben alle Gerüche eines schönen Sommertages in diesem Trank eingefangen. Als sie daran nippte, breitete sich in ihrem ganzen Mund der süße Geschmack von Honig aus und doch prickelte es auf ihrer Zungenspitze minzig.
„Schmeckt es dir? Die Honigbienen unserer Heimat sind eifrige Sammlerinnen. Und das Wasser unserer Quellen ist klarer als ein Sonnentag im Uath. Wir leben noch mit unserer Welt und nicht nur in ihr. Aber laß nur. Ich weiß, daß meine Worte hier fehl am Platze sind und will nicht unhöflich erscheinen.“
Eine gewisse Traurigkeit schlich sich in seine Augen. Er hatte buschige Augenbrauen, die wohl jedermann daran erinnern sollten, daß in jedem aufrecht gehenden Wesen ein Tier steckte, das man nicht unnötig reizen sollte. Ihr gegenüber wirkten sie jedoch nicht bedrohlich. Sie fühlte sich geborgen und sicher an seiner Seite. Endlich brachte auch Amhrán ein paar Worte heraus.
„Ihr seid nicht unhöflich, ganz gewiß nicht. Ich bin froh, die Gnade erfahren zu dürfen, mit euch an diesem Feuer zu sitzen.“
Grinsend zog er eine Augenbraue hoch und sagte:

„Stillt diese Begegnung deine Neugier über das Volk der Sidhi oder Elben, wie ihr uns nennt. Wir Sidhi sind ein stolzes Volk, und wir lassen uns nicht gerne anstarren vom Menschenvolk."
Um Verzeihung heischend blickte Amhrán ihn bestürzt an:
„Nein, nein. Ich wollte euch nicht zu nahe treten. Aber ihr seht nun einmal anders aus als wir. Betrachtet nur eure spitzen Fuchsohren. Außerdem hieß es immer, ihr seid alle blond und blauäugig. Doch obwohl euer ganzes Gefolge diesem Bild entspricht, sind eure Augen und euer Haar von so dunklem Braun, daß es fast schwarz ist. Und eure Haut ist nicht so bleich wie die eines Toten, sondern golden wie das Fell eines Rehs im Sommerkleid."
Die Männer des Prinzen atmeten hörbar ein und hielten die Luft an, abwartend, ob dem Donner ein Blitz folgen würde. Doch die schmalen Lippen ihres Herrn zogen sich in die Breite, und plötzlich brach ein Lachen aus ihnen hervor, als wäre es in einem Sack gefangengehalten worden und hätte sich jetzt wie ein brechender Damm befreit. Mit seinen schlanken und doch starken Armen schlug sich Misnéachard auf seinen Oberschenkel.
„Oh, ja. Ich weiß, wir sind ja Götter. Leuchtend und golden. Aber die Zeit eurer und unserer Götter ist vorbei. Sie wurden nur zu Göttern, weil ihr sie dazu gemacht habt. Wie bei euch sind bei uns ebenfalls nicht alle gleich. Das wäre wohl auch ziemlich langweilig. Findest du nicht?
Damals kamen wir aus einer anderen Welt. Das Wissen, das wir mitbrachten, war so ganz anders als das, was wir hier vorfanden. Und doch nur hier auf dieser Insel konnten wir werden, was wir sind. Nur hier konnten wir uns von den Fesseln des Sterblichseins lösen und frei werden.
Viele von uns gibt und gab es in anderen Ländern, die wir durchquerten auf unserem Zug in den Norden. Keines dieser Völker ist jedoch so mit seinem Land verwachsen wie wir. Du wunderst dich, warum meine Haut so braun ist? Ich kann es dir sagen, weil die Sonne sie oft berührt hat. Seit ihr euch selbst untertan seid, müssen wir immer öfter nach euch sehen. Jeder Mensch hat seine Grenzen, doch nur wenige haben die Fähigkeit, die Bande, die sie halten, zu erkennen.
So sind letztlich wir es, die wieder bereinigen, was der Mensch an Unheil anrichtet. Aber ich muß mich schon wieder tadeln. Ich sollte nicht auf diese Art mit dir reden, als dein Gast an deinem Feuer. Dennoch im Gegensatz zu dir, weiß ich, mit wem ich hier spreche, und du sollst wissen, wie mein Volk lebt und denkt. Ich bin nur einer der wenigen meines Vol-

kes, der an den Menschen Anteil nimmt. Vielen von uns wäre es nur recht, schlachtetet ihr euch gegenseitig ab, damit wir wieder wie in früheren Zeiten unter dem Antlitz der Sonne wandeln könnten und nicht wie verstohlene Wölfe unter dem Licht der Mondin.

Sie glauben nicht wie ich daran, daß es eine gemeinsame Welt, die Eine Welt, für die Sidhi und für die Menschen geben könnte. Doch nun laß uns ein wenig den Alten Liedern lauschen."

Ein junger, jedenfalls in Amhráns Augen, junger Mann zog eine Flöte aus einem Beutel und begann eine getragene Melodie zu spielen. Sogleich fielen die anderen Männer singend und summend in das Lied ein. Allein der Prinz schwieg. Er schien wie Amhrán, die noch verwirrt war von seinen Worten, nur zu lauschen.

Einige Zeit saßen sie so beieinander, bis Misnéachard sich ihr zuwandte und sie leise fragte:

„Ich werde einmal nach meinem Pferd sehen. Möchtest du mitkommen?"

Stumm nickte das Mädchen. Er stand auf und half ihr hoch. Amhrán warf noch einen Blick auf die schlafende Rhiannon, deren Busen sich ruhig hob und senkte.

Sie gingen nur wenige Schritte, als sie schon vor dem prächtigen Hengst standen. Beim Schritt seines Herrn hob er sofort den Kopf und kam auf ihn zu. Zärtlich tätschelte ihm Misnéachard den Hals.

„Na, mein Bester, noch nicht müde? Was? Noch einen kleinen Gute-Nacht-Ritt? Möchtest du mitkommen, Amhrán? Es wird nicht lange dauern."

Selbst, wenn sie es noch so gewollt hätte, es würde ihr nie gelingen, ihm etwas abzuschlagen.

„Warte hier! Ich muß nur seinen Halfter holen. Er würde ja auch freiwillig folgen, wohin ich ginge, aber manches Mal waren wir beide froh, meiner Führung und nicht seinem Kopf gefolgt zu sein."

Als sie ihn näher betrachtete, fiel ihr auf, daß er unter seinem Mantel nur ein halbärmeliges Hemd trug, das aus so feinem Stoff war, daß er genausogut auch gar keines hätte tragen können. Wenigstens hatte er eine dicke braune Lederhose und feste Stiefel an. Kälte schien ihm nichts auszumachen. Wohingegen Amhrán leise vor sich hin zu bibbern begann. Mit festen Schritten ging er zum Feuer, sagte etwas zu seinen Leuten, nahm Halfter und Zügel und kam zurück.

Schnell hatte er das Pferd aufgezäumt. Dann hob er Amhrán auf den Hengst, stieg selbst auf und ergriff um das Mädchen herum die Zügel. Sie folgten dem Pfad zum Lager, bis sie wieder auf dem Hauptweg waren. Fest umschlossen seine Arme den Oberkörper des Mädchens, sein Mantel hüllte sie ein und schützte sie vor der Kälte der Nacht.
Kraftvoll trabte das gewaltige Roß an. Amhrán fühlte, wie sich die Muskeln des Tieres unter ihr spannten und lockerten. Seine lange Mähne wehte im Wind. Schließlich fielen sie in Galopp. Ihre Körper waren im Einklang mit den fließenden Bewegungen des Pferdes. Wie berauscht preßte sie sich an den Mann, fühlte wie sein Geschlecht mit jedem Schritt des Pferdes an sie stieß. Sie hatte ihre Augen geschlossen, ließ sich vom Wind der Nacht das Gesicht streicheln und gab sich wilden Träumen hin, während sie schweigend dahinflogen. Immer tiefer schmiegte sie sich in seine Arme. Sein Atem streifte ihren Nacken. Immer fester schlossen sich seine Arme um sie. Nicht einmal ein Lufthauch trennte ihre Körper. Hitze durchströmte Amhrán. Lasair wurde langsamer, bis er plötzlich stehenblieb.
Geschmeidig glitt Misnéachard vom Rücken des gewaltigen Hengstes und zog das Mädchen behutsam in seine Arme. So sehr verlangte es seinen Körper nach ihr. Leidenschaftlich drängte sie sich ihm entgegen, beugte sie ihren Kopf zurück. Ihre Lippen luden ihn verheißungsvoll ein, das Wasser ihres Mundes mit seinem zu vermischen.
Seine Hände glitten an ihrem Körper entlang, preßten ihre Hüfte gegen seine, faßten sie im Nacken. Sie tranken voneinander wie Verdurstende aus dem Brunnen des Lebens. Lange standen sie so, hielten sich engumschlungen, küßten sich. Welten wurden geboren und vergingen in dieser Ewigkeit des Seins. Doch dann löste sich Misnéachard sanft von ihr.
„Wir werden jetzt nicht tun, wonach unsere Körper gieren, Amhrán. Niemals hätte ich gedacht, daß die Flamme deines Herzens so hell für mich leuchtet, daß ich geblendet werde von der Schönheit deiner Seele.
Du hast es nicht verdient, so behandelt zu werden, und vielleicht würdest du mich später hassen für mein ehrloses Verhalten. Ich bin ein Sidhé, kein Traum, kein Märchenprinz und kein Mensch, und du bist noch nicht einmal für mich bestimmt.
Vielleicht mag es dereinst soweit kommen, daß wir dieser Welt etwas Besseres schenken als Schwerter und alte Sagen. Aber dann nicht so. Zu kostbar bist du mir geworden in diesen kurzen Augenblicken."
Wie zu Stein erstarrt blickte Amhrán in seine Augen.

Mit beiden Armen packte er ihre Schultern und rüttelte sie, als fielen dadurch diese wilden Gedanken von ihr ab.
„Was, wenn du es morgen bereust? Was, wenn du dich dafür haßt? Nein, Amhrán, wenn du es willst, werden wir uns wiedersehen. Ich verspreche es dir. Aber ich möchte, daß du weißt, was du tust, was du willst. Du sollst nicht nur einfach deinem Körper nachgeben. Zuviel steht auf dem Spiel. Unsere Körper, sie werden nie unsere Herzen sein können."
Heiße Tränen liefen ihre Wangen hinunter. Leise, wie zu sich selbst sprach sie:
„Mein Herz, du fragst nach meinem Herz? Es gehört nur dir."
Fast hätte sie ihr Hemd zerrissen, er hielt ihre Hände fest und doch warf sich die trotzige Kindfrau in seine Arme. Zärtlich strich er ihr über das Haar, küßte es. Leise schluchzte sie aus seinem Mantel hervor.
„Warum nur, warum nur zerstörst du es?"
Sein ganzer Körper verkrampfte sich, als er mit kalter Stimme sagte:
„Weil ich muß."
Schmerz legte sich wie ein kalter Mantel um sein Herz. Was zog ihn nur hin zu diesem Mädchen?
Leise pfiff er nach Lasair, der sofort zu seinem Herrn kam. Wie einen schweren Mehlsack hievte er sie auf das Pferd, dann stieg er selbst auf und stieß dem Tier seine Fersen in die Weichen. Im Galopp ritten sie zurück. Ihre Tränen flogen wie kalte Perlen in sein Gesicht. Obwohl sie vor ihm saß, waren sie durch Welten getrennt. Dann versiegten ihre Tränen, und sie richtete sich stolz auf.
Er lächelte. Als sie das Lager erreichten, saßen die Männer noch immer beisammen und sangen oder sprachen leise miteinander. Einer der jungen Männer stand auf, nahm Lasairs Zügel, nachdem beide abgestiegen waren und führte ihn zu den anderen Pferden zurück. Amhrán setzte sich möglichst nah ans Feuer. Ihr war kalt. Als sich Misnéachard neben sie setzte, rückte sie ein Stück zur Seite.
„Wir werden nicht mehr allzu lange deine Gastfreundschaft in Anspruch nehmen, Herrin. Bald wird die Sonne aufgehen, und wir sind mit wichtigen Nachrichten unterwegs. Du solltest dich langsam hinlegen. Du brauchst deine Kraft. Große Dinge liegen vor dir. Komm, lege dich zu deiner Freundin auf die Binsen. Du bist müde und erschöpft. Ich werde kommen und dich zudecken."

Jetzt, nachdem er es ausgesprochen hatte, fiel es auch Amhrán auf. Langsam stand sie auf und ging zu Rhiannon. Gähnend legte sie sich neben sie. Misnéachard stand auf. Er kam zu ihnen herüber, kniete sich nieder und nahm seinen Mantel ab. Behutsam deckte er das Mädchen damit zu, zog ihn bis an ihr Kinn.
„Schlaf gut, meine Prinzessin. Ich weiß, du wirst mich nicht vergessen. Doch die Zeit wird lang werden, bis wir uns wiedersehen. So leb denn wohl."
Ein letztes Mal strich er über ihr Haar, beugte sich zu ihr, und samtige Lippen hauchten einen Kuß auf ihre Wangen. Einmal noch blickte sie auf und sah in sein Gesicht.
Sie lächelte, ein Prinz mit einem Liebesfleck neben zarten Lippen. Lippen, die sie geküßt hatten.
Wie sagte Goleudydd immer:
„Jeder Abschied ist die Geburt einer Erinnerung."

Unterwegs

Blutrot sank die Sonne in ihr Wolkennest. Allmählich riß die Wolkendecke auf und einzelne Sterne funkelten wie Edelsteine auf schwarzem Samt. Nur schwach leuchtete die Mondsichel. Eine schlechte Laterne würde sie sein heute nacht.

Zwölf unruhige Pferde standen am großen Feuer. Immer wieder schnaubte eines der Tiere oder scharrte die Erde auf. Auch Iolaranams Prachthengst Gaoth war unter ihnen. Um das Feuer selbst waren alle Fianna versammelt. Neugierig saßen sie da, während Iolaranam auf einem Baumstamm stehend zu ihnen sprach.

„Ihr edlen Krieger! Zwölf tapfere Männer und Frauen einschließlich meiner Wenigkeit werden heute abend aufbrechen und sich an die Fersen dieses Solasard mac Annir heften. Wir werden erst dann wieder zurückkehren, wenn wir ihn gefunden haben. Das mag einen Monat dauern oder auch ein Jahr.

Solange ich fort bin, vertritt mich Faolchú. Ihm sollt ihr genauso treu folgen, wie ihr mir gefolgt seid. Siorcs Anhängern kann ich nur raten, dies auch zu tun oder die Fianna zu verlassen. Ungehorsam wird nicht geduldet werden. Wir werden euch Nachricht zukommen lassen, wie und durch wen auch immer. Wenn ihr es für nötig erachtet, könnt auch ihr uns Boten senden. Faolchú weiß, wie ihr uns finden könnt. Ich erwarte von euch, daß ihr immer bereit seid, uns zu folgen.

Es mag sich durchaus ergeben, daß wir eure Hilfe brauchen. Schließlich wissen wir nicht, was uns erwartet. Sollte Siorc einen Boten mit für uns wichtigen Neuigkeiten senden, zögert nicht, jemanden aufs Pferd zu setzen, der unserer Spur folgt.

Solltet ihr diesen Ort, aus welchen Gründen auch immer, verlassen müssen, laßt uns wissen, wohin ihr gezogen seid.

Laßt euch um der Herrin Willen nicht auf größere Gefechte mit der Königlichen Garde ein! Haltet euch zurück und wartet einfach ab. In Tara werden sie bald genug mit sich selbst zu tun haben.

Ach, Faolchú, sollten sich, was ich zwar nicht glaube, Leute aus dem Großen oder Kleinen Volk hier zeigen, empfangt sie mit der ihnen zustehenden Achtung. Sie mögen euch wichtige Dinge mitteilen wollen und

sind sehr empfindsam, wenn sie bemerken, daß sie nicht willkommen sind. Denkt an mich und meine Worte!
Seid aufmerksam, hört euch um! Zeiten der Unruhe kommen auf uns zu, Zeiten der Verwirrung, da sollen wenigstens die Fianna nicht straucheln auf ihrem Weg.
Vielleicht könnt ihr euch mit anderen verstreuten Gruppen austauschen. Wir sollten wissen, wie groß unsere Anzahl wirklich ist, falls es zu einem Kampf kommt. Ich schätze, das wird sich so oder so nicht vermeiden lassen."
„Warum?", fragte Faolchú.
„Du fragst warum? Sieh dich doch nur um. Das Volk ist soweit, daß es jeden dahergelaufenen Hund auf den Thron setzen würde, ganz zu schweigen von den Stammesvätern und den Unterkönigen. Wenn sich ihnen nur der geringste Anlaß bietet, den alten König abzusetzen, werden sie es tun, mit oder ohne Gewalt. Jeder weiß, daß die Tage Brocs gezählt sind, selbst er. Nun ja, das Schicksal wird seine Vollendung finden.
Wir werden jetzt aufbrechen. Seid vorsichtig! Eriu braucht uns jetzt mehr denn je. Vielleicht ist das die Gelegenheit, wieder das zu werden, was wir einst waren."
Die Menge johlte und begann, um das Feuer zu tanzen.
Vorsichtig stieg Iolaranam von dem Baumstamm und ging zu der kleinen Gruppe, die bei den Pferden auf ihn wartete.
„Wartet noch einen Augenblick! Ich muß noch einmal zu Faolchú. Mir sind da noch so ein paar Sachen eingefallen, die ich mit ihm besprechen muß. Macht euch schon bereit, wenn ich wiederkomme, reiten wir sofort los."
Er ließ seine Gefährten zurück und ging auf Faolchú zu, der mit einigen Männern zusammenstand.
„Faolchú, ich muß dich noch einmal kurz sprechen."
„Was ist Herr?"
„Laß uns etwas abseits gehen. Was ich dir zu sagen habe, ist nur für deine Ohren bestimmt."
Sie gingen ein Stück vom Feuer fort, bis sie sicher waren, unbelauscht sprechen zu können. Iolaranam legte dem neuen Anführer anerkennend die Hand auf die kräftige Schulter.
„Große Ehre wird dir zuteil und gewiß hast du das auch verdient. Ich bin froh, einen Gewährsmann, der mir so treu dient, diese Aufgabe erfüllen zu lassen.

Doch noch eines. Es mag sich ergeben, daß ich unterwegs die Reise in die Andere Welt antrete, in diesem Fall übergib die Führung an Camchéachta und Dúghorm, von denen dann einer zurückkehren wird. Sollten diese beiden ebenso meinen Weg eingeschlagen haben, wirst du fortan die Fianna führen. Wir müssen darüber jetzt nicht eingehender sprechen, aber auch ich weiß, daß ich entbehrlich bin.
Zur Sicherheit sollten wir uns ein Kennwort überlegen. Ich traue Siorc zu, daß er falsche Boten mit falschen Botschaften zu mir oder dir schickt. Oder was meinst du, Faolchú?“
„Ja, ich sehe das auch so. Es gibt nur sehr wenig, was ich diesem Kerl nicht zutraue und dazu gehört nichts Gutes. Was wollen wir für ein Wort ausmachen, Iolaranam?“
„Am besten etwas ganz einfaches, das gar nichts mit der ganzen Sache zu tun hat. Laß mich überlegen.“
Schweigsam grübelten die Männer eine kleine Weile.
„Wie wäre es mit `Krähe´ Iolaranam? Mit Sicherheit wird dies der allmächtigen Morrígham gut gefallen. Wir sollten uns aber auch ein falsches überlegen, das ich im Lager durchsickern lassen werde. Dann können wir unterscheiden, ob die falsche Nachricht von uns oder Siorc kommt. Wie willst du eigentlich vermeiden, daß Siorc uns falsche Botschaften sendet?“
„Zuerst wollen wir ein Kennwort suchen. Ich denke ‘Solasard’ wäre ganz gut.“
„Ja, das ist gut, und was ist mit Siorc?“, äußerte sich der neue Anführer besorgt.
„Nun ja, es gibt jemanden auf Tara, der mit Leuten in Verbindung steht, die auch mit uns Umgang pflegen. Siorc hat so gut wie keine Möglichkeit, uns ein Kuckucksei ins Nest zu legen, wohl aber wir ihm“, beruhigte ihn Iolaranam.
„Gibt es sonst noch etwas, was ich wissen muß, Iolaranam?“, fragte Faolchú.
„Sorgt mir gut für die Hunde, damit wir im Frühjahr wieder auf die Jagd gehen können. Wenn der Winter allzu hart wird, bring die Männer sicher unter, aber laß sie zusammen. Hier in der Gegend gibt es viele Stammesväter, die uns wohlgesonnen sind. Und gib vor allem auf dich acht! Vielleicht solltest du Fiagaí, den Leithund des Rudels, bei dir aufnehmen.“
Iolaranam lächelte.
„Dieses Untier, vor dem habe ich selbst genug Angst.“

„Eben drum. Du mußt ihm nur klarmachen, daß du der Herr bist, dann ist er wie ein Lämmchen, Faolchú."
„Sonst noch etwas? Was glaubst du, wird noch von mir übrig sein, wenn dieser riesige Wolfshund sich mit mir darüber ausgesprochen hat?"
„Du wirst das schon schaffen. Jedenfalls würde er dir eine gewisse Sicherheit bieten. Ich an deiner Stelle würde es tun."
„Dir leckt er ja die Zehen, wenn er am großen Feuer liegt."
„Du weißt, so wie du ein Tier behandelst, behandelt es auch dich. Entscheide selbst, was du tust. Ich muß jetzt aufbrechen."
Iolaranam reichte ihm die Hand, zog ihn aber dann doch in seinen Arm und drückte ihn fest an sich, bevor er ihn wieder losließ.
„Ich danke dir und hoffe, dich bald gesund wiederzusehen. Die Männer werden dir folgen. Paß auf dich auf!"
„Leb auch du wohl. Die Bürde, die du mir da auferlegt hast, ich trage sie gerne für dich. Aber ich werde glücklich sein, wenn du wieder da bist", sagte Faolchú hoffnungsvoll.
„Ich auch, Krieger, ich auch."
Iolaranam lächelte ihm zu und ging dann zu seinem eigenen kleinen Rudel, das auf seinen Leitwolf wartete.
„Auf, auf, ihr Heldinnen und Helden. Aufbruch! Aufsteigen und vorwärts!"
Gaoth tänzelte unruhig hin und her, als er das vertraute Gewicht seines Herren auf dem Rücken spürte. Er wollte ebenfalls endlich los. Iolaranam schaute sich noch einmal um. Das große Feuer schickte glimmende Funken zum Himmel empor, als könnten sie damit die Götter gnädig stimmen. Fast zärtlich drückte er Gaoth die Fersen in die Flanken. Alle waren in dicke Mäntel gehüllt und trugen warme Braccas und Wollhemden.
Vorerst übernahm Iolaranam die Führung. Neben ihm ritten Camchéachta und Dúghorm. Dahinter schlossen sich Sionnach, Cioná, Oighrigh und Seabhaceo an. Die Nachhut bildeten Glaslasair, Crónachan und Gormeala. Sliabhan und Gleannglas schützten ihre Seiten.
Schweigsam zogen sie durch die Nacht. Noch kannten ihre Pferde den Weg, dem sie folgten. Der Wald war dicht, obwohl die Bäume ihre Blätter schon verloren hatten. Ein eisiger Wind zwang sie, ihre Mäntel fest um sich zu ziehen. Gespräche waren auf Wortfetzen beschränkt. Merkwürdige Geräusche erschreckten Oighrigh, der sehr nah bei den anderen ritt.

Vor dem Aufbruch war er aufgeregt gewesen, doch jetzt gefror ihm der Angstschweiß auf der Haut. Was in den Gesichtern der anderen vorging, konnte er nur erahnen, sehen konnte er es nicht.
Oft bedeckten dicke Wolken die Sichel der Mondin, das einzige Licht in der Nacht. Hier und da knackte es im Unterholz. Seine kleine, sanftmütige Stute erschrak so manches Mal, wenn sie über einen Ast stolperte. Irgendwie kam er sich unerwünscht vor. Besonders wegen Camchéachta. Oighrigh spürte genau, daß der Große Bär, den er so verehrte, ihm keine besondere Zuneigung entgegenbrachte. Nun ja, er würde ihm schon beweisen, daß er den Platz in diesem Haufen verdient hatte. Langsam begann sein Hintern weh zu tun.
Unauffällig ließ sich Iolaranam zurückfallen, bis er an der Seite des Jungen ritt.
„Na, Junge. Wie geht es dir? Bist du müde?"
Dankbar für die Aufmerksamkeit antwortete er:
„Es geht schon. Ich bin viel zu aufgeregt, um müde zu sein."
Ein Mondstrahl fiel auf Iolaranams Lippen und ließ Oighrigh ein freundliches Lächeln auf diesen sehen. Der Anführer kannte diese Gefühle nur zu gut.
„Weißt du, Oighrigh, ich weiß, was du meinst. Mein Vater hat mich, als ich von meinen Zieheltern wieder heimkehrte, mitgenommen, den Beltainè-Hirsch zu fangen. Ich war so unruhig, daß ich die Nacht davor nicht schlafen konnte. Als es am nächsten Morgen soweit war, bin ich im entscheidenden Augenblick vom Pferd gefallen, weil ich beim Reiten fast eingeschlafen wäre. Natürlich war der Hirsch danach über alle Berge."
Neugierig fragte der Junge:
„Euer Vater war bestimmt sehr zornig, oder?"
„Dein Vater, dein. Wir sind jetzt Gefährten, Oighrigh. Mein Vater, er wäre fast geplatzt vor Lachen. Später haben wir dann den Hirsch gemeinsam gefangen. Ein prächtiges Tier war das. Ja, ja. Jahrelang mußte ich mir diese Geschichte anhören."
„Und, warst du danach nicht mehr aufgeregt?", fragte der Junge neugierig.
„Doch, sicherlich, aber ich habe diese Aufregung in andere Bahnen gelenkt und mir zunutzen gemacht, Oighrigh."
„Klingt ja spannend. Zeigst du mir irgendwann, wie das geht?", fragte Oighrigh beflissen.

„Gerne, aber stell es dir nicht zu einfach vor. Ich habe ziemlich lange gebraucht, um das zu erlernen. Tust du mir einen Gefallen, Oighrigh?"
Die Augen des Jungen verengten sich erwartungsvoll.
„Ja, welchen?"
„Sag mir Bescheid, wenn du müde wirst, ja? Wir müssen es auf den ersten Meilen nicht übertreiben. Versprochen?"
„Ja, versprochen. Danke, Iolaranam."
Der lächelte freundlich und brachte langsam Gaoth zwischen Crónachans und Gormealas Rappen.
„Na, ihr Hübschen. Alles in Ordnung hier am Ende?"
„Ja. Niemand, der uns folgt. Wir werden ein gutes Stück geschafft haben, bis der Morgen graut. Wie geht es Oighrigh? Er sieht müde aus, wie er so auf seinem Pferdchen hängt", fragte Gormeala.
„Das ist er sicherlich auch. Aber er möchte uns nicht aufhalten. Er schafft es schon noch ein bißchen. Er ist ein tapferer Junge. Meldet mir bitte, wenn sich hier etwas tut. Ich muß wieder nach vorne."
Als er an Sionnach vorbeiritt, grinste diese nur frech und wisperte:
„Na, du Hübscher."
Es war immer dasselbe. Das Ohr der Eifersucht hört alles, alles was für sie bestimmt war, ging sicher an ihr vorüber, und was sie nicht hören sollte, fand selbst im größten Sturm seinen Weg an ihr Ohr.
Er spornte Gaoth an, der ihn schnell wieder nach vorne an die Spitze des Zuges brachte.
„Na, meine Freunde. Was hat sich getan?", fragte er aufmunternd.
„Bring mich jetzt ja nicht zum Lachen, großer Krieger. Schließlich warst du nicht einmal eine halbe Stunde weg. Was erwartest du? Einen Überfall vom Kleinen Volk?", scherzte der Große Bär.
„Ist ja schon gut, Cam. Bei den anderen scheint alles in Ordnung zu sein. Oighrigh ist etwas müde, aber der Junge hält sich tapfer auf seiner kleinen Stute."
„Das will ich auch hoffen. Ich werde ihn nämlich nicht wieder auf seinen Gaul setzen, wenn er runterfällt."
„Camchéachta! Es ist jetzt gut! Du wurdest auch nicht als vollkommener Fianna geboren."
Schweigen. Nur die Schritte der Pferde. Noch ließ die Morgendämmerung auf sich warten. Nach zwei Stunden kam Crónachan nach vorne geritten.

„Iolaranam, Oighrigh schläft gleich ein. Wir sollten so bald es geht eine Rast machen. Die anderen sind auch nicht gerade in einem Zustand, der als wach zu bezeichnen ist."
Da brummte Camchéachta:
„Ist es schon so weit, daß sich unsere Gemeinschaft nach einem Bauernbalg richtet?"
Empört atmete Iolaranam tief ein.
„Du kannst doch selbst nicht mehr gerade sitzen, Camchéachta. In ungefähr einer Stunde werden wir eine Lichtung erreichen. Dort werden wir ein bißchen ausruhen."
Die Stunde nahm und nahm kein Ende. Oighrigh wäre wirklich fast vom Rücken seines Pferdes gefallen, rappelte sich aber wieder auf. Cioná ritt neben ihm wie eine Lebende, die zum Sterben verurteilt wurde. Stolz und unnahbar. Oighrigh hätte ihr zu gerne ein paar Worte der Aufmunterung gesagt, aber erstens war er selbst zu müde und zweitens hielt ihn ihr kühles Wesen davon ab. Der Junge konnte sich beim besten Willen nicht vorstellen, hier eine der größten Heilerinnen neben sich zu haben. Wahrscheinlich gab es nie Beschwerden, weil die Kranken durch ihre Gefühlskälte erfroren und so nichts mehr sagen konnten. Was ging es ihn an? Was hatte seine Mutter immer zu ihm gesagt: Einem bösen Hund, gibt man immer ein Stück Brot mehr.
Seine Mutter war eine so gütige und herzliche Frau gewesen. Sie war es auch, die ihm beibrachte, Flöten zu schnitzen und darauf zu spielen. Bestimmt wäre sie stolz, ihn hier mit den anderen reiten zu sehen. Vielleicht sah sie ihm gerade durch einen Weltenbrunnen zu.
Manchmal schien es ihm, als wäre sie in seiner Nähe, obwohl er genau wußte, daß ihr Körper unter der Erde lag. Aber es gab immer noch die Tore, durch die die Toten an Samhain in ihre Alte Welt zurückkehren konnten. Für einen Tag. Von so manchem Lough erzählte man sich, daß er ein Weg in die Andere Welt sei. Man müsse nur einfach in dessen Mitte schwimmen und sich in die Tiefe sinken lassen.
Endlich erreichten sie die Lichtung. Hier würden sie für ein bis zwei Stunden lagern. Dúghorm und Seabhaceo übernahmen die erste Wache. Es wurde kein Feuer gemacht, und jeder schützte sich vor dem Wind so gut es eben ging.
Dúghorm und Seabhaceo, der Nebelfalke, gingen schweigsam nebeneinander her. Der Blaublütige hätte ja gern ein paar Worte gewechselt, aber

er wußte nicht worüber. Dummerweise war Seabhaceo genau der Falsche für ein Geplauder. Wenig wortkargere Männer als ihn gab es bei den Fianna. Aus dem Norden war er zu ihnen gekommen. Niemand wußte, warum er einen so weiten Weg auf sich genommen hatte. Sicherlich hätte ihn auch eine andere Fiannagruppe gerne aufgenommen, aber er wollte nur zu Iolaranam.
Bei dem ersten Zweikampf stellte sich dann heraus, daß er bestens ausgebildet war und zwar an allen Waffen. Selbst mit verbundenen Augen konnte er gegen einen Feind kämpfen. Wenn man ihn fragte, wem er dies zu verdanken habe, sagte er immer der Großen Mutter und sich selbst. Seabhaceo war ein sehr gläubiger Mann, der oft betete. Er war ein kräftiger Kerl, von seinen Schultern bis zur Hüfte bildete sein Körper ein vollkommenes Dreieck. So breit waren seine Schultern, so schmal seine Hüften. Seinen mißtrauischen, blauen Augen entging nichts. Sein dunkelbraunes, fast schwarzes Haar trug er kurz, damit ihn keine ins Gesicht fallende Haarsträhne beim Kämpfen stören konnte.
Die Stille wirkte bedrückend auf Dúghorm.
„Es ist so ruhig und kalt heute nacht. Ich möchte gar nicht an die kommenden Nächte denken, ohne die Deckung des Waldes, Seabhaceo."
„Ja."
„Warst du schon einmal an der Westküste?"
„Nein."
„Na ja, wir werden ja bald sehen, wie es dort aussieht."
„Ja."
Wäre es nicht so traurig, Dúghorm hätte am liebsten laut losgelacht.
Alle bis auf Cioná schliefen tief und fest. Sionnach lag in Iolaranams Armen und hatte sich ganz eng an ihn geschmiegt. Die Heilerin stand bei den Pferden, streichelte sie und sprach mit ihnen. Wortlos gingen Dúghorm und Seabhaceo an ihr vorüber.
Als die erste Stunde vorüber war, weckte der Nebelfalke Crónachan und Gormeala, die die nächste Wache übernommen hatten.
„War etwas Besonderes?", fragten sie wie aus einem Mund.
„Nein, nichts. Alles ruhig und sicher."
Die beiden machten sich auf, die Gemeinschaft zu umkreisen. Aufmerksam sicherten sie sich nach allen Seiten ab. Als sie Iolaranam weckten, waren es höchstens noch zwei Stunden bis zur Morgendämmerung. Bin-

nen weniger Augenblicke waren alle wach, packten zusammen und waren zum Aufbruch bereit.
Der Weg führte sie jetzt aus dem Wald in karges Grasland, das immer steiniger wurde und in einiger Entfernung in gewaltige Berge überging. Das bedeutete steile Pässe, eisige Winde, keine Jagdmöglichkeiten, kein Wasser, keine Unterstände. Eine harte Zeit stand ihnen bevor.
Bis sie die Berge erreichen würden, konnten sie sich wenigstens auf einigen Gehöften mit Lebensmitteln versorgen. Die Menschen hier waren auf nachbarschaftliche Hilfe angewiesen und auch schon oft auf die Fianna. Vor allem aber würden sie sie nicht an die Königliche Garde verraten. An einem Lough tränkten sie ihre Pferde und aßen ein wenig. Weit und breit gab es kein Haus, keinen Hof, keine Menschenseele. Nach einer halben Stunde brachen sie wieder auf.
Im Trab ging es einige Meilen dahin, bis es Mittag war. Am Wegesrand ließen sie die Pferde etwas grasen. Die Reiter streckten sich aus und schliefen so gut es ihnen möglich war. Wieder kümmerte sich Cioná um die Tiere, achtete darauf, daß keines verletzt war und jedes fraß.
Freundlich lächelnd kam Iolaranam auf sie zu.
„Das ist sehr nett von dir. Aber du mußt das nicht bei jedem Halt tun, Cioná."
„Nein, du willst ja auch nicht nach Hause, aber ich, und die erste Voraussetzung für eine schnelle und sichere Heimkehr sind gesunde und kräftige Pferde."
„Cioná, mach es mir doch nicht immer so schwer. Glaube mir, ich weiß, wie ungern du unterwegs bist, aber ich brauche dich jetzt hier."
„Ich weiß. Ich fühle mich nur so unsicher, so angreifbar", sagte die Heilerin.
„Du brauchst dir keine Sorgen zu machen. Wir werden dich alle beschützen und sogar unser Leben für dich geben", versicherte ihr Iolaranam.
„Ja, ich weiß. Aber einmal angenommen, es bliebe nur dieses Kind übrig. Ein Kind, das eher meines Schutzes bedarf."
Sorgenfalten bildeten sich auf ihrem Gesicht.
„Oh, unterschätze dieses Kind, wie du Oighrigh nennst, nicht. Er wird ein guter Fianna werden."
„Ja, Iolaranam, werden ... Und ich? Werde ich jemals wieder heimkehren?"

„Ich weiß es nicht. Ich will es auch nicht wissen. Du mußt erst fortgehen, um wieder heimzukehren. Verstehst du denn nicht, daß wir das zum Wohle unseres Volkes tun?“, fragte ihr Anführer.
„Und wer denkt an mein Wohl? An die Ängste, die ich dabei ausstehe?“, setzte sie ihm entgegen.
„Warum bist du eigentlich zu den Fianna gegangen, wenn du es so haßt, unterwegs zu sein?“
„Das kann ich dir nicht sagen. Es hängt mit einem Geís zusammen, der über mich verhängt wurde.“
„Dann werde ich auch nicht mehr fragen, verzeih!“
„Es gibt nichts zu verzeihen. Laß mich jetzt allein. Du weißt, ich bin kein Menschenfreund.“
„Gut, wenn du es so willst.“
Betroffen kehrte er zu den anderen zurück, die auf ihren Mänteln lagen und die wenigen Sonnenstrahlen genossen. Camchéachta stand am Ufer und wusch sich das Gesicht und die Arme. Oighrigh suchte verzweifelt einen Platz, an dem er unbeobachtet seine Blase entleeren konnte. Crónachan und Gormeala gingen Arm in Arm umher und taten so, als sähen sie nicht, in welcher Not sich der Junge befand. Seabhaceo saß abseits und blickte über das Gras hin zu den Bergen, die sie viel zu bald erreichen würden. Dúghorm döste vor sich hin, bis Cioná von den Pferden zurückkam und ihm mit einem Grashalm die Nase kitzelte. Nachdem Oighrigh sich am See die Hände gewaschen hatte, kehrte er zu den anderen zurück. Geschwind hatte er seine Flöte gezückt.
„Wie wäre es mit einem kleinen aufmunternden Liedchen?“
Schon atmete er tief ein, setzte die Flöte an die Lippen und ließ seine Finger über die einzelnen Löcher tanzen. Ein Lächeln zauberte er auf jedes Gesicht, selbst Cioná und Seabhaceo konnten sich eines kleinen Schmunzelns nicht erwehren. Mut und Kraft schöpften sie alle. Nachdem der letzte Ton in der Stille verklungen war, machten sie sich wieder auf.
Die Pferde, die es gewohnt waren, lange unterwegs zu sein, zeigten kaum Anzeichen von Erschöpfung. Entspannt machten sich die Gefährten auf den Weg und ließen den Tieren freien Lauf.
Glaslasair ritt zu Iolaranam heran und fragte:
„Wo werden wir heute nacht lagern?“
„Einige Meilen von hier gibt es ein großes Gut. Dort wird man uns aufnehmen und sicher auch verköstigen. Ich war dort schon oft zu Gast. Die

Leute sind uns wohlgesonnen, und wir sollten uns anständig benehmen", antwortete er.
Fröhlich plaudernd legten sie Meile um Meile zurück, bis sie kurz vor der Dämmerung bei dem großen Gut ankamen. Gleannglas war vorausgeritten und hatte sie bei dem Herrn des Gutes angemeldet. Dieser war ihnen ein Stück entgegengeritten und wartete bereits auf sie, um sie ohne Umwege zu seinem Gut zu bringen. Zur Feier des Tages gab es Rind- und Schaffleisch und viele andere herzhafte Speisen.
Den Abend verbrachten die Gefährten mit der Familie des Gutsherrn und seinem Gesinde. Es wurde gelacht und getanzt, Musik aufgespielt und Geschichten erzählt. Erst spät in der Nacht wurde das Feuer gelöscht und die Gäste in eine Schlafhütte gebracht. Wie Steine schliefen sie. Bis auf Iolaranam und Sionnach, die die Sicherheit eines Daches für ihre Liebe nutzten. Wann würden sie wieder Gelegenheit haben, so einen schönen Abend zu verbringen?
Am nächsten Morgen schliefen sie lange und brachen erst gegen Mittag wieder auf. Ihr Gastgeber gab ihnen noch ein zusätzliches Packpferd mit, das im Fall der Fälle auch als Ersatzpferd dienen mochte. Ihre Trinkbeutel waren mit frischem Wasser aufgefüllt und ihre Reisesäcke mit den feinsten Speisen versehen.
Bevor sie losritten, hatte der Herr des Gutes Iolaranam auf eine leere Scheune einige Meilen von hier hingewiesen, wo sie die Nacht verbringen konnten, bevor sie höher in die Berge vordringen würden.
So machten sie sich ausgeruht und mit gefüllten Bäuchen auf den Weg. Wie ein grüner Teppich war das Gras rechts und links des Weges. Wenigstens würden die Pferde vorerst keinen Hunger leiden. Wenn es für die Gemeinschaft ganz schlimm werden würde, müßte man vielleicht eines der Tiere schlachten.
Die Sonne hatte sich im Laufe des Tages immer mehr in einen dicken Wolkenmantel gehüllt, den sie nicht mehr ablegen wollte. Der Wind nahm wieder zu, so daß alle bald wieder ihre Mäntel anzogen.
Ohne eine Unterbrechung ritten sie durch, bis sie die alte Scheune am Abend erreichten. Besonders vertrauenerweckend schien sie nicht zu sein. Aber entgegen allen Vermutungen war das Dach dicht, und es waren sogar einige Ballen Heu darunter verstaut.
Den Pferden überließ man eine Hälfte der Scheune, während in der anderen schnell ein Feuerring angelegt wurde, in dem bald ein lustiges Feuerchen

gegen das Schnauben der Tiere anprasselte. Jeder holte aus seinem Reisesack das hervor, was am ehesten verdarb. Wie immer betete der Nebelfalke, bevor er aß. Die anderen ließen sich davon nicht stören.
Später dann erzählte Camchéachta Geschichten aus seinem Leben und brachte alle damit zum Lachen. Iolaranam und Oighrigh übernahmen die erste Wache, aber es tat sich die ganze Nacht nichts.
Am nächsten Morgen wachten sie auf, nachdem Glaslasair versprochen hatte, die letzte Wache zu übernehmen und alle vor Sonnenaufgang zu wecken. Zum Frühstück gab es einen von Cioná gebrauten Kräutertrank, Brot und Fleisch. Sobald alle fertig waren, brachen sie auf. Wenn der Tag keine außergewöhnlichen Begebenheiten bringen würde, übernachteten sie heute bereits im Gebirge.

Unter Dieben

Früh am Morgen waren Solasard und Athraigh aufgestanden. Nach dem Frühstück waren sie an den Klippen entlanggegangen, jeder für sich von seinem früheren Leben Abschied nehmend. Wieder und wieder prägte sich Solasard die Bilder seiner Heimat ein.

Die See war rauh und peitschte gegen die hohen Klippen. Der Wind fuhr eisig über Meer und Land. Lange blickte er über die Klippen zum Horizont und fragte sich, wann er wohl wieder hier stehen würde.

Er hatte Angst, das Schwert nicht zu finden. Aber die Angst, es zu finden, war genauso groß. Ungewißheit war eine Sache, die er nur schwer ertragen konnte. Da kam Athraigh auf ihn zu. Sein schwarzes Haar wehte ihm ins Gesicht.

„Komm jetzt, Freund. Du hast genug nachgedacht, und du weißt, dadurch wird der Weg nicht kürzer. Wir werden wiederkommen. Ich weiß es, nun komm schon."

Er legte ihm die Hand auf die Schulter.

„Ach, Athraigh. Ich wünschte, ich könnte so zuversichtlich sein wie du. Ich würde gerne Tiné die Schuld geben, aber ich weiß, ich hätte vielleicht genauso gehandelt. Irgendwie fühle ich, daß ich Amhrán schon verloren habe. Spätestens seit letzter Nacht. Die Wege, die ich jetzt einschlage, sind keine, die mich zu ihr zurückbringen. Dir geht es um Abenteuer, um ein wenig Abwechslung. Für mich geht es jedoch um mein Leben, meine Zukunft. Ich möchte zu gern davonlaufen, aber das würde mir ja auch nichts nützen. Das Schicksal würde mich irgendwann wieder einholen."

Athraigh holte tief Luft. Eine Reise so zu beginnen, machte wenig Sinn. „Findest du nicht, daß du es dir ein bißchen arg schwer machst? Du bist noch nicht einmal unterwegs und brichst schon unter deinen Sorgen zusammen. Siehst du denn nicht die Möglichkeit, die dir das Schicksal hier bietet? Du lebst dein Leben doch nicht für Amhrán. Du suchst dieses Schwert nicht für sie. Deine Liebe zu ihr mag die Ursache für diese Suche sein. Aber sonst hat sie nichts damit zu tun.

Du mußt endlich verstehen, daß dies dein Weg ist. Du machst das hier nicht für sie oder mich. Du machst das nur für dich. Das ist dein Leben. Amhrán mag ein Teil davon sein, aber am Ende bist du es, der die Zügel in der Hand

hält und sagt, wo es lang geht. Hat Amhrán dich nicht auch verloren und das erkannt? Glaubst du, sonst wäre sie fortgegangen? Frauen haben ein Gespür für solche Dinge.
Liebe heißt bestimmt nicht, sich selbst aufzugeben. Du weißt doch selbst, was die Alten sagen: Wenn du etwas liebst, laß es frei. Nur wenn es zurückkehrt, gehört es zu dir.
Liebe heißt, dem anderen sein Leben zu lassen und ihm nicht seinen eigenen Weg aufzuzwingen. Komm jetzt, das sind Gespräche für die abendlichen Feuer. Wir sollten es ausnutzen, daß es heute trocken ist. Mal sehen, wie es unserer schönen Stute geht. Hoffentlich ist sie nicht allzu bockig. Komm jetzt!"
Mit einem letzten Blick verabschiedete sich Solasard von seiner grünen Ebene. Sie würden noch eine Zeitlang an der See entlanggehen, bis sie den Weg zur Breiten Straße gen Osten einschlagen mußten.
Wie hatte der Totenschädel gesagt: Halte keinen zurück, der dir folgen oder sich dir anschließen will.
Bis jetzt hatten sie ihm nicht gerade vor Begeisterung die Tür eingerannt. Aber wenigstens hatte er Athraigh. Er war schon ein guter Kerl, warum blies er auch immer Trübsal. Solasard war froh, daß überhaupt jemand mit ihm ging, der ihn aus seinen Gedanken riß und dann und wann zum Lachen brachte.
Sie kamen gegen Mittag am Steinhaus an. Macha stand schon vor der Tür und scharrte ungeduldig Löcher in den Sand. Der Abschied gestaltete sich für alle, außer für Tiné, kurz und schmerzlos. Am liebsten hätte sie alle Tücher des Dorfes zugeheult. So waren sie nun mal, die Frauen. Die einen bauten gefährlich nah am Wasser, die anderen standen schon mitten darin.
Endlich gingen sie los. Solasard hatte einen schweren Reisesack auf dem Rücken, das Schwert, das ihm seine Mutter gesandt hatte, an einem Gürtel und Machas Zügel in der rechten Hand. Auch Athraigh trug einen schweren Reisesack, aber kein Schwert. Dafür war die Vorderseite seines Gürtels mit langen Messern bestückt, die in ihren einzelnen Scheiden steckten und von einem warmen, langen Wollhemd bedeckt wurden. Das Schwert war nicht unbedingt seine Lieblingswaffe. Wäre er auf seine Künste im Schwertkampf angewiesen, würde er wahrscheinlich eher sich selbst als seinen Feind verletzen. Nicht zu vergessen die widerlichen Blutflecken, die einem das einbrachte, vor allem bei Halsverletzungen. Das

konnte einem ganz schön die besten Hemden zuschanden machen. Aber so, ein gezielter Wurf und das Obergewand des anderen konnte vielleicht noch einem Landstreicher dienen.

Athraigh hoffte immer noch, daß sie sich jetzt, da sie ohnehin ein Pferd dabei hatten, Pferde zulegen und reitend die Reise bestreiten könnten. Nun ja, erst einmal mußten sie sich jedenfalls auf ihre guten, alten Füße verlassen. Sie kamen an abgeernteten Feldern vorbei, auf denen Raben und Krähen einen Festschmaus abhielten.

Ihr Krächzen begleitete sie ein langes Stück. Der Weg entlang der Küste bot nur wenig Deckung, kaum gab es Bäume, die ihnen Schutz vor Wind und Wetter oder neugierigen Augen boten. Macha war ein junges, verspieltes Pferd. Manchmal lief sie Solasard wie ein Hündchen hinterher oder schmuste leidenschaftlich mit ihm. Eigentlich war sie wirklich ein hübsches Tier.

Die Straße wurde steiniger. Hügel türmten sich schon fast zu Bergen auf. Immer öfter war ihnen nun der Blick auf die See verwehrt. Kein Strauch, kein Busch, nichts wuchs hier. Wie es sich Athraigh vorgestellt hatte, begegnete ihnen niemand. Bedrohlich hing der Himmel über ihnen. Manchmal kam es ihnen vor, als müßten sie nur die Hand ausstrecken, um eine dieser dicken, dunklen Regenwolken zu fangen. Die jedoch noch damit warteten, ihre nasse Last auf sie abzuwerfen.

Am Abend erreichten sie einen kleinen Weiler, der sich schutzsuchend an den Bergen anlehnte. Ein größerer Bach floß an dem Gasthaus vorbei, wo sie haltmachten. Macha hatten sie schon bei einem Schmied am Ortseingang untergebracht.

Ihre Gastgeber waren ein freundliches und sehr geschäftiges Paar, obwohl sie die einzigen Gäste im Hause waren. Das Feuer der Kochstelle brachte etwas Wärme in ihre kalten, müden Knochen, von den Füßen ganz zu schweigen.

„Meine Füße tun mir so weh, als würden sie gleich abfallen. Der Herrin sei Dank hat es noch nicht geregnet. Das wäre wahrlich ein bißchen viel gewesen am ersten Tag. Und mein Rücken tut mir weh. Ein Jammer, daß Macha nichts tragen will. Lieber würde ich ihr das Gepäck aufhalsen als mir“, ächzte der Schwertsucher.

„Glaubst du, mir geht es besser, Solasard? Wenn man sein ganzes Leben auf Kutschböcken zugebracht hat, denkt man selten darüber nach, wofür Füße eigentlich geschaffen worden sind.“

Leise kam die Gastgeberin mit einer kräftigen Fischsuppe herein. Sie hatte den Raum noch nicht verlassen, da war alles bis auf den letzten Tropfen in den hungrigen Rachen der zwei Wanderer verschwunden. Später gab es dann ganze Berge von Muscheln aller Arten, die sie mit frischem, in den Sud getauchtem Brot verzehrten.
„Ihr seid zu einer späten Jahreszeit unterwegs. Gerade hat es angefangen zu regnen. Werdet ihr lange hierbleiben?“, fragte die Hausherrin.
„Nein, nur diese Nacht. Wir müssen an die Ostküste. Das Mahl war vorzüglich. Wo ist denn euer Mann, doch nicht schon zu Bett, euch alle Arbeit aufbürdend?“, fragte Solasard.
Die Frau saß müde und abgespannt vor dem Feuer.
„Nein, er wollte noch einmal nach eurer Mitreisenden sehen.“
„Das ist sehr freundlich und zuvorkommend von ihm. Aber Macha ist bestens aufgehoben bei dem Schmied. Wir werden uns jetzt zur Ruhe begeben. Würdet ihr uns bitte vor Sonnenaufgang wecken?“
Solasard erhob sich sehr langsam. Athraigh folgte ihm keinen Deut schneller nach nebenan. Kaum hatten sie die Tür geschlossen, flogen ihre Kleider durch das Zimmerchen. Wie Steine fielen sie auf ihr Nachtlager. Der Wind klopfte die ganze Nacht an, was sie sehr unruhig schlafen ließ. Aber wenigstens schnarchte keiner der beiden, wenngleich sie sich nur schwer über die Aufteilung der Decken klarwurden.
Als sie morgens geweckt wurden, brauchte Solasard sehr lange, bis er seine müden Knochen zum Aufstehen bewegen konnte. Athraigh ergriff als erster das Wort.
„Guten Morgen, edler Suchender. Wenn deine Knochen nur halb so schwer sind wie meine, bleiben wir noch ein bißchen liegen, oder, Solasard? Wie soll ich mich nur fortbewegen? Meine Füße verweigern mir ja jetzt schon den Dienst.“
„Komm schon, Athraigh, unser Weg ist zu lang, als daß wir am Anfang schon so nachlassen könnten. Steh endlich auf. Sieh mal, ich bin fast fertig. Ich gehe gleich ohne dich frühstücken.“
Schwerfällig erhob sich auch Athraigh, der seinen todmüden Körper letztendlich unter drei Decken begraben hatte. Mühsam schaufelte er sie zur Seite. Dann zog er sich langsam und sehr sorgfältig an.
Als sie ihre Tür öffneten, kam ihnen ein hübsches Mädchen von vielleicht siebzehn Sommern entgegen. Ihre rotblonden Locken hatte sie zu einem dicken Zopf geflochten. Aus ihrem Gesicht sprang ihnen nicht nur ein

strahlendes Lächeln aus blauen Sternaugen entgegen, sondern auch zahlreiche Sonnenküsse. Athraigh schenkte ihr eines seiner bezaubernden Lächeln, das sie nur noch schüchtern unter sich schauen ließ. Solasard verdrehte die Augen und Athraigh erwiderte:
„Weißt du, Solasard, so bist du. Wolltest du mir diesen Juwel etwa vorenthalten? Wenn diese Perle mich geweckt hätte, wäre ich auch mitten in der Nacht nur allzu gerne aufgestanden."
Solasard schüttelte seine blonde Mähne und murmelte ein: „Ich glaube es einfach nicht", vor sich hin.
Das Frühstück war sehr reichhaltig. Es gab gebratene Eier mit Speck, Brot, Butter, Honig und frische Milch. Die Gefährten ließen sich viel Zeit und einer der beiden genoß die uneingeschränkte Aufmerksamkeit der Tochter des Hauses außerordentlich. Zwei Stunden nach Sonnenaufgang, als sie sich wieder reisefertig gemacht hatten, kam der Herr des Hauses in die Kammer der beiden.
„Seid mir gegrüßt, ihr späten Wanderer. Gerade war ich noch einmal im Mietstall. Eine wirklich gar zu reizende Begleitung. So hübsch, so rassig. Fast würde ich mich euch anschließen, aber mein Weib würde mir wahrscheinlich eins überziehen, daß ich gar nicht mehr zurückkommen bräuchte."
Verwirrt schauten sich Solasard und Athraigh an.
„Ja, sie ist eine rassige Stute und sehr anhänglich auf ihre Weise", sagte Solasard.
Jetzt schaute der Mann, als habe er sie mißverstanden.
„Nun ja, so würde ich sie nicht gerade bezeichnen. Dann will ich euch noch einen schönen Tag wünschen, und möge die Göttin über euch sein. Obwohl ich nicht glaube, daß ihr ihres Schutzes bedürft. Ich muß jetzt wieder fort."
Kaum war er wieder draußen, brach schallendes Gelächter in der Kammer aus.
„So würde ich sie nicht gerade bezeichnen."
Athraigh hielt sich den Bauch, als habe er Angst, daß er gleich platze. Auch Solasard schnappte nach Luft, so sehr mußte er lachen. Nachdem sie bezahlt hatten, verließen sie das Haus.
Sie holten Macha bei dem Mietstall ab. Die Straße wartete bereits auf sie. Sie wollten heute bis nach Bealaclugga kommen, wo sich das Winterlager des Fahrenden Volkes befand.

Ihr Weg führte sie durch eine Art von Landschaft, die Solasard noch nie gesehen hatte. Das Land sah aus, als sei es erst glatt gehobelt und dann der Natur gnadenlos ausgeliefert worden. So weit das Auge reichte, sah man nur verwitterten Stein. Es schien kein Ende zu nehmen. Auch die Pflanzen hier waren wie aus einer anderen Welt. Flechten und Moose herrschten hier vor, falls überhaupt auf diesem kargen Stein etwas wuchs. Dazu brandete unerbittlich das Meer an die Klippen dieser Unlandschaft. Die beiden Wanderer fühlten sich nicht sonderlich wohl. Vereinzelte Bäume standen wie Galgen umher, die nur auf sie zu warten schienen. Sämtliche Missetaten ihres Lebens fielen ihnen ein und beschleunigten ihre Schritte. Fast wären sie gerannt. Selbst Macha war unruhig und tänzelte mehr vor sich hin, als daß sie ging. Als Athraigh sich einmal erleichtern wollte und den Weg verlassen hatte, wäre er beinah in eine tiefe Felsspalte gestürzt. Bei dem Versuch, sie Solasard zu zeigen, wäre dieser fast selbst hineingefallen.
Der Herrin sei Dank konnte er sich gerade noch abfangen und sprang wieder auf den Weg. Sein dringendes Bedürfnis war danach wie verflogen. Diese Landschaft war wie ein Bild, das man in tausende Stücke geschnitten und dann wieder falsch zusammengesetzt hatte.
Nach dem kleinen Zwischenfall Athraighs wagten sie es kaum mehr, vom Weg abzuweichen. Es war atemberaubend, wie die Wellen des Meeres an diese riesige Felsenmauer brandeten und die Gischt weit über die einzelnen Klippen schleuderte. Immer neue Wogen schickte Manannán mac Lyr, der Gott des Meeres, gegen diese Felsblöcke, um sie abzutragen. Lange betrachteten die beiden gefangen das Schauspiel der Natur und dankten der Göttin dafür, dies sehen zu dürfen, ohne von den Wellen in Mitleidenschaft gezogen zu werden.
Am späten Nachmittag erreichten sie Bealaclugga. Das Meer hatten sie jetzt hinter sich gelassen. Die Welt war plötzlich sehr schweigsam ohne sein Rauschen. Die Berge wurden groß und größer. Torfstecher waren hier am Werk gewesen. Überall lagen gestochene Torfziegel am Wegesrand, und die Luft roch würzig nach ihnen. Morgen würden sie wieder auf ein Waldgebiet stoßen und vielleicht sogar auf die Breite Straße.
Athraighs Erfahrungen mit dem Fahrenden Volk waren wirklich eine Bereicherung auf dieser Reise. Am Ende des Dorfes standen die Wagen des Fahrenden Volkes in einer Art Wagenburg zusammen. Ein leichter Anfall von Heimweh überkam Athraigh. Nachdem er angeboten hatte, um ein

Nachtlager zu bitten, ließ ihn Solasard gewähren. Die Sonne begann schon zu sinken und tauchte das Land in ein rotes Licht.
Am ersten Wagen des Lagers ließ er Solasard und Macha zurück. Dann ging er zielstrebig auf den größten, farbigsten und am meisten geschmückten Wagen mit den fettesten Pferden, die daran festgebunden worden waren, zu. Er klopfte an und ein kleiner, dicker, alter Mann mit einem langen Schnurrbart, dafür aber ohne Kopfhaar, sprang ziemlich ungelenk aus dem Wagen. Dann folgte wohl ein altes Begrüßungsritual. Sie küßten sich fast ihre Wangen wund, und vor lauter Schütteln mußten ihnen bald die Arme abfallen. Sie lachten viel. Endlich winkte er Solasard herbei, der Macha neben sich her führte.
Als der Dicke die Stute sah, brach er vor Lachen fast zusammen.
„Die muß ich haben, was ist sie euch wert? Ich gebe euch dafür zwei meiner besten Shire. Gut, gut, dann, drei? Aber ich muß sie haben. So ein häßliches Pferd habe ich ja noch nie gesehen."
Gewaltig schwabbelten seine Oberschenkel, als er sich auf dieselbigen schlug.
„Cluanaire, darüber reden wir am Feuer. Wo können wir denn nun heute nacht schlafen?"
„Ihr seid meine Gäste, dann werdet ihr auch in meinem Wagen schlafen. Oder in einem Wagen meiner schönen Töchter. Wir werden sehen. Nicht wahr, Athraigh? Bindet euer Scheusal einstweilen an meinen Wagen. Euer Gepäck gebt mir, ich lege es hinein, dort ist es vor irgendwelchen Langfingern sicher."
Die Wagen standen rund um einen Feuerplatz. Dort loderte ein großes, warmes Feuer. Gewaltige Baumstämme, die als Bänke dienten, lagen um die Steine, die den Flammen Einhalt geboten. Hier ließen sich Athraigh und Solasard nieder. Kinderaugen beobachteten sie aus den anderen Wagen. Noch saßen sie allein, so daß sie sich leise unterhalten konnten.
„Athraigh, was ist das denn für ein schmieriger Kerl. Dem würde ich ja noch nicht mal meine Schwiegermutter anvertrauen, wenn ich eine hätte. Ich finde, er ist ein bißchen sehr auf unsere kleine Freundin aus. Oder kommt mir das nur so vor?"
Athraigh blickte sich vorsichtig um, bevor er antwortete.
„Dieser fette, schmierige Wabbelberg ist nicht nur der Meister dieser verlorenen Kinder. Er ist auch der größte Pferdedieb, den ich kenne, und er ist mein Ziehvater." Solasard staunte mit aufgerissenem Mund, bevor Athraigh mit seiner Rede fortfahren konnte.

„Wir müssen heute nacht doppelt vorsichtig sein. Mit Sicherheit will er sich Macha unter seine schwarzen Nägel reißen. Achte darauf, daß du dem Wein nicht zu sehr zusprichst. Halte dich am besten etwas abseits. Du kannst ja sagen, daß du müde bist. Und jetzt höre mir genau zu.
Bevor du heute nacht schlafen gehst, bindest du Macha los. Sie wird bestimmt nicht weglaufen. Morgens wird er sicher darauf pochen, daß alles an und in seinem Wagen auch ihm gehört. Unser Freund hält sich nämlich nie an die Regeln des Fahrenden Volkes. Cluanaire hat übrigens trotz seiner Körperfülle die hübschesten Töchter, die mir jemals untergekommen sind. Im wahrsten Sinne des Wortes, versteht sich. Ich habe beide brüderlich geliebt, bevor ich dein Gefährte wurde.
Altán, die Ältere, hat Haare schwärzer als die Nacht, genauso wie ihre Augen. Ihre Brüste sind wie für meine Hände gemacht und fest wie eine Muschel am Felsen. Vom Rest will ich dir erst gar nicht erzählen.
Eas, die Jüngere, ist zwar so blond wie Sonnenlicht, doch ihre Liebeshaare sind von sonnigem Rot. Sie schlägt vom Körperbau ein wenig nach ihrem Vater. Aber sie ist weich und anschmiegsam wie eine Katze und weiß, wovon Männer träumen. Er hat noch eine andere Tochter. Eine rothaarige Kratzbürste, die aber kein Wort wert ist."
Solasard schmunzelte.
„Bei ihr hast du wohl auf Granit gebissen mit deiner brüderlichen Liebe?"
Doch Athraigh überging die Frage geflissentlich und sagte:
„Ich kenne Cluanaire und seine Finten gut."
„Sag mal, Athraigh, woher weißt du das alles?"
„Schon vergessen? Ich habe hier gelebt. Erinnere dich auf jeden Fall daran, was ich dir gesagt habe. Trink nicht viel, halte dich abseits und binde Macha los. Ich kümmere mich um meinen alten Freund und seine Familie. Laß dich um der Göttin Willen auf gar keinen Fall ablenken. Den Rest erledige ich. Bestimmt werden sie zur Feier des Tages einen Ochsen schlachten."
„Und was werden wir jetzt tun, Athraigh?", fragte Solasard.
„Wir bleiben hier sitzen und warten. Schließlich ist die Sonne schon untergegangen. Die Leute vom Fahrenden Volk sind Kinder der Nacht. Jetzt werden sie aus ihren Wagen kommen", antwortete Athraigh.
Der Schwertsucher schüttelte den Kopf.

„Ich glaube das alles einfach nicht. Das nächste Mal werden wir im Wald übernachten. Das tue ich mir nicht noch einmal an. Ich hätte mir ja denken können, wie es ausgeht, wenn du etwas in die Hände nimmst.“
„Sei dankbar, Solasard, daß ich dir die Möglichkeit biete, diese Erfahrung zu machen. Andere träumen nur davon. Diese haben zwar auch eine völlig falsche Vorstellung davon, aber das ist ja nebensächlich.“
Bunt angezogene Männer kamen jetzt hinter den Wagen hervor und brachten weiteres Holz für das Feuer. An einer anderen Stelle flackerte ein zweites Feuer auf. Nie bereiteten sie ihr Essen zu, wo sie zusammen saßen. Dort wurde ein Ochse über dem Feuer am Spieß gedreht. Mittlerweile hatten sich Frauen und Kinder eingefunden, die auf den Baumstämmen Platz nahmen. Einige holten Flöten und andere Gegenstände, auf denen sie Musik machten, hervor. Wein wurde herumgereicht. Im Gegensatz zu Athraigh, der trank als verdurste er augenblicklich, tat Solasard nur so, als ob er trinke und gab dann den Wein weiter. Es wurde gesungen und geklatscht. Frauen standen auf und wirbelten in ihren bunten, aus Stoffetzen zusammengenähten Glockenröcken umher. Später dann, als der Ochse gar war, gingen junge Männer mit Platten, auf denen Fleisch und Brot aufgetürmt waren, umher und boten sie erst den Gästen und dann ihren Leuten an. Langsam brach die Nacht herein. Die Töchter Cluanaires tanzten um das Feuer, daß ihre Röcke nur so flogen und die schönen Beine entblößten. Die Männer ihres Volkes murrten. Ihnen gefiel dies gar nicht, doch ihr Anführer brachte sie mit einem strengen Blick zur Ruhe.
Athraigh war inzwischen heillos betrunken und schäkerte mit der dunkelhaarigen Altán, was ihr Vater mit Freude zur Kenntnis nahm. Der dicke Mann hatte sich erst spät am Abend zu ihnen gesellt und saß Solasard gegenüber, war aber durch das Feuer von ihm getrennt.
Mittlerweile konnte der nicht mehr genau nachzählen, wie oft schon der Wein an ihm vorübergegangen war. Sein junger Freund hatte jetzt die schwarzhaarige Frau auf seinem Schoß, sie an einer Hinterbacke festhaltend, wo die andere Hand war, wollte Solasard lieber gar nicht wissen. Es dauerte keine halbe Stunde und das Paar war spurlos verschwunden. Solasard war hoch erfreut über die Opferbereitschaft seines Freundes. Da vernahm er von links eine Stimme:
„Sei mir gegrüßt, Fremder. Meine Name ist Eas. Ich bin Cluanaires Tochter. Die Jüngere. Wie ist dein Name?“

„Sei auch du mir gegrüßt, Eas. Mein Name ist Solasard mac Annir", erwiderte er aufmerksam.
„Woher kommst du und wohin gehst du in Begleitung von Athraigh", fragte Eas neugierig.
„Ich komme von weit her, und ich muß noch weit gehen."
Solasard lächelte geheimnisvoll.
„Du sprichst in Rätseln, Fremder, soll ich dir vielleicht etwas die Zunge lösen."
Die blonde Frau, die neben Solasard Platz genommen hatte, lehnte sich gegen ihn und preßte ihren großen Busen an ihn. Dann legte sie ihre Arme um ihn und ihren Mund auf den seinen. Kühl drehte Solasard sein Gesicht weg.
„Ihr müßt das nicht tun, nur weil euer Vater wissen will, wer ich bin und wohin ich gehe. Von mir wirst du es nicht erfahren. Geh. Ich werde mich jetzt schlafen legen, allein."
Solasard stand auf und ging zu dem großen Wagen.
Zur gleichen Zeit fand in Altáns Wagen ein Gespräch ganz anderer Art statt. Die schwarzhaarige Tochter Cluanaires hatte gerade begonnen, Athraigh Stück für Stück zu entkleiden, als ihre rothaarige Schwester in den Wagen kletterte und sofort lospolterte.
„Altán, scher dich raus, und komm in einer halben Stunde wieder. Athraigh und ich haben etwas zu besprechen. Das hätte ich mir ja denken können, daß du, kaum angekommen, wieder unter einem Weiberrock steckst, Namenloser!"
Altán verließ nur zu gern den Wagen, um den Armen seinem Schicksal zu überlassen. In Athraigh stieg kurz der Gedanke auf, daß ihm wohl jeder den gleichen Titel gab. Dann erwiderte er höflich:
„Sei auch du mir gegrüßt, Fiántas, edle Tochter des Cluanaire. Ja, auch mir ist es gut ergangen, seit ich euch verließ."
Weniger honigtöpfisch fuhr er fort:
„Was ist mit dir? Du platzt hier herein, vertreibst deine Schwester und beraubst mich eines herrlichen Vergnügens. Wenn ich dich so störe, laß dir gesagt sein, daß ich morgen schon wieder gehen werde, Fiántas."
Herablassend musterte ihn die Tochter seines Ziehvaters.
„Glaub ja nicht, daß es mir um deine Weibergeschichten ginge. Von mir aus kannst du es die ganze Nacht mit dieser dummen Gans treiben. Mir

geht es um etwas ganz anderes. Ich will dich nur erinnern, wo du hingehörst."
Athraigh, nicht mehr ganz nüchtern, horchte auf und fragte:
„Was meinst du damit?"
Fiántas blickte ihm starr in seine blauen Augen, bevor sie antwortete:
„Wir sind Mornas, Athraigh, verstehst du? Wir suchen nicht das verdammte Schwert eines Mannes aus dem Stamm der Basna. Hast du einmal darüber nachgedacht, wer Fionn mac Cumhail war? Er war ihr großer Held und das Blaue Schwert der Wahrheit ist auch nicht irgendein Schwert, das man einfach einem Fremden gibt. Ein Basna gibt so etwas nur einem Basna. Hast du einmal darüber nachgedacht, daß dieser Solasard auch einer von ihnen sein könnte? Ein Basna? Es gibt noch eine Schuld zu begleichen zwischen uns Mornas und den Basna, Athraigh."
Der Angesprochene erwiderte:
„Fiántas, du steigerst dich da in etwas hinein. Solasards Name ist mac Annir und nicht mac Fionn oder so etwas. Außerdem weiß er gar nichts über den alten Helden. Das wäre bei einem Basna bestimmt nicht der Fall, glaube mir."
Doch Fiántas ließ sich nicht beirren.
„Du sagst das nur, weil du seine Haut retten willst. Aber das ist nicht wichtig. Ich verlange von dir, daß du ihn tötest, wenn er ein Basna ist. Ich will, daß du ihn tötest, wenn auch nur ein Tropfen von Fionns Blut in seinen Adern fließt. Hörst du?"
Athraigh wollte nur noch seine Ruhe.
„Ja, aber er hat mit Fionn nichts zu tun."
Fiántas sagte kalt:
„Dann ist es ja gut. Aber schwöre mir, daß du ihn tötest, wenn es doch so ist."
Gereizt erwiderte der Namenlose:
„Ja, gut!"
Die junge Frau brüllte ihn fast an.
„Ich will, daß du es schwörst, auf deine Ehre als Ziehsohn Cluanaires."
Solasards Gefährte sprach langsam:
„Ich schwöre, Solasard zu töten, wenn er ein Basna ist. Sonne und Mond mögen mich verfluchen, wenn ich diesen Schwur breche! Zufrieden nun?"
Fiántas nickte befriedigt und ging, wobei sie fast ihre Schwester umrannte, die mit einem Krug Met zurückgekehrt war. Voller Freude begrüßte sie Athraigh.

Währenddessen stand Macha ruhig da und schnaubte leise, als Solasard an sie herantrat.
„Na, hältst du mir wenigstens die Treue? Ob wir Athraigh noch mal wiedersehen?"
Das Tier schien ihm nicht antworten zu wollen, so kletterte er in den Wagen. Er konnte nichts sehen, fühlte aber eine weiche Unterlage und legte sich darauf. Er wollte gar nicht wissen, wo Athraigh jetzt steckte. Die Musik am Feuer wurde immer leiser und verstummte letztendlich. Lange Zeit blieb alles ruhig, bis ein helles Licht in den Wagen fiel.
„Der schläft. Los schaff sie weg, Toit!"
Das nächste was Solasard wahrnahm, war ein sehr lautes, aufgeregtes Wiehern, dann ein paar dumpfe Schläge gegen den Wagen und schließlich jemand, der versuchte, flüsternd zu schreien.
„Mach deinen Mist doch selbst, Cluanaire. Ich rühre diese Bestie jedenfalls nicht noch einmal an!"
Mit einem Lächeln auf den Lippen schlief Solasard endlich ein. Ihm träumte, wie er auf Macha über die Aill de Mothar flog. Auf und ab im Wind. Gerade als er spürte, wie sich der Körper des Pferdes in den einer Frau verwandelte, legte sich ihm eine Hand auf den Mund. Er wollte schreien und schlug wild um sich, bis er Athraighs Stimme hörte, die leise flüsterte:
„Still! Wir müssen aufbrechen. Ich habe keine große Lust, mit denen zu frühstücken. Du?"
Solasard schüttelte seinen Kopf, bis ihm einfiel, daß der andere ja nichts sehen konnte.
„Nein, sicherlich nicht."
„Nimm die Sachen, die du finden kannst, und gib sie mir heraus. Warte, hier, ich habe eine Laterne."
Eine warme Helligkeit breitete sich in dem Wagen aus. Überall glitzerte und funkelte es vor lauter Gold und Silber. Schnell hatte Solasard ihre Sachen gefunden. Als er aus dem Wagen kletterte, fiel ihm auf, wie kühl es noch war.
„Es ist ja noch mitten in der Nacht. Bist du wahnsinnig? Wir sind doch keine Diebe, daß wir uns bei Nacht und Nebel davonstehlen müßten. Oder doch?", fragte Solasard.
„Sie haben versucht, Macha zu stehlen, und glaube mir, diese Leute haben viel Geduld, um sie zu bekommen. Sie werden es wieder und wieder versuchen. Es geht jetzt nicht mehr um das Pferd, sondern ihr höchstes

Gut, ihre Ehre. Und nicht nur ihre. Ich denke, es ist besser, wenn wir selbst entscheiden, wann und wie, nämlich lebendig, wir sie verlassen.
Ich gab Altán einen Silberreif für die Nacht. Das wird ihr genügen. Komm jetzt, Solasard!", trieb ihn der Namenlose an.
„Wo ist Macha?", fragte dieser.
„Hier. Los jetzt! Zieh deinen Reisesack auf und dann vorwärts."
Athraigh drückte ihm die Zügel Machas in die Hand und lief los. Es war stockfinster. Sie stolperten durch die Nacht, bis es anfing zu tagen. Als sie endlich in den Wald kamen, liefen sie ein langes Stück in einem Bach, um ihre Spuren zu verwischen. Schließlich konnten sie vor Müdigkeit einfach nicht mehr weiter. Solasard und Athraigh fanden eine Höhle, in der genug Platz für sie beide und das Pferd war.
Während Solasard schlief, suchte Athraigh trockenes Holz und Tannenzapfen, die für eine warme Glut sorgen sollten. Er band sich ein großes Bündel von Zweigen auf den Rücken und packte einen Beutel so voller Zapfen, daß er kaum noch gerade gehen konnte. Sie brauchten jetzt wenigstens ein bißchen Wärme. Nachdem Athraigh in die Höhle zurückgekehrt war, fand er Solasard noch immer schlafend vor. Macha lag am Eingang, als bewache sie ihren Herrn. Geschmeidig erhob sie sich, als sie Athraigh kommen sah. So schnell es seine zitternden Finger erlaubten, entfachte dieser ein Feuer.
Mit einem kleinen Beil fällte er drei junge Tannen, schleifte sie vor den Eingang und deckte ihn damit ab. Dann legte er Macha etwas zum Fressen hin, wickelte sich in seinen Mantel und schlief ein. Erst weit nach Mittag wachten sie auf. Das Feuer war schon wieder erloschen. Athraigh ergriff als erster das Wort.
„Die hätten wir uns vom Hals geschafft."
„Das hätte man wohl auch einfacher haben können. Das nächste Nachtlager besorge ich wieder, Athraigh, deine sind mir zu aufregend. Dennoch danke, auch für das Holz und das Feuer. Ich bin noch ziemlich müde."
„Hier sind wir erst einmal sicher. Ich denke nicht, daß sie uns, entschuldige Macha, wegen solch einem Pferd suchen werden. Dennoch sollten wir noch eine Nacht hierbleiben, nur um ganz sicher zu sein, daß sie uns nicht folgen. Weitergehen lohnt sich heute sowieso nicht mehr. Ich bin auch hundemüde. Diese Altán kann einen Mann wirklich glücklich machen."
„Athraigh, ich will darüber gar nichts wissen. Schlaf oder erzähl es Macha, aber nicht mir. Ich will nur noch schlafen."

„Du weißt ja gar nicht, was dir entgeht. Die Frauen des Fahrenden Volkes sind einzigartig in ihrer Art und Weise, Liebe zu machen, glaub mir."
„Athraigh?"
„Ja!"
„Ich will es nicht wissen!"
„Aber stell dir doch vor ..."
„Athraigh!"
„Jaaah?"

Der Sperber

Rabharta ging in die Burg zurück, wo er sein Zimmer aufsuchte. Heute würde er es nicht mehr verlassen. Der Sinn stand ihm nicht nach Schmeichelei und Lüge. Immer wieder fragte er sich, ob er richtig gehandelt hatte. Die Nachricht war jedoch mehr als ein Leben wert. Aber war es richtig, daß die Leben der Menschen hier über dem eines einzelnen standen? Nie würden sie es Scathcrobh danken, daß er ihnen sein Leben opferte. Sicherlich mochte er seinen Späher nicht besonders, aber hatte er es verdient, in den Tod zu gehen? Denn das war es letztendlich.
Die Wälder waren voll von Abschaum, der sich aufs gemeinste an Wanderern und umherziehenden Händlern bereicherte. Für ein Stück Brot löschten sie ganze Familien aus. Die Königliche Garde sah nur zu. Je kleiner die Bevölkerung Erius wurde, desto einfacher ließ sie sich führen. Sollten sie sich doch gegenseitig abschlachten. So dachte wenigstens Arcán, der Anführer der Königlichen Garde.
Ein selten dummer Mensch, der dafür auch noch die Gunst des Hochkönigs besaß, so daß Rabharta nicht einmal bei schwierigen Angelegenheiten eingreifen konnte. Mehrfach hatte er es schon versucht und dadurch fast den Befehl über seine Männer verloren. So konnte eine Minderheit doch über eine Mehrheit herrschen. Manchmal verwünschte er sich selbst dafür, diesem Wahnsinnigen nicht den Hals umzudrehen, aber wozu? Daß ein neuer den alten Verrückten ersetzte?
Draußen erklangen Schritte im Gang. Fest und bestimmt klopfte es an die Tür. Müde stand Rabharta auf und öffnete diese. Es war Tuan. Mißtrauisch betrachtete er ihn.
„Tritt ein, setz dich doch. Was willst du?"
Der Hauptmann setzte sich auf sein Lager und überließ dem Älteren den Stuhl.
„Höre, Rabh, wir hatten da heute nachmittag einen kleinen Streit, und ich erkenne deine Treue zu Broc ja auch an. Wir sollten diese Uneinigkeit jedoch nicht so zur Schau stellen. Die Schafe gehorchen keinem ängstlichen Hund, dann folgen sie schon lieber ihrem Hirten. Und bedenke, ein Hirte mag nur um ein weniges schlauer sein als ein Schaf, aber für die Schafe ist er ein Gott. Ihm werden sie folgen. Nicht dem Hund.

Aber das ist nicht der Grund, warum ich hier bin. Ich brauche deine Hilfe."
Überrascht horchte Rabharta auf.
„Ach, ja? Decke ich diesen Verrat nicht schon genug, Tuan?"
„Es tut mir leid, wenn du damit Schwierigkeiten hast. Verstehe doch, ich kann dir nicht alles sagen. Ich bin der Hochdruide, und für mich steht das Wohl des Reiches, des Volkes an vorderster Stelle und nicht des Narren, der auf dem Thron sitzt. Es tut mir leid, daß ich dich da mit hineinziehen muß, aber Arcán ist so dumm wie Bohnenstroh und würde uns sicher verraten, Rabharta", sagte Tuan besorgt.
„Daß ich nicht lache, ein Verräter, der den Verräter fürchtet. Ich bin müde. Was willst du?", erkundigte sich der Hauptmann gereizt.
„Morgen wird ein junges Mädchen kommen. Ihr Name ist Eala. Es ist ganz wichtig, daß sie am selben Tag noch dem König vorgestellt wird."
Mißtrauisch fragte Rabharta:
„Warum?"
Tuan erwiderte:
„Ich kann dir nicht sagen warum."
Rabharta war fassungslos.
„Ich soll meine Hand über ein Mädchen halten, es dem König vorstellen und nicht wissen, warum? Verlangst du da nicht ein bißchen viel, Tuan?"
Der Hochdruide seufzte:
„Nun gut, Eala kommt aus dem Coven der Alten Bärin. Du wirst nicht wissen, was das ist. Es ist auch nicht wichtig. Sie wird jedenfalls meine Nachfolgerin, und ich will, daß sie den König kennenlernt."
„Das kann sie doch auch in den nächsten Tagen, oder? Bist du dir sicher, daß das alles ist?"
Tuans Augen verengten sich zu Schlitzen, seine Stirn zog sich in Falten. Stutzig blickte er Rabharta in die Augen. In denen des Druiden konnte der Hauptmann die Frage lesen, ob und wenn, wieviel er von Eala wußte. Plötzlich schlug sich der Druide auf die Schenkel und lachte laut auf.
„Rabh, du siehst ja schon Gespenster! Was sollte es denn sonst mit dem Mädchen auf sich haben? Trotzdem lege ich Wert darauf, daß der Hochkönig sie morgen kennenlernt. Das ist kein Wunsch. Das ist der Befehl des höchsten Druiden Erius über seinen Untertan, gleich welchen Rang dieser inne hat."
Rabharta antwortete müde:

„Gut, wenn du das so haben willst. Laß mich jetzt allein. Ich bin müde und will heute früh schlafen.“
„Dann wünsche ich dir eine gesegnete Nacht, mein Freund.“
Der Druide stand auf und ging hinaus. Rabharta legte sich so wie er war in sein Bett. Die Lügen dieses Freundes schmerzten am meisten. Wie mochte es wohl Scathcrobh gehen? Im Halbschlaf zogen seine Gedanken zu seinem Späher.
Die Nächte waren sehr kalt im Herbst. Die ersten Stürme waren schon über das Land gezogen, und Scathcrobh hatte gut daran getan, seinen dicken Wintermantel mitzunehmen. Eingehüllt in diesen saß er am Stamm einer dicken Eiche, während ihm seine Satteldecke als Unterlage diente. Er hatte nicht gewagt, ein Feuer zu entfachen, zu nah war er noch am Waldrand. Außerdem hatte er ein ungutes Gefühl im Nacken, seit er die Burg verlassen hatte. Gut, daß es schon dunkel war, als er schutzlos bis zum Waldrand geritten war. Die Bäume, die hier einst hätten Schutz bieten können, waren aus diesem Grund gefällt worden. So konnte man schon auf viele Meilen Entfernung Feinde sich nähern sehen.
Der Waldweg, der ihn nach Magh-Nuadhat führen sollte, war matschig und aufgeweicht. Bessere Spuren konnte man etwaigen Verfolgern gar nicht hinterlassen. Das Beste würde es sein, das Pferd ein Stück im Wald zu führen und irgendwann wieder auf den Weg zurückzukehren. Er könnte natürlich auch mit Kiefernästen seine Spuren verwischen, aber das wäre wie eine Einladung, der Spur zu folgen.
Mit Sicherheit würde er nicht der Breiten Straße folgen. Da würde man ihm nur auflauern. Andererseits könnte man ihm auch auf dem Nebenweg auflauern, weil man davon ausging, daß er die Breite Straße meiden würde. Dennoch glaubte Scathcrobh, daß er auf dem Hinweg mit wenig Schwierigkeiten zu rechnen habe. Schließlich bringt es nichts, einen leeren Krug zu stehlen.
Leise schnaubte sein Pferd vor sich hin. Er hatte ihm ein paar Leckerbissen aus der Küche gestohlen. Da fiel ihm ein, daß sein Reisegefährte noch gar keinen Namen hatte. Gib nie einem Tier einen Namen. Es sei denn, du willst die Verantwortung dafür übernehmen. Weise Worte seines Vaters. Aber deshalb hatte er den Hengst ja gekauft. Dieser Klepper wird ein gutes Pferd werden. Er hatte ihm das Leben gerettet. Nun, wie wäre es mit Nachtwind oder Schattenfell, aber all das war er ja nicht, noch nicht.

Vielleicht sollte er ihn einfach Klepper nennen oder Schindmähre. Was hatte der Hauptmann doch gleich gesagt, wie Morríghans Todespferd sähe er aus. Nun gut, dann sollst du Bás heißen, Bás, der Tod.
Müde fielen ihm die Augen zu. Er träumte von wilden Verfolgern, bis ihn die Morgensonne weckte. Noch konnte er durch das Gebüsch auf der anderen Seite des Hügels Tara erkennen. Scathcrobh blickte sich um. Nichts, keine Seele war zu sehen. Dann erhob er sich. Das Pferd stand aufmerksam in seiner Nähe und beobachtete ihn.
„Guten Morgen, Kleiner. Du bekommst jetzt einen Namen. Komm her."
Langsam ging er auf den Hengst zu und tätschelte ihm den Hals.
„Ab heute siehst du nicht nur aus wie der Tod, du wirst auch so heißen. Willkommen denn, Bás!"
Das Pferd schnaubte und rieb seinen Kopf am Arm seines Herrn. Sorgfältig sattelte und bepackte er das Pferd. Der Herrin sei Dank trugen die Bäume noch ihre verdorrten Blätter. So führte der Lebende den Tod am Zügel.
Es mochte die zweite Stunde nach Sonnenaufgang sein. Leise summte der Späher ein Lied vor sich hin, während er sich ständig nach allen Seiten absicherte. Immer noch hatte er dieses seltsame Gefühl, nicht allein zu sein. Einige Rehe knabberten an den Ästen junger Bäume. Sicherlich hätte ihre Flucht einen Verfolger angezeigt, aber sie ästen scheinbar ungestört weiter. Scathcrobh ging einige Schritte neben dem Weg. Wenn ihm die ersten Menschen begegnet waren, würde er aufsitzen und weiterreiten.
Die Vögel sangen traurige Lieder und verabschiedeten sich von der Kälte. Wohin sie flogen, um dem Winter zu entgehen, wußte nur die Allmächtige. Da hörte er hinter sich das Knarren eines Wagens. Der Späher blieb stehen, und richtig, da kam ein Karren, gezogen von einem mächtigen Shire. Scathcrobh liebte diese starken Rösser, aber im Kampf waren sie einfach zu langsam. Bestimmt gab es keine größeren Pferde auf der Welt. Kraftvoll lag auch dieser schwarze Riese im Geschirr. Es schien ihm nichts auszumachen, den mit Holz beladenen Karren zu ziehen. Als der Wagen ziemlich nah war, bückte sich der Späher, ließ Bás das Bein anwinkeln und tat so, als entferne er einen Stein aus dem Huf. Kaum schaute der Mann auf dem Bock zu ihm hin. Scathcrobh wartete, bis das Knarren in der Ferne verschwunden war und führte Bás auf den Weg.
„So mein Kleiner, dann wollen wir mal sehen, was du kannst."

Er stieg auf, nahm die Zügel aber nicht auf, verstärkte den Druck mit seinen Schenkeln und drückte mit seinen Fersen leicht in die Flanken des Tieres. Gehorsam setzte das Pferd ein Bein vor das andere. Scathcrobh lobte und tätschelte das Pferd, kraulte es hinter den Ohren, als er über sich den Ruf eines Sperbers hörte. Der Vogel stand genau über ihm. Dort verweilte er einen Augenblick und flog dann weiter. Der Späher blickte um sich. Nichts. Er war allein.
Dennoch nahm er jetzt die Zügel auf und ließ Bás in leichten Trab fallen. Meile um Meile folgte er dem Weg, bis die Sonne schon lange ihren Mittagspunkt erreicht hatte. Eine Blättersäule wirbelte vor ihm her und graue Regenwolken zogen über den Himmel. Der Reiter zog den Mantel immer enger um sich. Kurz vor Sonnenuntergang begann es zu regnen.
Endlich zog er die Zügel an, brachte das Pferd zum Stehen, stieg ab und führte es vom Weg. Er wußte von einem Wetterhäuschen ein kleines Stück weiter im Wald. Ein ausgetretener Pfad führte dorthin. Doch als er das Häuschen erreichte, stellte er fest, daß es schon besetzt war. Ein alter Landstreicher, wie es schien, hatte es sich dort bereits bequem gemacht. Gerade als der Späher umkehren wollte, rief der Greis:
„Junger Mann, hier ist genug Platz für zwei, oder zieht ihr den Regen meiner Gesellschaft vor?“
Der Alte schien harmlos zu sein.
„Nein, sicherlich nicht, aber ich wollte euch nicht stören.“
„Ihr stört nicht. Ich bin froh für jede Gesellschaft, die ich kriegen kann.“
Scathcrobh band Bás an der überdachten Außenseite fest, sattelte ihn ab und brachte seine Sachen in die Hütte. Den graublauen Augen des Greises entging keiner seiner Handgriffe.
„Ihr habt wohl eine lange Reise vor euch. Allerdings sieht euer Pferd eher aus wie der leibhaftige Tod und nicht wie das blühende Leben. Habt ihr dieses junge Tier so verkommen lassen? Das ist kein Pferd Erius! Ich selbst stahl solche oft auf den Weiden Albas.“
Mit einem Dieb würde Scathcrobh nun denn seine Nacht verbringen. Höflich antwortete er:
„In der Tat scheint es mehr tot als lebendig zu sein. Ich kaufte es auf dem Markt von Tara. Und wer seid ihr? Von wo kommt ihr?“
„Mein Name ist Neamhní. Ich war früher häufig auf Tara.“
Der alte Mann stand langsam auf. Er wirkte fast zerbrechlich, so schmal und abgemagert sah er aus. Der Greis stützte sich mit einem Stock ab und

ging vorsichtig auf Bás zu. Das Pferd schüttelte seinen Kopf und schnaubte aufgeregt. Fast hätte sein Herr einschreiten müssen. Dann sprach der alte Mann mit dem Tier, und mit einem Mal schien es ruhig und entspannt zu sein.
„Der erste Pferdedieb wäre ich, der kein Pferd besänftigen könnte. Von Tara habt ihr dieses Prachtstück. Ich will nicht hoffen, daß heutzutage alle Pferde auf Tara so aussehen."
Scathcrobh, der gerade Feuer machte, blickte auf. Der alte Mann war ihm nicht geheuer.
„Natürlich nicht, Herr. Aber wohin seid ihr unterwegs, so allein, ohne Schutz?"
„Oh, junger Mann, mir tut niemand etwas. Ich bin ein alter, schwacher Mann, und die einzigen Reichtümer, die man mir stehlen könnte, sind hier drin versteckt."
Mit einem Finger tippte er auf seine Stirn. Besonnen sprach er weiter:
„Du fragst nach meinem Ziel? Nun, mein Ziel ist der Weg."
Ein merkwürdiger Mann, und Männer, die in Rätseln sprachen, machten den Späher schon immer nachdenklich. Eine Gefahr ging von ihnen aus, die man riechen, schmecken, aber nie greifen konnte. Nun, dann wollte er mal beginnen, genauso klug daherzureden.
„Ja, unser Verstand ist ein Teil unseres Glückes. Wir sollten ihn nie verlieren."
Der Alte lachte:
„Doch wie viele können ihn nicht verlieren, weil sie ihn gar nicht besitzen. Nebenbei gefragt, wohin führt euch euer Weg?"
Nebenbei gefragt, diese Unauffälligkeit glaubte Scathcrobh fast schon nicht mehr. Schmunzelnd antwortete er:
„So hierhin und dorthin, wenn ihr versteht?"
Der alte Mann lachte und schlug ihm auf die Schulter.
„Ich sehe schon, wir reden viel und sagen doch nichts. Dann wollen wir mal sehen, was es zum Essen gibt. Ich habe noch etwas kaltes Wildbret und ihr?"
„Ich habe Brot, Met, einige Äpfel und ein wenig Getreide für das Pferd."
Die Sonne hatte den Himmel jetzt ganz den dunklen Wolken überlassen und sich in ihr Reich des Lichts zurückgezogen. Wind kam auf und spielte mit dem Feuer. Bás stampfte unruhig mit den Hufen, während er das Getreide verschlang.

Die beiden Männer saßen um das Feuer und aßen. Der Met löste ihre Zungen, dennoch sprachen sie nur über das Wetter und die Ernte. Als der Wind immer stürmischer wurde, löschten sie das Feuer und versuchten, gegen den Sturm anzuschlafen.
Irgendwann war das Unwetter vorbeigezogen und Scathcrobh lauschte in die Finsternis, als Bás laut aufwieherte. Draußen hörte man noch ein Knacken im Unterholz. Dann nichts mehr. Vorsichtig stand der Späher auf, ein kleines Beil griffbereit in der Hand. Langsam schlich er um die Hütte. Er konnte fast nichts sehen. Als er sich wieder hinlegte, hörte er neben sich den Greis:
„Sie sind zu schnell, diese Waldkobolde. Ich wüßte nur gerne, was sie von euch wollen, bestimmt ist es nicht euer Pferd."
Zu müde, um darüber nachzudenken, schlief der Mann wieder ein. Am Morgen, als Scathcrobh erwachte, war der Himmel immer noch grau. Der Greis indessen war nicht mehr da. Ein merkwürdiger Kauz. Nun ja, wahrscheinlich dachte er das auch von ihm. Bás stand ruhig an der Außenwand. Nur sehr langsam sattelte und bepackte ihn Scathcrobh. Die Morgenzeit war nicht unbedingt die Lieblingszeit des Spähers. Mühevoll schwang er sich auf das Pferd, mußte aber wieder absteigen, weil er vergessen hatte, das Pferd loszubinden. Noch nicht ganz wach, überließ er es dem Pferd, den Weg zu suchen. Der Herrin sei Dank, hatte der Greis das Holz für ihren Nachfolger gesammelt. Wenn er sich anstrengte, würde er am späten Nachmittag Magh-Nuadhat erreichen.
Heute waren mehr Menschen unterwegs. Fuhrwagen zogen an ihm vorüber, Wanderer, die vielleicht Arbeit suchten, mehrere Wagen des Fahrenden Volkes. Die Zeit verging nur langsam, aber Scathcrobh kam gut voran. Kurz vor Abend erreichte er Magh-Nuadhat. Wie alle kleinen Städtchen an der Breiten Straße war auch dieses Nest eine Brutstätte des Gesindels, und diesen Ort ließ er schnell hinter sich. An einer Quelle füllte er seinen Wasservorrat auf, nicht vergessend der Göttin zu danken für ihre Spende an die Menschen. Bei Dunkelheit wollte er wieder im Wald sein. Es dämmerte schon, als er endlich den Nebenweg der Breiten Straße gefunden hatte. Er konnte den Weg fast nicht ausfindig machen, so überwuchert war er. Links und rechts säumten ihn alte Bäume, die einen warmen Wintermantel aus Efeu trugen.
Gerade als er abgestiegen war, um Bás ein Stück zu führen, hörte Scathcrobh über sich wieder diesen Ruf. Tatsächlich, hoch oben über den

Wipfeln der Bäume stand ein Sperber. Kaum konnte er ihn noch erkennen, aber von der Art im Wind zu stehen, konnte es nur ein solcher Vogel sein. Mit einem unguten Gefühl im Nacken kehrte er zurück. Vorsichtig führte er Bás tiefer in den Wald. Notdürftig baute er sich einen Unterstand, unter dem er etwas schlafen konnte. Bás band er an einem starken Ast fest, dann legte er sich hin, denn sein Hunger nach Schlaf war größer als der nach Brot.

Er schlief tief und fest. Am nächsten Morgen wachte er vom Gezwitscher der Vögel auf. Als er im Halbschlaf einige Schritte von seinem Unterstand in den Wald ging, fand er Fußspuren, die noch keinen Tag alt waren.

Jetzt war er hellwach.

Besorgt erkannte er, daß er verfolgt wurde. Er würde wohl eine Falle bauen müssen, um den Jäger zu fangen. Schnell war er wieder bei Bás, sattelte ihn mit seiner schweren Wolldecke, bepackte ihn in Windeseile und saß auf. Weit und breit war nichts zu sehen. Dennoch ließ er Bás erst antraben und dann sogar ein ganzes Stück galoppieren. Der Wald strömte seinen süßlichen Herbstgeruch aus und schläferte ihn fast wieder ein. Aber er ritt weiter, und als Bás nicht mehr konnte, stieg er ab und führte ihn an den Zügeln, bis auch Scathcrobh kaum mehr laufen konnte.

Am frühen Nachmittag kam er zu einem alten, verwitterten, in sich zusammengestürzten Wetterhäuschen, das wie ein Gerippe mitten im Wald stand. Hier stellte er Bás ab. Dann suchte er sich mehrere kräftige Kiefernäste, band sie zu einem großen Besen zusammen und folgte seiner eigenen Spur ungefähr eine Meile zurück, wo es eine kleine Kreuzung gab, die völlig zugewachsen war. In diese Kreuzung lief er ein gutes Stück hinein, immer darauf achtend, daß der Verfolger seine Fußabdrücke gut sehen konnte. Dann ging er im Wald ein großes Stück zurück, bis er wieder an der Kreuzung war und verwischte seine eigentliche Spur.

Als er wieder am Wetterhäuschen ankam, dunkelte es bereits. Er entfachte ein kleines Feuer, gab Bás etwas Getreide und ließ ihn das hohe Gras um das verfallene Häuschen abgrasen. Scathcrobh knabberte ein wenig an seinem Brot, löschte das Feuer und fiel in einen tiefen, traumlosen Schlaf. Früh am Morgen weckte ihn Bás, der mit seinen Hufen vor seinem Gesicht scharrte.

Als die Sonne ihren Mittagspunkt erreichte, waren sie schon lange unterwegs. Immer noch war das Wetter trüb. Aber sie kamen gut voran. Morgen würden sie das Ufer des Siona erreichen. Dort könnten sie vielleicht

ihrem Verfolger über das Wasser entwischen. Heute nacht würde er kein Auge zutun. Er würde den Sperber schon fangen. Am frühen Nachmittag hatte er sich etwas hingelegt und zwei Stunden vor sich hingedöst.
In seinen Mantel gehüllt, lehnte er an einer Buche, seinen Kopf auf die Brust gesenkt, scheinbar schlafend. Die Nachtigall beendete ihr Lied, und die Eule begann mit dem ihrigen. Nichts, immer noch nichts. Der Wind strich durch das Gras. Finsternis. Bás schnaubte leise. Warten.
Dann ein Knacken im Unterholz, fast neben ihm. Blitzschnell war er aufgesprungen, um in zwei erschrockene Rehaugen zu starren. So verging die Nacht. Der Wind strich weiter durch die Äste und sang das Lied des einsamen Jägers. Langsam, ganz langsam hellte es auf. Eine Lerche zwitscherte einsam im Morgengrauen.
Da plötzlich wieder ein Knacken. Das mußte er sein. Dort irgendwo lauerte er und beobachtete ihn. Jetzt nur nicht bewegen. Immer weiter den Feind in der Sicherheit wägen, verletzbar und unaufmerksam zu sein. Nicht rühren. Schritte, die sich näherten. Ein Narr, der sein Opfer noch lange betrachten wollte, bevor er zuschlug. Jetzt war er nur noch wenige Schritte von ihm entfernt. Langsam öffnete Scathcrobh die Augen.
Das waren ja die bloßen Füße eines Jungen! Das war gar kein Mann. Der Feind schickte ihm ein Kind? Was sollte das denn?
Stille, kein Vogel sang mehr, kein Windhauch wehte, als Scathcrobh aufsprang und sich auf sein Gegenüber stürzte. Der Junge wand sich unter ihm wie ein Fisch auf dem Trockenen. Nun, wenn er es brauchte. Der Späher packte den Kleinen, holte aus und schlug ihn vor die Stirn. Alles Leben schien aus ihm zu weichen, wie ein Mehlsack fiel er um.
Verwundert schaute sich der Jäger seine Beute an. Der Junge trug nicht einmal ein Hemd. Seine Hose war aus Leder, aber auf die einfachste Art und Weise zusammengenäht. Scathcrobh fesselte den Jungen und lehnte ihn an den Stamm. Außer einem sehr scharfen Messer schien er keine weiteren Waffen zu besitzen. Dunkelbraunes, fast schwarzes, schulterlanges Haar umrahmte sein Gesicht. Sein ganzer Körper war muskulös, aber abgemagert.
Zwei kurze Schläge auf die bleichen Wangen ließen diese rot leuchten und den Jungen wieder zu sich kommen. Sofort sprangen seine Augen auf, unwirkliche grasgrüne Augen. Er versuchte, seine Fesseln von den Gelenken zu streifen, aber ein Meister hatte dieses Band geknüpft und nur dieser konnte es auch wieder lösen.

„Wie ist dein Name, Junge?“, fragte der Späher.
„Niemand.“
„Gut, Niemand, wer schickt dich und warum?“
„Niemand schickt mich, ich verfolge dich nicht.“
„Du selbst schickst dich, obgleich du mich nicht verfolgst?“
„Ich meine, keiner schickt mich.“
„Und wer ist keiner?“
„Herr, ich verfolge euch nicht.“
„Ich werde dich jetzt hier liegen lassen, und glaube mir, Junge, du selbst würdest dich hier nicht wiederfinden. Du hast die Wahl zu sterben oder zu reden.“
Langsam sattelte Scathcrobh Bás, packte seine Sachen und befestigte sie.
„Junge, ich will dich nicht töten, aber du läßt mir keine Wahl, wenn du nicht redest.“
Der Gefangene blieb stumm. Der Späher schwang sich auf das Pferd und ließ es im Schritt auf dem Weg gehen. Er drehte sich nicht um. Als Scathcrobh schon ein ganzes Stück des Weges hinter sich gebracht hatte, hallte es laut hinter ihm durch den Wald.
„Saileach ist mein Name aus dem Stamm des Kleinen Volkes. Ich wurde von niemandem geschickt.“
Scathcrobh zog die Zügel nach links, gab Bás einen leichten Druck auf die linke Seite und grinste.

Der Weltenwanderer

Gealán erwachte früh am nächsten Morgen. Die Dämmerung war noch nicht angebrochen, doch das nächtliche Sternenblau hatte sich schon fast ganz zurückgezogen und in ein sanftes Himmelblau aufgelöst. Nichts rührte sich, nur der Wind säuselte in den Blättern der großen Eiche. Eine sanfte Musik, die sie genauso liebte wie den Regen, der auf der Mutter Erde tanzt.
Als sie sich gerade noch einmal umdrehen wollte, bemerkte sie, daß Sáiles Nachtlager verlassen war. Sie riß die Augen auf, weil sie glaubte, nicht richtig gesehen zu haben, aber das Bett blieb leer. Nun ja, Sáile war für sich selbst verantwortlich. Vielleicht brauchte sie frische Luft oder mußte sich erleichtern.
Gealán zog die Decke höher und schlief wieder ein. Als sie später am Morgen aufwachte, lag Sáile auf ihrem Lager. Vielleicht hatte Gealán ja auch nur geträumt. Sie ging an den Bach und vollzog dort ihre Morgenwäsche.
Auf dem Rückweg begegnete ihr Máthair.
„Guten Morgen, Gealán! Hast du wohl geruht?", fragte die alte Frau höflich.
„Guten Morgen, Máthair! Ja, danke", erwiderte die Angesprochene freundlich.
„Was hältst du davon, wenn ich dir unsere Wilden Gärten zeige. Dann kannst du immer, wenn du Hunger hast, ein paar Früchte essen und brauchst mich nicht zu suchen oder zu warten, bis ich komme."
„Das ist ein guter Gedanke. Wo liegen denn diese Wilden Gärten?"
„Im Wald."
„Das ist ja ein gutes Stück entfernt von hier. Wie kommen wir denn dahin? Ich muß noch meiner Herrin sagen, wo ich bin."
„Wir werden reiten. Außerdem mußt du Sáile gar nichts sagen. In eurer Welt warst du ihre Dienerin, aber hier bist du frei und gehörst nur dir selbst. Laß sie ruhig allein, dann kann sie ein wenig über ihre närrischen Worte nachdenken. Komm jetzt, wir wollen zu den Koppeln gehen."
Die alte Frau hakte sich bei der jungen ein und zog sie mit sich fort. Vorbei ging es am Sonnenzelt, an der Zeltstadt, bis sie auf den Weg stießen, der ins Tal führte. Die Blätter der Birken, die den Weg säumten, raschelten

und wisperten sich die Geschichten des Windes zu. Das freundliche Sonnenlicht streichelte die Haut der jungen Frau. Die Erde unter ihren Füßen war weich und strahlte Wärme aus, die durch ihren ganzen Körper strömte. Gealán war glücklich. Ein plötzliches Hochgefühl erfaßte sie, und sie sprang und tollte ausgelassen den Hügel hinab, ohne auf Máthair zu warten, die sich nur wunderte. Das dunkelblonde Haar der jungen Frau umwehte sie wie ein Schleier, und ihr Kleid wirbelte um sie herum, bis sie stolperte und sich weiter lachend im Gras kullerte.

„Ach, ist das schön hier, Máthair. Das ist wirklich das Land des Sommers. Ich war schon lange nicht mehr so glücklich. Was würde Sáile wohl sagen, wenn sie mich sehen könnte?“

Sie war wieder aufgestanden und hatte auf die alte Frau gewartet.

„Sie muß gar nichts dazu sagen. Du tust, was du willst, und sie tut, was sie will. Komm jetzt, da vorne ist die Koppel.“

Vielleicht hundert Schritte vor sich erblickte Gealán die schönsten Pferde, die sie je gesehen hatte. Sie waren herrlich, und doch erkannte man sofort, daß sie nicht irdischen Ursprungs waren. Da gab es Schimmel und Isabellen, silbern und golden glänzend, Rappen und Schecken. Bei allen waren Ohren, Mähne, Fesseln und Schweif von feuerroter Färbung. Auf einer Nachbarkoppel standen auch Pferde aus der Menschenwelt, aber sie wirkten wie Veilchen neben Lilien.

Es gab weit und breit keine Zäune, sondern nur kleinwachsende Sträucher, die die einzelnen Weiden voneinander abgrenzten. Als sich Máthair und Gealán den Pferden näherten, hoben diese ihre Köpfe, betrachteten sie aufmerksam und trabten heran. Erst schreckte die junge Frau etwas zurück, aber in den Augen der Tiere glomm nur Sanftmut.

Ein gewaltiger Schimmelhengst galoppierte heran, den Kopf stolz gereckt, den gebogenen Hals so weit es ging aufgerichtet. Seine feuerrote Mähne mußte länger als eine Elle sein, und sein Schweif, den er aufgerichtet wie ein Banner wehen ließ, mußte fast bis zum Boden reichen. Dieses Tier verkörperte Anmut und Kraft, wie sie es noch bei keinem anderen gesehen hatte. Vor Máthair blieb er stehen und rieb sich sanft an ihr.

„Na, Lasair, du Schönster der Schönen. Bald ist es soweit. Dann geht es wieder auf eine große Reise mit deinem Herrn, und die Stuten hier müssen dich für eine Weile entbehren. Das ist Lasair, der Hengst Misnéachards. Ist er nicht wunderschön?“

„Ja“, hauchte Gealán, aber Máthair wußte nicht, ob die Frau das Pferd oder seinen Besitzer meinte.
„Dann wollen wir dir mal ein sanftes Reittier aussuchen. Wie wäre es mit dieser kleinen Isabellenstute? Herrlich, wie ihr goldenes Fell glänzt. Das Rot von Mähne, Schweif, Fesseln und Ohren schimmert wie das Rot der Morgendämmerung. Sie ist schon etwas älter, nicht mehr so temperamentvoll. Ich werde ihre Mutter nehmen, die ist noch etwas älter und noch weniger temperamentvoll.“
Gealán und Máthair lachten.
Die alte Frau sprach jetzt mit den Tieren, und die zwei Stuten folgten ihnen zu einem kniehohen Baumstumpf. Máthair stellte sich darauf, bis das Pferd neben ihr war und saß auf. Die junge Frau folgte verwundert ihrem Beispiel.
„Brauchen wir keine Decken oder Zügel?“
„Nein, das sind Sidhipferde. Sie wissen, wohin wir wollen, und Decken brauchen sie nicht, weil sie einen so weichen Gang haben, daß du gar nicht merkst, daß du reitest. Entweder fällst du nur einmal von einem Sidhipferd oder nie.“
Im leichten Trab ritten sie durch die Wiesen. Sie galoppierten ein Stück in einem flachen Bach, daß das Wasser nur so spritzte. Gealán lachte laut auf. Sie näherten sich dem Wald. Die Bäume wiegten sich im Wind und fächelten den Frauen kühle Luft zu. Dann mündete der Weg in eine große, offene Lichtung.
Brombeersträucher rankten wie grüne Wände an den Bäumen empor in den Himmel. Die Mitte der Lichtung bildete ein kleiner, klarer Weiher, um den Apfel- und Birnbäume standen. Ein Teil der Wiese war ein einziges Erdbeerfeld. Schönblättrige Bäume mit Früchten, die Gealán noch nie gesehen hatte, standen hier und Sträucher, die verschiedene Beeren trugen. Ein Bach ergoß sich in vielen kleinen Wasserfällen in den Weiher.
Vor lauter Verwunderung über diesen scheinbar verwunschenen Ort hatte Gealán vergessen abzusteigen. Sie saß auf ihrem Pferd wie festgewachsen, und ihr Mund stand vor Staunen weit offen. Schließlich kam Máthair mit einem hölzernen Schälchen auf sie zu und forderte sie auf, es mit leckeren Früchten für sich zu füllen.
Die junge Frau rutschte langsam von ihrem Pferd und ging auf der Wiese umher, hier und da von den Bäumen und Sträuchern naschend. Für manche Obstsorten war noch gar nicht die Reifezeit angebrochen, aber hier

wuchsen und gediehen sie. Máthair erklärte ihr, daß in diesem Garten immer Sommer war.
Nie zuvor hatte sie so süße Brombeeren gegessen. Dann gab es noch violette Beeren, die leicht säuerlich waren. Gealán aß, bis sie fast platzte und hatte immer noch nicht von allem gekostet. Sie trank von dem klaren Wasser, das sie erfrischte. Auch Máthair war satt.
Gemeinsam legten sie sich auf große Steine, die rund um den Weiher lagen. Sie dösten vor sich hin und genossen den fruchtigen Duft in der Luft und den Wind auf ihrer Haut.
Später dann warfen die Frauen ihre Kleider ins Gras und badeten. Das Wasser war nur so tief, daß es gerade Gealáns Brüste bedeckte. So hatte sie keine Angst unterzugehen. Sie ging dennoch erst einmal vorsichtig am Rand entlang und genoß die Kühle. Die junge Frau tauchte sogar kurz unter, damit auch ihr Gesicht und ihre Haare naß wurden. Das Wasser war so klar, daß sie bis auf den Grund sehen konnte.
Schließlich wurde es ihr doch zu kalt, und sie legte sich wieder auf einen der warmen Steine. Zufrieden schlummerte sie ein. Gealán wachte auf, als sie die melodischen Klänge einer Flöte vernahm. Sie ließ sich ein wenig von der Musik forttragen, bis sie richtig wach war.
Sie öffnete ihre Augen und sah einen Sidhi, der auf der anderen Seite des Weihers auf einem Stein saß und sie betrachtete, während er auf seiner Flöte spielte.
Scham überkam sie, so ihren Körper zur Schau zu stellen. Gealán hielt sich nicht für besonders schön. Deswegen stand sie auf und ging zu ihren Kleidern. Es kam ihr vor, als spüre sie die Blicke des jungen Mannes auf ihrer Haut. Die junge Frau drehte sich um und erwiderte seinen Blick verlegen. Auch er lächelte, unterbrach aber nicht sein Flötenspiel. Gerade als Gealán ihr Kleid anziehen wollte, sprach Máthair sie an.
„Warum ziehst du dich an? Gibt es einen Grund, weshalb er dich nicht sehen darf? Es ist bei uns nicht üblich, sich aus Scham zu verhüllen. Jedes Wesen, gleich welcher Art, ist ein Geschöpf der Göttin, und als solches sollte es sich auch selbst betrachten.
Du mußt dich nicht schämen, nicht hier. Laß ihm doch die Freude des Betrachtens zuteil werden. Er möchte dich nur ansehen, nicht berühren, wenn es das ist, was du fürchtest. Er würde dir nie etwas tun."
„Wer ist er?", fragte Gealán verwundert.

„Sein Name ist Báistigh. Er ist oft hier und spielt auf seiner Flöte. Außerdem hat er eine Vorliebe für Körper. Ich schwöre dir, er kann dir mit seinen Händen den Verstand rauben."
„Du hast dich von ihm berühren lassen? Du bist doch um einiges älter als er, Máthair."
„Warum sollte ich mich nicht von ihm berühren lassen? Glaubst du, alte Frauen haben kein Bedürfnis nach Zärtlichkeit? Schönheit kommt aus dem Herzen, Gealán. Nur wer sich selbst annimmt, kann schön sein. Alles andere ist eine Maske, die früher oder später abfällt und in tausend Splitter zerspringt. Auch Falten können schön sein, genauso schön wie die strahlenden Augen, durch deren Lächeln sie entstanden sind."
„Entschuldige, ich habe es nicht so gemeint."
„Sicherlich hast du es so gemeint. Aber ich fühle mich nicht verletzt. Denk an mich, wenn du selbst alt und backrissig wie ein alter Tontopf bist. Leg dich wieder hin, und genieße die Aufmerksamkeit, die dir zuteil wird."
So legte sich die junge Frau wieder auf ihren Stein und schloß die Augen. Sie hörte den wunderschönen Melodien zu und flog in ihren Gedanken mit ihnen fort. Doch auch die Musik endete einmal. Nur noch die Vögel sangen ihr Lied, und das Wasser plätscherte leise vor sich hin.
Es war kühler geworden. Als sie aufstand, um sich anzuziehen, war Báistigh fort. Máthair lag im Gras und schlief. Gealán wollte nach Hause, deshalb weckte sie die alte Frau, und gemeinsam brachen sie auf. Es mochte später Nachmittag sein, als sie die Pferde wieder zu den Koppeln gebracht hatten. Sie gingen auf dem sich schlängelnden Weg nach oben, wo sie sich vor der Zeltstadt voneinander verabschiedeten.
Gealán ging durch die Zeltstadt, wo ihr der Flötenspieler noch einmal begegnete. Schüchtern blickte sie in eine andere Richtung und tat so, als habe sie ihn nicht bemerkt. Schließlich war sie wieder in ihrem Zelt, aber Sáile war nicht da.
Gealán konnte nicht ahnen, daß das Fehlen in der Nacht eine Folge davon war. Gealán hatte tief und fest geschlafen, als draußen vor dem Zelt jemand: „Herrin, Herrin, wacht auf. Ich muß mit euch sprechen", so lange flüsterte, bis Sáile aufgewacht war.
Schnell hatte sie sich ihr Kleid übergeworfen und war vor das Zelt getreten.
„Wer bist du? Mußt du mich aus dem Schlaf holen mitten in der Nacht?"

„Es tut mir leid, Herrin. Ich wollte euch nicht am Tage sprechen. Ihr gehört jetzt zu des Prinzen Haushalt."
Die Angesprochene verstand nicht.
„Und?!"
„Ich bin nicht gern gesehen in der Zeltstadt. Aber ich kann euch helfen."
Sáile versuchte, den Mann genauer zu betrachten.
„Jetzt erkenne ich dich erst. Du bist der Totenschädel von gestern. Du sagst, du kannst mir helfen. Gibt es denn einen Weg in meine Welt?", fragte die Frau hoffnungsvoll
„Ja, aber den könnt ihr nicht gehen. Ich jedoch kann euch dadurch helfen, daß ich für euch Nachrichten auf die Andere Seite bringe."
„Du tust das natürlich nicht zu deinem eigenen Vergnügen, oder?"
„Ich werde meinen Lohn bestimmen, wenn ihr auf dem Thron sitzt."
Anmaßend lächelte die Frau.
„So soll es sein. Können wir uns morgen sehen. Vielleicht am Nachmittag?"
„Ja, aber niemand in der Zeltstadt sollte uns zusammen sehen. Geht zu dem Bach, an dem ihr euch wascht", sagte der Totenschädel.
„Woher weißt du, wo wir uns waschen?"
„Ich habe euch nicht aus den Augen gelassen, seit ihr hier seid. Euch und eure liebreizende Dienerin. Vertraut ihr nicht zuviel an. Misnéachard hat den schlechten Zug an sich, das Gute in den Menschen zu wecken. Sie würde ihm alles verraten. Vielleicht solltet ihr euch ganz von ihr trennen."
„Diese Entscheidung mußt du schon mir überlassen. Dann sehen wir uns morgen nachmittag an dem Bach?"
„Gut."
Dann schlich der Mann davon, und Sáile ging wieder in das Zelt, um weiterzuschlafen. Sie grinste eines ihrer hinterlistigen Lachen und dachte sich, wie gut es war, daß selbst hier alles, was Feindschaft betraf, so war wie Zuhause. Wie hieß es so schön: Die Feinde meines Feindes sind meine Freunde. Dann schlief sie ein.
Als sie erwachte, war Gealán schon fort. Wie gut für sie. Sie ging zum Bach und wusch sich ausgiebig. Als Fia ihr das Frühstück brachte, bat sie das Mädchen, ihr einen Zopf zu flechten, was diese gern tat. Überhaupt war Sáile richtig freundlich und nett zu ihr.
Die Stunden gingen nur sehr langsam vorüber. Aber der Herrin sei Dank hatte es noch niemand geschafft, die Zeit anzuhalten. Schließlich machte

sie sich am frühen Nachmittag auf den Weg zu dem Bach. Als sie so durch die Zeltstadt schlenderte, begegnete ihr Misnéachard.
„Sei mir gegrüßt, Sáile. Wie geht es dir?"
„Oh, es geht mir blendend. Ich gehe ein bißchen spazieren, um meine neue Heimat besser kennenzulernen."
„Es freut mich, daß du deinem Leben hier nicht mehr so feindlich gegenüberstehst. Feinde sind nur so lange Feinde, bis sie sich kennengelernt haben. Wenn du willst, führe ich dich ein wenig herum."
„Nein, nein. Ich kann das schon. Ihr habt bestimmt besseres zu tun, außerdem möchte ich lieber allein sein. Das Heimweh, ihr versteht?"
„Natürlich, dann möchte ich dich nicht länger stören. Es freut mich wirklich sehr, daß du deine Meinung geändert hast. Es täte mir leid, wenn du in diesem Land unglücklich wärst. Du kannst hier auch glücklich werden und dennoch deinen Weg gehen."
„Sicherlich, das glaube ich nun ebenfalls, jetzt, da ich eine Nacht darüber geschlafen habe. Ich wünsche dir noch einen schönen Tag, Misnéachard!"
„Den wünsche ich dir auch."
Sáile lächelte den Prinzen mit ihrem bittersüßen Lächeln an und brachte die Zeltstadt endlich hinter sich. An der Stelle, wo sie sich sonst immer wusch, spielten Kinder Verstecken. Doch Madhra winkte ihr aus einem kleinen Hain in der Nähe des Baches zu. Sie sprang über den Bach und war nach wenigen Schritten bei ihm. Er sah wirklich zum Fürchten aus. So mager, ja ausgemergelt war sein Körper. Nicht einmal Augenbrauen hatte er, und obwohl es warm war, trug er ein langärmliges, schwarzes Hemd und eine schwarze Bracca. Seine weißen Haare waren wieder zu einem Zopf geflochten. Schwarz wie seine Seele wohl sein mochte, waren auch die Augen, die erst zu ihrer Scham, dann zu ihren Brüsten glitten, und dann ihre Augen wie Dolche durchbohrten.
Sáile spürte, daß er weniger ein Mensch als ein Tier war. Sie mußte sich vor ihm hüten. Kaum wagte sie darüber nachzudenken, was geschehen würde, wenn sie ihm in den Rücken fallen würde. Aber er schien nicht so gierig zu sein, daß sie ihn einfach bestechen konnte.
Der Augenblick des Betrachtens kam ihr viel zu lange vor. Er mochte sie wohl nur als eine schwache Frau ansehen, aber vielleicht konnte sie ihn damit ja fangen. Wenn Sáile etwas in ihrem Leben gelernt hatte, dann, daß Männer besser sahen als dachten, und selbst wenn sie dachten, verwechselten sie zuweilen ihr oberes Gehirn mit dem zwischen ihren großen Zehen.

„Nun, ich bin hier“, sagte er hoffnungsvoll.
„Wie ist doch gleich dein Name, Totenschädel werde ich dich nicht nennen dürfen, oder doch?“, fragte Sáile.
„Madhra, der Hund“, antwortete der Mann knapp.
„Ich nehme an, daß du ihn dir nicht ausgesucht hast, Madhra.“
Der Angesprochene überging ihre Worte.
„Was wollt ihr von mir? Gibt es schon etwas, was ich für euch tun kann?“
„Ja. Geh in meine Welt und suche meinen Sohn. Seine Name ist Solasard mac Annir. Das ist alles, was ich weiß. Sicher ist er jetzt in dem Alter, ein Mädchen zu haben. Ich möchte wissen, wo er lebt, was er tut, wie er aussieht, ob er ein Mädchen hat, einfach alles. Wann kannst du losreiten?“, fragte sie unruhig.
„Heute nacht noch, wenn es wichtig ist.“
„Es ist wichtig. Du mußt schnell sein, die Zeit vergeht nicht zu unseren Gunsten. Komm so schnell es geht wieder zurück, um mir zu berichten, was du erfahren hast.“
„Gut, aber ich werde mindestens sieben Tage unterwegs sein. Ich kenne jemanden drüben, der mir helfen kann. Ich schätze, ihr wollt nicht, daß euer Sohn etwas von eurer Aufmerksamkeit für ihn erfährt.“
„Oh doch, sing es ihm vor, Trottel“, schnaubte sie.
„Ist ja schon gut. Ich bin in sieben Tagen wieder zurück. An diesem Ort. Wenn ich nicht hier bin, hast du mich heute zum letzten Mal gesehen.“
„Was soll das heißen?“, fragte sie mit gerunzelter Stirn.
„Es heißt, daß die Wege, die ich gehe, nicht ungefährlich sind. Es mag geschehen, daß mich einer tötet, bevor ich sein Hirn in Lehmklumpen geknetet und zur Erinnerung mitgebracht habe.“
„Warum tust du es dann? Sicher doch nicht für mich.“
Der Totenschädel lächelte sie an.
„Nein, aber ich habe mit jemandem eine Rechnung zu begleichen, und da paßt mir euer Kinderspiel gut in den Plan, um ihn vom Hauptangriff abzulenken.“
„Wen ihn?“, fragte Sáile neugierig.
„Ich verrate meine Feinde nicht, und schon gar nicht an eine schwache Frau, die meint, Männer mit ihrem Körper fangen zu können. Glaubt nicht, daß ich blind bin und nichts über euch wüßte.“
„Ich sehe, wir werden uns noch schätzen lernen, Madhra.“
„Bestimmt.“

Er lächelte sie an und ging.
Die folgenden sieben Tage waren furchtbar. Sáile wußte nichts mit sich anzufangen. Ihr war langweilig, und diese Langeweile machte sie nur noch gereizter. Kaum ging sie vor das Zelt. Nachts lag sie wach und überlegte sich weitere Einzelheiten ihres Planes. Alles hing von den Nachrichten Madhras ab, wenn er denn überhaupt zurückkäme. Er mußte einfach zurückkommen.
Doch schließlich waren auch diese sieben Tage vorüber. Am Morgen frühstückte Sáile, ging dann später spazieren und fand sich am Nachmittag an dem kleinen Hain ein.
Lässig lehnte er dort an einem Baum und erwartete sie.
„Wie ich sehe, hast du überlebt, Madhra."
„Das seht ihr richtig. Wie geht es euch? Habt ihr euch schon eingelebt? Vielleicht ein paar Spaziergänge mit dem Prinzen gemacht und begonnen, ihn um eure schlanken Finger zu wickeln?"
Gereizt erwiderte sie:
„Spar dir deine Geschmacklosigkeiten für später auf. Was hast du in Erfahrung gebracht?"
Gelassen berichtete er:
„Nun, euer Sohn lebt. Er ist bei der Familie des cenn-fine von Inis-Diomain. Die Frau des Oberhaupts kennt ihr vielleicht. Tiné, eure frühere Zofe, wie ich erfahren habe."
Alle Farbe wich aus ihrem Gesicht.
„Weiter, was weißt du noch?"
„Er hat ein Mädchen, die Tochter des Schmieds. An Lughnasadh soll die Hochzeit sein."
„So, so."
Gedankenversunken strich sie sich über das Kinn.
„Ist das alles, ein so, so?", fragte der Totenschädel.
„Ich muß überlegen. Die Tochter des Schmieds. Er scheint es nicht zu wissen. Oder er tut so als ob. Die Tochter eines Schmiedes würde er auf den Thron Erius setzen? Nein, er weiß nichts davon. Er kann es nicht wissen. Wann kannst du wieder fort, ohne Aufsehen zu erregen?"
„Ich kann kommen und gehen, wie es mir beliebt."
„Gut. Laß noch drei Tage verstreichen, dann brich dorthin auf. An einer Stelle, die ich dir noch verraten werde, wirst du ein Schwert in einer Scheide

finden. Das bringst du ihm. Aber erst an seinem Hochzeitsabend. Hörst du?", fragte sie aufgeregt.
„Sehe ich aus, als wäre ich taub?"
„Es ist wichtig. Ich möchte, daß du ihn an seinen Geís erinnerst. Tiné weiß auf jeden Fall davon. Es wundert mich, daß sie nichts dazu gesagt hat."
„Wie kommt ihr denn darauf?"
„Hätte sie etwas gesagt, gäbe es ja wohl keinen Hochzeitsabend, oder?"
„Richtig. Wo ist das Schwert, das ich ihm bringen soll?"
„Du findest es in einem kleinen Hain in der Nähe von Cluain-maccu-Nois. Dort steht das Heiligtum eines fremden Hirschgottes der Großen Insel. Es liegt in einer Nische, die in den Sockel geschlagen wurde. Du mußt sehr aufmerksam hinsehen. Sie ist nicht für jedermann sichtbar, aber wenn du mit deinen Fingern darübergleitest, wirst du sie finden. Sie ist mit einem Zauber versiegelt. Darin liegt das alte Schwert seines Vaters. Ich meine das Schwert, das er trug, bevor er das Blaue Schwert gefunden hatte. Ich glaube, Fionn war der einzige Träger des Schwertes, der weder Hochkönig werden wollte noch es geworden ist. Er hat es zu dem gemacht, was es ist."
„Ihr spracht von einem Zauber. Kann ich ihn brechen, oder muß ich etwas Besonderes tun?"
„Du mußt gar nichts tun. Du kommst in meinem Namen."
„Und das reicht?"
„Ja, das reicht. Ich bin keine mächtige Zauberin wie die Morríghan. Meine Stärken liegen auf anderen Gebieten."
„Ich weiß, auch davon habe ich gehört."
„Was hast du gehört?"
„Oh, ich hörte, was euch die Gunst Fionns eingebracht hat."
„Schweig. Ich erwarte, daß du in drei Tagen aufbrichst. Das ist wichtig. Wir dürfen auf gar keinen Fall auch nur den geringsten Verdacht auf uns lenken. Woran erkenne ich, daß du wieder da bist?"
„Ich werde euch ein Zeichen zukommen lassen."
„Wie willst du das machen? In mein Zelt marschieren und mir ein paar Blumen auf mein Lager legen?"
„Ich stehe nicht ganz so alleine da, wie ihr denkt. Auch ich habe gelernt, daß man überall ein paar Freunde haben muß, selbst im feindlichen Lager. Ihr werdet von mir hören. Dessen seid gewiß."
Er wollte gerade gehen, als er sich noch einmal umdrehte und sagte:

„Kennt ihr eigentlich die Worte bitte und danke?“
Dann drehte er sich um und ging davon.
Ein merkwürdiger Mann, dachte sich Sáile. Auf der einen Seite ein Tier, auf der anderen Seite siezte er sie so beharrlich, wie sie ihn duzte. Sie würde ihm schon die Krallen stutzen. Eines Tages würde er ihr aus den Händen fressen.

Der Coven

Lächelnd wachte Amhrán auf. Sie hatte wundervoll geschlafen. Ihr Körper war leicht wie eine Feder. Dann erinnerte sie sich an diesen Traum. Manchmal hatte Goleudydd von den Männern des Elbenvolkes erzählt, aber ein Mann wie Misnéachard konnte nur in einem Traum vorkommen. Niemals würde es ein Antlitz von solcher Schönheit geben. Augen voller Sanftmut und Arme, die sie so sicher halten konnten, eine Stimme, die sie so willenlos machte.

Nie würde sie diesen Mann vergessen. Und doch spürte Amhrán tief in ihm eine Trauer, eine Ohnmacht, die sie dazu trieb, ihn in die Arme nehmen zu wollen und zu schützen vor dem Leid, das ihn zu zerfressen schien. Noch einmal ließ sie die Bilder an sich vorüberziehen, hörte seine Stimme, die Worte. Amhrán verstand so vieles davon nicht. Aber das war ja auch nicht wichtig. Im Halbschlaf schmiegte sie sich an Rhiannon, die sie in den Arm nahm. Sie hörte die Vögel und andere Geräusche, die sie nicht zuordnen konnte. Sie genoß die Kühle des Morgens auf ihrem Gesicht und die Wärme, die ihr Mantel ihrem Körper spendete. Enger zog sie den Mantel um sich.

Aber!?

Das war nicht ihr Mantel. Ihre Finger fühlten einen leichten Stoff, der so weich auf ihrer Haut lag wie der Hauch eines Sommerwindes. Erschrocken riß sie die Augen auf und schaute sich um. Tatsächlich, das war nicht ihr Mantel. Das war der Mantel aus dem Traum. Jetzt, da es nicht mehr dunkel war, fiel ihr auf, daß er nicht nur grün war, sondern in allen Farben des Waldes schimmerte, je nachdem wie das Licht auf ihn fiel.

Rhiannon wurde wachgerüttelt, aber der Mantel blieb derselbe.

„Ich habe es dir ja gesagt. Sie sind ein seltsames Volk, diese Sidhi. Hat er gesagt, wer er ist?“

„Ja, sein Name ist“, leise hauchte Amhrán ihn über ihre Lippen, „Misnéachard.“

„Du hast einen Glanz in den Augen, der mir gar nicht gefällt, junges Fräulein. Misnéachard, Misnéachard? Laß mich überlegen. So heißt der Sohn des Königlichen Paares, aber das bedeutet gar nichts. Schließlich gibt es eine Menge schwarzer Kühe, die weiße Milch geben. Außerdem glaube

ich nicht, daß er etwas mit uns Menschen zu tun haben will. Hat er gesagt, wohin sie unterwegs sind?", fragte sie das Mädchen mit dem verklärten Blick.
„Er sagte irgend etwas von wichtigen Nachrichten, mit denen er unterwegs sei. Rhiannon, was soll denn das alles? Du tust ja gerade so, als wäre er ein Verbrecher? Ist es denn ein Verbrechen, ein Sidhé zu sein?"
Rhiannon antwortete sorgenvoll:
„Nein, sicherlich nicht. Ich traue ihnen einfach nicht von der Stirn bis zur Nasenspitze. Du kennst sie nicht so, wie ich sie kenne. Vielleicht mag dieser Misnéachard ja sehr gefällig sein. Aber glaube mir, nicht alle Sidhi sind so ehrenhaft und menschenfreundlich wie er. Ich schätze, wir werden in zwei Nächten im Coven sein. Endlich in Sicherheit! Ich bin zu alt, mit einem Kind durch das halbe Land zu ziehen. Mit einem Kind, das Elben zum Abendessen einlädt und sich auch noch von ihnen küssen läßt. Was hast du dir dabei nur gedacht?"
„Ich konnte einfach nicht anders, Rhiannon. Ich, ich habe noch nie so einen Mann getroffen. Es war, als ginge ein Zauber von ihm aus, dem ich mich einfach nicht entziehen konnte."
Die alte Frau lächelte sanft.
„Ich weiß. Diesem Zauber hat mein Stamm, sein Dasein zu verdanken. Laß uns nun aufbrechen. Sicherlich wirst du nicht so klug sein, den Mantel hierzulassen, sondern ihn mitschleppen, gleichgültig wie schwer er auch sein mag."
Glasklar antwortete Amhrán:
„Natürlich, was hast du denn gedacht?"
„Nichts, aber dann wirst du den Sack auch tragen. Wir werden heute den Wald verlassen und über die Berge zum Lough Dergdherc, dem See des roten Auges, ziehen. Dort werden wir zu Pferd unsere Reise fortsetzen. Laß uns endlich aufstehen, denn ..."
„Der Weg wird länger mit jedem Schritt, den man nicht tut."
„Sehr gut, dann auf jetzt!"
Es dauerte nicht lange, da waren die zwei Frauen wieder reisefertig. Den Mantel Misnéachards hatten sie im Reisesack verstaut, den Amhrán stolz trug. Die Sidhi hatten einen Trinkbeutel ihres goldenen Trunkes und zwei hölzerne Becher dagelassen. Während sich Amhrán überschwenglich darüber freute, murmelte Rhiannon etwas von einer Schuld, die zu begleichen sei.

Den ganzen Morgen verbrachten sie noch in der Sicherheit des Waldes. Doch bereits gegen Mittag begann sich dieser immer mehr zu lichten, bis sie nur noch vereinzelt auf kleinere Haine stießen. Der Paß, dem sie über die Berge folgten, war gut begehbar. An einem Bach füllten sie ihre Wasserbeutel noch einmal auf. In den Bergen gab es zwar Wasser, aber ob das genießbar und vor allem auch greifbar war, wenn sie es brauchten, wußte nur die Göttin. Hier gab es nichts zu jagen. Vielleicht konnten sie in einem Bergsee ein paar Fische fangen, aber das war fraglich. Rhiannon hatte noch etwas trockenes Brot.
Am Nachmittag begann es zu regnen. Das waren schon keine Tropfen mehr, was ihnen da in den Mantelkragen fiel. Gegen Abend fanden sie ein verlassenes Steinhaus. Das Dach hatte zwar ein paar große Löcher, hielt aber sonst wenigstens den größten Teil des Regens ab. In einer Ecke lag ein Holzbündel, so daß sie sogar ein kleines Feuerchen machen konnten. Sie zogen ihre nassen Oberkleider aus und legten sie zum Trocknen ans Feuer. Zum Abendessen gab es trockenes Brot, an dem sie lustlos herumknabberten und einen Apfel. Sie schliefen früh ein, als Decke diente ihnen der große Mantel des Sidhi.
Schon früh am Morgen waren sie hellwach. Die Stille hier oben war nur allzu bedrückend. Nur der Wind sang sein Lied, von Vögeln oder anderen Tieren war weit und breit nichts zu hören und zu sehen. Bald waren die beiden wieder auf ihrem Weg. Auch heute hingen die Wolken sehr tief. Die Landschaft bot wenig Abwechslung. Steine, Steine und nochmals Steine. Hier konnte nichts und niemand leben. Kein Gras für Rinder, Schafe oder Ziegen. Es war kein Wunder, daß sie hier die einzigen menschlichen Wesen waren. Sie fragten sich, wem wohl das einsame Steinhaus gehört haben mochte. Die meiste Zeit jedoch liefen sie nur schweigend nebeneinander her.
Amhrán war mit ihren Gedanken bei Misnéachard. Sie wußte nichts über diesen Mann, trotzdem war er ihrem Herz so nah. Wenn sie ihre Augen schloß, sich erinnerte, schien er immer noch bei ihr zu sein. Sie wäre so gerne mit ihm gegangen, aber ihr Weg führte jetzt zum Coven. Außerdem hatte er ihr ja versprochen, sie wiederzusehen. Die Gedanken an ihn würden die Höhle sein, wenn sie sich vor ihrer neuen Heimat verkriechen wollte.

Ihre Beine wurden immer schwerer, und der Weg nahm einfach kein Ende. Rhiannon schleppte sich mehr vorwärts, als daß sie lief. Sie gingen in die Dunkelheit hinein, bis sie sich erschöpft am Wegesrand niederließen. Ihre Mäntel schützten sie vor dem Wind. Wie zwei Steine saßen sie da. Die Nacht schien ihnen unendlich lang zu sein, aber sie wollten an ihr Ziel, und die Suche nach einem richtigen Nachtlager hätte zu viel Zeit in Anspruch genommen. Sie schliefen unruhig, und im Schlaf klapperten ihre Zähne vor Kälte.

Am Morgen des nächsten Tages gelangten sie endlich zum Lough Dergdherc. Der Wind tanzte zu seinem eigenen Lied, und leichte Wellen kräuselten die Oberfläche des Sees. Der Himmel war nur leicht bewölkt, und zuweilen zeigte ihnen die Sonne sogar ein strahlendes Lächeln. Ein freundlicher Fischer brachte sie ans andere Ufer. Dort erreichten sie am frühen Abend eine Siedlung, wo man Rhiannon kannte und ihr und ihrem Schützling ein Nachtlager anbot.

Auch wenn die Leute im Dorf arm waren, die Gastfreundschaft Fremden gegenüber war ihnen ein Gebot. Wie die meisten im Dorf verdingte sich das alte Ehepaar, bei dem Amhrán und Rhiannon Unterschlupf gefunden hatten, seinen Lebensunterhalt durch Fischen. Die beiden Frauen ließen sich die schmackhaft zubereiteten Speisen auf der Zunge zergehen, und Amhrán tat es wohl, wieder unter einem Dach zu ruhen.

Weit vor Sonnenaufgang waren sie schon auf zwei schnellen Pferden unterwegs. Sie gönnten sich nur kurze Unterbrechungen, so daß sie bis zum Abend ein gutes Stück ihres Weges hinter sich gelassen hatten. Die Siona, Erius mächtigster Strom, war ihr ständiger Wegbegleiter. Nach der Abenddämmerung übernachteten sie noch einmal in einem Wetterhäuschen, bevor es am nächsten Morgen gleich frisch weiterging.

Vereinzelt lagen kleine Loughs an den Seiten des Weges, wo sie ihre Pferde tränken konnten. Die Dichte der Bäume nahm mit jedem Schritt, den sie weiter in den Norden kamen, zu. Der Coven schien mitten in einem riesigen Wald zu liegen, vermutete Amhrán, als sie auf einen Wald stießen, dessen Ende auch am Horizont noch nicht auszumachen war.

Die Bäume dieses Waldes mußten uralt sein, so gewaltig waren sie. Der Boden war wie aufgeräumt, so wenig Unterholz gab es. Überall lagen verdorrte Blätter. In den Pfützen am Wegesrand spiegelte sich der Herbsthimmel.

Die Frauen redeten kaum miteinander, sondern bemühten sich, ihre Pferde anzutreiben. Am späten Nachmittag ruhten sie sich ein wenig aus und tränkten ihre Pferde an einem Bach. Dann stiegen sie wieder auf. Sie ritten noch eine kleine Weile im Wald, als dieser unerwartet endete. Menschen hatten hier dem Weg des Waldes zum Fluß hin Einhalt geboten und so sollten sie nie aufeinander treffen.
Vor Amhráns Augen glitzerte in noch nicht einmal einer Meile Entfernung die Siona in der Abendsonne. Schwäne zogen auf dem Strom dahin. So sehr bewegte sie die Stimmung dieses beschaulichen Ortes, daß sie zuerst die Hütten übersehen hatte, die auf einer leichten Anhöhe, keine zweihundert Schritte vom Ufer entfernt, standen.
„Ein schöner Ort, nicht wahr, Amhrán?"
„Ja, ein schöner Ort. Ich bin glücklich, endlich hier zu sein."
„Dann laß uns dorthin reiten. Sicherlich erwartet man uns schon."
„Warum uns, Rhiannon? Sie wußten doch gar nicht, daß ich komme, oder doch?"
Bevor ihr Rhiannon noch eine Antwort geben konnte, war sie schon auf ihrem Pferd an Amhrán vorbeigeprescht. Wieder einmal fragte sich das Mädchen, woher eine so kleine, zierliche Person die Kraft nahm. Sie drückte ihrem Pferd die Fersen in die Flanken und folgte ihr.
Der Coven schmiegte sich in eine Schleife des Sionas. Um eine große Versammlungshütte standen fünf kleine Rundhütten. Die Wände bestanden aus zusammengeflochtenen Zweigen und Lehm. Die Dächer waren aus Ried und reichten bis fast auf den Boden, nur für den Eingang war noch Platz freigelassen worden.
Der Fluß, der sich vor dem Coven fast in einen See ausweitete, strömte auf der linken Seite in seiner gewöhnlichen Breite dahin. Rechts von den Rundhütten stand in ebenfalls kurzer Entfernung ein kleiner Hain.
Drei Frauen kamen ihnen entgegen. Voran ging eine großgewachsene, sehr schlanke Frau mit langen blonden Haaren. Hätte Amhrán nicht schon einmal diese Art von spitzen Ohren gesehen, wäre sie bestimmt erschrocken. Die Frau, die verzweifelt versuchte, an ihrer linken Seite Schritt zu halten, schien das genaue Gegenteil von ihr zu sein. Klein und herrlich drall, die dunkelgrauen Haare zu einem geflochtenen Kranz hochgesteckt und nicht wie ihre würdevolle Führerin ernst dreinblickend, sondern mit einem herzlichen Lächeln auf den Lippen.

Auch die dritte Frau lächelte Amhrán freundlich an. Sie hatte braune Kringellocken, die sie zu einem Pferdeschwanz zusammengefaßt hatte und überragte die zweite Frau um mindestens einen Kopf. Sie war aber dennoch nicht so groß wie die blonde Frau, jedoch beinahe so schlank.
Als sie Amhrán beinahe erreicht hatten, gelang es dieser endlich, sich aus ihrer Erstarrung zu reißen und vom Pferd abzusteigen. Rhiannon folgte ihrem Beispiel und gesellte sich zu ihr. Die blonde Frau hatte sie gerade erreicht.
„Sei mir gegrüßt, verehrte Rhiannon. Wir hatten dich eher erwartet. Diese hübsche Blume zu pflücken, nahm wohl mehr Zeit in Anspruch.
Sei auch du mir gegrüßt, Amhrán. Ich hoffe, es wird dir hier gefallen. Mein Name ist Síochanta. Ich bin die Hohepriesterin dieses Covens, das heißt, mir obliegt die geistige und weltliche Führung."
Dann trat die beleibte Frau vor.
„Sei auch du mir gegrüßt, Amhrán. Mein Name ist Bó. Ich bin die Druidin des Covens. Sei herzlich willkommen. Ich bin hier so eine Art Mutter für alle. Wenn es Schwierigkeiten gibt, komme ruhig zu mir."
„In der Tat bist du das", bestätigte die gelockte Frau, „Sei auch mir gegrüßt, Amhrán. Ich bin Cláirseach, die Bardin."
Síochanta lächelte sanft.
„Steigt ruhig wieder auf, und reitet schon voraus. Wir kommen zu Fuß nach. Rhiannon, bringe sie in die Hütte von Caitín, Eite und Sadv. Dort soll sie die erste Zeit wohnen. Du kannst dir mit Deirdre ihre Hütte teilen. Das wird sie auf andere Gedanken bringen. Wir sehen uns dann eine Stunde nach Sonnenuntergang in der Versammlungshütte. Ich hoffe nicht, daß ihr zu erschöpft seid und deshalb nicht kommen könnt. Ich würde das als ein Zeichen großer Unhöflichkeit betrachten. Kehren wir um!"
Amhrán war wie Rhiannon wieder aufgestiegen und brachte ihr Pferd an die Seite ihrer Freundin. Die drei Frauen schlenderten hinter ihnen her.
„Diese Síochanta, ist sie immer so ernst?"
„Sie ist eine Sidhé, Amhrán, was willst du da anderes erwarten. Die Sidhi zeigen nur selten ihre Gefühle. Und im Gegensatz zu Eite, mit der du zusammenwohnen wirst, war Síochanta noch freundlich."
„Sind alle meine Mitbewohnerinnen Sidhi?", fragte Amhrán.
„Nein, nein. Sadv ist ein Menschenkind. Sie ist Goleudydds Tochter. Caitín ist eine sehr quirlige, kleinwüchsige Frau aus meinem Volk. Sie und Eite

sind seit vielen Jahren ein Paar. Du siehst, eine bunt zusammengewürfelte Mischung.
Wenn ich an Deirdre denke, kann ich dich nur beneiden. Sie ist eine Gelehrte hier. Aber störrisch, rechthaberisch und besserwisserisch, wie es nur ein Mensch sein kann. Es würde mich gar nicht wundern, wenn Síochanta das mit Absicht so geplant hätte. Wahrscheinlich ist das eine Art Geduldsprüfung, als wäre ich nicht schon zu alt für solche Kindereien."
Neugierig fragte das Mädchen seine Freundin:
„Und diese Deirdre? Wird sie mich auch unterrichten?"
„Nein, mein Kind. Jedenfalls vorerst nicht. Du mußt noch sehr viel lernen, aber als erstes mußt du dich selbst kennenlernen. Dafür bin ich zuständig. Laß uns etwas schneller reiten. Ich möchte mich etwas waschen und andere Sachen anziehen. Gib mir bitte den Reisesack."
Als die beiden Frauen die Rundhütten erreichten, brachte Rhiannon ihren Schützling zu der dem Hain am nächsten liegenden Hütte und ritt dann zu der ihr zugeteilten.
Da stand sie nun vor dem Eingang, der durch eine Holztür verschlossen war. Rhiannon war fort. Allein.
Sie zog die Möglichkeit in Betracht, wieder aufzusteigen und das Weite zu suchen, aber das wäre ja lächerlich. Gerade wollte sie das Pferd festbinden, als ihr ein junger Mann die Zügel abnahm und es in den Stall brachte. Vorsichtig klopfte sie an. Drinnen rumpelte es. Schritte. Dann wurde die Tür zaghaft geöffnet. Ein blasses, dunkelblondes Mädchen, vielleicht in Amhráns Alter, blickte schüchtern hervor.
„Sei mir gegrüßt, mein Name ist Amhrán. Ich wurde von der Hohepriesterin eingeteilt, hier zu wohnen."
Aus der Hütte kam ein Vielversprechendes:
„Was noch eine? Laufen wir uns nicht schon genug zwischen den Beinen herum?"
Das dunkelblonde Mädchen drehte sich um und flüsterte fast:
„Du kannst ja ausziehen, wenn es dir nicht paßt, Caitín. Dann hätten wir schon mal wieder etwas mehr Platz. Komm herein, Amhrán. So ist doch dein Name?"
Unsere Freundin nickte sprachlos.
Die Hütte wurde von einer Feuerstelle, die sich an die Wand schmiegte, erhellt. Vier Nachtlager standen darin, wovon eines als Kleiderablage diente.

Es gab auch einen Tisch, auf dem eine Schüssel, ein Krug Wasser und vier Becher standen.
Zaghaft trat Amhrán ein, schloß die Tür und ging auf das vierte Bett zu. Gerade als sie sich darauf gesetzt hatte, klopfte es. Das dunkelblonde Mädchen öffnete, und Rhiannon steckte ihren Kopf in die Hütte.
„Schön dich zu sehen, Sadv. Ich hoffe, es geht dir gut. Das Mädchen hier ist aus dem Dorf deiner Mutter."
Dann zog die alte Frau ihren Reisesack von der Schulter, öffnete ihn, kramte darin herum und zog etwas langes daraus hervor.
„Hier Amhrán, auf den wolltest du sicherlich nicht verzichten."
Von dem Bett, das in der dunkelsten Ecke der Hütte stand, kam ein:
„Sie, sie hat einen Sidhimantel. Wo hast du ihn her?"
Rhiannon blickte zu der schwarzhaarigen Frau hin.
„Ruhig Blut, Eite, das wird sie dir schon früh genug erzählen."
Dann wandte sie sich einer sehr kleinen Frau zu.
„Und du Caitín, sei vorsichtig, und schone sie ein wenig. Das ist eine zarte Blume und kein Hackholz so wie du. Sei tapfer, mein Herz, wir sehen uns später."
Dann ging sie hinaus. Amhrán saß regungslos auf ihrem Bett, den Mantel in ihrem Schoß, als die Frauen plötzlich anfingen, sie mit Fragen zu bestürmen. Schließlich rief die sanfte Sadv:
„Halt, halt, so geht das nicht. Seht ihr nicht, daß ihr sie noch mehr verwirrt, als sie es ohnehin schon ist? Wir wollen sie ein wenig in Ruhe lassen und uns erst einmal selbst vorstellen.
Ich bin Sadv, Goleudydds Tochter. Siebzehn Sommer zähle ich schon. Hierhergekommen bin ich vor sieben Sommern. Jetzt bist du dran, Caitín."
Die angesprochen Frau war nicht einmal halb so groß wie Amhrán. Ihre Haare waren schneeweiß, aber sie schien sehr jugendhaft zu sein. Viele kleine Zöpfe hatte sie in zwei Reihen entlang des Kopfes geflochten, die allerdings nur so lang waren wie ein Fingerglied. Aus ihrem Gesicht blitzten zwei strahlende, hellwache grüne Augen.
„Sei mir gegrüßt, und verzeihe mir diesen Empfang. Aber im allgemeinen und auch im besonderen pflege ich meine Zunge nur selten im Zaum zu halten. Mein Name ist Caitín. Ich gehöre zum Kleinen Volk wie die gute, alte Rhiannon. Und ich liebe dieses wundervolle Geschöpf dort. Halte dich fern von ihr, sonst wirst du ihr auch verfallen so wie ich."

„Rede keinen Unsinn, Caitín“, erwiderte eine blasse Schönheit mit mandelförmigen Augen und hüftlangem, schwarzem Haar. Die schwarze Pracht hatte sie zu einem Zopf zusammengefaßt.
„Wie du siehst, schäme ich mich meiner Herkunft nicht. Ich trage meine Fuchsohren mit Stolz.“
Anmutig erhob sich die Sidhé von ihrem Lager.
„Sei mir gegrüßt, Amhrán. Ich bin Eite und wie du wohl schon bemerkt hast, bin ich eine Sidhé. Vielleicht magst du mir ja eines Tages erzählen, wie du zu diesem schönen Mantel gekommen bist.“
Dann wurden ihre Augen für einen kleinen Augenblick eng.
„Caitín? Wenn du das Bett vielleicht freimachen würdest. Laßt uns ein wenig spazierengehen, damit sich unsere neue Mitbewohnerin etwas frisch machen kann. Wir holen dich dann vor der Versammlung ab.“
Schnell hatte Caitín das Bett von ihren Sachen befreit und die drei waren draußen. Erschöpft ließ sich Amhrán zurückfallen. Endlich war sie angekommen. Vorbei die Nächte im Wald. Ihre neuen Gefährtinnen würde sie zwar nicht unbedingt zu ihrem Versprechungsabend einladen, aber sie hätte es auch schlimmer treffen können.
Diese Caitín war ja unglaublich. Dafür fand sie Sadv sehr nett und Eite, nun ja, sie war nun mal eine Sidhé. Die zweite ihres Lebens innerhalb kürzester Zeit. Dabei hatte sie immer gedacht, die Insel gehöre nur den Menschen.
Mit einem Ruck zwang sich Amhrán auf. Dann entledigte sie sich ihrer Kleidung, wusch sich den Reisestaub von ihrem Körper und zog sich wieder an. Als sie gerade dabei war, ihre Kleider noch etwas zu ordnen, klopfte es, und Sadv schaute mit ihren großen, braunen Rehaugen herein.
„Bist du soweit?“
„Ich denke schon.“
„Dann komm!“
Amhrán trat vor die Tür, schloß sie und folgte den drei Frauen, die den Weg zu der großen Versammlungshütte einschlugen. Hier und da sah sie einige Beete, die vor den Hütten angelegt worden waren. Der Weg war kurz.
Die große Versammlungshütte war der Ort des Zusammenkommens. Hier wurde der Tag gemeinsam begrüßt und auch verabschiedet. Draußen war es inzwischen dunkel. Nebel stieg auf. In der Hütte war es behaglich warm und hell. Eine große Feuerstelle sorgte für Wärme und Licht. In der Mitte

des Raumes stand ein großer, runder Tisch, auf dem Brot, Obst, kaltes Fleisch und zwei Krüge voll Milch und Wasser dargeboten wurden.
Um den Tisch versammelt standen alle Angehörigen des Covens. Doch was Amhrán so erstaunte waren nicht die zwölf Frauen, sondern die zwei Männer. Der eine mochte in der Blüte seines Lebens stehen, der andere war nur wenige Jahre älter als sie selbst. Bevor sie sich weiter darüber Gedanken machte, wurde sie von Sadv an einen leeren Platz geführt.
Síochanta ergriff das Wort.
„Geliebte Kinder der Mondin und der Sonne! Dieser Tag hat uns ein großes Geschenk gebracht. Eine neue Schülerin hat ihren Weg hierher gefunden und dafür wollen wir dankbar sein.
Wir wollen der Herrin danken, wofür jeder einzelne von uns ihr zu danken hat und sie bitten, den Trank und die Speisen auf diesem Tisch und an allen Orten, wo sich Menschen, Elben, Kleines Volk und andere begegnen, zu segnen."
Amhrán blickte in die Runde. Vier der Frauen kannte sie noch nicht. Eine davon fiel ihr besonders auf. Die hagere Frau durchbohrte das Mädchen schier mit ihren Blicken, als wolle sie durch die Augen in ihre Seele eindringen. Kalt lief es dem Mädchen über den Rücken.
Dann folgte der Segen, der mit der Lebensspirale endete. Langsam zeichnete die Priesterin die Spirale des Lebens in die Luft. Alle Anwesenden zeichneten sich mit ihrem Daumen das Zeichen auf die Stirn, strichen über ihre Nase, den Mund und berührten dreimal leicht mit dem Daumen der geschlossenen Hand die Brust. Dann legten sie ihre Faust flach aufs Herz und öffneten sie dreimal leicht zum Himmel.
Schließlich wurden die Speisen umhergereicht und alle aßen. Auch nach dem Essen wurde noch einmal gebetet. Dann zauberte Cláirseach ihre Harfe hervor und zupfte eine schöne, getragene Melodie. Immer mehr zog das Lied Amhrán in den Bann. Es schien, als trage sie das Lied weit fort. Ihre Glieder wurden schwer und schwerer, bis sie fast vornüber fiel.
Bó, die Druidin, stand leise auf und ging zu Amhrán.
„Komm, Kleines. Ich bringe dich zu Bett. Gewiß bist du erschöpft und brauchst deine Nachtruhe, um Kraft zu sammeln. Hake dich ruhig ein."
Müde schmiegte sie sich in den Arm der Frau und ließ sich aus dem Raum führen. Draußen war es bitterkalt. Schläfrig tappte Amhrán neben Bó her.

Schließlich erreichten sie die Hütte. Fast schon im Schlaf zog sich das Mädchen aus. Bó hatte noch einmal das Feuer in der Feuerstelle entfacht. Amhrán schlüpfte unter ihre Decke und murmelte:
„Der Mantel, mir ist kalt. Mein Mantel."
Kaum lag der Mantel auf ihr, war sie auch schon eingeschlummert.
Leise ging Bó hinaus.
Wieder sah Amhrán dieses Gesicht. Das freundliche Lächeln, die Zärtlichkeit, mit der er sie berührte. Er hielt sie fest, nie hatte sie sich so sicher in den Armen eines Mannes gefühlt. Nie diesen tiefen Schmerz gespürt, sterben zu müssen vor Freude. Die ganze Welt drehte sich um sie. Wie sanft er mit seiner Hand durch ihr Haar strich, den Nacken entlang. Er mußte nichts sagen, seine Augen waren gesprächiger, als es ein Mund jemals sein würde. Er hielt sie nur fest.
Die Zeit zog an ihnen vorüber und konnte ihnen doch nichts anhaben. Sie spürte die Wärme seines Körpers um sich. Es kam ihr vor, als gäbe es ein unsichtbares Band zwischen ihnen. Selbst wenn sie es noch so wollte, Amhrán wußte, sie würde nie mehr von ihm lassen können. Aber das, was sie miteinander verband, war nicht von dieser Welt.
Schließlich verblaßte das Bild und Amhrán erwachte.
In der Hütte glühte das Holz und verbreitete einen rötlichen Schein. Sie richtete sich auf und schaute umher. Eites Bett war leer, dafür lagen in Caitíns zwei Körper eng aneinander geschmiegt. Auch Sadv schlief tief und fest.
Amhrán hätte gern gewußt, was die drei träumten. Hatten sie auch ein Geheimnis, das sie mit sich herumschleppten und vor jedem verbargen? Warum sollte es ihnen besser gehen als ihr? Schließlich hatte jeder Mensch Träume, Wünsche und Hoffnungen. Hatte Goleudydd nicht einmal gesagt: „Jeder hat sein Leben selbst in der Hand. Du bist verantwortlich für das, was du tust. Du setzt dir selbst deine Ziele. Bedenke immer, nur die Sache ist verloren, die du verloren gibst. Es ist das Traurigkomische am Schicksal der Menschen, daß sie selbst dann nicht zufrieden sind, wenn sie ihr Ziel erlangt haben. Deshalb sei nie zu gierig! Genieße, was dir die Göttin schenkt, wenn du es verdienst, wirst du ohnehin mehr erhalten."
Aber was Amhrán wollte, war unmöglich.
Shems Tochter sehnte sich nach Solasard und dem einfachen Leben, das sie teilen würden. Sie würden ein Haus und Kinder haben und glücklich sein. Sie würde eine gute Mutter, eine gute Frau sein.

Aber die unbändige Frau in Amhrán sehnte sich nach etwas ganz anderem. Sie wollte frei sein, ungebunden, ihr jetziges Leben abstreifen, so wie Tiere ihr Fell wechseln. Ob jeder Mensch in diesen Ketten gefangen war? Es wurde so viel von ihr erwartet. War das ihr Schicksal?
Mit dem Mann, den sie mehr begehrte als alles auf der Welt, würde sie nie zusammenleben können, und den Mann, mit dem sie leben könnte, liebte sie nicht genug.
Nun ja, hier hatte sie ausreichend Zeit, um Entscheidungen zu fällen, zu wessen Gunsten auch immer. Dennoch blieb ihr wohl keine Wahl. Sie konnte weder in dieser noch in der anderen Welt mit Misnéachard leben. Wie sagte das Alte Wort: Ein Vogel und ein Fisch können sich verlieben. Aber wo bauen sie ihr Nest?
Vielleicht würde sich diese Schwärmerei für Misnéachard in Luft auflösen. Sie war ja noch jung. Fest mummelte sie sich in seinen Mantel und schlief wieder ein.

Camchéachtas Gefühle

Frisch war es am frühen Morgen und neblig. Die Wolken schienen vom Himmel gefallen zu sein, so dicht waren die kalten Nebelschwaden, die sie umgaben. Kaum konnten die Reiter ihren Vordermann sehen, geschweige denn den Weg, dem sie folgten.
Sie hatten noch keine Meile hinter sich gebracht, da gab Iolaranam den Befehl abzusteigen und die Pferde zu führen. Die Tröpfchen des Nebels setzten sich auf ihre Gesichter. Sie sahen aus als schwitzten sie.
Cioná hielt die Zügel ihres Pferdes verkrampft fest. Immer wieder versicherte sie sich, daß noch jemand vor oder hinter ihr ging, bis sich Sionnach schließlich zu ihr gesellte.
„Du brauchst keine Angst zu haben. Hier geht niemand verloren, Cioná."
„Du hast leicht reden. Du bist eine halbe Wilde und kannst überall leben, aber ich?"
„Deine Angst wird immer die Tür zu einer freieren Welt sein. Du mußt sie nur aufstoßen. Ein Wasserfall muß durchquert werden, um zu wissen, daß die andere Seite trocken ist."
„Und wenn sie das nicht ist, Sionnach?"
„Dann kannst du immer noch schwimmen."
„Schöne Worte, Sionnach, wirklich schöne Worte."
„Ich will dir doch nur helfen. Wovor hast du denn eigentlich Angst? Vor dem Tod? Der ist doch überall gleich, ob auf deinem Nachtlager oder auf der Straße. Das Ende deines Weges ist überall das gleiche, das Ende. Du glaubst doch nicht etwa, daß jeder Mensch einen anderen Tod stirbt. Die Ursachen mögen verschieden sein, aber der Tod macht alle gleich. Nur der Tod schafft, was den Menschen nie gelingen wird, daß nämlich wirklich alle gleich sind."
„Du findest das sehr lustig, Sionnach! Nicht wahr? Aber ich liebe mein Leben, auch wenn unser Glaube den Tod so verherrlicht. Der letzte Ort, an dem ich sterben möchte, ist die Straße."
„Du liebst das Leben? Das ist mir aber neu. Dabei benimmst du dich doch so, als wärst du schon tot. Schließt dich aus unserer Gemeinschaft aus, wo es nur geht und gehst deinen eigenen, einsamen Weg."
Die Heilerin antwortete ruhig:

„Es gibt viele Wege, um ein Ziel zu erreichen, Sionnach. Obwohl ich auf dem Weg der Fianna gehe, ist ihr Ziel noch lange nicht das meine."
„Das merkt man. Warum verläßt du dann die Fianna nicht einfach? Das würde dir und uns das Leben um ein Vielfaches erleichtern."
„Du glaubst gar nicht, wie gerne ich das tun würde, aber es ist mir untersagt. Ich bin nicht aus freiem Willen bei euch. Laß mich jetzt allein, Sionnach. Es ist nett, wenn du mir helfen willst, aber mir kann keiner helfen."
Eine merkwürdige Frau war diese Heilerin, über die sich Sionnach immer wieder wunderte. Sie beschleunigte ihre Schritte ein wenig und ging nun neben Iolaranam.
„Einen wunderschönen, guten Morgen wünsche ich dir, mein Geliebter. Hast du gut geschlafen?"
Leise flüsterte sie ihm ihren Gruß ins Ohr, genauso leise flüsterte er zurück.
„Es blieb nicht mehr viel von der Nacht, nachdem du mich verlassen hattest. Aber die Gedanken an die Nacht wärmen mich an einem Tag wie diesem. Ich hoffe, die Sonne gewinnt ihre Kraft heute noch zurück. Mittlerweile ist es hier so neblig, daß ich kaum noch den Weg sehe."
Die Füchsin antwortete blinzelnd:
„Dann laß uns doch anhalten. Ich könnte dich ein bißchen wärmen und uns die Zeit vertreiben, bis der Nebel sich aufgelöst hat."
„Und was machen die anderen? Zugucken und klatschen?"
„Wenn dir das gefällt, mein Goldadler."
„Du Wildkatze, du weißt genau, wie du mich fangen kannst, um mit mir zu spielen."
„Oh, du armes, kleines Häschen."
„Sionnach, laß das. Wir sind nicht allein."
„Nicht?"
„Ich hasse dich."
„Ich weiß, tapferer Krieger."
„Geh und kümmere dich um die anderen, bevor du mich ganz wahnsinnig machst."
„Das habe ich heute schon bei Cioná versucht, allerdings mit eher mäßigem Erfolg."
Iolaranam nickte zustimmend.
„Sie wahnsinnig zu machen oder dich um sie zu kümmern? Aber Scherz beiseite. Ein ganzes Feld Sauerampfer ist lieblicher als sie. Manchmal

kommt sie mir so ängstlich vor, aber wenn ich sie anspreche, antwortet sie, als wäre sie die Mutter aller Brombeersträucher."
„Ich verstehe nicht, was eine wie sie bei uns verloren hat. Seabhaceo ist auch wortkarg und abweisend auf seine Weise, aber wenigstens auf unserer Seite."
„Ich weiß es auch nicht, mein Sonnenlicht. Kürzlich hat sie mir etwas von einem Geís erzählt. Sie ist eine sehr seltsame Frau. Eine große Heilerin, zweifellos, aber der Weg zu ihrem Herzen ist mit Dornen gesäumt. Es ist, als habe sie die ganzen Aill de Mothar vor sich aufgetürmt, damit auch ja niemand zu ihr vordringen kann. Wahrlich eine sehr seltsame Frau. Wenigstens vertragen sich die anderen halbwegs."
„Bis auf Camchéachta und Oighrigh."
„Das kriegen wir auch noch hin. Du vergißt, sie sind Männer und keine ängstlichen Miesmuscheln. Wart es nur ab, die werden noch ein unzertrennliches Paar."
„Und wie willst du dieses Wunder vollbringen?"
„Wart es nur ab, du wirst schon sehen."
„Ich bin gespannt. Wollen wir heute nacht zusammen eine Wache übernehmen?"
„Ich halte das für keine so gute Idee. Wache ist doch für das, was du vorhast, der falsche Begriff, oder?"
„Sehr lustig, Herr Anführer! Sehr lustig! Aber im Gegensatz zu euch, beherrsche ich meine wilde, ungestüme Gier."
Stolz warf sie ihre Mähne zurück.
„Tatsächlich? Das hast du aber erst heute morgen gelernt, oder?"
„Ha, ha, ha! Ja oder nein?"
„Wie könnte ich dir eine Bitte abschlagen, meine Füchsin. Aber ich gebe dir mein Wort, daß wir auch wachen werden."
„Ich hatte auch nichts anderes vor."
„Mit Sicherheit."
Endlich begann sich der Nebel aufzulösen. Die Umgebung wurde dadurch jedoch auch nicht freundlicher. Der Weg, dem sie folgten, führte sie hoch ins Gebirge. Wenige Hälmchen wagten einen Blick über die Erde, nur Moose und Flechten fühlten sich hier richtig wohl. Ein unfreundliches Land, doch in seiner Kargheit wunderschön.
Hier legten sie die ersten dreizehn Steine mit den verabredeten Zeichen nieder. Als sich der Mittag näherte, machten sie keinen Halt, sondern aßen

auf den Rücken ihrer Pferde. Die Stimmung war gedämpft, und die Stille ließ ein leises Flüstern wie einen Schrei erscheinen.
Der Weg war so steinig, daß sie nur im Schritt vorankamen. Iolaranam schickte Gleannglas und Sliabhan aus, um den Weg vor ihnen zu erkunden und nach einem Nachtlager Ausschau zu halten.
Zum Glück regnete es nicht. Doch die Sonne war immer noch zu schwach, um die dichten Wolken zu vertreiben. Die Gefährten lenkten ihre Pferde vorsichtig zwischen den auf den Weg gefallenen Felsbrocken durch. So drangen sie nur mühsam in die höheren, noch kargeren Gegenden vor.
Nach einiger Zeit kam Gleannglas zurück. Ein paar Meilen entfernt gäbe es eine Höhle in der Felswand, nicht sonderlich groß, aber geräumig. Wenn sie sich beeilten, könnten sie sie vor der Dunkelheit erreichen. Alle spornten ihre Pferde an, auch wenn Roß und Reiter noch so müde und erschöpft waren.
Kurz nach Sonnenuntergang gelangten sie zu der Höhle. Sliabhan hatte aus der Scheune Heu mitgenommen, was den kleinen Vorrat an Brennholz und Torf ergänzte, den das Packpferd trug. So brannte wenigstens ein kleines Feuerchen auf einem Felsvorsprung in der Höhle.
Oighrigh hatte sich in seinen Mantel und in die Rückendecke seines Pferdes gewickelt und schlief sofort ein. Die anderen saßen noch ein wenig zusammen.
Mitten in der Nacht begann es zu donnern und zu blitzen, aber Regen fiel keiner. Die Pferde waren verängstigt, wieherten und traten um sich. Jeder war damit beschäftigt, sein Tier zu besänftigen. Schließlich war auch das geschafft. Die Morgenröte zog wie Schleier über die Berge und fand die meisten der Gefährten tief schlafend vor.
Der Sonnenaufgang mochte wohl eine Entschädigung für die unruhige Nacht sein. Cioná hatte einen Kräutertrunk aus Blutkraut, Wacholder, Kamille und Pfefferminze bereitet, der alle wieder auf die Beine brachte. Langsam packten sie ihre sieben Sachen zusammen und brachen auf. Ein mächtiger Wind mochte ihren Weg als Spielwiese angesehen haben, denn kein größeres Steinchen bedeckte ihn, so daß sie gut vorankamen. Die Sonne blieb den ganzen Tag beständig an ihrer Seite und wärmte sie.
Es wurde viel gelacht. Oighrigh spielte lustige Lieder, die alle anderen kannten und eifrig mitsangen. Iolaranam war glücklich, daß sich seine kleine Gemeinschaft so gut hielt. Selbst Camchéachta äußerte sich nicht mehr über Oighrigh.

Einen Tag würden sie noch in den Bergen sein, dann würden sie Luimneach erreichen. Das war zwar nicht das Land in dem Met und Honig floß, aber immer noch besser als das Gebirge. Am Nachmittag tränkten sie ihre Pferde an einem kleinen Bach und ruhten sich ein wenig aus.
Ausnahmsweise sandte Iolaranam nicht Gleannglas und Sliabhan aus, ein Nachtlager zu suchen, sondern Camchéachta und Oighrigh. Die beiden schauten sich nur mißbilligend an, als der Befehl an sie erging. Eine Zeitlang ritten die beiden nebeneinander her, dann brach der Junge das Schweigen.
„Wie lange bist du denn schon bei den Fianna?", fragte er den großen Bären.
„Sehr lange, fast mein ganzes Leben lang. Von klein auf wollte ich nichts anderes sein, als einer von ihnen. Beim Saugen der Muttermilch hörte ich schon ihre Geschichten, mein Junge", erzählte er freimütig.
„Und wie alt warst du, als du dich ihnen angeschlossen hast?"
„Oh, damals hat man sich ihnen nicht angeschlossen. Man mußte schwere Aufgaben erfüllen, um aufgenommen zu werden", fuhr der Krieger fort.
„Was für Aufgaben?", fragte Oighrigh neugierig.
„Du mußt dir die Zeiten damals anders vorstellen als heute. Die Fianna waren die Krone aller Kampfverbände. Nur auserwählte Kämpen gehörten zu ihnen. Viele beschritten mit sieben Jahren schon den Weg des Kriegers."
„Was ist der Weg des Kriegers?"
„Wer ihn betritt, läßt sein ganzes altes Leben hinter sich und wird neu geboren, um ein vollkommener Krieger zu sein. Aber ein tadelloser Kämpe zeichnet sich nicht nur dadurch aus, wie er kämpft, sondern auch durch das Wissen, das er in sich trägt.
Du streifst so lange in deinem Land umher, bis du jeden Pfad, jeden Schritt Erde besser kennst als dich selbst. Nach den Sternen suchst du dir deinen Weg. Wälder, Berge, Wiesen sind dein Nachtlager, geben dir zu essen und zeigen dir die Gerechtigkeit der Natur. Die ersten Lehrjahre gleichen ein wenig denen der Barden.
Neben dem Überleben lernst du, das Leben zu genießen, zum Beispiel die Dichtkunst, aber Fianna sind Krieger, keine Dichter, auch wenn manch einer das anders sieht. Zwölf lange Lehrjahre, doch selbst danach bist du noch lange kein Fianna. Erst mußt du die Große Prüfung bestehen."
„Die Große Prüfung?"

„Ja! Du wirst von neun Männern mit jeweils neun Speeren bewaffnet durch den Wald gehetzt, doch du bist nur mit einem Speer und deinem Schild bewaffnet. Kein Ast darf unter deinen Füßen knacken. Irgendwo auf deinem Weg ist ein hüfthohes Loch, das natürlich verborgen ist, so daß du hineinstürzen und dir den Hals brechen kannst.
Das mußt du finden und hineinklettern. Dann wirst du von deinen neun Verfolgern angegriffen aus einer Entfernung von sechs Furchen und mußt dich verteidigen. Selbst wenn dich nur ein Speer streift, kannst du nicht mehr aufgenommen werden.
Daraufhin mußt du weiterlaufen und eine Stange in Stirnhöhe überqueren und unter einer anderen in Kniehöhe durchkriechen, ohne daß sich auch nur eine Strähne aus deinem Haar löst. Trittst du in einen Dorn, darfst du deshalb nicht anhalten, sondern mußt ihn dir während des Laufes aus der Ferse ziehen."
„Das erinnert mich an Wesen, vor denen mich meine Mutter immer warnte, wenn ich in den Wald ging, um Holz zu holen. Sie sollen halb Hirsch, halb Mensch sein, aber ich habe vergessen, wie sie heißen."
„Cerviden, mein Junge. Ja, wir waren ihnen sehr ähnlich, diesen Cerviden. Aber es hat uns auch vieles gekostet", sagte Camchéachta wehmütig.
„Wie lange gibt es denn die Fianna?"
„Verbände junger Männer, die das Land beschützen, hat es immer schon gegeben. Aber erst unter Fionn wurden wir das, was wir heute gerne wieder wären."
„Und was ist das?"
Aufmerksam lauschte der Junge.
„Nun ja, ich weiß nicht, wie ich es ausdrücken soll, eben richtige Fianna, die Krone, die Auslese, die Besten der Besten von Erius Kämpen. Heute ist nichts mehr so wie es damals war, Oighrigh."
„Wie war es denn damals, Camchéachta?", forderte Oighrigh ihn auf zu erzählen.
„Könnte es sein, daß das hier eine Geschichtsstunde wird?"
„Ich habe doch sonst niemanden, den ich fragen könnte. So vieles würde ich gerne wissen, aber nie hat jemand Zeit und selbst wenn, selten kann mir einer meine Fragen beantworten."
„Nun gut. Du hast gefragt, wie es damals war. Eriu ist kein Land, in dem es sich in Saus und Braus leben läßt. Die Erde hier ist nicht überall so fruchtbar wie es unsere Frauen sind. Viele Familien haben viele hungrige

Mäuler, aber nur wenig, um sie zu stopfen. Deshalb machte man aus der Not eine Tugend, indem sich die jungen Männer zu kleinen Gruppen zusammenschlossen. Am Anfang waren sie mehr jagende Krieger. Raubend zogen sie durch das Land, mehr gesetzlose Räuber als ehrenvolle Krieger. Bis heute unterstanden sie immer nur ihrem Kriegerkönig und nicht dem Hochkönig."
„Und wie wurden aus den Räubern die Fianna?"
„Durch Fionn mac Cumhail", erwiderte der alte Krieger stolz.
„Wie stellte er das denn an?"
„Die ganze Geschichte ist jetzt zu lange. Aber er hat einige Heldentaten vollbracht und ist vom Hochkönig zum Führer der Fianna ernannt worden. Den Aufbau der Gemeinschaft hat er völlig umgestellt. Schließlich gab es vier große Kriegerscharen, eine auf Tara, eine auf Fionns Burg Almhuin, eine in Temhair Luchra und eine in Culleum. Mehr als dreihundert Dutzend Krieger insgesamt.
Von Beltainè bis Samhain bejagten sie das Land, das Fleisch und die Felle waren ihr Lohn. Wir waren unsere eigene Familie. Den ganzen Sommer unterwegs in der Göttin freier Natur. Wie oft verließen wir diese Welt und mußten uns in der Anderen Welt behaupten."
„Warst du auch schon mal da?", fragte Oighrigh erwartungsvoll.
„Früher. Heute haben sich die Sidhi sehr von uns entfernt. Damals waren die Grenzen zwischen unserer und ihrer Welt verschwommener, nicht greifbar. Es war eine schöne Zeit. Selbst die Götter wandelten zuweilen auf unserer Erde und erprobten unsere Klugheit und Stärke. Wir waren jung und fühlten uns unschlagbar. Aber aus unbedarften Jünglingen schmiedete das Schicksal harte Männer. Männer, die sich dem Leben stellen konnten. Die Große Mutter hielt ihre sichere Hand über uns, und wir dankten es ihr auf unsere Weise."
„Wie war das so, wenn ihr in den Wäldern unterwegs wart?"
„Auch nicht anders als heute."
„Komm schon, Camchéachta!", nörgelte der Junge ungeduldig.
„Wenn ich es dir doch sage. Die einen zogen umher und erfüllten ihre kriegerischen Aufgaben und andere jagten. Die Gillas bauten Hütten aus Stangenholz und Zweigen. Nachtlager wurden aus Moos, Heidekraut und einer Lage frischer Binsen schichtweise errichtet. Wie heute noch teilten sich zwei Männer ein Lager. Frauen und Hunde blieben draußen.

Neben einem Bach wurde eine Grube ausgehoben und mit glühenden Steinen ausgelegt. Dann leitete man das Wasser des Baches hinein und kochte damit. Nach dem Essen setzte man sich dann zusammen, sang, summte oder tat, was zu tun war.“

„Und Frauen?“

Camchéachta schaute dem Jungen erstaunt in die Augen.

„Sieh sich doch einer diesen Bengel an.“

„Wie war das nun mit den Frauen?“

„Wie soll es denn gewesen sein?“, fragte der Krieger unter sich schauend.

„Das will ich ja von dir hören. Es heißt, ein echter Fianna habe in jedem Dorf ein festes Mädchen sitzen, das nur auf ihn wartete.“

„Heißt es so?“

„Ja, und gerade die alten Hasen würden die Frauen bei den Fianna gerne wieder rauswerfen.“

„Wer sagt das?“

„Erwischt!“

Oighrigh lachte laut auf.

„Ich? Ich habe mit Frauen überhaupt keine Schwierigkeiten, solange sie sich aus meinem Leben raushalten. Frauen gehören nicht aufs Schlachtfeld, die gehören in die Küche und ins Bett“, brummte der Große Bär.

„Ich weiß ja nicht, Camchéachta. Crónachan und Gormeala sind bestimmt nicht dieser Meinung.“

„Das sind auch keine Frauen. Das sind Tiere.“

„Ich mag sie“, stellte der Junge stolz fest.

„Ich auch, wenn sie sich von mir fernhalten. Vollführen Tänzchen mit ihren Schwertern, aber wenn sie eins vor die Stirn kriegen, fallen sie um wie gefällte Bäume.“

„Das geht ja wohl jedem so.“

„Schluß jetzt damit. Wir müssen nach einem Lagerplatz Ausschau halten. Junge! Sperr die Augen auf.“

Oighrigh grinste. Nie hatte der Dicke so viele Worte mit ihm gewechselt. Dafür konnte er ihn mindestens noch zweimal ausschelten.

„Camchéachta?“

„Was?“, fragte dieser leicht genervt.

„Darf ich dich jetzt öfters solche Sachen fragen?“

„Du hast noch mehr Fragen?“

„Ja, so viele Fragen wie es Bienen in einem Bienenkorb gibt.“

„Oh, ja? Welche denn?“
„Na, wer Fionn war? Wie er gelebt hat und so?“
„Ich glaube es nicht. Sehe ich aus wie ein Allwissender?“
„Ich weiß, daß du das weißt. Wirst du mir helfen?“
„Aber nur, damit du bei den nächsten Zusammenkünften keine dummen Fragen mehr stellst.“
„Es gibt keine dummen Fragen!“, behauptete der Junge sicher.
„Sagt wer?“
„Meine Mutter.“
„Ah, ja, und was sagt sie noch?“
„Frage einmal und du bist einmal ein Narr. Frage nie und du wirst immer einer sein.“
„Kluge Frau, deine Mutter, wo lebt sie denn?“
„Sie ist tot“, sagte der Junge.
„Das tut mir leid, Oighrigh. Und dein Vater?“
„Auch tot.“
Beschämt schwieg Camchéachta und ließ sein Pferd in Trab fallen. Auch Oighrigh ließ sein Pferd antraben und brachte sich an die Seite des Großen Bären.
„Wirst du mir helfen, Camchéachta?“
„Ja.“
„Versprich es!“
„Ich verspreche es.“
Oighrigh strahlte über das ganze Gesicht. Er gab seinem Pferdchen ein bißchen mehr Druck mit der Ferse und galoppierte ein Stück voraus. Er genoß den Wind im Gesicht. Tief atmete er ein, als Camchéachta hinter ihm herrief:
„Junge, streng deinen Gaul nicht so an. Wir müssen auch noch mal zurück.“
Der Weg führte sie in ein steiniges Tal.
„Wenn hinter dem nächsten Hügel keine Möglichkeit zum Übernachten ist, kehren wir um.“
„Und dann?“
„Junge, du kannst vielleicht Fragen stellen. Dann werden wir eben im Freien schlafen.“
Als meine es die Göttin gut mit ihnen, blickten sie von dem Hügel in ein Tal, in dem es ein wenig Gras und ein paar verkrüppelte Bäume gab. Sogar

ein bißchen Gebüsch zum Knabbern für die Pferde war vorhanden und eine Art Feuerstelle.
Sie wendeten ihre Pferde und ritten so schnell es ging zu den anderen zurück. Diese hatten sich bereits Sorgen gemacht und wollten gerade Sliabhan und Gleannglas ausschicken, um zu sehen, ob etwas geschehen war.
Die Sonne machte sich schon auf den Weg zu ihrem Nachtlager, und die Fianna hatten noch ein ganzes Stück vor sich. Einen großen Teil der Strecke legten sie im Galopp zurück, dennoch erreichten sie den ausgesuchten Platz erst nach Sonnenuntergang.
Seabhaceo machte Feuer, und Cioná kochte zusammen mit Sionnach eine warme Brühe. Als die Gemeinschaft sich zum Essen in einen Kreis setzte, überraschte Camchéachta alle damit, daß er Oighrigh aufforderte, sich neben ihn zu setzen. Sionnach und Iolaranam wechselten einige Blicke und mußten sich sehr beherrschen, nicht laut aufzulachen. Jeder freute sich für den Jungen.
Während des Essens sprach Camchéachta Iolaranam an:
„Ich weiß ja nicht, hast du auch so ein merkwürdiges Gefühl?"
„Weil du dich jetzt Oighrighs angenommen hast? Nein."
„Schwätzer. Ich meine ein anderes Gefühl. Irgendwie stehen mir die Haare zu Berge. Hast du nichts bemerkt?"
„Nein. Wer soll hier auch sein Unwesen treiben?"
„Merkwürdig ist das schon mit der Feuerstelle in der Wildnis, auch wenn uns das sehr entgegenkommt. Irgendwie fühle ich mich nicht wohl. Nach dem Essen werde ich mich mal umsehen."
„Darf ich mit?", mischte sich Oighrigh ein.
„Wenn du magst", sagte Iolaranam.
Ruckzuck hatte der Junge seinen Becher geleert. Leider hatte Camchéachta einen größeren Bauch zu füllen, so daß Oighrigh sich noch eine kleine Weile gedulden mußte. Endlich stellte auch der Große Bär seinen Becher zur Seite. Gemeinsam standen sie auf und entschuldigten sich.
Mit einer brennenden Fackel gingen sie um das Lager und leuchteten hier und da in das Gebüsch. Menschen waren nicht in der Nähe. Noch einmal umrundeten sie das Lager, aber auch dieses Mal war nichts zu sehen.
Dennoch ließ es Camchéachta keine Ruhe. Immer wieder stand er auf und ging umher. Oighrigh beobachtete ihn, bis sie das Feuer löschten. Der Himmel über ihnen war klar.

Nachdem sich seine Augen an die Dunkelheit gewöhnt hatten, sah der Junge, daß, obwohl Sionnach und Iolaranam Wache hielten, der Große Bär nicht aufhörte umherzustreifen. Oighrigh versuchte einzuschlafen.
Kurze Zeit später mußte sich Oighrigh dringend erleichtern. Er schlich sich in das Gebüsch, erledigte, was er zu erledigen hatte und machte sich auf den Weg zu seinem Platz. Plötzlich legte sich ihm eine Hand auf die Lippen und eine tiefe Stimme brüllte:
„Iolar, ich habe ihn. Ich habe ihn!"
Der Riese schleppte den Jungen zu den anderen. Kaum brannte das Feuer wieder, brachen alle in schallendes Gelächter aus, als sie sahen, wen Camchéachta da eingefangen hatte. So legte sich auch Camchéachta endlich wieder hin. Jetzt konnte aber Oighrigh nicht mehr schlafen. Er war viel zu aufgeregt. Mit offenen Augen lag er da und starrte in den Himmel. Die Sterne blinkten und blitzten vor sich hin. Wie klein man doch wurde, wenn man die Vielzahl der Sterne über sich sah.
An dem heruntergebrannten Feuerchen saßen Iolaranam und Dúghorm.
„Ich möchte zu gern wissen, wie es zu der plötzlichen Sinneswandlung Camchéachtas gekommen ist."
„Ach, weißt du, Iolar, manchmal springt auch ein Großer Bär über seinen Schatten."
„Merkwürdig ist das schon. Und dann das Herumrennen vorhin. Es sind noch mindestens vier bis fünf Stunden bis Sonnenaufgang. Hoffentlich schläft er jetzt. Ich meine, er hört sonst ja wirklich Ameisen husten, aber er hat nachgesehen, ich habe nachgesehen. Da war nichts."
„Trotzdem bin ich froh, daß wir hier zu zweit sitzen. Ich vertraue seiner guten, alten Nase und seinem Gespür."
„Ich ja auch, Dúghorm. Dennoch können wir nicht mehr als aufmerksam sein."
„Mmh, mmh", murmelte dieser.
Lange starrten sie so ins Feuer. Schließlich hielt es Oighrigh nicht mehr aus und stand auf. Iolaranam war der erste der beiden, der ihn bemerkte.
„Ja, Junge! Du solltest doch schlafen."
„Ich kann aber nicht. Mein Körper ist zwar müde, aber in meinem Kopf springen so allerlei Gedanken hin und her."
„Na, setz dich zu uns. Wir würden gern schlafen und dürfen es nicht. Was gehen dir denn für Gedanken durch den Kopf?"

„Wegen Camchéachta. Nachdem ich ihm erzählt hatte, daß meine Eltern tot sind, hat er sich, glaube ich, richtig geschämt. Und ich habe mich immer so geärgert, wenn er mich gefoppt hat, weil ich dachte, daß er es weiß."
„Ich hatte es niemandem gesagt, weil ich dachte, es ist deine Sache, mit jemandem darüber zu sprechen oder nicht."
„Das ist auch gut so, Iolaranam. Er hat versprochen, mir etwas beizubringen. Heute hat er mir von den Fianna erzählt. Wie es früher war. Das war herrlich."
„Kann ich mir gut vorstellen. Bleib hier sitzen. Ich werde noch einmal um das Lager gehen. Dúghorm, bleib hier und paß auf den Jungen auf."
Der Anführer der Fianna stand auf, nahm sich eine Fackel und ging um das Lager, leuchtete in das Gebüsch, zwischen die Bäume und kam dann wieder.
„Nichts. Camchéachta hat schon recht. Eine merkwürdige Nacht. Eigentlich müßte es viel kälter hier oben sein. Aber heute nacht ist es richtig mild. Kein Lufthauch rührt sich. Die Sterne strahlen um die Wette und weit und breit kein Laut. Hört ihr was?"
Dúghorm schaute auf.
„Nein, keinen Laut."
Da schlug sich Iolaranam auf die Oberschenkel.
„Glaubst du, manchmal vergesse selbst ich meine Kinderstube. Wenigstens hat Camchéachta noch alle Sinne beisammen."
Dúghorm mustere seinen Anführer mit einem fragenden Blick.
„Kann ich bitte erfahren, um was es hier geht? Ich verstehe nämlich gar nichts."
Auch Oighrigh schaute erwartungsvoll zu Iolaranam.
„Bleib schön hier sitzen. Wenn es dir gelingt, wach zu bleiben, verspreche ich dir ein Erlebnis, das du dein ganzes Leben lang nicht vergessen wirst."
Mißtrauisch blickte Dúghorm seinem Leitwolf ins Gesicht.
„Dürfte ich vielleicht auch erfahren, um was es hier geht. Ich bin nämlich müde, und wenn es einen Angriff oder dergleichen gibt, wäre es vielleicht sinnvoll, die anderen zu wecken."
Iolaranam lachte immer noch.
„Nein, nein. Geh ruhig schlafen, Dúghorm, teurer Freund, wenn du müde bist. Heute nacht wird keinem von uns etwas geschehen. Geh ruhig schlafen, mein Freund."

Müde zog sich der Blaublütige zurück. Oighrigh rückte näher an das Feuer. Nicht daß ihm kalt war, aber Feuer war die beste Verteidigung gegen Bestien, die es gab. Iolaranam hatte sich jetzt wieder beruhigt und sprach leise mit dem Jungen.
„Du brauchst dir keine Sorgen zu machen. Jene, die kommen, kommen in Frieden. Es sind sozusagen Freunde von mir."
Der Junge verstand nicht ganz, konnte aber bei dem Strahlen der blauen Augen seines Anführers auch nicht recht an etwas Schlimmes glauben.
„Was sind denn das für Freunde?"
„Gute Freunde, laß dich nur überraschen."

Die Schattenbringerin

Morgendämmerung. Blutrot färbte die Sonne die weißen Steine der Burg. Müde lagen die Wachen in ihrem kleinen Häuschen hinter den hohen Mauern und warteten darauf, das große Tor wieder zu öffnen. Dann würde sich zeigen, wie gut die Soldaten des Hauptmanns ihr Werk verrichtet hatten. Den ganzen gestrigen Tag waren sie mit dem Befehl des Königs, Weise Frauen von der Burg fernzuhalten, umhergeritten. Aber niemand glaubte daran, daß er auf diese Weise sein Schicksal aussperren konnte. Die Vorbestimmung eines Menschen ist wie Wasser, was er auch gegen ihre Erfüllung tun mag, sie findet immer einen Weg.

Lange war sie unterwegs gewesen. Schlamm klebte am Saum ihres Kleides, von ihren Schuhen ganz zu schweigen. Hoch im Norden hatte sie sich aufgemacht. Jetzt war sie endlich am Ziel. Von einem kleinen Hain aus betrachtete sie Brocs mächtige Festung. Nicht den kleinsten Bruchteil der kleinsten Zeitspanne zweifelte sie an ihrem Auftrag. Sie tat, was getan werden mußte, dafür war sie lange Jahre sorgsam vorbereitet worden. Sie würde ihre Aufgabe erfüllen. Sie wird die Nacht bringen, bevor sich der Tag neu aus der Finsternis erhob, auch wenn sie wußte, daß dies der kürzere Weg zu den Göttern war. Aber auf deren Geheiß war sie ja in den Coven der alten Bärin eingetreten.

Dort erzog man sie zur Schattenbringerin. Anfangs war es nicht leicht gewesen, den so wahrscheinlichen Tod anzunehmen, aber jetzt war er für sie nur ein Tor in ihr eigenes Gefilde der Seligkeit. Sie war so oft auf der Straße der Träume gewandelt, daß sie sich in der wirklichen Welt schon gar nicht mehr wohlfühlte. Sie würde diese Aufgabe hinter sich bringen, und starb sie dabei nicht, ginge sie irgendwie auf der Traumstraße verloren.

Langsam packte sie ihr weniges Hab und Gut zusammen, strich sich die langen, rotblonden Locken aus dem Gesicht und schritt hinaus in den Tag, der der Anfang vom Ende war. Nichts regte sich auf den Straßen. Nur sie ging ruhig auf dieses riesige Tor zu. Das Sonnenlicht umgab sie wie ein Feuerring. Es war schwierig, auf dem schlammigen Weg würdevoll auszusehen, aber sie tat es. Schließlich war sie angekommen und nahm den

metallenen Wolfskopf in ihre Hand und schlug damit dreimal gegen das Tor.
Hektisches Treiben wallte hinter den Mauern auf. Schlüssel klapperten und endlich wurde ein kleines, vergittertes Fensterchen geöffnet.
„Heilige Macha, wer seid ihr denn?"
Am Ärmel zog der Wachhabende seinen Kameraden heran, sich dieses wunderliche Geschöpf anzusehen.
„Ich bin Eala, und ich bringe eine Nachricht für euren Hochkönig."
„Jetzt? Um diese Zeit? Der Hof schläft noch, und ich wüßte nicht, was eine Frau wie ihr für Nachrichten für ihn hätte."
Ealas grüne Katzenaugen wurden plötzlich ganz eng, während sich ihr Körper entspannte und größer, schier bedrohlich zu werden schien. Mit einer tiefen, beruhigenden Stimme sprach sie, einer Stimme, die willenlos machte:
„Es ist nicht nötig, daß ihr euch vor mir fürchtet. Öffnet das Tor, und es wird euch nichts geschehen."
Lächelnd sagte der eine Wachhabende zu seinem Kameraden:
„Es gibt gar keinen Grund, daß wir uns fürchten, Freund. Öffnen wir das Tor, es wird uns nichts geschehen."
Und so ließen sie die Frau ein und verfolgten sie nicht weiter mit ihren Blicken. Sie lief eine Weile in der Festung umher, bis sie schließlich den Weg zu Tuans Rundhütte fand. Leise klopfte sie an, doch schon beim ersten Berühren der Tür wurde diese geöffnet.
„Hattest du eine angenehme Reise, meine Liebe?"
„Ist es angenehm, einen gezähmten Vogel wieder auszuwildern? Du weißt, daß ich nicht mehr in diese Welt gehöre. Sie ist nur Schmerz für mich und Leid. Mein Zuhause liegt an einem anderen Ort, verborgen für menschliche Augen. Auf dieser Reise hat das Elbenblut den letzten Tropfen Menschenblut in diesen schwachen Venen besiegt."
Der Hochdruide betrachtete sie eingehend.
„Oh ja, ich kann spüren, wie stark du geworden bist. Nichts mehr erinnert an das weinende Kind, das einst auf meinem Schoß saß und von mir getröstet werden wollte. Hattest du Schwierigkeiten beim Betreten der Burg, oder haben sie dich einfach eingelassen? Du mußt eine der ersten gewesen sein heute morgen."
„Die Erste. Alle Welt dort draußen schläft noch. Ein hübsches Liedchen läßt sie vom Sommer träumen. Die Wachen waren am Anfang etwas

schüchtern, aber ich habe sie dann doch überzeugen können, daß ich nicht gefährlich bin."
„Ich hoffe, sie haben diese Überzeugung nicht mit ihrem Leben bezahlt. Wir können Ärger, welcher Art auch immer, so früh noch nicht gebrauchen."
Die Frau erwiderte kalt:
„Tuan, du weißt selbst, wenn ich eines habe, so ist es Zeit. Menschen dieser einfachen Natur überzeugt man leichter als ausgebildete Druiden und überzeugen wird man sie immer. Ich möchte jetzt ein wenig ruhen, bevor das große Spiel beginnt. Kann ich hier bleiben, oder sollte ein erfahrener Druide immer noch keinen Umgang mit Frauen pflegen?"
„Bleibe ruhig hier, einstweilen. Ich werde ein besseres Lager für dich finden, bis du wieder aufwachst."
„Ich danke dir, Tuan, großer Herr."
Ein leicht höhnisches Schmunzeln huschte über ihr Gesicht, als sie sich nach vorn beugte, um seiner Stellung Achtung zu erweisen. Er erwiderte die Verbeugung und ging dann hinaus.
Langsam setzte sie sich auf das Nachtlager des Druiden, streckte sich dann darauf aus und schloß ihre Lider. Erst war nur Dunkelheit vor ihrem inneren Auge, dann bildete sich langsam ein Kreis aus Tausenden von Linien. So vieles konnte sie darin erkennen. Sie kannte jedoch die Tücke dieses Torcs und beachtete es nicht weiter. Zu oft hatte sie hier verweilt und sich von ihrem eigentlichen Ziel ablenken lassen. Diesmal glitt sie einfach durch das Gewirr hindurch. Nebel umwallte ihre Sinne, Licht, das durchbrechen wollte, aber nicht konnte.
Fest nahm sie all ihre Kraft zusammen, sammelte sich. Noch kostete sie der Weg in ihr Zuhause kaum Anstrengung. Langsam entstand ein kraftvoller, goldener Adler vor ihrem Auge, formte sich aus Nebel und Licht. Jetzt legte sie auch das letzte menschliche Denken ab. Vorsichtig, fast zaghaft spürte sie, wie ihre Arme zu Flügeln wurden, wie ihr Leib, ihre Beine, ihr Kopf schwanden. Ihre Nase länger wurde, ihre Ohren verschwanden, ihre Augen klein und kleiner wurden, doch deren Kraft zunahm.
Sie war jetzt der Weltenadler. Schwungvoll stieß sie sich ab. Unter sich sah sie ein großes, weißes Gebäude, aber es war unwichtig für sie. Immer höher und höher stieg sie auf, und unter ihr teilten sich die Wolken und flossen wieder zusammen. Grüne Wälder, blaue Seen, Berge, die Welt lag

ihr zu Füßen. Dort sah sie Hasen laufen oder Lachse in den blauen Bändern stehen.
Ein zweiter Adler gesellte sich zu ihr. Hier war man nie allein, wenn man es nicht unbedingt sein wollte. Gemeinsam sogen sie den Atem der Welt in ihre Lungen, nahmen das Glück und das Leid tief in sich auf. Sie schwebten in der Luft und ließen sich vom Wind davontragen. Nichts war wichtig hier oben. Nichts.
Nur sie selbst.
Ihr Herz schlug ruhig, nichts brachte es hier aus seinem Rhythmus. Spielerisch stürzte sie in die Tiefe. Sie genoß den Rausch. Ihr Auge hatte einen jungen, unachtsamen Hasen erfaßt. Sie war schneller bei ihm, als er sie überhaupt bemerken konnte. Der zweite Adler landete neben ihr, und sie teilte gern mit ihm ihre Beute. Dann begann er, mit ihr zu sprechen.
„Sei mir gegrüßt, Schwester. Ich bin froh, daß du deinen Weg gefunden hast. Aber du solltest deine Kraft für deine Aufgabe sparen."
„Ich habe viel Kraft, und ich werde auch sicher meine Aufgabe zu deiner Zufriedenheit erfüllen."
„Ich weiß, ich weiß. Ich möchte ja nur, daß du vorsichtig bist. Du kannst entweder hier oder dort unten sein. Glaubst du, sicher zu sein in einer albernen Rundhütte, selbst wenn es die eines Hochdruiden ist?"
„Nein, Herrin. Aber ich war müde und erschöpft von der Reise. Auch wenn ich eine Schattenbringerin bin, mein Körper ist der schwächliche einer Menschenfrau. Er braucht wenigstens ein bißchen Erholung."
„Dann schlafe, aber wandere nicht auf der Traumstraße umher. Ich möchte dir das hier nicht verbieten müssen, bis du deine Aufgabe erfüllt hast. Sei vorsichtig. Du bist eine Gefahr für den Hochkönig, er wird es am eigenen Leib erfahren und sich vielleicht rächen wollen, bevor du dazu bereit bist."
„Ich weiß, und ich werde vorsichtig sein."
„Sichere dich wenigstens soweit ab, daß es nicht möglich ist, den Raum zu betreten, während du hier bist. Willst du das für mich tun?"
„Ja."
„Dann lasse ich dich jetzt wieder allein. Bleib stark, meine Tochter! Du wirst es schaffen."
Der zweite Adler war verschwunden. Eala war wieder menschlich. Nur die Alte Bärin konnte so lange eine andere Gestalt annehmen. Sie schloß ihre Augen und machte sich auf den Weg zurück.

Ruhig lag ihr Körper, als sie langsam in einen Traum, in den Schlaf glitt. Später am Tag brachte ihr Tuan Brot, Käse und Wasser. In den Rundhäusern war kein Platz mehr für sie gewesen, so daß er sie im Hauptgebäude in der Nähe des Mannschaftsraumes unterbringen mußte. Auf diese Art war sie auch schneller in der Nähe des Königs.

„Komm, ich werde dich in deine Kammer bringen, Eala. Dort wirst du einstweilen wohnen."

Sie reckte und streckte sich, aß ein wenig und verließ dann mit Tuan die Hütte.

„Sind immer so viele Menschen hier?"

„Das ist die Burg des Hochkönigs, was dachtest du denn?"

„Ich weiß nicht. Jedenfalls hatte ich nicht erwartet, daß mir so viele Ameisen zwischen den Füßen herumlaufen würden. Aber gut. Wann werde ich den König sehen?"

„Du kannst es wohl kaum erwarten?"

„Wann werde ich den König sehen?", fragte sie nochmals wortkarg.

„Wahrscheinlich heute abend. Du wirst beim Abendessen an meiner Seite sitzen, und ich werde dich am Hof als meine Nachfolgerin einführen."

„Hübsch hast du dir das ausgedacht. Muß ich sonst noch etwas wissen?"

„Bringen wir erst einmal den heutigen Abend hinter uns. Der Rest ergibt sich von selbst. Sie werden sich herrschaftlich benehmen und dir nicht allzu viele Fragen stellen. Du mußt ja nichts Großartiges erzählen. Beweise ihnen, daß du ein unschuldiges, unwissendes Kind bist."

„Ich dachte immer, mir springt die Schläue aus den Augen."

„Das tut es auch. Behalte deine Krallen noch ein wenig bedeckt, bis du genügend Einfluß auf den König hast, daß dir keiner mehr schaden kann."

„Liebt er seine Frau, kann sie uns Schwierigkeiten machen?"

„Er wünscht, über ihr Tun unterrichtet zu werden, aber Liebe ist das glaube ich keine mehr. Sie springt von einem Lager zum nächsten, nur nicht mehr in seines. Von ihr haben wir das Geringste zu erwarten. Sie wird froh sein, wenn sie ihn los ist."

„Ich nehme an, sie weiß nicht, daß auch sie ihren Thron verlieren wird, wenn dieser Königliche stürzt."

„Nein, das weiß sie nicht. Es ist auch besser, wenn sie davon nichts erfährt, bis es soweit ist."

„Gut, und wer sind unsere Gegenspieler?"

„Nun ja, hier muß man zwischen Mitspielern und möglichen Gefahren unterscheiden. Ein Mitspieler ist Cruimh, der Königliche Berater. Er ist

ein niederer Wurm, der weiß, daß sich die Zeiten ändern, aber noch überlegt, in wessen Wind er seine Fahne hängt.
Dann ist da Arcán, der Kerl ist dumm wie es ein Mensch nur sein kann und der Anführer der Königlichen Garde. Er ist Brocs Leibwächter, ißt alles, was der König ißt und solche Sachen."
„Der kommt nicht gegen mich an. Wer noch?"
„Tja, da bleibt nur noch mein Freund Rabharta."
„Du hast Freunde?", fragte sie zweifelnd.
„Es kommt immer darauf an, wie man das Wort auslegt. Aber Rabharta steht mir von allen hier am nächsten. Er ist ein anständiger, treuergebener Mensch. Leider steht er mehr auf der Seite des Hochkönigs."
„Welche Macht hält er noch in seinen Händen, außer deinem Gewissen?"
„Alle Männer, die ein Schwert halten können, außer der Königlichen Garde. Sollte es Unruhen geben, könnten wir diese nur mit seiner Unterstützung niederringen. Außerdem vertraut ihm der Hochkönig."
„Ist er hübsch?"
„Eala, so einen Mann kann man nicht wie eine Spinne umgarnen. Dieser Mann hat Grundsätze, eiserne Grundsätze. Selbst wenn du ihn körperlich von dir abhängig machen würdest, du müßtest ihn töten. Er würde nie ein Verräter werden. Es sei denn ..."
„Es sei was, Tuan?"
„Es sei denn, wir überzeugen ihn davon, daß der neue Hochkönig ein besserer sein wird."
„Schön, und wie sollen wir das machen. Weder ich noch du kennen ihn. Sollen wir ihn hierher einladen?"
„Nein, aber vielleicht können wir Rabharta zeigen wie schlecht Broc ist."
„Das weiß er doch selbst. Treue ist keine Frage der Fähigkeiten des Königs, sondern der Treue zum Thron, gleichgültig, wer darauf sitzt. Ich werde mich um ihn kümmern."
„Ich bin sehr gespannt darauf, meine Liebe, sehr gespannt."
Mittlerweile waren sie vor Ealas neuer Kammer eingetroffen. Sie lag gegenüber Rabhartas Zimmer, hatte aber noch einen Raum angegliedert, der eine Art Badezimmer war. Tuan folgte Eala hinein und schloß die Tür. Im Raum stand ein großes Nachtlager, das sicher für zwei gedacht war. Ansonsten war er eher spärlich eingerichtet.
„Ich werde dir warmes Wasser bringen lassen. Dann kannst du dich waschen und für den Abend ankleiden. Möchtest du eine Zofe?"

„Steht einer angehenden Hochdruidin eine zu?“
„Gut, keine Zofe. Denk daran, du bist keine Frau vom Hof. Ich wünsche, daß du dich kleidest wie eine Priesterin und nicht wie eine Hure. Verhalte dich unauffällig und bescheiden.“
„Was glaubst du, haben sie mir dort oben beigebracht? Sich unmöglich zu benehmen und rumzuhuren? Sei vorsichtig, Tuan! Reize mich nicht. Ich habe mich verändert. Beide sind wir jetzt mächtig, aber ich habe Macht über die Seele der Menschen, während du nur Macht hast über ihre Körper. Ich bin die Schattenbringerin, und ich habe in erster Linie meiner Herrin zu gehorchen, so wie du auch. Sage mir daher nicht, was ich zu tun und zu lassen habe, denn ich habe genaue Befehle.“
„Verzeih mir. Ich wollte dir nicht zu nahe treten. Sicherlich weiß ich das alles, es ist nur ungewohnt, dich so zu sehen, hart und kalt.“
„So ist es nun einmal. Ich gebe den Menschen nur das zurück, was sie mir während meines kurzen Lebens bei ihnen an Gefühlen haben zukommen lassen. Ich möchte jetzt gern allein sein und mich für heute abend zurecht machen.“
„Ja, ich hole dich dann zum Essen ab.“
Der alte Mann öffnete die Tür und blickte noch einmal zurück. Ihre grünen Augen durchbohrten ihn. Als er die Tür von außen geschlossen hatte, atmete er tief ein und aus. Wie sehr sie sich verändert hatte. Sie hatte auf seinem Schoß gesessen, als sie noch nicht einmal laufen konnte. Hatte mit ihm gelacht und gespielt. Sie war die Frucht einer Beltainè-Nacht, und tatsächlich schien die Göttin in ihrem Herzen zu sein.
Obwohl die Winterkinder immer schwächlicher waren als die im Sommer Geborenen, hatte sie eine Kraft und einen eisernen Willen, wie er ihn nur bei wenigen Menschen gesehen hatte. Ihre arme Mutter konnte sie kaum bändigen. In ihrem sechsten Sommer brachte sie die Kleine zu der Hohepriesterin ihres Dorfes. Die entschied, das Kind zum Berg der Alten Bärin zu bringen. Wenn diese das Würmchen aufnahm, gut, wenn nicht, würden sie es Zieheltern geben. Ihre zierliche, sanfte Mutter war diesem Wirbelwind einfach nicht mehr gewachsen. Als Tuan sie das nächste Mal besuchte, war Eala schon nicht mehr bei ihrer Mutter.
Dann hatte er jahrelang nichts mehr von ihr gehört. Eines nachts hatte er ihr Gesicht jedoch ganz klar vor sich gesehen und die Stimme der Alten gehört.

Seit jener Nacht erwartete er ihre Ankunft. So hatte er es sich jedoch nicht vorgestellt. Er mochte es nicht, wenn er einer Frau die Führung überlassen mußte. Aber alle Schattenbringerinnen waren Frauen. Das Alte Wort sagte, wenn allein Frauen Leben geben, dann haben auch nur Frauen das Recht, dieses zu nehmen. Und wie schön sie war. Gerne hätte er sie für sich gehabt, aber diesen Stolz konnte er nicht mehr brechen. Was war er doch für ein alter, grauer Wolf geworden. Wer weiß, wie seine Zukunft aussah.
Müde machte er sich auf zu seiner Hütte. Er durchquerte gerade den Mannschaftsraum, als er Rabharta begegnete. Sein rotes Haar hing ihm in wilden Zotteln ins Gesicht.
„Sei mir gegrüßt, mein alter Freund. Wie geht es dir?"
„Gut, Tuan, gut. Wer war die Frau, die du vorhin bei dir hattest?"
„Welche Frau?"
„Bitte, Tuan. Glaubst du wirklich, daß du deine Spiele unter meinen Augen treiben kannst, ohne daß ich es sehe. Vergiß nie, ich sehe, ohne zu sehen."
„Gut, gut, gut. Das ist die Frau, derentwegen ich dich angesprochen hatte."
„Ach, sie bekommt so ohne weiteres ein Zimmer hier bei meinen Männern? Glaubst du nicht, daß das etwas Verwirrung in ihre ohnehin schon verwirrten Köpfe bringt? Vielleicht ist ihr dieser männliche Andrang gar nicht recht."
„Darüber mach dir keine Sorgen. Heute abend wird es ein kleines Fest geben. Ich werde sie dem König vorstellen, und ich erwarte dabei deine Unterstützung."
„Was für ein kleines Fest?"
„Ich werde sie als meine Nachfolgerin vorstellen."
„Gut geplant, mein Freund. Dann sehen wir uns ja heute abend. Ich werde mich dann erst einmal frisch machen, wenn wir so wichtigen Besuch haben."
Der Hauptmann wandte sich ab und ging auf sein Zimmer zu. Er hatte es gerade erreicht, als er sich noch einmal umdrehte.
„Ach und Tuan! Das nächste Mal wüßte ich es gerne von dir selbst, wenn fremde Frauen in meiner Burg einkehren und ein Zimmer mir gegenüber erhalten."
Der alte Mann ging weiter seines Weges und murmelte ein ‚meiner Burg?' vor sich hin.

Die Zeit bis zum Essen verging schnell für Eala. Sie hatte gebadet, ihr Haar gewaschen und es zu einem Zopf geflochten, den sie dann zu einem Kranz aufsteckte. Sie würde ein nachtblaues, sehr enganliegendes, hochgeschlossenes Kleid, das ab der Hüfte glockig wurde, zum Essen tragen. Es würde nichts hervorheben, außer ihrer makellosen Figur, und nichts verbergen. Die Schattenbringerin trug keinen Schmuck und schminkte sich nicht. Sie hätte beides auch nicht nötig gehabt.

Schließlich kam Tuan, um sie abzuholen. Er staunte nicht schlecht, als er die junge, hübsche Frau sah. Es wollte ihm einfach nicht in den Kopf, wie jemand so schön sein konnte und doch den Tod einem Leben in diesem Leib vorzog.

Sie hakte sich bei ihm ein.

„Du siehst sehr gut aus, Mädchen. Ich schätze, die Aufmerksamkeit des Königs wird dir sicher sein."

„Das hoffe ich. Ich mache dieses Verkleidungsspielchen ja nicht zum Spaß mit. Ab morgen werde ich mich wieder kleiden, wie es sich für eine Priesterin geziemt. Werden alle da sein, die du mir vorhin aufgezählt hast?"

„Ja, du wirst zwischen mir und Rabharta sitzen. So können deine und meine Augen ihn beobachten. Wir werden in der Nähe des Königs sitzen, aber nicht neben ihm. Diesen Platz mußt du dir ganz alleine erkämpfen. Dann laß uns mal gehen."

Sie atmeten beide tief durch und betraten dann die große Festhalle. Überall knisterten die Herdfeuer und spendeten Wärme. An der Tafel des Königs waren noch zwei Plätze frei. Mit Absicht hatten die beiden abgewartet, bis die Halle gefüllt war. Jetzt konnten sie auf einen Blick alle Leute am Hof sehen und wurden mit Bestimmtheit auch gesehen.

Neun Personen saßen an der Tafel des Königs, von denen Tuan alle bis auf einen kurzgeschorenen Fremden kannte. Rechts neben dem Herrscher saß sein Weib und neben ihr der Wurm Cruimh. Rabh, der alte Fuchs, hatte seinen treuen Freund Measartha neben ihn setzen lassen. Doch wer der Fremde neben ihm war, wußte Tuan nicht. Links von Broc saß Arcán, der Führer der Königlichen Garde. Neben ihm saß zu seinem eigenen Leidwesen Rabharta.

Ein fröhliches Treiben herrschte in der Halle. Musikanten spielten auf, und anmutige Frauen tanzten um die Bänke und trieben mit den Männern und Frauen des Hofes ihren Schabernack.

Doch als Tuan und Eala die ersten Bankreihen hinter sich gebracht hatten, gehörte ihnen die alleinige Aufmerksamkeit. Selbst der König starrte sie an. Sie gelangten schnell zu ihren Plätzen. Jeder machte ihnen Platz und war darauf bedacht, ihnen nicht im Weg zu stehen.
Tuan wandte sich hinter Ealas Rücken Rabharta zu.
„Das ist Eala, die Frau, von der ich dir erzählt habe. Behandle sie mit Achtung, auch wenn du anders über sie denkst als ich. Denk daran, sie ist meine Nachfolgerin. Vergiß das nicht!"
„Nein, das werde ich nicht."
Rabharta war voller Freude. Zu seiner Linken saß ein Trottel und zu seiner Rechten eine geheimnisvolle Fremde, die seinen König vom Thron stürzen wollte, und er sollte freundlich daherplaudern, als wäre alles in wunderbarster Ordnung. Er wollte herausbekommen, welches Geheimnis sich hinter solcher Schönheit verbarg und sprach Eala an.
„Seid willkommen, schöne Frau. Wie ich hörte, kommt ihr aus dem Norden und habt eine lange Reise hinter euch."
Ein gefährliches Blitzen aus ihren grünen Augen traf ihn.
„Danke für euren Willkommensgruß. Wie kommt ihr denn darauf, daß ich aus dem Norden komme?"
„Oh, das war nur so ein Gedanke. Die meisten großen Druidinnen kommen doch aus dem Norden, oder nicht?"
Ein honigsüßes Lächeln glitt über ihre Wangen.
„Das ist wahr. Mein Name ist Eala, und wer seid ihr?"
„Ich bin Rabharta, der Hauptmann des Königs."
„Und wer ist der verfressene Kerl neben euch?"
„Das ist Arcán, der Führer der Königlichen Garde. Und der Herr nebenan, dem eure Aufmerksamkeit gilt, ist unser aller Hochkönig Broc mac Cíocras nebst Gattin."
„Was heißt, dem meine Aufmerksamkeit gilt?"
„Wenn ihr Hochdruidin werden wollt, müßt ihr euch doch auch mit unserem Hochkönig befassen, oder?"
„Oh, sicherlich werde ich das tun."
Der Herrin sei Dank wurden gerade wieder einmal die feinsten Speisen gebracht, so daß man das Gespräch unterbrechen mußte. Rabharta aß nur wenig, beobachtete er doch lieber sein Umfeld. Vor allem den Fremden am anderen Ende der Tafel.
„Sag, Arcán, wer ist der Mann auf der anderen Seite?"

„Welcher?“
„Dreimal darfst du raten? Der neben Measartha.“
„Ach der, er kam heute morgen an. Muß ziemlich weit und schnell gereist sein, so wie sein Pferd aussah. Gegen Mittag brachte ihn Cruimh zu mir, mit der Bitte, ihn in die Königliche Garde aufzunehmen. Scheint wohl ein Verwandter von ihm zu sein.“
„Ähnlich sehen sich die beiden nicht gerade. Vielleicht ist es ja auch eher eine Seelenverwandtschaft.“
„Genau. Ist aber ein anständiger Kerl und reich muß er auch sein. Er hat nämlich zwei Diener. Finstere Käuze sind das.“
„Woher kommt er denn?“
„Das hat er mir nicht gesagt. Ich weiß nur, daß er über ganz besondere Verbindungen verfügen muß. Er konnte Cruimh nämlich in einer dringenden Angelegenheit sehr helfen.“
„Und in welcher?“
„Das weiß ich doch nicht.“
„Und wie heißt der Kerl.“
„Siorc mac Drochobair. Seltsamer Name, was? Aber schließlich geben wir uns unsere Namen ja nicht selbst.“
„Richtig, Arcán, richtig.“
Zu gerne hätte Rabharta gewußt, welcher Vogel ihm dieses merkwürdige Ei ins Nest gelegt hatte, aber das würde er schon rausfinden.

Noch lange ist das Schwert
nicht gefunden,
und viele Gefahren
lauern noch auf den Wegen
von Amhrán und Solasard.

Ihre Abenteuer in
der Alten Welt Erius
gehen weiter.

Anhang

Namen, Aussprache, Bedeutung

Name	Aussprache	Bedeutung
Aed mac Graine	Ed mac Gráin	Feuer, Sohn der Sonne
Altán	Eltan	Schlucht
Amadán	Emaden	Narr
Amhrán	Aura	Lied
Arannan	Aranan	Zur Insel Aran gehörig
Arcán	Erkan	Ferkel
Athraigh	Eri	Wechsler
Báistigh	Basti	Regen
Banba	Banba	Irland
Bás	Bás	Tod
Bó	Bo	Kuh
Bran	Bren	Der Gesegnete
Bregon	Bregen	Kleiner Schuh
Broc mac Cíocras	Broc mac Kikras	Dachs, Sohn der Gier
Caitín	Kétin	Kätzchen (Weidenblüte)
Camchéachta	Camtschachta	Großer Bär
Carmann	Karman	Garten
Carraig	Kerag	Fels
Cian	Kian	Alter
Cioná	Kina	Stern
Cláirseach	Klersasch	Harfe
Cluannair	Kluanarja	Schmeichler
Colpan	Colpen	Taube
Cormac mac Art	Cormec mac Art	Cormec, Sohn des Art
Crónachan	Crónachan	Dämmerung
Cruimh	Kriv	Made
Crunnchu	Crunschu	
Cúchulainn	Kuchulin	Held
Dair	Derj	Eiche
Dallóg	Dallog	Blind
Danu	Danu	Muttergöttin

Name	Aussprache	Bedeutung
Deirdre	Dirdri	Die Toberin
Dermit mac Cécht	Dermet mac Checht	Sohn der Pflugschar
Diarmaid mac Duibhne	Dermet	Der Neidlose
Dragan	Dregan	Drache
Dreoilín	Drolin	Zaunkönig
Dúghorm mac Bradán	Dujoram mac Bredan	Blau, Sohn des Lachses
Eala	Ela	Schwan
Eas	Es	Wasserfall
Éber	Eber	Der Blonde
Eire	Erá	Irland
Eite	Etja	Flügel
Emergin	Emergin	Weißknie
Eochu mac Ercs	Echin mac Ercs	Sohn des Himmels
Brémón	Ermen	Der Pflüger
Ermit mac Cuill	Ormit mac Cwil	Sohn der Hasel
Ethniu	Enju	Kleines Feuer
Faolchú	Filcha	Wildhund
Fas	Fas	Wachsen
Fia	Fja	Reh
Fiagai	Fjagi	Jäger
Fiántas	Fiantas	Wildheit
Fimíneacht	Fiminasch	Heuchler
Fionn mac Cumhail	Fjon mac Cúal	Weiß, Sohn der Sklavin
Fodla	Fodla	Irland
Gaoth	Gi	Wind
Gealán	Galán	Schimmer
Glaslasair	Glasláser	Grüne Flamme
Gleannglas	Glenglas	Grünes Tal
Goleudydd	Goleudid	Glänzender Tag (walisisch)
Gormeala	Goramela	Blauer Schwan
Grainne	Grain	Sonne
Grian	Grian	Sonne
Iolaranam	Iolaranam	Adlerseele
Ir	Ir	Spanischer Name
Íth	It	Durst

Name	Aussprache	Bedeutung
Lasair	Lasair	Flamme
Lá	La	Tag
Leoithne	Lonja	Leichte Brise
Luan	Luen	Der Wolf
Madhra	Medra	Hund
Maghnis	Menis	Groß
Máthair	Metair	Mutter
Measartha	Mesarha	Der Maßvolle
Míl	Mil	Spanischer Name
Misnéachard	Mischnachard	Der Große Edle
Neamhní	Nevni	Nichts
Oighrigh	Airi	Eis
Rabharta	Raurta	Springflut
Réalta	Ralta	Stern
Rhiannon	Riánnen	walisische Pferdegöttin
Sadv	Sadv	Alte Rehgöttin
Saileach	Seljach	Weide
Sáile	Salja	Salzwasser
Scathcrobh	Skacrov	Schattenhand
Scota	Shcota	Die Irin
Seabhaceo	Shauko	Nebelfalke
Shem	Shem	Gott schützt dich
Síochanta	Sishanta	Die Friedvolle
Sionnach	Shinach	Füchsin
Siorc mac Drochobair	Shirk mac Droschobar	Hai, Sohn des Unheils
Sliabhan	Shliaban	Weißer Berg
Solasard mac Annir	Solasard mac Enir	Großes Licht, Sohn des Mädchens
Spíon	Spin	Dorn
Súil	Sul	Auge
Tailte	Telte	Die Wohlgeformte
Taliesin	Taliesin	Seeburg
Tarbh	Tarew	Stier
Teanga	Tjenga	Zunge
Thorson	Thorson	Hammer
Tiné	Tjinja	Feuer
Tuan	Twon	Ganzheit

Keltische Begriffe und ihre Bedeutung

Almhuin — Weiße Burg Fionn mac Cumhails bei Kildare

Beltainè — (gespr. Beltäin)
Bel - Beal (Fruchtbarkeitsgöttin), tine - (Feuer)
Beltainè ist eines der vier größten inselkeltischen Jahreszeitenfeste und wird am 1. Mai gefeiert, an dem die Zeit des Überflusses anbricht. Dieser Tag ist der Auftakt für die Sommerzeit. An ihm wird das Vieh zwischen zwei Feuern hindurchgetrieben, um es vor Krankheiten zu schützen, und der Hochkönig hält Gericht. Beltainè hat keine konkrete christliche Entsprechung.

Bracca — Hose

cenn-fine — Die irische Gesellschaft bestand aus vielen Tuathas (Völkern), die sich einem König (rí) unterordneten. Ein Tuath wiederum gliederte sich in verschiedene fines (Clans), die zum Teil bis in die fünfte Generation zusammenlebten. Der cenn-fine, das Familienoberhaupt, ist meistens das älteste Mitglied der Familie.

Cerviden — Sagengestalt, Hirsch mit Menschenoberkörper

Comoír — (gespr. Komor)
Versammlung des Volkes im Zelt des Königlichen Paares von Tir na Samradh, Andere Welt.

Connla — In der irischen Mythologie ein Riese, der aus Lehm das Leben auf der Erde nach den Sternenbildern formte, damit die Große Mutter ihnen Leben einhauchen konnte.
Er ist der Hüter des Brunnens der Weisheit.

Coven — Glaubensgemeinde, die in einer verlassenen Gegend zusammenlebt. Jene, die sich für diesen Weg entschieden haben, versorgen sich selbst und haben kaum Kontakt zur Außenwelt.

curad-mír Das Heldenstück (meist die Keule vom Schwein).
Das beste Stück Fleisch wurde stets dem tapfersten Krieger zugeteilt, der damit als großer Held anerkannt wurde. Diese religiöse Auszeichnung brachte einen Menschen den Göttern näher. Zuweilen galt der curad-mír in Zeiten des Friedens auch als Auszeichnung des Hochkönigs.

Dagda Identisch mit Eochaid Ollathair. Sein Hauptname weist den Stamm des indoeuropäischen Wortes für Pferd auf, was ihn als einen Sonnengott kenntlich macht.
Ollathair bedeutet Allvater. Er ist der Herr über die inselkeltische Andere Welt. Er ist der schöpferische Gott, der gemeinsam mit der Großen Mutter Leben schafft. Er erneuert und erhält fortwährend den Kosmos.

Druide Das Wort "Druide" bezeichnet die Priesterklasse in ihrer Gesamtheit, ohne sich auf eine besondere Kategorie wie Priester, Philosoph, Magier, Dichter, Musiker, Hellseher, Astrologe, Astronom, Arzt usw. festzulegen. Durch die Achtung vor den Göttern wird er zum Priester berufen und ist Bewahrer des Wissens und der Weisheit, Diener des Glaubens und Hüter der Tradition.
Der Druide ist Mittler zwischen den Göttern und den Menschen, deren Vertreter der König ist.

Falias Eine der vier magischen Städte der Tuatha de Danaan, von der sie als Schatz den Lia Fál, den Königsstein, mit nach Eriu brachten. Die Städte werden in Griechenland oder was wahrscheinlicher ist in Afrika vermutet. Sie waren Orte einer alten Hochkultur.

Fianna Kampfverband zum Schutze des Reiches. Herausgebildet aus männlichen Jugendlichen, deren Eltern zu arm waren, um diese zu ernähren. Später offizieller Kampfverband unter der Herrschaft des Fionn mac Cumhail. Sie zogen ein halbes Jahr übers Land und lebten den Rest des Jahres am Hofe des Königs. Nach der Auflösung durch Broc bestand die Fianna nur im Untergrund. Iolaranam hat die Splittergruppen wieder vereint, zu denen jetzt auch Frauen gehörten.

Findias — Eine der vier magischen Städte der Tuatha de Danaan, von der sie als Schatz Nuadas tödliches Schwert, vor dem niemand entkommt, mitbrachten. Die Städte werden in Griechenland oder was wahrscheinlicher ist in Afrika vermutet. Sie waren Orte einer alten Hochkultur.

Fir Bolg — Die Fir Bolg gehören zur vierten Einwanderungswelle und teilen sich mit den Tuatha de Danaan die Vorfahren. Sie waren ein Volk von Kriegern.

Formorer — Die Formorer lebten schon vor der zweiten Einwanderungswelle in Irland. Sie stellen die Kräfte des Chaos dar, die sich der Ordnung widersetzen. Sie wirken als gesichtslose Masse, die gelegentlich auch mit Ziegenköpfen dargestellt wird. Sie sind einäugig, einbeinig oder auch einarmig.

Geís (Sing.)
Gessa (Pl.) — (gespr. gesh)
Ein Geís ist ein Ge- oder Verbot, das eine negative oder positive Verpflichtung darstellt, die bindend ist.
Man unterscheidet Gessa, die sich nach Glücks- und Unglückstagen richten, andere tabuisieren wirkliche Gefahrenquellen, wiederum andere haben einen vorwiegend rituellen Charakter, bei dem es darum geht, sich einer Pflicht oder Aufgabe fortwährend bewußt zu werden.

Gilla — Position bei den Fianna, deren Zuständigkeit es ist, für Unterkunft und Nahrung zu sorgen und gegebenenfalls auch die Umgebung auszukundschaften.

Gorias — Eine der vier magischen Städte der Tuatha de Dannan, von der sie als Schatz Lughs unfehlbaren Speer nach Eriu brachten. Die Städte werden in Griechenland oder was wahrscheinlicher ist in Afrika vermutet. Sie waren Orte einer alten Hochkultur.

Grianán — (gespr. Grianen)
Sommerhaus oder Sommerzelt, Ort der Versammlung der Sidhi in Tir na Samradh, Sitz der Königlichen Familie.

Imbolc Eines der vier größten inselkeltischen Jahreszeitenfeste, das am 1. Februar gefeiert wird. Imbolc ist die Verabschiedung des Winters, die durch die Reinigung der Seele und auch des Hauses den Göttern zu Ehren vollzogen wird. Dieses Fest findet seine christliche Entsprechung in Christi Erscheinung.

Lochaber Zweischneidige, riesige Axt

Lough (gespr. Loch)
See

Lugh Lugh - der Helle, der Scheinende
Lugh ist ein irischer Sonnengott, der von den beiden großen Urvölkern Irlands, den Formorern und den Tuatha de Danaan, abstammt. Nach ihm ist das große Jahreszeitenfest Lughnasadh benannt, das Fest der Ernte.

Lughnasadh Eines der vier größten inselkeltischen Jahreszeiten-Feste, das am 1. August gefeiert wird. Lughnasadh war die Beschwörung an die Götter, die Ernte vor Unheil zu bewahren. Mißernten brachten unweigerlich Hungersnot und Tod. Dieses Fest findet seine christliche Entsprechung im Erntedankfest.

Macha Irische Muttergöttin, die zur Kriegsgöttin wurde und zur Triade der Morríghan gehört. Ihr Totemtier ist das Pferd.

Mag Tured Ort, an dem zwei Schlachten stattfanden. In der ersten Schlacht besiegten die Tuatha de Danaan die Fir Bolg und wanderten in Irland ein. Mit der zweiten Schlacht festigten sie ihre Herrschaft, indem sie eine neue Ordnung schafften, die die drei folgenden Stände widerspiegelten: Druiden- und Königtum, Krieger und Bauern.

Manannán mac Lyr Meeresgott und Hochkönig der Tuatha de Danaan, nachdem sie sich in die Andere Welt zurückgezogen hatten. Er lebt auf der Insel Emain Avalach (Insel der Apfelbäume), von wo aus er sich auf Tir Tairngire um die abgeschiedenen Götter kümmert. Er umhüllt sie mit einem Mantel, der sie unsichtbar macht, und richtet ihre Festmähler aus, die sie vor Alter und Verfall schützen. Schweine, die er abends schlachtet, stehen am nächsten Tag wieder unverletzt in ihren Ställen.

Míleser — Volk der letzten Invasion, die über Irland einbrach. Der Sage nach sollen diese von Ägypten über Kreta nach Spanien gelangt sein. Von dort setzten sie ihren Weg nach Irland fort, wo sie wieder seßhaft wurden und die göttlichen Ureinwohner (Tuatha de Danaan) in die Andere Welt vertrieben.

Morríghan — Irische Souveränitätsgöttin, Teil der Triade Macha, Bodbh und Morríghan. Sie stellt die größte negative irische Muttergöttin dar, eine Kriegsgöttin.
Die starke Betonung der Muttergöttin findet hier ihr Gegenstück im Konzept des unzerstörbaren Lebenskreislaufes, das den Tod als zurückgestautes Leben auffaßt, dem die Muttergottheit mit Hilfe des schöpferischen, zeugenden Gottes der Anderen Welt neue, individuelle Formen gibt.

Murias — Eine der vier magischen Städte der Tuatha de Danaan, von der sie als Schatz Dagdas Kessel, der "Niemals trocken" heißt, mitbrachten. Die Städte werden in Griechenland, oder was wahrscheinlicher ist in Afrika vermutet. Sie waren Orte einer alten Hochkultur.

Nuada — König der Tuatha de Danaan als diese in Irland einwanderten, zeitweise wurde er von Lugh vertreten, da ihm während einer Schlacht ein Arm abgeschlagen worden war und daher die innere und äußere Vollkommenheit des Königs und seiner Macht nicht mehr gewährleistet werden konnte.

Samhain — (gespr. Sáu(w)en)
Sam - Sommer, hain - Ende
Samhain ist eines der vier größten inselkeltischen Jahreszeitenfeste und wird am 1. November gefeiert. Diese Nacht und der darauffolgende Tag kennzeichnen den Beginn des Winterhalbjahres. Bis zu diesem Datum muß das Vieh von den Sommerweiden zurück sein, überzählige Tiere werden als Wintervorrat geschlachtet, Tribute und Abgaben müssen bezahlt sein. Das Leben in den nächsten Monaten spielt sich nun überwiegend im Haus ab. Die Zeit des Geschichtenerzählens beginnt.

Dieses Fest findet seine christliche Entsprechung in Allerheiligen.

Shire — (gespr. Sheier)
Größtes Kaltblutpferd der Welt

Sidhé — (gespr. Shi)
sid - der Erdhügel
Der oder die Sidhé (Singular), die Sidhi (Plural), deren Bewohner. Ursprünglich das göttliche Volk der Tuatha de Danaan, das von den Mílesern unter die Erde in die sogenannten Erdhügel oder auch sid vertrieben worden ist. Im irischen Volksglauben wurden diese zu Elben (Sidhi).

Tara — Hügel zwischen Naven und Trim mit herrlichem Rundblick. Sitz des Lia Fál, dem Symbol der Königsherrschaft, Grabhügel der Muttergöttin Tea. Hochburg der irischen Hochkönige. Sitz der weltlichen Macht.

Torques — Fester, zumeist goldener oder bronzener Halsring mit einer Öffnung. Der Torques ist Symbol der Macht, der Verehrung und des Schutzes. Ursprünglich wurde er von Göttern, Helden, Kriegern, Fürstinnen und Fürsten getragen. Anfangs war er Ausdrucks des weiblichen, zyklischen Prinzips und der Großen Mutter geweiht. Dann wurde er für die Krieger zum Zeichen der männlichen Macht und des Helden gemacht. Torques waren beliebte Dankesgaben für die Götter. Ein geschlossener Torques zeigte an, daß dessen Träger ein Sklave war.

Tuatha de Danaan — Das Volk der Göttin Danu führte die vorletzte der mythologischen Invasionen Irlands durch. Laut der Sage sollen sie aus dem Norden bzw. aus Griechenland zur Insel gelangt sein. Obwohl sie einen gemeinsamen Stammesvater in Nemed hatten, bekriegten sie sich mit den Fir Bolg. Die erste Schlacht wurde durch einen Kompromiß beendet, in der zweiten schlugen die Tuatha de Danaan die Fir Bolg, wurden aber dann später von den Mílesern in die Sidhi (Erdhügel – Unterwelt) verbannt.

Ulate — Einwohner von Ulster

Erius Völker

Formorer

Die Formorer sind die Urbevölkerung Erius. Sie sind noch unfertig, wild, ohne Geist und Richtung. Kulturell stehen die Formorer für das Chaos der Masse, für die Ansammlung aller Möglichkeiten der Schöpfung und ihrer Fortentwicklung zum Einzelnen in seiner gesamten Mannigfaltigkeit.

Nemeds Volk

Nemeds Volk ist ursprünglich vom Schwarzen Meer aus aufgebrochen, um Eriu zu erobern. Sie lebten mit den Formorern friedlich zusammen, bis ihr Anführer Nemed starb und sie nach einem Aufstand wegen zu hohen Tributes von der Insel flüchten mußten. Eine Gruppe der Flüchtlinge ging in den Vorderen Orient nach Nordsyrien, eine andere kehrte zu ihren Wurzeln zurück.

Fir Bolg

Die Fir Bolg gehen zurück auf Nemeds Volk, das sich vom Schwarzen Meer aufgemacht hatte, Eriu zu erobern. Von den Formorern nach einem Aufstand besiegt und nun führerlos, teilte sich das Volk. Eine Gruppe entschwand in den Norden Syriens, eine andere kehrte zu ihren Ursprüngen zurück, um als Fir Bolg wieder nach Eriu aufzubrechen. Dort angekommen verbündeten sie sich mit den Fomorern und lebten in einer friedlichen Gemeinschaft.
Kulturell betrachtet sind die Fir Bolg Ordnungsbringer. Sie sind zielstrebig, ein Volk der Tat, die der Insel die Monarchie und ihre Herrschaftsregeln und so der weltlichen Macht Form und Rahmen gaben.

Tuatha de Danaan oder Hochelben oder Sidhi oder Großes Volk

Wie auch die Fir Bolg gehen die Tuatha de Danaan auf Nemeds Volk zurück, das vom Schwarzen Meer aufbrach, um Eriu zu erobern. Nach der Niederlage durch die Formorer flüchteten sie in den Mittleren Orient. Dort vermischten sie sich mit der ansässigen Bevölkerung und nahmen viele

kulturelle Einflüsse auf. Sie wandelten sich und wurden Hüter von Weisheit und Wissen, ein Volk des Geistes. Nach Jahren in der Verbannung kehrten sie nach Eriu zurück und wurden die Tuatha de Danaan, das Volk der Göttin Danu. Die Menschen nennen sie Elben oder die Hochelben, das Große Volk oder auch die Sidhi.
Sie sind die Kulturbringer Erius, stehen für die sakrale Macht, den Glauben an die Götter und den Zauber der ihnen eigenen Magie. Die Tuatha de Danaan sind unsterblich, es sei denn, sie entscheiden sich zu sterben oder werden getötet. Nachdem sie von den Mílesern besiegt wurden, gingen sie in Erdhügel, sogenannte Sidhi und nannten sich selbst danach Sidhi. Aus dieser Welt kehren sie immer wieder in die Alte Welt zurück, um dort nach dem Rechten zu sehen.

Waldelben

Auch die Waldelben gehen zurück auf die Tuatha de Danaan. Doch im Gegensatz zu den Hochelben entschieden sie sich nicht dafür in die Andere Welt zu gehen, sondern blieben in ihrer Alten Welt, die sie als ihre Heimat bezeichnen. Sie gingen mit den Bäumen eine Verbindung ein, die den Bäumen ein schier unendliches Alter schenkte und die Waldelben vor den neugierigen Augen der Menschen schützte.
Tagsüber nahmen die sie die Gestalt ihres Seelenbaumes an, um nachts wieder in ihrer eigenen Elbengestalt über die Erde zu eilen, als deren Hüter sie sich betrachten.

Kleines Volk

Lange Zeit lebten die Waldelben und die Menschen unbemerkt nebeneinander und doch gab es immer wieder Begegnungen, Verbindungen der beiden Völker, die nicht ohne Folgen blieben. Erst nur klein wuchs diese Gemeinschaft und gründete ein neues Volk, das Kleine Volk, das in Waldstädten lebt. Gemeinsam mit den Waldelben machten sie es sich zur Aufgabe, ihre Welt zu schützen und zu hüten. So wurden sie einander Augen und Ohren und hielten die Wacht über die Geschehnisse der Insel.

Itsasibela

Die Itsasibela atmen den Geist des Orients, gemeinsam mit den Tuatha de Danaan kamen sie nach Eriu. Dort verbanden sie sich mit den ältesten

Blutlinien, den Fomorern. Sie tragen die ganze Geschichte dieser Insel in ihrem Blut. Die Itsasibelas finden sich in jedem Volk der Insel wieder, doch eher schlafend, bis diese Seite einmal erweckt, sie voll erkenntnisfähig macht.

Götter

Die meisten Götter Erius gehen zurück auf die Tuatha de Danaan. Wie diese sind sie unsterblich, können aber immer wieder und in jeder beliebigen Lebensform auftreten. Erius Götter stehen vor allem für ihre Lebensfreude, selbst wenn sie als Schicksalsgötter auch den Tod bringen. Sie tanzen einen Reigen aus der kosmischen Vielfältigkeit, der sich durch alle Welten zieht.

Siofra

Die Siofra sind die andere Seite der Tuatha de Danaan. Nicht wie die Itsasibela durch die Kraft des Geistes gezähmt, verkörpern sie eine fast unkontrollierbare Kraft des kosmischen Chaos. Sie sind einäugig, einarmig, richten aber in der Masse unbeschreiblichen Schaden an. Sie sind die Gewalt, die das Tabula rasa lebt, damit das Neue, das Andere aus dem Schatten ins Licht treten kann.

Míleser

Mit den Mílesern betraten die ersten Menschen Eriu. Von Ägypten aus über Kreta nach Sizilien und von dort nach Spanien fanden sie den Weg in ihre neue Heimat. Waren die Tuatha de Danaan Kulturbringer, so schenkten die Míleser Eriu das Handwerk, die Möglichkeit für ein Volk zu überleben. Langhornrinder und deren Zucht, Windhunde, aus denen die Wolfshunde für die Jagd hervorgingen, die Verhüttung von Eisen und Silber sind nur einige Beispiele. Die Míleser sind Krieger, Eroberer, die mit Kraft Land einnehmen, um ihre Wurzeln darin zu versenken und auf immer dort zu bleiben.

Mearas

Aus einer mehr als engen Freundschaft zwischen Mensch und Pferd erwuchs diese einzigartige Rasse. Ein Wesen, das die andere Art so sehr liebt, daß sie diese völlig in sich aufnimmt und selbst entscheidet, wann welche Form in Erscheinung tritt. Einer Diener und Beschützer des anderen und dessen, dem er sich verpflichtet fühlt.

Zwerge

Nur wenige Zwerge fanden einen meist beschwerlichen Weg nach Eriu. Sie sind menschenähnliche, kleinwüchsige Wanderer, die sich aus der Heimat Thule aufgemacht haben, die einmalige Schmiedekunst Erius zu erlernen. Die Zwerge sind ein freundliches und gleichzeitig auch eigensinniges und zähes Volk, hilfsbereit, aber auch geheimniskrämerisch, wenn sie glauben, sich schützen zu müssen.

Die verschiedenen Gruppen

Inis-Diomain

Taliesin
(Druide)

Goleudydd
(Hohepriesterin)

Carraig
(cenn-fine Oberhaupt des Familienclans)
verheiratet mit
Tiné

Néal
(Carraigs Schwester)

Shem
(Schmied)
ehemals verheiratet mit Cloigín

Teanga
(Sohn)
verheiratet mit Leoithne

Amadán
(Sohn)

Dreoilín
(Sohn)

Solasard
(Pflegesohn)

Amhrán
(Tochter)

Tarbh

Fianna

Gleannglas
(Gilla/Kundschafter)

Sliabhan
(Gilla/Kundschafter)

Iolaranam
(Anführer)

Camchéachta
(Ratgeber)

Dúghorm
(Ratgeber)

Oighrigh

Síonnach

Cioná
(Heilerin)

Glaslasair

Crónachan

Gormeala

Seabhaceo

Tara

Tuan
(Ard drui/Hochdruide)

Broc mac Cíocras
(Ard ri/Hochkönig)

Réalta
(Hochkönigin)

Cruimh
(Zwerg/Königlicher Berater)

Rabharta
(Erster Hauptmann des Hochkönigs/ Befehlshaber über das Heer)

Arcán
(Anführer der Königlichen Garde/ Leibwächter des Hochkönigs)

Eala
(Die Schattenbringerin)

Der keltische Baumkalender

Duir

(Eiche 10.06. - 07.07.)

○	1	2	3	4	5	6	7
☾	8	9	10	11	12	13	14
●	15	16	17	18	19	20	21
☽	22	23	24	25	26	27	28

13.06. Sommer-sonnenwende

Tinne

(Steineiche 08.07. - 04.08.)

○	1	2	3	4	5	6	7
☾	8	9	10	11	12	13	14
●	15	16	17	18	19	20	21
☽	22	23	24	25	26	27	28

02.08. Lughnasad

Coll

(Haselnuß 05.08. - 01.09.)

○	1	2	3	4	5	6	7
☾	8	9	10	11	12	13	14
●	15	16	17	18	19	20	21
☽	22	23	24	25	26	27	28

Muin

(Weinrebe 02.09. - 29.09.)

○	1	2	3	4	5	6	7
☾	8	9	10	11	12	13	14
●	15	16	17	18	19	20	21
☽	22	23	24	25	26	27	28

23.09. Herbst-Tag und nachtgleiche

Gort

(Efeu 30.09. - 27.10.)

○	1	2	3	4	5	6	7
☾	8	9	10	11	12	13	14
●	15	16	17	18	19	20	21
☽	22	23	24	25	26	27	28

Ngetal

(Schilfrohr 28.10. - 23.11.)

○	1	2	3	4	5	6	7
☾	8	9	10	11	12	13	14
●	15	16	17	18	19	20	21
☽	22	23	24	25	26	27	28

01.11. Samhain

Ruis

(Holunder 24.11. - 22.12.)

○	1	2	3	4	5	6	7
☾	8	9	10	11	12	13	14
●	15	16	17	18	19	20	21
☽	22	23	24	25	26	27	28

21.12. Winter-sonnenwende

Beth

(Birke 23.12. - 19.01.)

○	1	2	3	4	5	6	7
☾	8	9	10	11	12	13	14
●	15	16	17	18	19	20	21
☽	22	23	24	25	26	27	28

Luis

(Eberesche 20.01. - 16.02.)

○	1	2	3	4	5	6	7
☾	8	9	10	11	12	13	14
●	15	16	17	18	19	20	21
☽	22	23	24	25	26	27	28

02.02. Imbolc

Nion

(Traueresche 17.02. - 16.03.)

○	1	2	3	4	5	6	7
☾	8	9	10	11	12	13	14
●	15	16	17	18	19	20	21
☽	22	23	24	25	26	27	28

Fearn

(Erle 17.03. -13.04.)

○	1	2	3	4	5	6	7
☾	8	9	10	11	12	13	14
●	15	16	17	18	19	20	21
☽	22	23	24	25	26	27	28

20.03. Frühlings-Tag und nachtgleiche

Sáile

(Weide 14.04. - 11.05.)

○	1	2	3	4	5	6	7
☾	8	9	10	11	12	13	14
●	15	16	17	18	19	20	21
☽	22	23	24	25	26	27	28

01.05. Beltainè

Uath

(Weißdorn 12.05 - 08.06.)

○	1	2	3	4	5	6	7
☾	8	9	10	11	12	13	14
●	15	16	17	18	19	20	21
☽	22	23	24	25	26	27	28

Der namenlose Tag

(Mistel 09.06.)

○	1	2	3	4	5	6	7
☾	8	9	10	11	12	13	14
●	15	16	17	18	19	20	21
☽	22	23	24	25	26	27	28

Der Tag, der das Goldene Jahr (13 x 28 = 364 + 1) vollendet

Geographische Begriffe

Gestern	**Heute**
Aill de Mothar	Cliffs of Moher
Alba	Schottland
Ath-Luain	Athlone
Bealaclugga	Bealaclugga
Binn Gulbain	Benbulben
Ceann-mara	Kenmare
Cill-airne	Killarney
Cill-dara	Kildare
Clohanavowry	Giants Causeway
Cluain-maccu-Nois	Clonmacnoise
Conmacne-mara	Connemara
Culleum	gelegen im heutigen Country Tipperary
Duibh-linn	Dublin
Eriu	Irland
Gaillimh	Galway
Inis-Diomain	Ennistimon
Jona	schottische Insel
Lough Dergdherc	Lough Derg
Luimneach	Limerick
Magh-Nuadhat	Maynooth
Siona	Shannon
Sliabh-Mis-Gebirge	Sliabh-Mis-Gebirge
Temhair Luchra	gelegen im heutigen Country Kerry
Wyinklo	Wicklow

Auszug aus den Quellen

Titel	**Autor**	**Verlag**	
Anam Cara	John O´ Danohue	dtv	1997
Auf der Suche nach Merlin	Nikolai Tolstoy	Diederichs	1985
Baum und Blatt	J. R. R. Tolkien	Klett-Cotta	1982
Celtic Warriors	J.Mattews B. Stewart	Firebird Books	1988
Das geheime Wissen der Kelten	L. Lengyel	Herman Bauer	1969
Das keltische Tierorakel	P. + S. Carr-Gomm	Aurum	1994
Die Druiden	Jean Markale	Goldmann	1989
Die Druiden	F. Le Roux C.-J. Gyonvarch	Arun	1996
Die Göttin	Caitlín Matthews	Aurum	1989
Die Hohen Feste der Kelten	C.-J. Guyonvarc´h F. Le Roux	Arun	1997
Die keltische Frau	Jean Markale	Goldmann	1972
Die Seele der Erde	C. Zettel	Bastei Lübbe	1997
Die sieben Saulen der Weisheit	T. E. Lawrence	List	1936
Die Weiße Göttin	R. von Ranke-Graves	Rowohlt	1948
Fionn Mac Uail	M. Brunold	Im Waldgut	1984
Frauen in der keltischen Mythologie	M. Caldecott	Neue Erde	1988
Irland – Mythologie in der Landschaft	S. Botheroyd	Jürgen Hausser	1997
Keltische Sagen aus Irland	Hrs: M. Löpelmann	Eugen Diederichs	1944
Lady Gregory´s Complete Irish Mythology		Smithmark	1994
Lexikon der keltischen Mythologie	J. u. C. Mattews	Wilhelm Heyne	1988
Lexikon der keltischen Mythologie	S. u. P. Botheroyd	Diederichs	1992
Magie und Myhtologie der Kelten	M. Hope	Wilhelm Heyne	1987
Mythos und Kult bei Naturvölkern	Ad. E. Jensen	dtv	1951
Offenes Geheimnis	Rumi	Knaur	1994
The Celtic Traditions	C. Matthews	Element Books	1989
The Celtic Druids Year	J. King	A Blandfort Book	1994

Weitere Quellen können bei der Autorin erfragt werden

Danksagung der Verfasserin

Getragen wird dieses Werk von vielen Händen, die mir immer wieder Unterstützung gewährten.
Allen voran möchte ich Andreas und Bia herzlich danken. Ihre Freundschaft trägt mich auch durch die tiefsten Tiefen Morias und läßt mich am Ende des Tunnels immer wieder Licht sehen.
Sehr verpflichtet fühle ich mich Herrn Willy Fischer, der den Keim in die Erde gesetzt, ihn jahrelang liebevoll gepflegt hat und gedeihen ließ.
Besonderen Dank schulde ich Kerstin Kumpe, Ute Herzog, Nadja Hohler, Dr. Thomas Haussmann und Dr. Stefan Körner, die ihre Freizeit opferten, um Korrektur zu lesen.
Christel Carola Klementz und Elke Gekischs haben sich immer wieder verdient gemacht, wenn es um die Recherche ging. An dieser Stelle möchte ich Patricia Bender danken, die die Organisation des Materials übernahm, sowie Kerstin Kumpe und Katja Roller, die mir beim Binden hilfreich zur Seite standen. Auch Andi Pfaff soll nicht vergessen sein, der sich einen ganzen Abend mit mir zusammengesetzt hat, um dem Edelstein den allerletzten Schliff zu geben.
Michael Brandt, einem wahrlich guten Freund, bin ich sehr verbunden. Die Erzählungen von seinen Reisen, spornten mich immer an, meine Leser ebenfalls solche Abenteuer erleben zu lassen.
Besonders hervorheben möchte ich Norman Helfrich, den Künstler, der mit viel Liebe und Können die Landkarte geschaffen hat.
Auch meinem Gefährten Torsten Wießmann danke ich, der an vielen Wochenenden auf traute Zweisamkeit verzichten mußte.
Zu mehr als Dank bin ich dem Weltenhüter Verlag verpflichtet. Ralph Peters und Regine Zopf haben mein flügge gewordenes Kind mit offenen Armen aufgenommen und ihm das Heim gegeben, das ich mir so sehr für Beltainè gewünscht habe. Achtsam getragen kann es von hier aus seinen gut behüteten Weg in die Eine Welt antreten.

Möge die Große Mutter sie und ihre Familien behüten und sie einhüllen in ihren Mantel der Liebe.

Wehe meine Hand,
was hast du alles an weißem Papier beschrieben!
Dem Pergament wirst du zu Ruhm verhelfen.
Und selbst einst nur die kahle Spitze
eines Knochenhaufens bilden.

(anonym, aus dem 12. Jahrhundert)

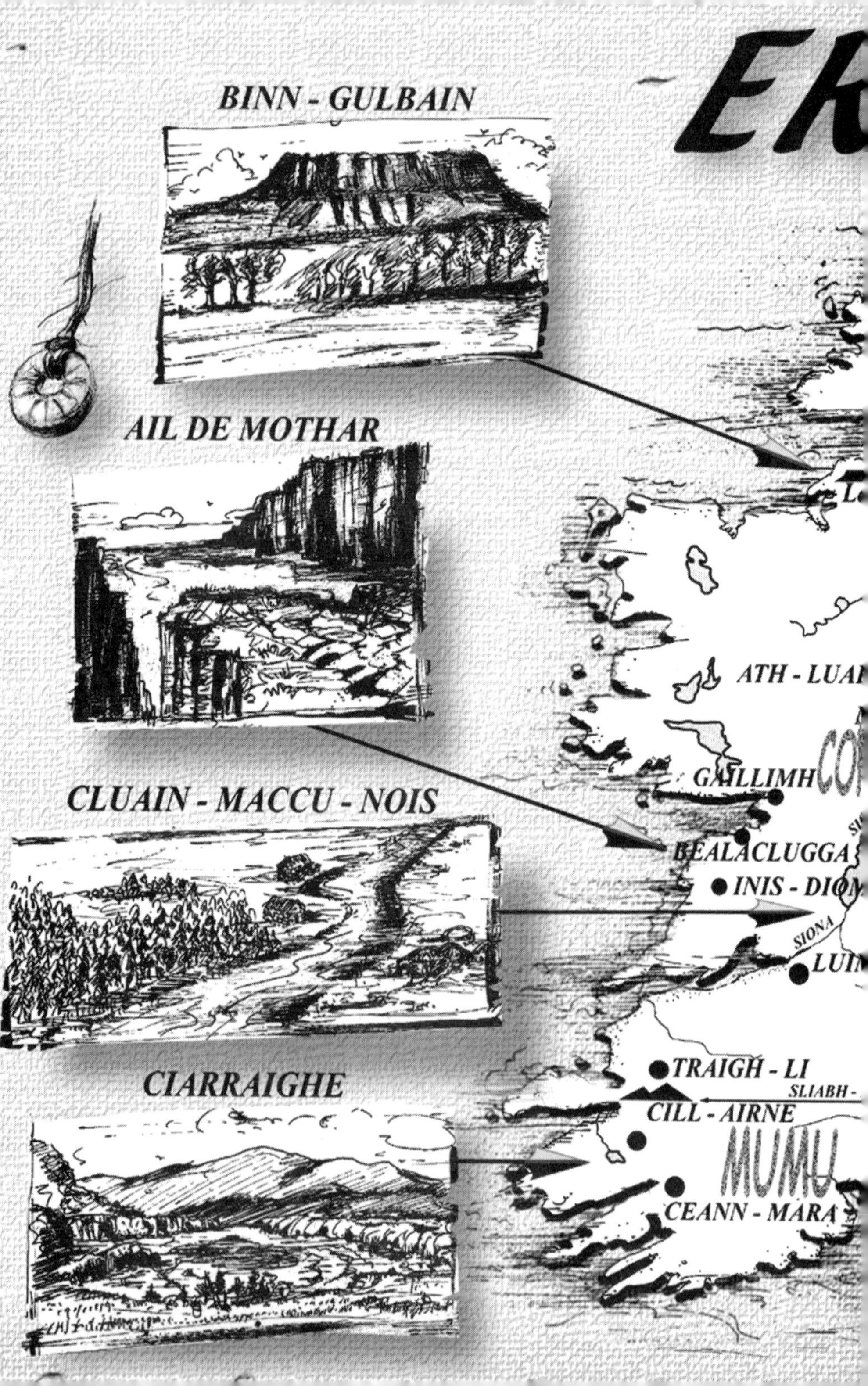
BINN - GULBAIN
AIL DE MOTHAR
CLUAIN - MACCU - NOIS
CIARRAIGHE
GAILLIMH
BEALACLUGGA
SIONA
TRAIGH - LI
SLIABH -
CILL - AIRNE
MUMU
CEANN - MARA

CLOCHAN - NA - BH FOMHARAIGH
INIS BODHBH
Lough Neagh
ULAID
MIDE
TARA
NUADHAT
DUIBH - LINN
LL - DARA
Dergdherc
WYINKLO - MOUNTAINS
WYINKLO
SLIABH - BLADHMA - MOUNTAINS
LAIGIN
TARA
TOPOGRAPHIE UND ILLUSTRATION : N.HELFRICH

Sollten Sie Fragen oder Anregungen zu dem Inhalt dieses Buches haben, wenden Sie sich bitte an:

Chrismegan
Konrad-Adenauer-Str. 49
63322 Rödermark

Für Fragen an den Verlag wenden Sie sich bitte an:

Weltenhüter Verlag GmbH
Räderloher Weg 5
29348 Scharnhorst

Lesen Sie demnächst: Buch zwei bis vier aus der vierteiligen großen Roman-Saga Beltainè – Die Eine Welt

Chrismegan
Beltainè – Die Eine Welt
Buch 2: Die Suche
ca. 280 Seiten, ISBN 3-929681-27-7
erscheint ca. Oktober 2002

Chrismegan
Beltainè – Die Eine Welt
Buch 3: Der Weg
ca. 280 Seiten, ISBN 3-929681-28-5
erscheint ca. Frühjahr 2003

Chrismegan
Beltainè – Die Eine Welt
Buch 4: Die Entscheidung
ca. 280 Seiten, ISBN 3-929681-29-3
erscheint ca. Sommer 2003

Bücher von Regine Zopf im Weltenhüter Verlag:

Botschaft der Liebe und des Friedens, Engel sprechen über ..., 120 Seiten
ISBN 3-929681-22-6

Reiki – Ein Weg sich selbst zu vervollkommnen
120 Seiten
ISBN 3-929681-09-9

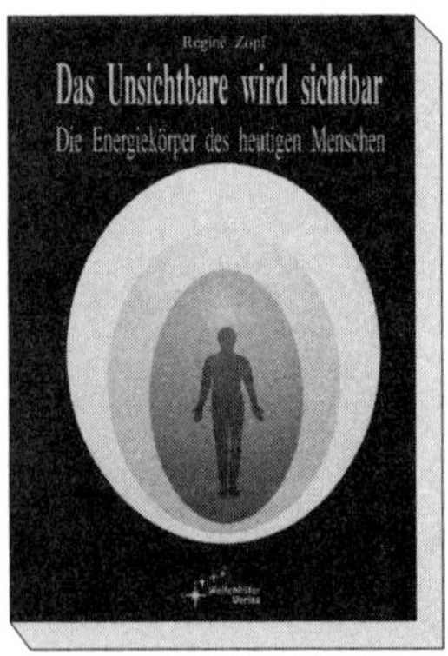

Das Unsichtbare wird sichtbar, Die Energiekörper ..., 185 Seiten
ISBN 3-929681-01-3

Das Unsichtbare wird sichtbar, Die Chakren...
190 S., 7 Farbabb.
ISBN 3-929681-00-5

Liebe – Der Schlüssel für das Neue Zeitalter
120 Seiten
ISBN 3-929681-13-7

Seelenpartner –
Begegnung im Licht
152 Seiten
ISBN 3-929681-18-8

Das Wunder von Reiki
Die sieben Grundregeln
einer erfolgreichen Reiki-
Arbeit, 134 S.,
ISBN 3-929681-14-5

Engel – Unsichtbare
Helfer, Wie Engel den
Menschen unterstützen,
155 Seiten
ISBN 3-929681-15-3

Maria
Engel der Liebe
Band 1: Die Lehre einer
neuen Spiritualität, 177 S.,
ISBN 3-929681-40-4

Die Vollendung, Eine
Erzählung über die Engel auf
Erden, 213 S.
ISBN 3-929681-06-4

Die Strahlen
der Erneuerung
182 Seiten
ISBN 3-929681-08-0

Weitere Bücher aus dem Weltenhüter Verlag:

Sabina Pilguj
Die Kraft der Tages-botschaften
Impulse, Anregungen und Denkanstöße für die Kinder der neuen Zeit,
208 Seiten
ISBN 3-929681-24-2

Ralph Peters
Das Pyramiden-Handbuch
Wirkung, Nutzen und Anwendung von Pyramiden...
80 Illustr., 151 Seiten
ISBN 3-929681-61-7

Johannes Martin
Das Vermächtnis der ewigen Liebe
Die Geschichte einer Heilung auf dem spirituellen Weg
270 Seiten
ISBN 3-929681-23-4

Wunderbare Kunst-Briefkarten Geschenkboxen:

Regine Zopf
Engel
10 Faltkarten
mit Umschlag
ISBN 3-929681-84-6

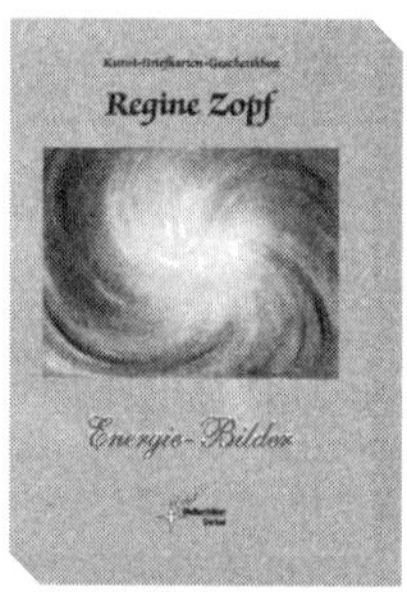

Regine Zopf
Energie-Bilder
10 Faltkarten
mit Umschlag
ISBN 3-929681-88-9

Regine Zopf
Feen, Devas, Elfen
10 Faltkarten
mit Umschlag
ISBN 3-929681-89-7

Regine Zopf
Die Chakren
10 Faltkarten
mit Umschlag
ISBN 3-929681-87-0

H.-R. Jahrbeck, **Das Leben kann so märchenhaft sein**
10 Faltkarten
mit Umschlag
ISBN 3-929681-86-2

Nike Kasis
Tanz ins Herz
10 Faltkarten
mit Umschlag
ISBN 3-929681-85-4